D1099548

Zum Buch:

Selina ist durch und durch ein Luder. Als ihre Stiefmutter Miranda für längere Zeit verreist, zieht die junge Frau alle Register, um Mirandas Freund, den attraktiven Matt, zu verführen. Doch leider kommt völlig unerwartet Mirandas Bruder Gervaise zu Besuch und quartiert sich als eine Art männliche Anstandsdame bei ihnen ein. Selina will es einfach nicht gelingen, Matt ins Bett zu bekommen – im entscheidenen Moment platzt stets Gervaise ins Zimmer. Und es dauert nicht lange, bis Selina sich auch für den Franzosen zu interessieren beginnt. Für weitere Turbulenzen sorgt Selinas ehemaliger Liebhaber Harry, der immer noch scharf auf sie ist. Die beiden betreiben zusammen einen Striptease-Service, der gleichzeitig Produktpromotion anbietet – eine Kombination, die schon mal dazu führen kann, dass sich einer der knackigen jungen Stripper als Riesenerbse verkleiden muss, um Werbung für Tiefkühlkost zu machen. Erotische Verwicklungen sind also vorprogrammiert und sorgen stets für überraschende Wendungen.

WENDY
HARRIS

Maskenspiel

Aus dem Englischen von
Michael Koseler

Titel der Originalausgabe
THE WICKED STEPDAUGHTER

Deutsche Erstausgabe 07/2005
Copyright © 2003 by Wendy Harris
Copyright © der deutschsprachigen Ausgabe 2005
by Wilhelm Heyne Verlag, München,
in der Verlagsgruppe Random House GmbH
Printed in Germany 2005
Umschlagillustration: Mauritius images/Nonstock Inc.
Umschlaggestaltung: Nele Schütz Design, München
Satz: hanseatenSatz-bremen, Bremen
Druck und Bindearbeiten: GGP Media GmbH, Pößneck
ISBN 3-453-54504-4

www.heyne.de

Für Miranda und mich lief die Zeit mit unterschiedlicher Geschwindigkeit ab. Während ich mehr Zeit hatte, als ich brauchte, um mir die Fingernägel zu lackieren, schwirrte sie wie eine blauärschige Schmeißfliege umher, die gerade eine Linie Kokain geschnupft hatte.

Für sie vergingen die Minuten so schnell, wie ihr Herz schlug. Für mich hingegen kroch selbst der Sekundenzeiger der Uhr mit der quälenden Langsamkeit eines sich durch die Wüste schleppenden Sterbenden voran.

Zweifellos würde man bei Einstein einiges zu diesem Thema finden, aber, ehrlich gesagt, hatte mich als Schülerin eher die praktische Beschaffenheit der Hose meines knackärschigen Physiklehrers interessiert als die geisttötenden Theorien, die er uns vorgekaut hatte. Vielleicht hätte ich damals besser aufgepasst, wenn sich wenigstens eine dieser Theorien mit dem Mysterium auseinander gesetzt hätte, wie man es schafft, einen Gerüchten zufolge neun Inch langen Schwanz in hautengen Jeans unterzubringen, ohne das gute Stück zu Tode zu quetschen. Wie die Dinge lagen, konnte ich jedoch nur vermuten, dass solche konträren Wahrnehmungen der Zeit mehr mit dem Murphy-Gesetz als mit Physik zu tun hatten.

Es war nämlich so: Miranda musste sich beeilen, um ihr Flugzeug zu erwischen, während ich nichts anderes wollte, als dass sie endlich verschwand. Trotzdem märte die blöde Kuh herum und machte sich einen Kopf über die banalsten Dinge. Das machte mich völlig fertig!

Nachdem sie zum wiederholten Mal ihre Handtasche gecheckt hatte, rief sie: »Ich habe kein Taschentuch!«, und das im entsetzten Ton eines Menschen, der plötzlich entdeckt, dass er eines seiner Augen verlegt hat oder dass ihm ein Fuß fehlt.

»Selina, Liebes, könntest du mir vielleicht ein paar Papiertaschentücher geben«, bat sie, so als flehe sie mich an, ihr eine meiner Nieren zu spenden. Es ging mir gewaltig auf den Geist, dass sie »Papiertaschentücher« statt wie alle Welt »Kleenex« sagte. Ihr vornehmes Getue und ihre Wortklauberei waren nur zwei von den Dingen, die ich an meiner Stiefmutter verabscheute. Wenn sie sich wenigstens ab und an mal lax ausgedrückt oder gelegentlich geflucht hätte …

Ich wedelte mit meinen frisch lackierten Fingernägeln. »Tut mir Leid, aber das geht im Moment nicht.«

Mit säuerlicher Miene zog sie ein paar Kleenex aus der vor mir stehenden Box und stopfte sie in ihre Handtasche.

»Hast du deinen Pass?«

Als ich Matts Stimme hörte, schaute ich hoch, um mich an seinem Anblick zu weiden. Er lehnte am Türrahmen und sah mit seinem weichen blonden Haar, das ihm wie gewöhnlich in die Stirn fiel, so hinreißend aus, dass ich am liebsten sofort über ihn hergefallen wäre. Doch ich musste mich noch gedulden.

»Ich glaube, ich hab alles«, erklärte Miranda, »aber bevor ich aufbreche, sollte ich lieber noch mal Pipi machen gehen.« Sie eilte an Matt vorbei in die Eingangshalle.

Matt warf mir einen Blick zu und deutete ein Kopfschütteln an. »Bei dem Tempo wird sie noch ihr Flugzeug verpassen.«

»Dann muss sie eben auf ihrem Besen reiten«, murmelte ich und senkte meinen Nagelpinsel, weil mir vor lauter Nervosität die Hände zitterten.

Draußen vor dem Haus drückte jemand ungeduldig auf die Autohupe. »Das war John«, sagte Matt. »Sie sollte sich wirklich schnellstens in Bewegung setzen. Ewig wird er sicher nicht warten.«

Als Miranda in die Küche zurückkam, hatte sie sich ihre Jacke und ihre Schuhe angezogen. »Wie sehe ich aus?«, fragte sie uns beide.

»Tadellos«, erwiderte ich, obwohl ich bei mir dachte, dass sie ziemlich verbraucht aussah. Ihr Gesicht war zu schmal, und in die Haut um ihre Augen hatten sich bereits Altersfalten eingegraben. Sie war ja auch schon fünfunddreißig. Ich nahm mir vor, Matt gegenüber ihre Krähenfüße zu erwähnen.

»Wunderschön«, lautete Matts Urteil, doch ich tröstete mich mit dem Gedanken, dass er sich wegen des Streits, den sie letzte Nacht gehabt hatten, nur bei ihr einschmeicheln wollte.

Sicher, zu dem Zeitpunkt war er immer noch *ihr* Matt, doch sobald sie aus dem Weg war, würde es nicht lange dauern, bis ich ihn in meine frisch lackierten knallroten Krallen bekam.

»Du wirst mir fehlen«, sagte sie, indem sie sich nach unten beugte, um mir einen mütterlichen Kuss auf die Stirn zu drücken.

»Du mir auch.« *Nun verpiss dich doch endlich!* Ich war bereits bei meinem letzten Fingernagel angelangt. Wenn sie nicht sofort aufbrach, würde mein ganzer Plan schief gehen.

Die arme Miranda! Sie hatte keinen Schimmer, wie sehr ich sie hasste und wie scharf ich auf den Mann war, durch den sie meinen Vater ersetzt hatte. Wenn sie es gewusst hätte, wäre sie wohl kaum nach Amerika geflogen und hätte Matt zum Abschied sicher mehr als nur einen kühlen, flüchtigen Kuss auf den Mund gegeben.

Ich beobachtete, wie verletzt er sie ansah, als sie sich viel zu schnell seiner Umarmung entzog. »Ich muss los«, sagte sie. »Ich ruf dich dann an.«

Als sie mir noch einen letzten Blick zuwarf, quälte ich mir ein Lächeln ab und sagte: »Pass auf dich auf.« *Was war ich doch für eine Heuchlerin!*

Und dann war sie endlich weg. Als ich hörte, wie Matt die

Haustür hinter ihr schloss, schlug mein Herz einen Purzelbaum. Jetzt konnte es losgehen!

Matt kam mit einem besorgten Ausdruck in seinen seelenvollen braunen Augen in die Küche zurück. »Sie ist immer noch sauer auf mich«, stellte er fest.

Ich nickte. »Miranda ist ganz schön nachtragend. Worüber habt ihr euch denn gestritten?«

»Du hast uns gehört?« Er seufzte. »Ich wollte nicht, dass sie verreist, und habe versucht, sie emotional zu erpressen, aber der Schuss ist nach hinten losgegangen.«

»Das war ziemlich dumm von dir«, sagte ich. »Du weißt doch, wie wichtig ihr Job für sie ist. Und drei Wochen sind ja nun wirklich keine Ewigkeit.«

»Ich weiß, ich weiß.« Er wedelte mit den Händen. »Ich bin ein ausgemachter Idiot.«

Ich senkte meine Stimme und säuselte: »Mir persönlich ist allerdings schleierhaft, wie sie es fertig bringt, dich so lange zu verlassen.« Damit er erst mal verdauen konnte, was ich gesagt hatte, vermied ich es, ihn anzuschauen. »Dazu wäre ich nie imstande.«

Offenbar wusste er nicht, wie er darauf reagieren sollte. »Möchtest du einen Kaffee, Selina?«

Jetzt blickte ich hoch und sah ihn an. »Gern.«

Der letzte Fingernagel war lackiert. Sobald Matt mir den Rücken zugedreht hatte, schmierte ich mir mit dem Pinsel etwas Nagellack auf die Bluse, direkt oberhalb der Brustwarze. »Verdammt noch mal!«, rief ich aus. Matt wirbelte herum. »Nun steh nicht rum und halt Maulaffen feil!«, sagte ich. »Hol lieber einen Schwamm!«

Er schnappte sich den nassen Schwamm, den ich vor einer Stunde auf das Abtropfbrett gelegt hatte, und hielt mir das triefende Ding hin. Das bestätigte meine Vermutung, dass es einem Mann nie in den Sinn kommen würde, den Schwamm zuerst auszuwringen oder sich zu fragen, ob es klug war, Nagellack mit Wasser entfernen zu wollen. »Wisch das Zeug ab«, bat ich ihn. »Selbst kann ich es nicht machen, weil meine Nägel noch nicht trocken sind.«

Zuvorkommend rieb er an dem Fleck herum. Ganz nach Plan ließ das kalte Wasser meine Brustwarze sofort hart und die Baumwollbluse, die ich extra zu diesem Zweck angezogen hatte, durchsichtig werden. Ich wusste nur zu gut, dass die nasse Baumwolle wie eine zweite Haut an meinen büstenhalterlosen Brüsten kleben würde. Als er den Schwamm von der Bluse nahm und sah, welche Wirkung das kalte Wasser gehabt hatte, klappte ihm der Unterkiefer herunter.

So ist's recht, dachte ich bei mir, sieh dir alles genau an und vergleich meine jugendlichen Brüste mit Mirandas schlaffen Pfannkuchen.

Während er dastand und mich anglotzte, überprüfte ich im Make-up-Spiegel meinen Gesichtsausdruck, der rundum unschuldig wirkte. Meine großen blaugrünen Augen blickten so arglos drein wie die eines Kinds. »Versuch's noch mal«, bettelte ich und tat so, als schaute ich voller Verzweiflung auf den sich ausbreitenden Fleck. Diesmal zögerte Matt jedoch.

»Ich weiß nicht, ob ich das sollte, ich meine ... du hast ja keinen BH an.«

»Sei nicht albern«, schalt ich ihn. »Und guck nicht so schockiert! Höschen hab ich auch nicht immer an!«

Weiterer Überredungskünste bedurfte es nicht. Von neuem machte er sich daran, vergebens an dem Fleck zu reiben. Ich fing an, auf der Unterlippe herumzukauen, so als riefe das Ganze plötzlich sexuelle Empfindungen in mir hervor. Seine Fingerspitzen streiften meine Brust. Ob das reiner Zufall war, vermochte ich jedoch nicht zu sagen.

»Ich mache es nur noch schlimmer«, sagte er mit einer Stimme, die ziemlich gepresst klang.

»Nein, überhaupt nicht.«

Er rieb ein wenig fester, und diesmal hatte ich nicht den geringsten Zweifel daran, dass sein Daumen meine Brustwarze absichtlich berührt hatte. Als ich aufkeuchte, zog er seine Hand abrupt zurück. »Tut mir wirklich Leid.«

»Ach, das macht nichts«, erwiderte ich leichthin. »Diese Bluse mochte ich sowieso nicht.« Er vermied es geflissentlich, auf den feuchten Fleck zu starren. Ich lachte. »Ich bin klatschnass.«

Bereitwillig ging er auf die Doppeldeutigkeit ein. »Du bist offenbar leicht anzutörnen«, sagte er in scherzendem Ton.

»Das haben andere auch schon gesagt.«

Meine Entgegnung brachte ihn vollends aus der Fassung. Er schmiss den Schwamm in die Spüle und langte nach der Kaffeekanne.

Während er die Tassen voll schenkte, lächelte ich mir im Spiegel zu. Die erste Phase meines Plans war erfolgreich über die Bühne gegangen. Ich hatte eine sexuell aufgeladene Atmosphäre geschaffen und ihm endlich klar gemacht, dass ich nicht mehr die mürrische Sechzehnjährige war, die Miranda ihm vor fünf Jahren vorgestellt hatte.

Entschlossen, ihm zu demonstrieren, wie attraktiv ich inzwischen geworden war, löste ich mein langes kupferfarbenes, zu einem Pferdeschwanz gebundenes Haar und trug Lippenstift auf meinen vollen sexy Mund auf.

Als er mir meine Tasse reichte, bemerkte ich, dass er mich aufmerksam ansah und anschließend einen verstohlenen Blick auf meine vorstehenden Brüste warf. *Sehr gut!*

Er lehnte sich gegen den Küchenschrank und trank einen Schluck Kaffee. »Weiß Miranda, dass du keine Unterwäsche trägst?«

»Was geht sie denn das an?«, erwiderte ich aufgebracht.

Er zwinkerte mit seinen langen Wimpern. »Nicht viel, nehme ich an.«

»Überhaupt nichts«, insistierte ich. »Letztes Jahr bin ich einundzwanzig geworden. Das hast du doch wohl nicht vergessen, wie? Damals hast du mir diese Kette geschenkt.« Ich ließ die Kette mit dem kleinen Cupido von den Fingerspitzen baumeln. »Leg sie mir um, Matt.«

Nachdem ich ihm die Kette gegeben hatte, raffte ich mein Haar nach vorn, um meinen Nacken zu entblößen. Er legte mir die Kette um den Hals und fummelte unbeholfen am Verschluss herum. »Ich möchte bloß nicht, dass du dich erkältest«, sagte er.

»Sehr fürsorglich von dir, Dad«, antwortete ich in sarkastischem Ton.

Unvermittelt gruben seine Finger sich in meine Schultern. »Sag gefälligst nicht Dad zu mir. Ich bin schließlich nur sieben Jahre älter als du.«

»Und sieben Jahre jünger als Miranda«, erinnerte ich ihn, indem ich meine Wange gegen seine Hand schmiegte. »Ist dir schon aufgefallen, dass sie allmählich Krähenfüße bekommt?«

Seine Finger legten sich um meinen Hals. »Für so eine Bemerkung würde sie dich glatt erwürgen.«

Seine Berührung brachte mein Herz zum Flattern, und mein Atem beschleunigte sich. Es wäre das Leichteste von der Welt gewesen, nach seinen Händen zu greifen und sie zu meinen Brüsten zu lenken. Doch ich durfte nichts überstürzen. Ich hatte nicht vor, ihn zu verführen, sondern wollte ihm meine Bereitwilligkeit signalisieren, mich von ihm verführen zu lassen.

Als er wieder von mir wegtrat, sagte ich: »Dabei fällt mir ein, dass mein Vater sieben Jahre älter als Miranda war. Die Sieben scheint ja wohl eher eine Unglücks- als eine Glückszahl zu sein.«

Die Bitterkeit in meiner Stimme war nicht zu überhören. »Meine Güte, gibst du ihr etwa nach all den Jahren immer noch die Schuld an seinem Tod?«, fragte er.

»Sie hat ihn umgebracht«, stellte ich kategorisch fest.

Er sah mich mit trauriger Miene an. »Du weißt, dass das nicht stimmt. Er ist an einem Schlaganfall gestorben. Es war ein unglücklicher Zufall, mehr nicht.«

Vor Empörung schoss mir das Blut in die Wangen. »Wenn sie ihn nicht zu diesem Fitnesstraining gezwungen hätte, wäre er heute noch am Leben. Sie hat einen Schlaffi geheiratet und versucht, ihn in einen Superman umzumodeln.«

Matt wurde wütend. »Bei einem Mann in den Dreißigern erwartet man einfach nicht, dass er von einem Tag auf den anderen stirbt, Selina. Eben weil Miranda ihn geliebt hat, hat sie sich Sorgen um seine Gesundheit gemacht.«

»Sonderlich lange hat sie aber nicht gebraucht, um über seinen Tod hinwegzukommen, nicht wahr?«, fauchte ich ihn an. »Seine Leiche war ja noch gar nicht richtig kalt, als sie sich dich ins Bett geholt hat.«

Er zog die Schultern hoch. »Manchmal kommt's eben so.« Dann sah er mich forschend an. »Hasst du mich auch?«

Nichts konnte weiter von der Wahrheit entfernt sein. Oh, versucht hatte ich es schon, ihm zu grollen und ihn zu verachten, doch dafür war er einfach viel zu hinreißend gewesen. Stattdessen hatte ich mich hoffnungslos in ihn verknallt – unreife Gefühle, die vorübergehend verblasst waren, während ich sexuell herumexperimentiert und andere Männer ausprobiert hatte. Nach und nach war ich jedoch zu der Überzeugung zurückgekehrt, dass Matt derjenige war, den ich wollte.

Ich stand auf und ergriff seine Hand. »Natürlich hasse ich dich nicht«, sagte ich und ließ in meinen Augen kurz das Verlangen, das ich empfand, aufblitzen.

Verwirrt runzelte er die Stirn. »Selina?«, fragte er halb scherzend. »Versuchst du etwa, mich anzumachen?«

Ich ließ seine Hand los und warf den Kopf zurück. »Was für eine Frage!«

»Würdest du sie mir bitte beantworten?«

»Auf gar keinen Fall«, erwiderte ich in frivolem Ton. »Ich ziehe es nämlich vor, einen Mann im Ungewissen zu lassen.«

Dann machte er jedoch etwas, das nicht in meinem Skript stand. Er packte mich brutal beim Kinn und fixierte mich mit einem so stahlharten Blick, wie ich ihn noch nie bei ihm gesehen hatte. »Untersteh dich, mich zu provozieren«, stieß er mit eisiger Stimme zwischen den Zähnen hervor.

zweites kapitel

Als ich später auf dem Weg zur Arbeit war, versuchte ich mir einzureden, dass ich mir den Ausdruck in Matts Augen nur eingebildet hatte. Es schien mir einfach nicht möglich, dass der Partner meiner Stiefmutter eine dunklere Charakterseite haben sollte, von der ich in all den Jahren, in denen ich mit ihm schon unter einem Dach lebte, nichts bemerkt hatte. Ich musste ihn doch in all seinen Launen und Stimmungen erlebt haben. Oder? Plötzlich wurde mir klar, dass ich nicht die geringste Vorstellung von seinen sexuellen Neigungen hatte. Vielleicht stand er auf abgedrehte Sachen, war möglicherweise Fetischist. Trotz des Kätzchenblicks seiner braunen Augen mochte ein Tiger in ihm lauern, der darauf aus war, mich bei lebendigem Leibe zu fressen. Und so unwahrscheinlich das auch war – bei dem Gedanken lief mir ein Schauder der Erregung über den Rücken.

Ich war immer noch tief in Gedanken versunken, als ich das kleine, umgebaute Fabrikgebäude betrat, in dem das Büro der Firma lag, die ich zusammen mit meinem Freund und ehemaligen Liebhaber Harry Lambert besaß.

Gleich nach der Schule war ich in die von Harry gegründete, ursprünglich in einem winzigen gemieteten Büro untergebrachte Firma namens »Maskenspiel« eingetreten, bei der es sich um einen Striptease-Service handelte. Harry hatte immer expandieren und auch noch kostümierte Produktpromotion anbieten wollen. Deshalb hatte er mir eine Geschäftspartnerschaft vorgeschlagen, als mir an meinem achtzehnten Geburtstag die kleine Erbschaft meines Vaters ausgezahlt worden war. Obwohl sich die Firma vergrößert hatte, war sie immer noch weit davon entfernt, wirklich erfolgreich zu sein. Im Moment stand sie finanziell auf ziemlich wackligen Beinen und siechte eher dahin.

Das Erste, was Harry sagte, als ich in sein Büro trat, war: »Hast du diese beschissene Bilanz gesehen?«

Es war immer mein Bereich des Geschäfts, der in Schwierigkeiten geriet. Harrys Striptease-Service florierte wie gewöhnlich.

Er klatschte gegen das Blatt Papier, das er in der Hand hielt. »Willst du mich in den Bankrott treiben?«

Ich ging zu ihm hin und tippte ihm mit der Fingerspitze gegen die Stirn. »Deine Ader pulsiert, Harry. Willst du dir vielleicht einen Herzinfarkt einhandeln?«

»Du bist spät dran«, brummelte er.

Ich schlängelte mich hinter ihn und grub die Finger in seine Schultern, um ihn zu massieren. »Deine Muskeln sind total verhärtet und verspannt.«

»Versuch bloß nicht, dich bei mir einzuschmeicheln«, warnte er mich. Als ich jedoch meine Hände von seinen Schultern nahm, legte er den Kopf nach hinten. »Nein, verflucht noch mal ... mach sofort weiter.«

»Ich hab dir doch gesagt, dass ich später kommen würde«, erinnerte ich ihn, während ich seine verspannten Nackenmuskeln bearbeitete. »Miranda ist heute abgeflogen.«

»Und du hast den ganzen Vormittag gebraucht, um dich von ihr zu verabschieden?«, entgegnete er skeptisch.

»Nein, mir ist ein kleines Malheur mit meinem Nagellack passiert. Hör endlich auf, den Boss zu spielen«, schimpfte ich. »Hast du vergessen, dass wir Partner sind?«

Er klatschte von neuem mit der Hand gegen das Blatt Papier. »Wie zum Teufel sollte ich das vergessen?«

Als ich ihm mit den Fingern durch das krause braune Haar fuhr, bemerkte ich einige neue graue Strähnen, für die ich mich schuldig fühlte. Ich ließ meine Berührungen sinnlicher werden.

»Aah, du Luder«, stöhnte er und langte nach hinten, um meinen Hintern zu packen.

Ich hatte nichts dagegen, dass er mich anfasste. Ich betete ihn immer noch an, und obwohl er mich verführt und mir das Herz gebrochen hatte, stand er mir näher als sonst jemand. Außerdem törnte er mich nach wie vor an.

Das Alter ließ sein ebenso spitzbübisches wie gutes Aussehen noch markanter hervortreten und verlieh ihm eine verruchte erotische Ausstrahlungskraft, der ich gelegentlich nicht zu widerstehen vermochte. Dass ich ihn immer noch so anziehend fand, war meine eigene Schuld, denn ich hatte unsere Affäre so abrupt beendet, dass ein Defizit von etlichen Ficks entstanden war. Hinzu kam, dass Harry das geradezu unheimliche Talent besaß zu bemerken, wann ich es sexuell nötig hatte – was er schamlos ausbeutete.

»Bist du geil, Baby?«, flüsterte Harry, der nie etwas anbrennen ließ, mit verführerischer Stimme.

»Kusch!«, erwiderte ich und gab ihm einen Kuss auf die Wange, bevor ich mich von ihm entfernte, um nicht mehr in seiner Reichweite zu sein.

Seine schwerlidrigen grünen Augen wanderten lüstern über meinen Körper. »Also irgendeinem Glückspilz steht jedenfalls ein Hochgenuss bevor.«

»Ich weiß überhaupt nicht, was du meinst«, sagte ich.

»Und ob du das weißt! Ich kenne doch diesen Blick.« Er verschränkte die Hände hinter dem Kopf. »Du hast ein Auge auf jemandes Hosenschlitz geworfen. Ist es jemand, den ich kenne?«

Ich tippte mir mit dem Finger gegen den Nasenflügel. »Das ist mein kleines Geheimnis.«

»Mach nicht solch einen Schmollmund«, ächzte er. »Du weißt doch, dass ich dann gleich einen Steifen kriege.«

»Dann werd ich mich mal an die Arbeit machen«, sagte ich rasch und schnappte mir das Blatt Papier von seinem Schreibtisch. »Ich geh gleich mal mit Holly die Bilanz durch. Wo ist sie überhaupt?«

»Auf dem Klo«, erwiderte er. »Vermutlich spielt sie wieder russisches Roulette mit ihren Lungen. Wir sollten ihr für all ihre Rauchpausen was von ihrem Gehalt abziehen.«

»Sie ist süchtig«, erklärte ich. »Sie kann einfach nicht anders. Wenn du nicht so stur wärst und sie ab und zu im Büro rauchen lassen würdest ...«

Er rollte einen Ärmel hoch, um mir sein Nikotinpflaster zu zeigen. »Ich gebe doch nicht ein Vermögen für diese beschissenen Dinger aus, nur um mir dann passiv die Lungen verpesten zu lassen. Wenn sie sich unbedingt umbringen will, dann soll sie es meinetwegen tun. Mehr kann ich dazu nicht sagen.«

Ich verzog das Gesicht. »Warum müssen bloß alle Exraucher gleich zu Faschos werden?«

»Wer ist ein Fascho?«, fragte Holly, die in dem Moment hereinspaziert kam. Sie war eine große, gertenschlanke Blondine Anfang dreißig, sah aber viel jünger aus. Sie hatte ein hübsches Puppengesicht, große graue Augen und eine Stupsnase. Ihre Haare waren kurz und fransig, was perfekt zu ihr passte.

Ich nickte in Harrys Richtung. »Der gequälte Exraucher da.«

»Oh, nicht das schon wieder!« Sie wirbelte herum und reckte ihm den Hintern zu. »Du kannst mich mal!«

Er drohte ihr mit dem Finger. »Glaub ja nicht, ich wüsste nicht, was du gestern getrieben hast.«

Sie wich zurück und tat so, als sei sie empört. »Du alter Spanner, du! Hast du mir etwa nachspioniert?«

Harry verdrehte die Augen. »Ich meine damit, dass du in meinem Büro geraucht hast, du lockeres Frauenzimmer. Ich hab's gleich gerochen, als ich reingekommen bin.«

»Komisch«, erwiderte sie. »Ich finde, hier riecht's eher nach

Hund.« Sie beugte sich vor, um ihn zu beschnuppern. »Muss dein Aftershave sein.«

Obwohl er die Stirn runzelte, sah ich, dass seine Augen vergnügt funkelten. »Wenn du das noch mal machst, schmeiß ich dich raus.«

Holly drehte sich mir zu. »Du hast völlig Recht«, sagte sie, »er ist wirklich ein gottverdammter Faschist. Harry, gib's auf, es aufzugeben«, bat sie. »Komm zurück in die Gemeinde.«

Er zeichnete ein Kreuz in die Luft. »Weiche von mir, Tochter Satans.«

»Du solltest auch aufhören zu rauchen, Holly«, riet ich ihr, »und sei es nur, um ihn um den Triumph zu bringen, dich um zehn Jahre zu überleben.«

Sie stieß ein verächtliches Schnauben aus. »Wer möchte denn zehn Jahre in einem Altersheim dahinvegetieren und durch einen Katheter pissen? Nein, danke. Da ziehe ich es vor, tragisch jung zu sterben. Außerdem will ich es gar nicht aufgeben. Rauchen ist das einzige Vergnügen, das nicht dick macht, von einer gewissen anderen Sache abgesehen. Und sieh dir doch bloß mal Harry an! Ist dir noch nicht aufgefallen, was für ein gemeiner Scheißkerl er geworden ist? Nicht dass er vorher keiner gewesen wäre, aber jetzt ist es noch schlimmer!«

»Mach nur so weiter«, knurrte Harry, »dann wirst du wirklich tragisch jung sterben – und zwar sehr bald!«

Sie sah ihn schmollend an. »Leck mich doch, du Armleuchter.«

Er grinste. »Klar, wenn du mir dafür einen bläst.« Wie gewöhnlich endete ihre Kabbelei mit Gelächter.

Ihre oft stürmische Beziehung verblüffte mich immer wieder aufs Neue, denn ich hatte selten zwei Menschen erlebt, die so entschlossen miteinander uneins waren. Sie schienen völlig außerstande zu sein, sich über irgendetwas zu einigen. Obwohl ihre Auseinandersetzungen normalerweise nicht mehr als neckisches Geplänkel waren, hatte ich auch schon hitzige Streitereien miterlebt, bei denen mir die Haare zu Berge gestanden hatten. Außerdem hatte er sie schon so oft rausgeschmissen beziehungsweise hatte sie schon so oft gekündigt, dass ich es gar nicht mehr zählen konnte.

Sie war eine der ersten Stripperinnen gewesen, die Harry damals nach Gründung der Firma angeheuert hatte. Doch ich war diejenige gewesen, die herausgefunden hatte, dass sie in der Schule einen Leistungskurs in Mathe absolviert hatte. Daraufhin hatte ich sie gezwungen, unsere Buchführung zu übernehmen und als unsere Büroassistentin zu arbeiten – ein Schritt, den Harry zunächst missbilligt hatte. Als ihm später dann aufging, dass sie von unschätzbarem Wert für uns war, hatte er sich vor Begeisterung gar nicht mehr eingekriegt. Allerdings konnten wir es uns nicht leisten, ihr mehr als einen Hungerlohn zu zahlen, sodass sie gelegentlich auch noch strippte, um ihr Einkommen aufzubessern.

Ich wusste, dass sie irgendwann vor Harrys Heirat mit Alison eine Affäre mit ihm gehabt hatte. Wie und warum die Beziehung zu Ende gegangen war, war mir jedoch nach wie vor schleierhaft. Als ich sie einmal dazu befragt hatte, war sie im Gegensatz zu ihrer sonstigen offenen und freimütigen Art erstaunlich verschlossen gewesen.

Da Harry sich zu diesem Thema ebenfalls ausschwieg, war ich zu dem Schluss gekommen, dass einer von ihnen – oder auch alle beide – so nachhaltig verletzt worden war, dass die Wunde zwar verschorft, aber nie ganz verheilt war.

Zu Beginn meiner eigenen Liebesaffäre mit ihm hatte Holly mich gewarnt und gesagt, dass alles mit Tränen enden werde, doch als das dann tatsächlich der Fall gewesen war, hatte sie mir weder Vorwürfe gemacht noch sich eins gefeixt. Stattdessen hatte ich mich an ihrer Schulter ausweinen dürfen. Von da an waren wir dicke Freundinnen.

Sie war die Einzige, der ich meinen Plan, Matt zu verführen, anvertraut hatte. Da sie es gar nicht erwarten konnte, mich über alles auszuquetschen, packte sie mich bei den Schultern und schob mich hastig in mein Büro.

Nachdem sie die Tür hinter sich zugemacht hatte, fragte sie: »Und? Hat's geklappt?« Die Idee mit dem Nagellack stammte von ihr.

»Ich will mal so sagen«, gluckste ich, »ihm ist klar geworden, dass ich Brüste habe.«

»Du kleines Biest!«, rief sie. »Ich kann einfach nicht glauben, dass du die Sache tatsächlich durchgezogen hast.«

»Ich hab dir doch gesagt, dass es mir ernst ist«, entgegnete ich. »Wenn Miranda in drei Wochen zurückkommt, gehört er mir.«

»Der arme Kerl tut mir richtig Leid«, sagte sie. »Er wird gar nicht wissen, wie ihm geschieht. Wenn du etwas willst, kannst du ausgesprochen skrupellos sein.«

Ich rieb mir nachdenklich die Wange. »Ich glaube nicht, dass das Ganze ein Kinderspiel sein wird«, erwiderte ich. »Er hat mich nämlich bereits gewarnt.« Dann erzählte ich ihr, was Matt zu mir gesagt hatte.

»Untersteh dich, mich zu provozieren«, wiederholte sie. »Das hört sich in meinen Ohren aber gar nicht gut an. Bist du sicher, dass du weißt, was du tust?«

»Wer weiß das schon?«, konterte ich. »Ich weiß nur, was ich will. Ich persönlich glaube, dass so etwas die Jagd reizvoller macht, weil es sie um das Element der Gefahr bereichert.«

»Aber was, wenn dieses Element sich als Feuer erweist?«, fragte sie in sachlichem Ton. »Ist dir schon mal in den Sinn gekommen, dass du dich verbrennen könntest?«

»Haben wir so ein Gespräch nicht schon mal geführt? Damals ging es um Harry«, gab ich lachend zurück.

»Stimmt«, gestand sie, »und wie die Sache ausgegangen ist,

weißt du ja. Sei bloß vorsichtig! Mehr will ich dazu nicht sagen.«

Nachdem wir einander gegenüber an meinem Schreibtisch Platz genommen hatten, reichte ich ihr das Blatt mit der Bilanz. »Sag, dass es nicht so schlimm ist, wie es aussieht«, flehte ich sie an.

»Es ist sogar noch schlimmer«, vertraute sie mir an. »Ein paar Dinge habe ich weggelassen, weil Harry sonst an die Decke gegangen wäre.«

»Sind seine Sorgen in puncto Bankrott berechtigt?«

»Das hängt alles von Luca ab«, berichtete sie. »Er hat seine Lieferungen bereits eingestellt und könnte gerichtlich gegen uns vorgehen, wenn er sein Geld nicht bekommt. Aber das ist die geringste deiner Sorgen. Luca ist nicht gerade dafür bekannt, dass er mit Schuldnern sonderlich fein umgeht. Statt dich vor den Kadi zu zerren, würde er dir wohl eher einen abgeschnittenen Pferdekopf aufs Kopfkissen legen.«

Luca Verdici besaß eine Kette von windigen Betrieben, die unserer Firma bis vor kurzem die Kostüme geliefert hatten. Meine Schulden bei ihm beliefen sich auf dreitausend Pfund, und jetzt drohte er mir das Wasser abzugraben. Doch im Gegensatz zu Holly war ich nicht der festen Überzeugung, dass alle Italiener Verbindung zur Mafia haben oder dass die Narbe in seinem Gesicht auf etwas Schlimmeres als eine samstagabendliche Kneipenschlägerei zurückzuführen war.

»Jetzt geht aber wieder deine Fantasie mit dir durch, Holly. Ich werde schon mit Luca fertig. Schließlich ist er scharf auf mich.«

Trotz des zuversichtlichen Tons, in dem ich das sagte, war ich mir in keiner Weise sicher, ob es noch stimmte, denn nachdem ich Luca vor einiger Zeit mehr als deutlich zu verstehen gegeben hatte, dass es nicht in meiner Absicht lag, Geschäft und Vergnügen zu vermengen, hatte er es aufgegeben, mich mit blutroten Rosen zu bombardieren. Soweit ich es beurteilen konnte, hatte er meine Entscheidung akzeptiert und sich getrollt, vermutlich um auf neuen Weiden zu grasen.

»Na, dann fang schon mal an, darüber nachzudenken, wie du das anstellen willst«, riet Holly ihr. »Er hat nämlich heute Morgen angerufen. Am Freitag kommt er vorbei, um sich einen Scheck abzuholen.«

»Scheiße«, knurrte ich. »Wir können doch sicher genug Geld zusammenkratzen, um ihn erst mal abzuwimmeln, oder? Wir haben doch auch Schuldner, nicht wahr?«

»Nicht viele«, berichtete sie. »Die meisten weigern sich einfach zu zahlen, weil wir den Auftrag vermasselt haben.« Sie fuhr mit dem Finger die Namenliste entlang. »Zum Beispiel die Leute vom Diamond Palace. Die hatten einen indischen Fakir bestellt. Und was haben wir ihnen geschickt? Einen Tapir!« Sie warf mir einen vorwurfsvollen Blick zu.

Ich zog einen Flunsch. »An dem Tag war ich fürchterlich verkatert. Trotzdem bin ich mir sicher, dass sie Tapir gesagt haben.«

»Dann haben wir noch Brimingtons«, fuhr sie fort, »die sich bereit erklärt haben, für das Froschkostüm zu zahlen, aber nicht für Andy, was ich durchaus einleuchtend finde, da er den größten Teil der Zeit auf dem Boden gelegen hat.«

»Haben die Leute denn gar kein Mitgefühl?«, fragte ich. »Der arme Kerl ist schließlich umgekippt.«

Sie sah mich ungläubig an. »Der arme Kerl ist umgekippt, weil er stinkbesoffen war«, stellte sie fest.

Ich kicherte. »Okay, okay, dann habe ich halt den Falschen ausgesucht. Woher sollte ich denn wissen, dass er ein Alkoholproblem hat?«

»Und so weiter und so fort«, sagte sie, indem sie mir das Blatt zurückgab. »Auf ein paar unserer Kunden kann ich Druck ausüben. Stratton Publicity zum Beispiel hat keinen Grund, nicht zu zahlen. Doch das ist so, als versuche man, Blut aus einem Stein zu quetschen. Heutzutage ist jeder knapp bei Kasse.«

Ich suchte mir den Namen aus der Liste heraus. »Die schulden uns über tausend Pfund!«, rief ich aus. »Glaubst du, dass Luca warten würde, wenn wir die gerichtlich belangen?«

Holly schaute zur Decke hoch und summte die Titelmelodie aus dem *Paten* vor sich hin.

Ich lehnte mich zurück und stieß die Luft aus. »Könnte Harry mir da nicht raushelfen?«

Sie schüttelte den Kopf. »Diesmal nicht. Die Bank will ihm noch nicht mal das Geld für sein Projekt mit den kostümierten Kellnerinnen leihen. Wie ich zufällig weiß, finanziert er das mit seinen eigenen Mitteln.«

»Das wusste ich nicht«, sagte ich. »Was zum Teufel soll ich jetzt bloß machen, Holly?«

»Wieso fragst du mich denn das?«, entgegnete sie. »Ich bin nur jemand, der sich seinen Lebensunterhalt mit Strippen verdient und es ab und an für Geld treibt, um die Gasrechnung bezahlen zu können.«

»Aber du warst doch immer ein Ass in Mathe«, erinnerte ich sie.

»Stimmt, aber nicht in Wirtschaftslehre.« Sie tätschelte mir den Arm. »Außerdem braucht man weder in dem einen noch in dem anderen ein Ass zu sein, um erkennen zu können, wenn jemand in der Klemme sitzt. Meiner Einschätzung nach hast du vier Möglichkeiten, um da rauszukommen: betteln, borgen, stehlen oder die Beine breit machen.«

»Wer schwebt dir denn da vor?«, fragte ich. »Der Bankdirektor?« Sie lächelte unverbindlich. »Das kann ja wohl nicht dein Ernst sein«, stöhnte ich. »Der wiegt mindestens zwei Zentner und hat das reinste Arschgesicht.«

»Na, und was ist mit Matt?«, schlug sie vor. »Könntest du dir das Geld nicht von ihm borgen?«

Bevor ich dazu kam, ihr zu sagen, dass das nicht drin sei, flog die Tür auf, und Harry kam hereinstolziert wie John Wayne. »Ist hier noch Platz für eine männliche Sexbombe, Mädels?«

Holly warf ihm einen vernichtenden Blick zu. »Sexbombe?«, erwiderte sie. »Ich nehme dir ja nur ungern deine Illusionen, Harry, aber bei dir reicht's höchstens für ein Tischfeuerwerk.«

Er sackte in sich zusammen, als hätte sie ihn angeschossen. »Du herzloses Miststück! Das hat mich voll in den Eiern erwischt!«

Sie streckte die Hand aus. »Gib sie her, dann küss ich sie dir und mach heileheile.«

»Klar«, sagte er, »und hinterher steck ich meinen Kopf dann noch einem Haifisch ins Maul.«

Ich lachte, obwohl die Störung mich nervös machte. »Was willst du, Harry? Wir sind gerade schwer beschäftigt.«

Er setzte seine Mitleidheischende Kleinjungenmiene auf. »Ihr wisst doch, dass morgen Abend das Schultreffen mit Dinner und Tanz stattfindet. Dafür fehlen mir noch ein paar Kellnerinnen. Einige von den Mädchen haben die Pest oder so was bekommen, und so kurzfristig finde ich keinen Ersatz.«

»Tja, Harry«, sagte ich. »Da sitzt du ja ganz schön in der Scheiße.«

Er sah Holly mit flehendem Blick an. »Tut mir Leid«, sagte sie, »aber morgen Abend trete ich als Madonna auf.«

Er machte t-t-t. »Stimmt ja. Das hatte ich glatt vergessen. Selina ... Schätzchen?«

»Ich strippe nicht«, erklärte ich kategorisch.

»Das brauchst du auch gar nicht«, behauptete er. »Du brauchst dich nur als Schulmädchen zu verkleiden, um einer Horde von nostalgischen alten Wichsern Würstchen mit Kartoffelbrei zu servieren.«

»Und mir den Arsch grün und blau kneifen zu lassen«, erwiderte ich grimmig. »Kommt nicht in die Tüte, Harry. Das ist entwürdigend.«

»Ach, nun komm«, redete er ihr gut zu. »Letzte Woche hast du dich als italienische Tomate verkleidet, um Werbung für diese Spaghettisauce zu machen. War das vielleicht nicht entwürdigend?«

»Das war was anderes«, erklärte ich. »Da bin ich für einen meiner Leute eingesprungen.«

Harry warf die Hände in die Höhe. »Würde ich ja auch machen, wenn es irgendwie ginge. Aber leider sind meine Beine nicht danach.«

»Eine Tomate braucht keine schönen Beine«, erinnerte ich ihn. »Jedenfalls habe ich nicht bemerkt, dass du *mir* letzte Woche zu Hilfe geeilt wärst.«

»Du hast mich ja auch nicht darum gebeten.«

Holly kicherte. »Vielleicht kann sie sich dich nicht als Tomate vorstellen. Möglicherweise sieht sie dich eher als verschrumpelte alte Pflaume.«

»Ach, steig mir doch in den Frack«, sagte er zu ihr. »Ich flehe dich an, Selina. Du weißt doch, wie viel mir das bedeutet.«

Ich sah zu Holly hin, die mit dem Kopf auf das auf meinem Schreibtisch liegende Blatt Papier wies, als wolle sie mich daran erinnern, dass ich ihm das schuldig war. »Also schön«, lenkte ich ein. »Aber sieh zu, dass du dir Ersatzleute besorgst, denn ein nächstes Mal wird es nicht geben.«

»Mach ich«, versprach er, während er mich knuddelte. »Du bist ein Engel.«

»Ich hab ja gar nichts dagegen«, sagte ich zu Holly, nachdem Harry gegangen war, »aber ich weiß ja noch nicht mal, was man als Kellnerin zu machen hat.«

»Du holst Essen aus der Küche und knallst es vor jemanden hin«, sagte sie. »Ach ja, und wenn jemand an deinen Strapsen herumfummelt, dann drückst du ihm das Gesicht in den Kartoffelbrei.«

Dann wandten wir uns wieder meinen finanziellen Problemen zu.

Als ich an jenem Abend nach Hause kam, grübelte ich immer noch über die Möglichkeiten, die ich hatte, nach.

»Irgendwas nicht in Ordnung, Selina?«, fragte Matt, der meine gerunzelte Stirn bemerkte.

Hollys Vorschlag, ihn anzupumpen, schoss mir kurz durch den Kopf, doch ließ ich den Gedanken sofort wieder fallen. Ich wusste, dass er und Miranda sparten, um mir meine Hälfte des Hauses abkaufen zu können, und da ich unbedingt eine eigene Wohnung haben wollte, war ich nicht bereit, diesen Plan zu gefährden, indem ich ihn oder sie anpumpte. Nicht dass Miranda mir auch nur einen Penny geliehen hätte, denn sie hatte meine Investition durch und durch missbilligt und mir des Öfteren vorgeworfen, mein Erbe verschwendet zu haben. Schon mein Stolz verbot es mir daher, in dieser Richtung Hilfe zu suchen.

»Es war ein langer Tag«, seufzte ich und ließ mich so auf die Couch fallen, dass mein Rock nach oben rutschte. Ich schloss die Augen und reckte genüsslich die Arme, wobei mir bewusst war, dass er mich beobachtete. »Und wie war's bei dir? Wie ist das Bewerbungsgespräch verlaufen?«

»Ziemlich beschissen«, grunzte er mürrisch. »Bin wieder abgelehnt worden.«

Matt hatte vor mehreren Monaten seinen Job als Grafiker verloren. Da er es versäumt hatte, sich die nötigen Computerkenntnisse anzueignen, wurde er meistens noch nicht mal zu einem Bewerbungsgespräch eingeladen.

»Armer Matt«, murmelte ich. »Warum kannst du nicht akzep

tieren, dass Fertigkeiten am Zeichenbrett nicht mehr gefragt sind? Die Leute halten dich für ein Fossil.«

»Du hast ja Recht«, gab er zu. »Das sagt jeder. Ich werde mich mal nach entsprechenden Kursen umsehen. Was mich dabei so abstößt, ist die verdammte Maus. Das ist so, als müsste ich noch mal lernen, mit einem Bleistift umzugehen – bloß dass ich nicht mehr fünf Jahre alt bin. Hast du Hunger? Es ist noch Pizza im Backofen.«

»Bin völlig ausgehungert«, erwiderte ich, während ich meinen Blick über sein Gesicht wandern ließ. Seine Enttäuschung ließ ihn auf schnuckelige Weise verletzlich wirken, und der Gedanke, ihn ein bisschen aufzumuntern, reizte mich ungemein. Als ich aufstehen wollte, hob er die Hand. »Ich hol sie dir.«

Ich gestattete ihm, mich zu bedienen und mir beim Essen zuzusehen. Danach bestand ich jedoch darauf, das Geschirr selbst wegzubringen. Als ich ins Wohnzimmer zurückkam, saß er in einem der Sessel und sah sich die Nachrichten im Fernsehen an. Ich hockte mich auf die gepolsterte Armlehne und strich ihm sanft übers Haar. »Wird schon alles klappen«, versicherte ich ihm. »Was zählt, sind Ideen.«

Er lehnte sich zurück und überließ sich meinen Liebkosungen. »Das ist schön«, schwelgte er.

Als ich seinen Kopf an mich zog und seine Wange an meiner Brust spürte, beschleunigte sich mein Herzschlag. Heimlich, still und leise ließ ich mich von der Sessellehne auf seinen Schoß gleiten.

Seine zur Faust geballte Hand schwebte über meinem Schenkel. »Selina«, stieß er mit heiserer Stimme hervor, »ich glaube, du solltest lieber von mir runtergehen.«

»Aber du tust mir doch so Leid«, gurrte ich.

»Ich will dein Mitleid nicht«, krächzte er. Im nächsten Moment sauste seine Hand nach unten und packte meinen Schenkel derart fest, dass ich zusammenzuckte.

»Was willst du denn dann, Matt?«, fragte ich mit einer Stimme, die so weich wie Seide war.

Er strich mir über den Schenkel. »Wenn ich dir das sagen würde, würdest du mich vielleicht verachten.«

»Dann zeig es mir«, erwiderte ich.

Als seine Finger sich unter den Saum meines Rocks schoben und mein Bein hochwanderten, geriet ich jedoch plötzlich in Panik. Das ging alles viel zu schnell. Wir hatten uns ja noch nicht mal geküsst!

»Nicht so hastig«, bat ich und hielt seine nach oben kriechende Hand fest. Abrupt zog er seine Hand weg, packte mich bei den Haaren und riss meinen Kopf nach hinten. »Für solche Spielchen hab ich nichts übrig«, knurrte er mit funkelnden Augen. Ich spürte seinen heißen Atem im Gesicht. Dann presste er plötzlich die Lippen auf meinen Hals und sog heftig an meiner Haut. Sein vampirhafter Kuss ließ all meine Widerstandskräfte dahinschwinden, fast als würde er mir tatsächlich das Blut aus dem Leibe saugen.

Ich wand mich in seinen Armen hin und her und erschauderte vor Lust, als seine feuchten Lippen sich von meinem Hals lösten und sich gierig über meinen Mund hermachten. Doch kaum hatten wir begonnen, uns wie wild zu küssen, als es plötzlich an der Haustür klingelte.

Das Geräusch schien ihn abrupt wieder zur Besinnung zu bringen. »O mein Gott, was mache ich denn da?« Er schob mich von seinem Schoß, sodass ich zu Boden plumpste, und sprang hoch. »Steh auf«, befahl er mir.

»Du willst doch nicht etwa aufmachen?«

Er stieß mit dem Fuß nach mir. »Steh auf, hab ich gesagt!«

Während er aus dem Zimmer stolzierte, rannte ich in die Küche. Mein Mund war völlig ausgetrocknet. Mit großen Zügen, als sei ich am Verdursten, trank ich ein Glas Wasser.

So hatte ich Matt noch nie erlebt. Es war, als hätte ich den

Korken aus einer Flasche gezogen, die eine hochgiftige und leicht entzündliche Substanz enthielt. Und so, wie sie hervorgesprudelt war, musste diese Substanz schon lange vor sich hingegärt haben.

»Selina, würdest du bitte mal herkommen!«

Seine Stimme klang irgendwie seltsam, fast panisch, sodass ich sofort dachte, der Besucher habe eine schlimme Nachricht überbracht. Doch als ich ins Wohnzimmer trat, sah Matt mich lächelnd an. »Guck mal, wer gekommen ist«, sagte er mit gepresster Stimme. »Gervaise.«

Ich drehte mich in Richtung Tür und erblickte einen fremden Mann. »Wer?«, erwiderte ich verständnislos, sodass Matt hinzufügte: »Mirandas Bruder.«

Um meine Bestürzung zu überspielen, wandte ich mich rasch wieder Matt zu. In dem Moment bemerkte ich, dass sein Mund mit meinem pinkfarbenen Lippenstift beschmiert war.

drittes kapitel

Gervaise Morgan! Das konnte doch nicht wahr sein! Dieser vier-
schrötige, finster dreinblickende bärtige Eindringling sah eher
wie Blaubarts Bruder als wie der von Miranda aus und hatte
nicht die geringste Ähnlichkeit mit dem grinsenden, frischge-
sichtigen Teenager auf dem verblichenen Foto, das sie mir einmal gezeigt hatte.

Da mir Gervaise ebenso unwichtig vorgekommen war wie der
Rest von Mirandas Verwandten, hatte ich es unterlassen, sie
mit neugierigen Fragen über den ganz knuddelig aussehenden
Jungen auf dem vergilbten Schnappschuss zu löchern. Ich wusste nur, dass er ihr Halbbruder war und aus der zweiten Ehe ihres Vaters – mit einer Französin – stammte. Kennen gelernt hatte Miranda ihn bei ihren Besuchen in Cannes, wo ihr Vater eine
Villa hatte. Anscheinend waren sie während der langen Krank-
heit ihres gemeinsamen Vaters eng zusammengerückt, hatten
aber, soviel ich wusste, seit seinem Tod nur noch brieflichen
oder telefonischen Kontakt.

Es war eine ausgesprochene Ironie des Schicksals, dass sich
Gervaise ausgerechnet den Tag, an dem seine Schwester abgeflogen war, ausgesucht hatte, um ihr einen Überraschungsbe-
such abzustatten. Ich selbst fand in Anbetracht dessen, was gerade zwischen Matt und mir abgelaufen war, das Timing derart
beschissen, dass ich ihn mit einem verkrampften Lächeln begrüßte, das ungefähr so freundlich war wie ein Schlag ins Gesicht.

Ich musterte ihn von Kopf bis Fuß und versuchte, irgendeine
Ähnlichkeit mit Miranda festzustellen, doch das Einzige, was
ich zu entdecken vermochte, waren Beweise dafür, dass der
Mensch vom Affen abstammt. Lediglich das tiefschwarze Haar

hatten die beiden gemeinsam. Während das meiner Stiefmutter jedoch ganz glatt war, war das seine gewellt und sehr dicht.

Körperlich waren sie das genaue Gegenteil voneinander – Miranda klein und zierlich, Gervaise groß und massig, mit der Statur eines Schwergewichtsboxers. Offenbar war er ihrem gemeinsamen Vater ähnlicher als sie.

Sein gebräuntes, wettergegerbtes Gesicht war halb hinter einem üppigen, buschigen Vollbart verborgen. Das einzige Attraktive an ihm waren die himmelblauen Augen, die unter seinen dichten schwarzen Wimpern hervorfunkelten.

Er trug ein am Kragen offenes, kakifarbenes Hemd, dessen Ärmel bis über die Bizepse hochgerollt waren, weite kakifarbene Hosen und abgelatschte, dreckige Wanderstiefel, die ich mit einem kritischen Blick bedachte. Als ich aufschaute, bemerkte ich, dass er mich ebenfalls musterte. Nachdem er demonstrativ auf meinen Mund gestarrt hatte, wanderte sein Blick zu den verräterischen Lippenstiftspuren auf Matts Lippen. Ganz offenbar zählte er zwei und zwei zusammen und gab deutlich zu verstehen, dass ihm das Ergebnis nicht gefiel.

Munter forderte Matt, der von alldem nichts mitkriegte, ihn auf, Platz zu nehmen und es sich bequem zu machen. »Kann ich dir etwas zu essen und zu trinken anbieten?«

Gervaise nickte erfreut. »Ich könnte einen Kaffee und vielleicht auch ein Sandwich vertragen.« Er hatte eine tiefe Stimme und sprach mit einem ganz leichten französischen Akzent.

»Kommt sofort«, sagte Matt.

Ich hob halb die Hand, um Matt wegen des Lippenstiftflecks zu warnen, doch da Gervaise mich beobachtete, beschloss ich, das Ganze auf sich beruhen zu lassen. Er hatte ja ohnehin schon alles mitbekommen.

Als Matt in die Küche ging, setzte ich mich aufs Sofa. Gervaise nahm neben mir Platz und streckte seine langen Beine von sich.

»Selina.« Er sagte meinen Namen so, als schmecke er ihn ab.

»Miranda hat mir viel von dir erzählt. Wie es scheint, jedoch nicht alles. Du bist älter, als ich dachte. Sie redet immer so von dir, als seist du noch ein Kind.«

»Dich erwähnt sie eigentlich kaum«, erwiderte ich in gehässigem Ton. »Ich dachte, du bist irgendwo im Nahen Osten.«

»War ich auch«, erklärte er, »aber jetzt bin ich hier.«

Sein durchdringender Blick bereitete mir ein solches Unbehagen, dass ich mich abwandte und nach der Fernbedienung griff, um den Fernseher auszuschalten.

»Seltsam«, sagte er.

»Was ist seltsam?«, fragte ich, indem ich ihn wieder ansah.

»Dass ihr beide, du und Matt, Lippenstift von derselben Farbe tragt.«

Seine Direktheit überraschte mich, doch ich ließ mir nichts anmerken. »Warum ist das seltsam? Küsst ihr euch in Frankreich denn nicht?«

Er nickte bedächtig. »Wie man sagt, verstehen wir uns sogar sehr gut aufs Küssen.«

»Na also«, erwiderte ich.

»Na also was?«

»Dann wirst du doch den Unterschied zwischen einem harmlosen und einem bedeutungsvollen Kuss kennen.« Ich breitete die Hände aus, um zu signalisieren, dass die Sache damit für mich erledigt war. Er war jedoch nicht bereit, das Thema fallen zu lassen.

»Und warum hat Matt dann so schuldbewusst ausgesehen, als er mir aufgemacht hat?«, fragte er, auf typisch französische Weise mit den Händen gestikulierend und die Augenbrauen hochziehend.

»Vielleicht hatte er vergessen, die Katze rauszulassen«, gab ich schnodderig zurück.

»Ihr habt gar keine Katze.« Er strich mit dem Finger über das Sofa und hielt ihn hoch. »Keine Katzenhaare.«

»Dir entgeht aber auch gar nichts, was?«, konterte ich.

Er zuckte die Achseln. »Ich bin Journalist. Wir lernen es, auf Details zu achten.« Er starrte direkt auf die Stelle an meinem Hals, an der Matt mich geküsst hatte. Im ersten Moment dachte ich, er könne hellsehen, doch dann ging mir auf, dass Matt mir einen rosig leuchtenden Knutschfleck verpasst haben musste.

Vor Schreck wäre ich beinah im Sofa versunken. »Lernen Journalisten auch, keine voreiligen Schlüsse zu ziehen?«, entgegnete ich mit schwacher Stimme.

»Klar«, sagte er. »Trotzdem ist es erstaunlich, wie oft sich die Dinge als genau das erweisen, wonach sie aussehen. Schläfst du mit ihm?«

»Was unterstehst du dich!«, rief ich und sprang auf. »Für wen zum Teufel hältst du dich eigentlich? Kommst hier mit deinen dreckigen Stiefeln reingelatscht und lässt alle möglichen Anschuldigungen vom Stapel!«

Mein Zorn schien ihn zu amüsieren. »Ich glaube, ich bin dein Stiefonkel«, sagte er. »Steht mir da in diesem Lande kein Kuss zu? Oder gilt so was nur für Nichtverwandte wie Matt?«

Ich ließ mich in einen Sessel plumpsen. »Na ja, ich hätte dir schon einen Kuss gegeben, Onkel Gervaise, aber die Sache ist die … ich bin nämlich allergisch gegen Bärte.« Was fast stimmte. Ich hasste Bärte und traute bärtigen Männern nicht über den Weg.

Als Matt mit einem Tablett hereinkam, stellte ich erleichtert fest, dass alle Lippenstiftspuren verschwunden waren. Allerdings musste er sie unabsichtlich beseitigt haben, denn als er Gervaise einen Teller mit Sandwiches reichte, zeigte er nicht die geringste Spur von Befangenheit.

»Miranda wird es sehr bedauern, dass sie dich verpasst hat«, bemerkte er.

»War eine blöde Idee von mir«, gab Gervaise zu. »Ich hätte vorher anrufen sollen.«

»Ich hoffe, dass du trotzdem ein paar Tage bleibst«, forderte Matt ihn auf.

Ich warf Matt einen vernichtenden Blick zu. Hatte er den Verstand verloren? Von mir aus konnte der Gorilla zwar bei uns übernachten, aber am nächsten Tag hatte er schleunigst in ein Flugzeug zu steigen und zum Planeten der Affen zurückzukehren!

»Aber nur, wenn es keine Umstände macht«, antwortete Gervaise, indem er mich von neuem durchdringend ansah.

»Oh, überhaupt nicht«, flötete ich.

Matt ging in die Halle, um kurz darauf etwas ins Zimmer zu schleifen, das wie ein riesiger schwarzer Leichensack aussah. In Wirklichkeit war es eine voluminöse Reisetasche, die wahrscheinlich Kleidung für mehrere Monate enthielt. »Soll ich das nach oben bringen?«, erkundigte er sich.

»Nein, lass es ruhig hier«, meinte Gervaise. »Ich nehme es später mit hoch.«

Das schien Matt zu erleichtern. »Ganz schön schwer, das Ding«, stellte er fest.

»Es kommt direkt aus dem Nahen Osten«, erklärte Gervaise. »Da ich dort achtzehn Monate unterwegs war, hat sich vermutlich ein Zentner Sand drin angesammelt.«

»Hast du über den Krieg berichtet?«, fragte Matt.

Gervaise nickte. Er mampfte bereits sein drittes Sandwich. »Es ist ein reines Vergnügen, mal wieder was zu essen, das nicht nach Kamelscheiße schmeckt«, sagte er.

Während er und Matt über den Krieg diskutierten, machte ich mich daran, den Störenfried verstohlen zu beobachten. Er schien einen Großteil des Raums auszufüllen, was nicht nur auf seine Statur zurückzuführen war. Vielmehr hatte er eine Ausstrahlung, die Aufmerksamkeit verlangte, und war von einer Selbstsicherheit, die an Arroganz grenzte. In seinen Augen bemerkte ich Intelligenz und Scharfsinn, aber auch den Hang, plötzlich humorvoll zu funkeln. Solch ein Mann würde einen gefährlichen Gegner abgeben. Je eher er wieder verschwand, desto besser.

Da er meine Feindseligkeit spürte, änderte er seine Taktik und startete eine Charmeoffensive, indem er den Kopf schräg legte und mich mit sanftem Blick ansah, wenn er mit mir sprach. Darauf ging ich jedoch in keiner Weise ein, sondern blieb steif und förmlich und reduzierte meine Antworten auf ein Minimum.

»Wenn ihr nichts dagegen habt, werde ich jetzt ins Bett verschwinden«, sagte er nach einer Weile. »Der Jetlag macht mir ein bisschen zu schaffen.«

»Ich bring dich zu deinem Zimmer«, bot Matt an.

Gervaise stand auf. »Sag mir einfach, wo es ist.«

»Am Ende der Treppe, erste Tür links«, teilte ich ihm mit.

Er zwinkerte mir kurz zu und bückte sich, um seine Reisetasche aufzunehmen. Aus purer Neugier wanderte mein Blick zu seinem Hintern, der fest und knackig war und in schmale Hüften auslief. Anscheinend beschränkte sich seine Vierschrötigkeit auf seinen Oberkörper.

Wider Willen war ich beeindruckt, als er seine Reisetasche mühelos anhob und sie sich über die Schulter hängte. »Gute Nacht«, verabschiedete er sich.

Sobald er die Treppe hoch und das Trapsen seiner Stiefel verklungen war, sah ich Matt an. »Wir müssen miteinander reden.«

»Nicht jetzt«, wehrte er ab und nahm das Tablett vom Tisch.

Ich folgte ihm in die Küche. »Wir müssen über das, was passiert ist, sprechen.«

»Das war ein Ausrutscher«, erklärte er. »Ich habe vorübergehend den Kopf verloren und konnte nicht mehr klar denken.«

»Erzähl nicht solchen Müll. Du wusstest genau, was du tust, und ich auch.« Er machte sich daran, die Tassen in die Spüle zu stellen, was mich so auf die Palme brachte, dass ich ihn beim Arm packte, damit er mich ansah. »Hör gefälligst auf, dich mit den Scheißtassen zu beschäftigen! Wir *müssen* miteinander reden!«

»Willst du vielleicht, dass er uns hört?«, zischte er.

Ich senkte die Stimme. »Dann versuch nicht, mir einzureden, du hättest nicht gewusst, was du tust.«

Er wandte sich wieder der Spüle zu und ließ Abwaschwasser ein. »Begreif doch bitte, Selina, dass der Verstand eines Mannes völlig ausgeschaltet wird, wenn sein Schwanz eigenmächtig die Initiative ergreift. Das Einzige, woran der Betreffende dann noch denken kann, ist das, was sein Schwanz will, weil der in dem Moment der Mittelpunkt seiner Welt ist. Wie kann ein Mann denn mit Sicherheit wissen, was er will, wenn sein Schwanz die Hälfte der Zeit das Sagen hat?«

»Ah, verstehe«, entgegnete ich in sarkastischem Ton. »Dann ist ja alles klar. Du hast gerade Testosteron abgesondert, und ich war zufällig greifbar. Na, wenn das nicht praktisch war!«

Er gab keine Antwort, sondern fing an, die Tassen abzuwaschen.

»Matt«, sagte ich seufzend, »hier geht's nicht um hyperaktive Hormone oder zufällige Erektionen, sondern um zwei Menschen, die sich gegenseitig antörnen.«

»Aber wenn Miranda hier wäre, wäre das alles nicht passiert«, erwiderte er, »und jetzt, da Gervaise hier ist, wird es nicht wieder passieren.«

»Er ist verdammt lästig«, stimmte ich zu, »aber seine Anwesenheit ändert nicht das Geringste.«

»O doch, seine Anwesenheit ändert alles«, widersprach er. »Ich bin sogar froh, dass er hier ist, weil mich das wieder zur Besinnung gebracht hat. Nur wegen eines Kusses werde ich nicht mein Leben mit Miranda aufs Spiel setzen.«

»Wie kannst du denn so etwas sagen?«, flüsterte ich und

schlang meine Arme um seine Taille, während ich mein Scham-bein gegen seinen Hintern presste. »Sieh dir doch mal meinen Hals an, sieh dir doch mal an, was du mit mir gemacht hast! Was glaubst du wohl, wo meine Beine jetzt wären, wenn Gervaise nicht aufgekreuzt wäre?« Er ließ die Tasse, die er gerade in der Hand hatte, fallen. Während sie ins Wasser klatschte, schob ich meinen Mund an sein Ohr. »Wir können das Ganze nicht rückgängig machen, und das weißt du auch.«

Er fuhr sich mit den Fingern durchs Haar. »Das werden wir aber müssen. Das wird zwar hart sein …«

»Zu hart«, unterbrach ich ihn und ließ meine Hand zu sei-nem Schritt gleiten, »geradezu unerträglich hart.« Ich fing an, seinen Schwanz zu reiben.

Seine Hände packten den Rand der Spüle. »Hör auf«, keuch-te er, obwohl sein Schwanz anschwoll und Schauder der Erre-gung durch seinen Körper gingen.

»Weißt du, Matt«, gurrte ich, »ich kenne nämlich dein klei-nes Geheimnis. Das willst du doch schon seit langem, nicht wahr … nicht wahr?« Sein Kopf sank auf die Brust, sein Atem ging immer schwerer, derweil ich fortfuhr, durch die Hose hin-durch über seinen erigierten Schwanz zu streichen. »Du willst schon seit langem, dass ich dich so anfasse.« Ich knabberte an seinem Ohrläppchen. »Die Vorstellung quält dich schon eine ganze Weile, stimmt's?«

Abrupt drehte er sich um und packte mich bei den Schultern. »Ja«, zischte er wild. »Ja.«

Doch gerade als er mich küssen wollte, hörten wir, wie Ger-vaise mit seinen verdammten Stiefeln die Treppe heruntergetrapst kam.

Matt stieß mich von sich. »Bleib mir vom Leibe«, knurrte er.

Beinahe wäre er zu Boden gestürzt, als er in der Tür mit Gervaise zusammenstieß. »Ich muss dringend pinkeln«, mur-melte Matt, der sich die Hand vor den Schritt hielt, um seine

Erektion zu verbergen. Gervaise trat zur Seite und ließ ihn vorbei.

»Was willst du?«, fragte ich mit eisiger Stimme. »Ich dachte, du wärst schon im Bett.«

Er hakte die Daumen in den Bund seiner Hose und schlenderte in der Küche umher. »Ich brauche noch einen Schlummertrunk«, sagte er. »Manchmal kann ich nämlich nicht sonderlich gut schlafen. Das kommt daher, dass man im Nahen Osten nie weiß, ob einem in der Nacht eine Bombe auf den Kopf fällt. Habt ihr Brandy da?«

»Irgendwo müsste noch Cognac sein«, murmelte ich gereizt. Nach einigem Suchen entdeckte ich ihn in der Besenkammer, neben einer Flasche mit Bleichlauge, sodass ich in Versuchung geriet, Gervaise einen Cocktail aus beidem zu mixen.

»Trinkst du einen mit?«, fragte er, während ich ihm ein Glas Cognac einschenkte.

»Nein«, lehnte ich ab. »Ich geh jetzt ins Bett.« Ich gab ihm seinen Cognac.

»Nicht so hastig«, sagte er und packte mich mit der freien Hand beim Gelenk. Doch statt etwas zu sagen, trank er erst mal sein Glas aus. »Würdest du mir jetzt bitte mal verraten, was hier vor sich geht?«, fragte er und knallte das leere Glas auf den Tisch.

Ich versuchte vergeblich, mein Handgelenk aus seinem schraubstockhaften Griff zu befreien. »Überhaupt nichts.«

Er setzte sich auf einen Stuhl und zerrte mich vor sich. »Sehe ich wie ein Blödmann aus?«

»Nein«, antwortete ich mürrisch.

»Das beruhigt mich«, sagte er. »Ich hab nämlich schon befürchtet, dass ich irgendwie unterbelichtet wirke.«

Ich befreite mein Gelenk aus seinem Griff. »Wieso bist du denn so misstrauisch?«

Er wies mit dem Daumen über die Schulter. »Weil Matt wieder so schuldbewusst wirkt und du ...« Er musterte mich von oben bis unten.»... nun ja, ziemlich erhitzt aussiehst.«

Ich fächelte mein Gesicht mit der Hand. »Ist ja auch ganz schön warm, findest du nicht?«

»So meinte ich das nicht. Aber um mich noch deutlicher auszudrücken: Vielleicht könntest du mir mal erklären, warum Matt gerade einen Steifen hatte?«

»Wir haben ein bisschen herumgealbert«, sagte ich. »Du weißt doch, wie schnell Männer erregt sind.«

»Ach, das war also alles«, schnaubte er sarkastisch. »Ich will dir mal was sagen, Selina. Es gefällt mir ganz und gar nicht, dass du mit dem Freund meiner Schwester herumalberst. Und ich glaube, ihr würde das ebenfalls nicht gefallen. Ich bin mir sogar ziemlich sicher, dass sie dich, wenn sie jetzt hier wäre, unmissverständlich auffordern würde, dich zu verpissen und dir endlich eine eigene Wohnung zu suchen.«

»Das ist mein Zuhause!«, fuhr ich ihn an. »Sie kann mich nicht einfach rausschmeißen. Die Hälfte des Hauses gehört mir!«

Irgendetwas in meinem Gesichtsausdruck veranlasste ihn, erstaunt die Augen aufzureißen. »Du magst sie überhaupt nicht, stimmt's?«

»Mach dich doch nicht lächerlich«, erwiderte ich. »Außerdem habe ich nicht die geringste Lust, dieses Gespräch fortzusetzen. Ich geh jetzt ins Bett.«

»Nein, warte«, befahl er. »Ich glaube, so langsam dämmert's mir. Versuchst du, Matt Miranda auszuspannen, weil du dich für irgendetwas an ihr rächen willst?«

Ich warf aufgebracht die Hände in die Höhe. »Du solltest keine Zeitungsberichte, sondern Romane schreiben, Gervaise. Du hast nämlich eine blühende Fantasie.«

»Ich habe vor allem einen Riecher für Geschichten«, entgegnete er, »und was ich hier wittere, ist eine erbärmliche kleine

Geschichte von einem undankbaren, verwöhnten Gör, das einen gewaltigen Komplex hat.«

»Lass deiner Fantasie ruhig freien Lauf«, stichelte ich. »So ist das doch bei Reportern üblich, die sich nicht die Mühe machen, die Tatsachen herauszufinden, nicht wahr?«

»Nicht bei mir«, warnte er. »Ich grabe so lange nach, bis ich auf die Wahrheit stoße.«

»Dann grab mal schön«, riet ich ihm. »Und tu mir einen Gefallen, wenn du in Australien rauskommst – besorg dir ein Didgeridoo, steck es dir in den Arsch und lass zur Abwechslung mal deinen Mund zu Wort kommen.«

Er tat so, als zucke er unter meinen Worten zusammen. »Du bist ja ganz schön temperamentvoll«, stellte er fest und klimperte mit seinen dichten schwarzen Wimpern. »Weißt du eigentlich, dass die Farbe deiner Augen von Aquamarinblau zu Türkis überwechselt, wenn du wütend bist?«

Diese Bemerkung brachte mich noch mehr in Rage. »Versuchst du etwa, mit mir zu flirten?«

Er grinste. »Soll das ein Scherz sein? Würde mir nicht im Traum einfallen. Wahrscheinlich würdest du mir dann sofort an die Kehle gehen.« Sein Blick richtete sich gezielt auf den Knutschfleck an meinem Hals. »Ist das da frisch?«

»Ja«, erklärte ich. »Und um deiner Frage zuvorzukommen: Mein Freund ist kein Vampir. Er ist einfach nur ein bisschen zu leidenschaftlich gewesen.«

»Du hast einen Freund?«

»Na klar«, log ich. »Du glaubst doch nicht etwa, das stamme von Matt, wie? So nahe stehen wir uns nun wirklich nicht, das kannst du mir glauben.«

Offenbar schaute ich nach dieser Entgegnung ein bisschen zu selbstzufrieden drein, denn er zog skeptisch eine seiner schwarzen Augenbrauen hoch. »Ehrlich gesagt, glaube ich dir überhaupt nichts. Nenn es Instinkt, wenn du möchtest.«

»Mach doch, was du willst«, stieß ich hervor und stürmte, empört mein Haar zurückwerfend, aus dem Zimmer.

»Diesen Abgang kenne ich aus *Vom Winde verweht*«, rief er mir nach.

Sobald ich in meinem Schlafzimmer war, warf ich mich aufs Bett und schlug mit der Faust aufs Kopfkissen ein. *Nimm das und das und das, du bärtiger Pavian!* Ich war aus einer ganzen Reihe von Gründen wütend auf ihn: weil er Mirandas Bruder war; weil er unangekündigt aufgetaucht war; weil er meine Pläne durchkreuzt hatte; weil er viel zu scharfsinnig war und es gewagt hatte, mich zur Rede zu stellen!

Wie konnte er es wagen, mich zu beschuldigen, ich versuchte, Matt Miranda auszuspannen, nur um mich an ihr zu rächen? Das war doch lächerlich! Ich wollte Matt, weil ich ihn begehrte. Das hatte überhaupt nichts mit Rache zu tun. Doch während ich auf dem Bett lag und nachdachte, meldete sich tief in meinem Innern eine Stimme, die sagte: *Bist du dir da ganz sicher?* Na großartig, dachte ich bei mir. Jetzt hat er es also geschafft, dass ich meine eigenen Motive infrage stelle.

In dem Moment kam er die Treppe hochgetrapst, die unter dem Gewicht seiner schweren Stiefel knarrte. Wie ich das Geräusch dieser Stiefel hasste!

»Hast du gestern Abend Fortschritte gemacht?«, fragte Holly mich ganz gespannt am nächsten Tag.

»Zunächst ist alles bestens gelaufen«, berichtete ich ihr, »bis dann diese große bärtige Fliege mit dreckigen Stiefeln angeschwirrt kam und mitten in der Suppe gelandet ist.« Ich erzählte ihr von Gervaise.

»Puh!«, stieß sie zwischen den Zähnen hervor. »Mirandas Bruder? Das ist ja wirklich 'ne Fliege in der Suppe! Sieht er ihr ähnlich?«

»Schwer zu sagen«, erwiderte ich. »Sie hat ja keinen Bart.«

Im Gegensatz zu mir hatte Holly nichts gegen Gesichtsbehaarung. »Das Bedauerliche an dir ist, Selina, dass du keine Fantasie hast.«

Ich betrachtete zerstreut meine Fingernägel. »Ich will mir lieber gar nicht ausmalen, was er hinter diesem Bart verbirgt. Vielleicht ein fliehendes Kinn oder eine Hasenscharte – wer weiß? Meiner Ansicht nach hat das Ganze etwas Verunstaltendes.«

»Da kann ich dir überhaupt nicht zustimmen«, sagte sie. »Das Schöne an Bärten ist, dass man sie abnehmen kann, während einem zum Beispiel eine Kartoffelnase fest im Gesicht sitzt. Hat er eine Kartoffelnase?«

»Nicht dass ich wüsste«, sagte ich.

»Na, das ist doch ein großes Plus«, behauptete sie. »Ist sein Haar so dunkel wie das von Miranda?«

»Glaub schon.«

»Das heißt, es ist schwarz. Hört sich allmählich so an, als sei er groß, dunkelhaarig und attraktiv, Selina.«

»Das ist King Kong auch. Jedenfalls aus der Perspektive von Affen«, entgegnete ich.

»Was hat er für Augen?«, fuhr sie nicht locker lassend fort.

Ich legte den Finger an die Stirn und tat so, als dächte ich nach. »Wenn ich mich recht erinnere, zwei zusammenpassende.«

»Ich meine, was für eine Farbe haben sie?«, fuhr sie mich an.

»Blau.«

»Aha!«, rief sie aus.

»Was zum Teufel soll denn das nun wieder heißen?« Ich warf eine Büroklammer nach ihr.

Sie fing die Büroklammer auf und nickte weise. »Um die Farbe seiner Augen zu bemerken, musstest du ihn dir genau ansehen.«

»Das ist bei seinen Augen anders«, sagte ich. »Die sind wie Laser.«

»Hmm«, machte sie. »Der gefällt mir immer besser. Er hört sich ganz nach dem Typ Mann an, der das Höschen eines Mädchens ohne Schwierigkeiten auch im Dunkeln finden würde. Also, wann stellst du mir Mr. Laserauge vor?«

»Hey, in deinem Höschen herrscht doch eigentlich schon Hochbetrieb«, erinnerte ich sie. »Oder hast du Paul vergessen?« Paul war ihr gegenwärtiger Freund.

»Was für einen Paul?«, erwiderte sie unbekümmert.

»Ach, so ist das, ja?« Ich war in keiner Weise überrascht. Hollys Beziehungen mit Männern waren so kurzlebig wie Eintagsfliegen. Trotzdem hatte ich um ihretwillen gehofft, dass es mit Paul anders sein würde. »Was soll denn das, Holly? Paul ist doch sehr nett. Ich dachte, du magst ihn.«

»Aber jemanden nur zu mögen reicht eben nicht, nicht wahr?«, konterte sie. »Ich mag auch Lammcurry, ohne es dauernd essen zu wollen. Das Problem bei Paul ist, dass er zu den Männern gehört, die ihre Pantoffeln mitbringen, wenn sie bei einem übernachten, und ständig hinter einem das Licht ausmachen, um Strom zu sparen. Es ist so, als sei er schon fünfzig, obwohl er noch nicht mal vierzig ist.« Sie schüttelte sich. »Ich glaube, er versucht bei mir einzuziehen, indem er nach und nach seine Socken bei mir deponiert. Neulich habe ich eine ganze Kollektion davon unter meinem Bett gefunden und stand damit vor dem Dilemma, ob ich sie waschen oder in den Mülleimer werfen soll. Das war wohl so was wie der Härtetest unserer Beziehung. Wie du dir denken kannst, habe ich die Dinger entsorgt. Wenn Paul sie gerade angehabt hätte, hätte ich ihn gleich mit entsorgt. Ich würde sagen, das zeigt, dass sich die Beziehung überlebt hat, meinst du nicht?«

»Ich halte das für zu voreilig von dir«, sagte ich. »Paul hat viele gute Eigenschaften. Er ist nett, charmant …«

»Redet ihr von mir?«, fragte Harry, der in dem Moment mit einem vollen Plastikbeutel in der Hand durch die offene Tür geschlendert kam.

»Na sicher«, bestätigte Holly. »Aber wenn du noch eine halbe Sekunde gewartet hättest, hättest du Selina sagen hören können, dass du nicht nur charmant und nett, sondern auch ein Blindgänger bist, dem die Eier schief hängen.«

Harry machte ein betrübtes Gesicht. »Die hängen nur schief, weil ihr zwei mir dauernd reintretet. Von wem habt ihr denn nun wirklich gesprochen?«

»Von Paul«, erklärte ich.

»Ah, also von einem echten Blindgänger«, sagte er.

»Holly spielt mit dem Gedanken, ihm den Laufpass zu geben.«

Er zog die Augenbrauen hoch. »Schon wieder einer, der ins Gras beißen muss? Und wen bringt das Fließband als Nächsten?«

»Drollig, dass du das sagst«, antwortete Holly mit einem Grinsen. »Selina hat mir gerade erzählt, dass Mirandas Bruder zu Hause bei ihr aufgekreuzt ist. Sein Name ist Gervaise. Er ist Franzose und unverheiratet.«

»Wenn er zwei Hände und einen Schwanz hat, ist er sicher dein Typ«, meinte Harry, um sich anschließend mir zuzuwenden. »Aber ist er auch Manns genug für den Job?«

»Jedenfalls ist er groß und kräftig«, erwiderte ich. »Erinnerst du dich noch an Bonzo?«

Harry nickte. »Du meinst den Koloss, der sich immer mit Popeye um dieses spacke Weibsbild Olivia kloppt, ja? Hey, Holly, wenn dieser Gervaise auf magersüchtige Frauen mit Quadratlatschen steht, hast du vielleicht echte Chancen.«

»Ich habe keine Quadratlatschen«, protestierte sie.

»Ach, dann trägst du also nur so zum Spaß Größe vierzig?«

»Du wirst gleich aus nächster Nähe nachprüfen können, was

für eine Schuhgröße ich habe«, brummelte sie mit finsterer Miene. »Und wie kommst du eigentlich dazu, dich hier einzumischen? Das ist ein Gespräch unter Frauen.«

Er ließ den Plastikbeutel vor mich auf den Schreibtisch plumpsen. »Was ist das?«, fragte ich. »Bist du für mich einkaufen gewesen?«

»Das ist deine Schuluniform für heute Abend«, sagte er und rieb sich genüsslich die Hände. »Ich kann's kaum erwarten, dich darin zu sehen.«

»Oh, lass mal sehen«, quietschte Holly. Sie schnappte sich den Beutel und steckte den Kopf rein. »Er hat an alles gedacht«, berichtete sie. »Sogar Strümpfe und Strapse sind dabei und … Ist ja nicht zu fassen!« Sie langte in den Beutel und zog mit dem Finger einen winzigen weißen G-String heraus. Auf dem Schamteil prangte der Name unserer Firma – Maskenspiel –, zusammen mit unserem Logo, einer Maske an einem Stab.

»Harry!«, schnauzte ich ihn an und fixierte ihn mit strenger Miene. »Was soll denn dieses Höschen?«

Er riss die Augen auf. »Das ist doch gute Publicity, oder?«

»Aber nur, wenn mir jemand den Kopf unter den Rock steckt!«

»Du könntest es ja ab und zu mal kurz sehen lassen«, schlug er vor.

»Und du kannst dich ins Knie ficken«, gab ich zurück. Ich riss Holly das Höschen aus der Hand. »Das Ding besteht aus so wenig Stoff, dass man noch nicht mal 'ne Augenklappe für eine Maus daraus machen könnte!«

»Ich find's niedlich«, gab Holly zu. »Hast du noch mehr davon, Harry? Dann würde ich heute Abend eins anziehen.«

Ich starrte sie fassungslos an. »Glaubst du allen Ernstes, dass Madonna so etwas tragen würde?«

Harry hatte mich unterdessen eindringlich gemustert. »Ist

das ein Knutschfleck?«, fragte er plötzlich, indem er den Rollkragen meines Pullovers nach unten zog. »Du bereitest dich ja wirklich sorgfältig auf deine Rolle heute Abend vor«, stellte er fest. »Das letzte Mal hab ich so was in meiner Schulzeit gesehen. Wer war das? Bonzo?« Aus irgendeinem Grund sah er dabei Holly an.

»Also ich jedenfalls nicht!«, fuhr sie ihn an.

»Hab ich ja auch gar nicht behauptet«, murmelte Harry mit heiserer Stimme. »Aber lass mich den Gedanken, auf den du mich gerade gebracht hast, trotzdem mal kurz auskosten.« Er schloss die Augen und stieß einen sehnsüchtigen Seufzer aus.

Holly und ich wechselten einen müden Blick und machten gleichzeitig eine Masturbationsgeste. »Hab schon kapiert«, sagte Harry. »Bin schon weg.« An der Tür blieb er noch mal stehen, um mir zuzuzwinkern. »Vergiss nicht, dass ich dich in diesem Outfit sehen möchte!«

Sobald er verschwunden war, sprang Holly auf, um den Knutschfleck zu inspizieren. »Hat Matt das gemacht? Der Mann ist ja das reinste Tier! Ist das deine Strafe dafür, dass du dich nicht an seine Warnung, ihn nicht zu provozieren, gehalten hast?«

Bevor ich antworten konnte, klingelte das Telefon. Ich nahm den Hörer ab. »Maskenspiel, Selina King.«

»Guten Morgen, Selina. Wie geht es dir?« Der italienische Akzent des Sprechers verriet mir, dass es sich um Luca Verdici handelte.

»Luca«, erwiderte ich in munterem Ton. »Ich wollte dich auch gerade anrufen.« Ich schnitt Holly, die sich mit dem Finger über die Kehle fuhr, eine Grimasse.

»Du weißt doch, wie sehr es mich kränkt, wenn du mich nicht zurückrufst«, sagte er.

»Das war keine böse Absicht«, log ich. »Holly hat mir eben erst mitgeteilt, dass du angerufen hast.« Holly warf mir einen finsteren Blick zu. »Hör mal, es hat wenig Sinn, dass du am Freitag vorbeikommst. Ich habe das Geld noch nicht. Ich brauche mehr Zeit.« Am anderen Ende der Leitung herrschte unheilvolles Schweigen. »Luca? Bist du noch da?«, fragte ich ängstlich.

»Ich werde trotzdem vorbeikommen«, insistierte er. »Es ist höchste Zeit, dass wir beide uns mal miteinander unterhalten.«

»Na gut, wenn du darauf bestehst. Dann bis Freitag.« Ich legte den Hörer auf.

»Also das ist ein Mann, den du ganz sicher nicht provozieren solltest«, warnte mich Holly. »Gehe ich recht in der Annahme, dass er sich nicht hat vertrösten lassen?«

»Ich werd schon mit ihm fertig«, behauptete ich. »Wenn er erst mal Dampf abgelassen hat, klimpere ich mit den Wimpern und zieh meinen Rock ein bisschen höher.«

Sie sah besorgt aus. »Möchtest du, dass ich dabei bin?«

»Nein, am Freitag hast du deinen freien Tag. Ich komm schon zurecht.«

»Na ja, wenn du dir sicher bist …«, sagte sie zögernd.

»Bin ich«, erwiderte ich. »Und jetzt zurück zu Matt.« Doch in dem Moment klingelte schon wieder das Telefon.

Wie sich herausstellen sollte, war es einer jener Tage, an denen ständig das Telefon klingelt und tausenderlei Dinge erledigt werden müssen. Die Stunden vergingen wie im Fluge, und ehe ich mich's versah, war es halb sechs und Holly hatte Feierabend gemacht. Ich sollte um sieben in der Schule sein und hatte mein Outfit immer noch nicht anprobiert, um zu sehen, ob es überhaupt passte.

Als Harry mich mit dem Plastikbeutel unter dem Arm an seinem Büro vorbeigehen und auf die Damentoilette zusteuern sah, grinste er über beide Backen und zog erwartungsvoll die Augenbrauen hoch. Ich zeigte ihm den Stinkefinger, damit ihm von vornherein klar war, dass ich nicht die Absicht hatte, mich ihm in dieser Kluft zu präsentieren.

Die Bluse war zu eng und spannte über meinen Brüsten, der Rock so kurz, dass er nicht nur den Blick auf den oberen Rand meiner Strümpfe freigab, sondern drei Inch von meinen Schenkeln unbedeckt ließ. Doch jetzt war es zu spät, um noch irgendetwas daran zu ändern.

Ich schlang mir das Halstuch nachlässig um den Hals und drehte mein Haar zu einem Knoten zusammen. Als ich mich bückte, um mir die Schuhe anzuziehen, sprang von der Bluse ein Knopf ab, der ins Waschbecken kullerte und vom Abfluss verschluckt wurde. Beim Aufrichten stellte ich fest, dass meine in einem weißen Spitzen-BH steckenden Brüste auf diese Weise schamlos zur Schau gestellt wurden. Das Ganze wirkte so kess, dass es mich selbst anmachte. Deshalb schlug ich alle Vorsicht in den Wind und zog auch den G-String an.

Mein Spiegelbild sah extrem sexy aus, zumal mit dem auf meinem Hals prangenden Knutschfleck. Ich merkte, wie mein Aussehen sowie die Erinnerung an Matts wilde Leidenschaftlichkeit mich immer mehr antörnten. Ich strich mir über die Schenkel und stellte mir dabei vor, es seien Matts Hände.

Ungeachtet dessen, was ich Gervaise erzählt hatte, war es schon eine Weile her, seit ich einen Freund gehabt hatte. Mein Körper hungerte nach Sex, und je länger ich dastand und darüber nachdachte, desto hungriger wurde ich.

Ich spielte kurz mit dem Gedanken zu masturbieren. Dann fiel mir jedoch Harry ein, der geduldig wartend in seinem Büro saß, immer erregter wurde und höchstwahrscheinlich an sich herumspielte.

Der gute geile Harry – ich durfte ihn einfach nicht enttäuschen!

viertes kapitel

Mit wollüstigem Ausdruck in den Augen musterte Harry mich von oben bis unten. Es hatte etwas ausgesprochen Prickelndes, wie sein lüsterner Blick langsam über meinen Körper wanderte. Mein erhitztes Gesicht verriet ihm sofort, was mit mir los war. Er ließ den Kugelschreiber, den er in der Hand hatte, fallen, lehnte sich auf seinem Stuhl zurück und beschrieb mit dem Finger einen Kreis.

Gehorsam drehte ich mich einmal um mich selbst. Er stieß einen lautlosen Pfiff aus und winkte mich zu sich. »Komm mal her, Kleine. Ich hab Süßigkeiten für dich.«

Ich verschränkte die Hände auf dem Rücken und hopste leichtfüßig zu ihm hin. »Was denn für welche, Mister?«

Er stand auf. »Ich hab sie hier in der Tasche. Warum holst du sie dir nicht selbst raus?«

Ich machte einen süßen Schmollmund und sah ihn mit großen, unschuldigen Augen an, während ich ihm in die Hosentasche griff. »Sie schwindeln ja, Mister. Da ist nur ein großer fetter Schwanz drin.«

»Stimmt«, murmelte Harry. »Was, glaubst du wohl, musst du tun, um dir ein Stück Schokolade zu verdienen, meine Kleine?«

Ich steckte mir den Daumen in den Mund und tat so, als dächte ich nach. »Etwas Unartiges?«, riet ich.

»Ich werd's dir sagen«, erwiderte er, indem er sich hinsetzte und mich zwischen seine Beine zog. »Du brauchst nur dazustehen und dir von Onkel Harry über die Beine streichen zu lassen ... so zum Beispiel. Dann lässt du dir von ihm deinen süßen kleinen Arsch befummeln, denn so was macht er sehr gerne.« Lüstern glitten seine Hände über meine Beine, um anschließend meine Gesäßbacken zu liebkosen und zu kneten, die der G-String unbedeckt ließ. »Und während er deine weiche, seidige Haut streichelt«, fuhr Harry fort, »knöpfst du dir die Bluse auf.«

Ich zuckte die Achseln und gab vor, verwirrt zu sein, machte jedoch, was er verlangte. »Und was jetzt, Onkel Harry? Soll ich mein Tittchen rausholen?«

»Ja«, krächzte er, indem er sein Gesicht zwischen meinen Brüsten vergrub und mit den Zähnen an meinem BH zerrte. Als ich eine meiner Brüste aus dem Stoff schälte, wanderte seine Zunge langsam in Richtung Brustwarze.

»O Gott«, stöhnte ich und packte seinen Kopf, während er an meiner Brustwarze sog. Er hatte es schon immer wunderbar verstanden, mich zu erregen, mit seinen geschickten Händen über mein Fleisch zu streichen und mich mit seinem feuchten, lasziven Mund zu bearbeiten.

»Das erinnert mich an unser erstes Mal«, stieß er mit heiserer Stimme hervor. »Was warst du damals mit siebzehn süß – wie eine reife saftige Pflaume, die nur darauf wartet, dass jemand sie anbeißt. Erinnerst du dich noch?«

Ich nickte. Harry war der erste »richtige Mann« gewesen, der Interesse für mich gezeigt hatte, und ich war total in ihn verknallt gewesen. »Du hast mir wieder und wieder gesagt, wie sehr du mich begehrst«, flüsterte ich. »Du hast mich schmachtend angesehen und so getan, als zitterten dir die Hände, sodass man fast den Eindruck hatte, du hättest noch nie zuvor eine Frau angefasst.«

»Und dir ist das alles runtergegangen wie Öl«, raunte er. »Du konntest es gar nicht erwarten, dass ich dir den Finger unter das Höschen schiebe ... und zwar so.« Ich wand mich wollüstig hin und her. »Deine heiße kleine Möse hat gezuckt vor Gier. Du hast gehechelt wie eine läufige Hündin.«

»Ich war klatschnass«, stöhnte ich. »So nass war ich noch nie gewesen.«

»Das habe ich bemerkt, als ich deine dampfende kleine Knospe befingert habe.«

»Mach es, Harry«, drängte ich ihn. »Jetzt sofort.«

Als er mit sanftem Druck meine Klit berührte und anfing, sie zärtlich zu streicheln, schoss eine Welle der Lust durch meinen Körper. Aufkeuchend riss ich mir das Höschen runter und machte die Beine breit, damit er besser an mich herankonnte.

Er schob seine Hand zwischen meine Schamlippen und badete seine Finger in meinem Saft. Dann befeuchtete er meine Knospe und massierte sie mit den Fingern, bis ich ihn nach Atem ringend bei den Schultern packte.

Nachdem er mir den Arm um die Taille geschlungen hatte, presste er seine Handfläche gegen mein Schambein und rieb immer fester und schneller, um mich zum Höhepunkt zu treiben. Als ein Beben durch meinen Körper ging, packte er mich bei den Haaren und küsste mich leidenschaftlich auf die Lippen.

Hastig zog ich seinen Reißverschluss auf, schob die Hand in die Hose und packte seinen steifen Schwanz. Keuchend und zitternd drängte er mich auf den Schreibtisch, während ich seinen Schwengel bearbeitete.

»Ich werde dich ficken, meine Kleine«, grunzte er heiser. »Aber erst müssen wir mit Onkel Harrys pinkfarbenem Ballon spielen.« Er holte ein Kondom aus der Schreibtischschublade und drückte es mir in die Hand.

Mit siebzehn hatte ich mich noch schwer damit getan, ihm ein Kondom überzustreifen, doch jetzt gelang es mir mühelos.

»Na los, Mister, stecken Sie ihn mir rein.«

Er drang so heftig in mich ein, dass ich ächzend nach hinten kippte. Ich schlang die Beine um ihn und trommelte ihm mit den Absätzen meiner Schuhe auf den Hintern, um ihn anzuspornen. Nachdem er meine Schenkel gepackt und die Daumen unter die Strapse geschoben hatte, machte er sich daran, seinen Schwanz hin und her zu bewegen.

Das war Harry in Höchstform: Berstend vor Lust, hatte er gleichwohl alles unter Kontrolle und bewegte sich in einem Rhythmus, der dem meines Herzschlags entsprach. Ekstatisch wand ich mich hin und her, um schon nach wenigen Sekunden so heftig zu kommen, dass er ebenfalls zum Höhepunkt gelangte. Nach einer kurzen Verschnaufpause ließ er sich auf seinen Stuhl zurückfallen. »Junge, Junge!«, stieß er hervor. »Das war ein mordsmäßiger Fick!«

Ich setzte mich aufrecht hin. »Ich kann einfach nicht glauben, dass ich wieder schwach geworden bin. Wie machst du das bloß, Harry?«

»Du bist noch weit davon entfernt, von mir losgekommen zu sein«, sagte er, während er sich vorsichtig das Kondom abzog. »Wenn du nicht so stur wärst, könnten wir jeden Tag so ficken.« Er reichte mir mein Höschen. Während ich es anzog, drängte er: »Lass uns da weitermachen, wo wir aufgehört haben, Baby. Das willst du doch auch.«

»Steck deinen Schwanz weg«, riet ich ihm, »der führt nämlich die Unterhaltung ganz allein.«

Seufzend machte er den Reißverschluss seiner Hose zu. »Ich verstehe dich nicht. Warum siehst du denn nicht ein, dass es sich lohnt, das, was wir hatten, wieder aufleben zu lassen? Das Ganze ist noch lange nicht tot.« Sehnsüchtig sah er zu, wie ich mir die Brüste bedeckte.

»Vergiss es, Harry. Das ist Schnee von gestern«, sagte ich.

Er zog mich sanft auf seinen Schoß. »Was wir eben gemacht haben, war nicht Schnee von gestern.«

»Aber morgen wird es welcher sein.«

Seine grünen Augen umwölkten sich. »Warum bist du bloß so stur?«

Ich strich ihm über seine zerfurchte Wange. »Du hast mir einmal das Herz gebrochen, du Dreckskerl. Meinst du, ich würde es mir ein zweites Mal von dir brechen lassen?«

»Es war nicht fair von dir, mir dieses Ultimatum zu stellen«, entgegnete er. »Wie konnte ich Alison denn verlassen, da sie doch von mir schwanger war?«

Ich zuckte die Achseln. »Damals schien mir das eine annehmbare Forderung zu sein. Schließlich habe ich dich sehr geliebt.«

Er zog an meinem Halstuch. »Du warst damals noch ein Kind und wusstest überhaupt nicht, was du da von mir verlangt hast. Außerdem dachte ich, es sei besser, wenn du dich erst ein bisschen austobst.«

»Du hast mir also um meinetwillen den Laufpass gegeben?« Ich stieß ein freudloses Lachen aus. »Merkwürdigerweise ist mir nie in den Sinn gekommen, dass du dich aus reiner Selbstlosigkeit so verhalten hast.«

»Um deinetwillen, um des Babys willen – was macht das für einen Unterschied? Das Timing stimmte einfach vorn und hinten nicht.«

»Du hast gesagt, dass du mich liebst.«

Er schüttelte den Kopf. »Das habe ich noch nie zu einer Frau gesagt. Offen gestanden, glaube ich nicht, dass ich dazu fähig bin. Ich habe dich angebetet, Selina – das tu ich immer noch –, und ich wollte unsere Affäre nicht beenden. Das war deine Entscheidung. Ich habe sie akzeptiert, weil ich dachte, du würdest zu mir zurückkommen, wenn du ein bisschen erwachsener bist. Ich verstehe bloß nicht, warum du so verdammt lange dazu brauchst.«

Ich machte mich von ihm los und stand auf. »Lass das, Harry. Es ist vorbei.«

Er packte mich beim Handgelenk. »Noch lange nicht«, erwiderte er. »Wie oft muss ich dich denn bumsen, um dir das zu beweisen?«

Ich befreite meine Hand aus seinem Griff und warf einen Blick auf meine Armbanduhr. »Meine Güte!«, rief ich aus. »Ich komme ja zu spät. Dabei habe ich mir noch nicht mal ein Taxi bestellt.«

»Ich fahr dich hin«, bot er an und stand auf. »Aber unser Gespräch ist damit noch nicht beendet. Ich wollte dir schon seit langem etwas sagen, aber das kann ich auch später noch machen.«

Während ich neben Harry im Auto saß, warf ich ab und an einen verstohlenen Blick auf ihn. Ich war ziemlich verwirrt, weil meine Gefühle für Harry trotz meiner gegenwärtigen Vernarrtheit in Matt so tief verwurzelt waren, dass sie mich immer, wenn ich sie näher betrachtete, beunruhigten. Schon vor geraumer Zeit hatte ich mir eingestanden, dass seine Ablehnung meines Ultimatums mich schwer erschüttert und unsere darauf folgende Trennung eine riesige, klaffende Lücke in meinem Leben hinterlassen hatte, die bisher kein Mann auch nur annähernd hatte füllen können. Vielleicht war sogar diese Wiederbelebung meiner Schulmädchenschwärmerei für Matt nur ein weiterer Versuch, die Lücke zu schließen. Ob ich wohl so scharf auf Matt gewesen wäre, wenn ich Harry nicht verloren hätte?

Ich überlegte eine Weile, warum ich mir diese Frage überhaupt stellte. Dann wurde mir klar, dass das an Harrys Talent lag, so zu tun, als sei das Ganze erst gestern geschehen, als spielten die dazwischen liegenden Jahre nicht die geringste Rolle.

Als wir vor der Schule vorfuhren, sagte er: »Danke, dass du mir aus der Patsche geholfen hast. Ich weiß das wirklich zu schätzen.«

»Wozu hat man denn sonst Freunde?«, erwiderte ich.

Er nahm mein Gesicht in die Hände und küsste mich. Als er feststellte, wie weich und willig meine Lippen waren, küsste er mich noch einmal und mit so viel Leidenschaft, dass mein Verlangen wieder aufloderte.

»Ogottogott«, stöhnte er, »wenn du nicht sofort aussteigst,

falle ich gleich noch mal über dich her. Los, raus mit dir, du geiles Luder.« Nachdem er mich praktisch aus dem Auto geschubst hatte, öffnete ich meinen Mantel und ließ Harry kurz mein Höschen sehen. Er verzog gequält das Gesicht. Während er davonfuhr, überlegte ich, ob ich ihn vielleicht nur deshalb geliebt hatte, weil er so prima ficken konnte. Für einen Teenager wäre das eine ganz natürliche Fehleinschätzung gewesen.

In der Aula der Schule herrschte ein solcher Radau, als sei sie voll mit Schülern statt mit Erwachsenen. Als ich durch die Tür spähte, sah ich drei lange Tischreihen. Auf einer Seite saßen die Jungs, auf der anderen die Mädchen. Die Frauen wurden von drei Kellnern bedient, die wie Schuljungen angezogen waren. Um die Männer kümmerte sich, soweit ich das feststellen konnte, nur eine einzige Kellnerin. Erleichtert bemerkte ich, dass ihre Schuluniform genauso offenherzig war wie meine.

In der Küche stieß ich auf eine weitere Kellnerin sowie einen vierten Kellner, der nur mit Shorts und Schulmütze bekleidet war und gerade eine rauchte. Die Kellnerin war Ende zwanzig und hatte hennarot gefärbtes, zu einem wippenden Pferdeschwanz hochgebundenes Haar. Ihr Gesicht war mit großen braunen Sommersprossen bemalt, was aussah, als hätte sie die Masern. Als sie mich erblickte, grinste sie breit. »Bist du die Kavallerie?«

»Ich heiße Selina«, sagte ich und zog meinen Mantel aus. »Ich bin keine richtige Kellnerin, weiß also nicht, ob ich euch viel nutze. Jedenfalls bin ich hier, um euch zu helfen.«

»Ist ja klasse«, erklärte der junge Mann und zog an seiner Zigarette. »Uns fehlen nämlich zwei Kellnerinnen, sodass die Kerle da draußen langsam ausflippen. Ich dachte schon, ich müsste mich als Transe verkleiden.«

»Ich heiße Jenny«, sagte die junge Frau. »Und das ist Rick. Was er gesagt hat, stimmt leider. Die Eingeborenen werden allmählich unangenehm, weil sie glauben, Harry habe sie übers Ohr gehauen. Aber wenn sie dich zu Gesicht kriegen, verschlägt's ihnen wahrscheinlich die Sprache. Du siehst hinreißend aus.«

Ich dankte ihr. »Was soll ich tun?«

»Hier.« Sie gab mir einen Notizblock und einen Kugelschreiber. »Du bedienst die Männer in der dritten Reihe. Nimm ihre Bestellungen für Drinks auf und frag sie, was sie essen wollen: Fish and Chips oder Würstchen mit Kartoffelbrei. Wenn sie Vegetarier sind, bekommen sie Chips und Kartoffelbrei. Und sieh dich vor dem rotblonden Wichser am Kopfende des Tischs vor. Sein Name ist Gary. Er hat die ganze Sache organisiert und hält die Kellnerinnen deshalb für Freiwild. Weis ihn in seine Schranken, aber sieh zu, dass du nicht über den Hamster auf seinem Kopf lachst.«

»Den was?«, kicherte ich.

»Er trägt ein Toupet.«

Als ich die Aula betrat, ertönte lautes Jubelgeschrei, dem jedoch schnell Buhrufe aus der ersten und zweiten Reihe folgten, als den dort sitzenden Männern klar wurde, dass ich sie nicht bedienen würde.

Der »rotblonde Wichser« war entzückt. »Na, wen haben wir denn da?«, rief er aus. »Wo kommst du denn her, meine Schöne?« Ich gab mir alle Mühe, nicht auf sein Toupet zu starren.

»Guten Abend allerseits. Ich hoffe, Sie amüsieren sich gut«, rief ich mit unverbindlichem Lächeln, das alle einbezog.

»Jetzt schon«, begeisterte sich Gary. »Stimmt's, Jungs?«

Die Anwesenden nickten, einige von ihnen ein wenig schwerfällig. Die Zahl der leeren Bierflaschen auf dem Tisch brachte mich zu dem Schluss, dass die Männer sich seit ihrer Ankunft schon einiges hinter die Binde gegossen hatten.

»Würden Sie mir jetzt bitte sagen, was Sie essen möchten?«

Gary winkte mich zu sich. »Ich hab schon eine Aufstellung gemacht, meine Hübsche.« Sobald ich in seiner Nähe war, schlang er mir den Arm um die Taille und zog mich an sich. »Wir wär's mit einem Kuss, Mädel?«

»Was möchten Sie bestellen?«, erinnerte ich ihn in scharfem Ton.

»Vierzehnmal Fish and Chips, siebenmal Würstchen mit Kartoffelbrei. Und noch sechzehn Flaschen Bier.« Der letzte Teil der Bestellung veranlasste die anderen, im Chor zu singen:

Noch sechzehn Flaschen Bier, schrumm, schrumm!
Mademoiselle ist nicht zu traun,
Mrs. Bull treibt's nur mit Fraun,
Und Cox schwult im Schulhof rum!

»Ist das Ihr altes Schullied?«, fragte ich.

»Das waren Lehrer von uns«, erklärte Gary. »Cox hat Musik unterrichtet und seinen Schwanz als Taktstock benutzt, der widerliche Arschfummler.« Er stopfte mir eine Zehnpfundnote in den Ausschnitt. »Davon ist noch mehr da, falls du ein bisschen entgegenkommend bist.« Er ließ die Hand sinken und begrapschte meine Gesäßbacken. »Hübschen Hintern hast du, Schätzchen.«

Als ich in die Küche zurückkehrte, war Jenny gerade dabei, leere Flaschen vom Tablett in einen Müllbeutel zu kippen. Sie bemerkte die Zehnpfundnote, die mir aus der Bluse lugte.

»Alle Trinkgelder kommen in den Topf da und werden hinterher gerecht geteilt«, teilte sie mir mit. »Je mehr du dich von ihnen befummeln lässt, desto mehr rücken sie raus.«

»Ich bin nicht hierher gekommen, um mich befummeln zu lassen«, erklärte ich, »sondern um Harry einen Gefallen zu tun.«

Sie sah mich missbilligend an. »Das erwarten die aber«, erwiderte sie. »Hör mal, Liebes, ich lebe von Sozialhilfe und versuche zwei Kinder großzuziehen. Könntest du mir da nicht auch einen Gefallen tun? Was Harry uns zahlt, sind Peanuts. Entscheidend sind die Trinkgelder. Ich bitte dich ja nicht darum, mit einem von denen ins Bett zu gehen.«

Ich kam mir echt prüde vor. Beschämt legte ich den Zehner in den Topf und gab meine Bestellung an den Küchenchef weiter. »Wenn du ein Bier willst, bedien dich«, sagte er und zeigte mit dem Kopf auf eine Kiste. »Bezahlt ist alles schon, damit die Kunden sich richtig voll laufen lassen können.«

Ich belud mir mein Tablett, das zum Schluss so schwer war, dass ich auf meinen hochhackigen Schuhen ins Schwanken geriet. Als Gary mich hereinwanken sah, sprang er auf. Im ersten Moment dachte ich, er wolle mir helfen, doch stattdessen hob er mir den Rock hoch. »Seht euch das mal an, Jungs!«

»Pfoten weg«, knurrte ich.

»Nun sei doch nicht so«, raunzte er und steckte mir einen weiteren Zehner oben in den Strumpf. Als ich das Tablett absetzte, kniff er mir in den Hintern, und als ich die Flaschen auf den Tisch stellte, warf er einen lüsternen Blick auf meine Brüste. »Du bist verdammt hübsch, meine Süße.«

»Ignorieren Sie den dussligen Rotkopf einfach«, rief mir der neben ihm sitzende Mann. »Es ist schon so lange her, seit er jemanden gebumst hat, dass sein Schwanz inzwischen die Koffer gepackt und das Land verlassen hat.«

»Leck mich doch am Arsch«, polterte Gary. »Du bist ja nur neidisch, Stalker, weil mein Schwengel größer ist als dein verschrumpelter Schlauch. Ich brauchte nie einen Kricketschläger mit aufs Spielfeld zu nehmen, weil mein Schwanz so groß und hart war.«

»Und wie kommt es dann, dass du wie ein Mädchen gespielt hast?«, höhnte Stalker.

»He, Stalker!«, rief jemand, während ein Brötchen durch die Luft gesaust kam und ihm gegen den Hinterkopf knallte. »Wie fandst du den Wurf?«, erkundigte sich die Stimme.

»Volltreffer!«», schrie ein anderer, während fünf aus der Gruppe aufstanden und anfingen, sich Brötchen zuzuwerfen. Zu meiner Erleichterung griffen in dem Moment die Frauen ein und verhinderten, dass es zu einer Brötchenschlacht kam.

»Die sind schlimmer als Kinder«, beklagte ich mich bei Rick, als ich mit meinem Tablett voll leerer Flaschen an ihm vorbeiging.

»Das dicke Ende kommt noch«, prophezeite er. »Ich habe gerade gesehen, wie einer von ihnen ein Kondom mit Wasser gefüllt hat.«

Als ich mit dem Servieren des Essens fertig war, hatten sie mich grün und blau gekniffen und mir Chips, Teile von Zigarettenpackungen und sogar eine Wurst oben in die Strümpfe gesteckt. Doch ich biss die Zähne zusammen, lächelte und machte weiter.

Als ich die Bestellungen für die Nachspeise aufnehmen wollte, zerrte Gary mich auf seinen Schoß und schob mir eine zusammengefaltete Zwanzigpfundnote so weit unter das Höschen, dass sie zwischen meine Schamlippen rutschte. Nachdem ich mich wieder hochgerappelt hatte, zog ich den Geldschein heraus, den Gary mir jedoch sofort entriss und beschnupperte. »Den behalte ich«, sagte er und drückte mir eine andere Zwanzigpfundnote in die Hand.

»Kleiner Fetischist, was?«, knurrte ich.

Er wieherte wie ein Pferd. »Du hast wohl mit meinem Arzt gesprochen, wie?«

Ich beugte mich zu ihm, um ihm ins Ohr zu flüstern: »Den werden Sie sehr bald aufsuchen müssen, Sie Arschgesicht, und dann müssen Sie versuchen zu erklären, wie es kommt, dass Ihnen ein Pfennigabsatz so tief im Arsch steckt, dass er sich nur rausoperieren lässt.«

Doch er war so betrunken, dass er meine Warnung ignorierte und mich weiterhin begrapschte, während ich den Nachtisch servierte. Schließlich reichte es mir. Als er gerade versuchte, sich eine Zigarette anzuzünden, schwänzelte ich zu ihm hin. »Lassen Sie mich das machen«, bot ich mit honigsüßer Stimme an und nahm ihm die Schachtel Streichhölzer aus der Hand. »Huch, wie ungeschickt von mir«, entschuldigte ich mich und ließ das brennende Streichholz auf sein Toupet fallen, das knisternd in Flammen aufging.

»Hey, du brennst ja!«, rief Stalker. Dann passierten mehrere Dinge gleichzeitig. Die Leute am Tisch riefen »Feuer! Feuer!«, Gary riss sich das lodernde Toupet vom Kopf, von einem anderen Tisch warf jemand ein mit Wasser gefülltes Kondom, das ihm mitten ins Gesicht klatschte und platzte.

Lachend zeigte Stalker mit dem Finger auf ihn. »Der ist ja kahl!«, schrie er. »Von jetzt an werden wir Froschkopf zu ihm sagen müssen!« Dem stimmten seine Freunde zu, die den ehemaligen Rotkopf unverzüglich umtauften, indem sie ihm eine Flasche Bier und einen Bacardi Breezer auf den Kopf schütteten.

Kurz nach diesem Zwischenfall wurden die Tische weggeräumt, damit der Tanz beginnen konnte. Wir servierten weiter, bis nichts mehr zu trinken da war. Dann teilten wir die Trinkgelder unter uns auf und gingen nach Hause. Viertel nach elf kam ich nach Hause. Matt saß allein im Wohnzimmer.

»Wo ist denn Big Foot?«, fragte ich ihn.

Er wies mit dem Kopf in Richtung Zimmerdecke. »Im Bett. Er ist früh schlafen gegangen. Wo bist du gewesen, Selina? Ich habe mir Sorgen um dich gemacht.«

»Habe ich dir nicht gesagt, dass ich später kommen würde?« Ich zog meinen Mantel aus und warf ihn aufs Sofa.

»Was zum Teufel hast du denn da an?«

Ich war so müde, dass ich ganz vergessen hatte, dass ich immer noch die Schuluniform trug. Matt sprang auf und umkreiste mich wie ein Tiger. Obwohl er wütend zu sein schien, merkte ich, dass er gleichzeitig angetörnt war.

»Das ist doch nur ein Kostüm«, beschwichtigte ich ihn. »Als ob du mich noch nie in einem Kostüm gesehen hättest!«

»Nicht in so einem«, knurrte er. »Du siehst aus wie eine Nutte.«

»Zumindest so, wie die meisten Menschen sich eine vorstellen«, erwiderte ich gereizt. »Was soll denn diese spießige Bemerkung?«

»Du gehörst schließlich zum Management der Firma«, schäumte er. »War es Harrys Idee, dich wie eine Straßenschwalbe auszustaffieren?«

Allmählich wurde ich sauer. »Ich habe ihm aus der Patsche geholfen. Er hat dringend eine Kellnerin gebraucht.«

»Ah ja?«, entgegnete er und tigerte wieder um mich herum. »Und was hast du auf dem Tablett serviert? Deine Titten?«

»Es war ein Schultreffen, wenn du's unbedingt wissen willst«, antwortete ich in bösem Ton. »Ich habe Würstchen und Kartoffelbrei und noch verschiedene andere unappetitliche Sachen serviert. Und jetzt habe ich ziemlichen Hunger.«

Ich ging in die Küche und füllte mir Getreideflocken in eine Schale. Matts Empörung machte mich neugierig, weil ich ahnte, dass er mit seinem Zorn nur seine Erregung kaschieren wollte. Möglicherweise nahm er sogar an, dass ich ihn vorsätzlich provozierte. Was vielleicht gar keine schlechte Idee war.

Ich setzte mich an den Küchentisch und sorgte dafür, dass mein Rock hinten hochrutschte, sodass Matt, falls er mir nachkam, durch die Stäbe der Rückenlehne hindurch als Erstes meine Arschbacken zu Gesicht bekommen würde. Ich hoffte, dass das Ganze ungewollt aussah.

Ich war gerade beim dritten Löffel Getreideflocken, als ich mir seiner Anwesenheit bewusst wurde. Ich tat so, als merkte ich nicht, dass er schweigend an der Tür stand und mich beobachtete. Es erregte mich, mir vorzustellen, dass er mein Fleisch förmlich mit Blicken verschlang.

»Du siehst so jung aus«, stieß er schließlich mit krächzender Stimme hervor. »Das erinnert mich an unsere erste Begegnung.«

Ich ließ den Löffel sinken, als wäre mir plötzlich ein schockierender Gedanke gekommen. »Hast du dich damals von mir angezogen gefühlt?«

Er trat hinter mich und legte mir die Hände auf die Schultern. »Glücklicherweise warst du kein Lolita-Typ«, murmelte er. »Sonst hätte wer weiß was passieren können.«

»Wusstest du, dass ich in dich verknallt war?«

Er verflocht seine Finger mit meinem Haar. »Ja.«

»Und warum hast du dann nichts unternommen?«

»Du warst doch noch ein Kind! Wofür hältst du mich eigentlich?«

Ich legte den Kopf so weit zurück, dass er den Knutschfleck sehen konnte. »Nachts hab ich immer im Bett gelegen und zugehört, wie du mit Miranda Liebe gemacht hast«, verriet ich ihm. »Und inständig gehofft, dass du in mein Zimmer kommst und mit mir das Gleiche machst wie mit ihr. Manchmal hab ich dabei mas…«

Er verschloss mir mit der Hand den Mund. »Hör auf! Ich will nichts weiter davon hören.« Ich zerrte seine Hand von meinen Lippen.

»Ich wollte, dass du der Erste bist«, fuhr ich fort, »aber du warst so mit Miranda beschäftigt, dass du mich noch nicht mal angeguckt hast.«

»Oh, angeguckt hab ich dich schon«, gab er zu. »Ich habe dich aufblühen und jeden Tag schöner werden sehen, doch gerade als du herangereift warst, hat dieser Dreckskerl Harry dich gepflückt und entjungfert. Er hat dir deine Unschuld geraubt und dich zu seiner Hure gemacht.«

»Lass Harry gefälligst aus dem Spiel«, fuhr ich ihn an. »Irgendwann musste mich ja mal jemand zur Frau machen – und zufällig war er es.«

»Ist zwischen euch beiden denn endgültig alles aus?«

Ich seufzte. »Schon seit langem.«

»Da hat mir Miranda aber was anderes erzählt«, zischte er. »Sie hat behauptet, dass du immer noch mit ihm fickst.«

Ich drehte den Kopf, um ihn anzusehen. »Na und? Dabei geht's nur um Sex, und darauf versteht sich Harry.« Ich strich mir mit der Hand über die Brüste. »Ich mag guten Sex.«

»Kann ich mir vorstellen«, sagte er.

Ich stand auf und setzte mich auf die Kante des Küchentischs. »Wir könnten auf der Stelle guten Sex haben ... gleich hier auf diesem Tisch.« Ich fuhr mir verführerisch mit der Zunge über die Lippen. »Was hältst du davon?«

Er musterte mich mit glühendem Blick. »Hast du unsern Besuch vergessen? Gervaise könnte jeden Moment reinkommen.«

Ich senkte die Stimme und sagte in atemlosem Flüsterton: »Das macht das Ganze noch viel erregender.«

Inzwischen war das Verlangen in seinen Augen zum lodernden Brand geworden. Ich sah, wie seine Willenskraft immer mehr dahinschmolz. Als ich das Bein ausstreckte und ihm mit der Sohle meines Schuhs über den Schritt rieb, machte er keinerlei Anstalten, mich daran zu hindern. »Worauf wartest du denn noch, Matt?«, fragte ich drängend.

Er schüttelte langsam den Kopf. »Du bist ein schlimmes Mädchen, Selina.«

»Stimmt«, erwiderte ich und drehte mich um, um mich wie eine Opfergabe mit dem Oberkörper auf dem Tisch auszustrecken. »Du solltest mich bestrafen.« Ich zog meinen Rock hoch und entblößte meinen Hintern. »Warum versohlst du mich nicht?« Obwohl ich nicht recht wusste, was ich zu erwarten hatte, war ich mir sicher, dass er es unwiderstehlich finden würde, wenn ich ihm so meinen Arsch darbot.

Doch der heftige Schlag, den ich im nächsten Moment erhielt, kam total überraschend. Er war von solcher Wucht, dass ich gegen die Kante des Tischs prallte und mir derart die Luft wegblieb, dass ich noch nicht einmal aufschreien konnte.

»Das kommt davon, wenn man ein unartiges Mädchen ist.« Seine Stimme war frostig weich. »Ich hoffe, das war dir eine Lehre.«

Dann marschierte er aus der Küche. Während ich mich aufrichtete und mir meinen schmerzenden Hintern rieb, hörte ich ihn die Treppe hochgehen. »Aua«, sagte ich mit einiger Verspätung.

Das war in keiner Weise der erotische Klaps gewesen, mit dem ich gerechnet hatte, sondern ein brutaler Schlag, der mich erniedrigen und mich in meine Schranken weisen sollte. Ich vermochte nicht zu entscheiden, ob er auf diese Weise versuchte, mich unter Kontrolle zu bringen, oder ob er einfach die Beherrschung verloren hatte. Jedenfalls stellte ich, sobald der Schmerz nachgelassen hatte, fest, dass ich erhitzt und erregt war. Je wilder Matt wurde, desto mehr begehrte ich ihn, wie es schien. Ich wusste, dass ich mit dem Feuer spielte, konnte aber nicht anders. Ich war besessen von ihm. Ich wollte seine aufgestaute Leidenschaft freisetzen und mich total dem verzehrenden Wahnsinn seiner Lust unterwerfen. Ich wollte, dass er brutal über mich herfiel, sich verausgabte, bis außer Zärtlichkeit und Liebe nichts mehr übrig blieb.

Die Anwesenheit von Gervaise spielte nicht die geringste Rolle. Worauf es einzig und allein ankam, war, dass ich mein Ziel erreichte. Ich wusste aber auch, dass ich mein Ziel verfolgen musste, solange Matt noch entflammt war. Wenn ich zuließ, dass seine Erregung abklang, ließ ich mir eine Chance entgehen, die ich so schnell nicht wiederbekommen würde.

Entschlossen, alle Register zu ziehen und eine Verführungsstrategie anzuwenden, der kein Mann würde widerstehen können, stieg ich die Treppe hoch.

Nachdem ich mich in meinem Zimmer nackt ausgezogen hatte, ging ich auf Zehenspitzen den Korridor entlang und blieb kurz vor dem Gästezimmer stehen. Gervaise schnarchte wie ein Walross. *Sehr gut!*

Dann schlich ich zum Schlafzimmer von Matt und Miranda und machte leise die Tür auf. Einen Moment lang fiel das Licht vom Korridor ins Zimmer, doch als ich die Tür hinter mir geschlossen hatte, stand ich im Finstern. Matt atmete, als schlafe er nicht sehr fest.

Ich tastete mich zum Fußende des Betts, hob die Bettdecke und kroch hinein. Als ich mich zwischen Matts Beine drängte, zuckte er zusammen, gab aber keinen Laut von sich, was mich ermutigte weiterzumachen. Ich suchte nach seinem Schwanz und stellte fest, dass er halb erigiert war. »Bleib ganz ruhig liegen, Matt«, flüsterte ich, »und genieß einfach, was gleich kommt.« Als ich seinen Schwanz anhob, schwoll er in meiner Hand an und wurde dick und lang. Matt sagte nach wie vor kein Wort.

Unter meinen geschickten Fingern begann das Blut in den Adern seines Schafts zu pulsieren, bis dieser schließlich vor Hitze glühte wie ein Plutoniumstab. Sein Ding war wesentlich größer, als ich angenommen hatte, sodass ich es mit zwei Händen festhalten musste, als ich mir das knollige Ende in den Mund steckte. Fast im selben Moment stieß Matt ein grollendes Stöhnen aus und bäumte sich hoch, als meine Zunge über den empfindlichen Rand seiner Schwanzspitze fuhr. Ich nahm so viel von ihm in den Mund, wie ich konnte, und machte mich daran, seinen Schwengel zu lutschen.

Als ich seinen abgehackten Atem hörte und das Zucken und Beben in seinem Körper spürte, war ich mir sicher, dass ich ihn so weit aufgegeilt hatte, dass es kein Zurück mehr für ihn gab. Ich nahm seinen Schwanz aus dem Mund, um weiter nach oben zu rutschen, doch er drückte meinen Kopf nach unten und zwang mich weiterzumachen. Jedes Mal, wenn ich versuchte, meinen Mund von seinem Schwanz zu lösen, verstärkte sich der Druck seiner Hände. Protestieren konnte ich auch nicht, da mir sein Schwengel wie ein Knebel im Mund steckte, sodass mir nichts anderes übrig blieb, als mich zu fügen. Immer schneller und fester drückte er meinen Kopf nach unten, während sich seine Hüften rhythmisch auf und ab bewegten.

Als ich die ersten Tropfen salzigen Spermas schmeckte, wurde mir klar, dass er nicht die Absicht hatte, mich loszulassen. Deshalb befreite ich meinen Kopf mit einem kräftigen Ruck aus seinen Händen und schlängelte mich nach oben, um nach seinem Mund zu suchen.

Den ich zu meiner Verwunderung nicht finden konnte. Warum hatte er sein Gesicht weggedreht? Und wer zum Teufel hatte ihm ein Stachelschwein ins Bett gelegt?

Dann dämmerte mir plötzlich die grässliche Wahrheit. »Gervaise!«, kreischte ich. Mit flatternden Händen betastete ich sein Gesicht: Augen, Nase – Bart! O mein Gott!

Seine tiefe Stimme räumte auch noch den letzten Zweifel aus. »Keine Bange«, sagte er ruhig. »Ich werde nicht schreien.«

Dafür krümmte er sich vor Lachen, als ich in wilder Flucht aus dem Bett sprang und dabei über alles und jedes stolperte. Ich schaffte es sogar, mit meinem blöden Fuß in einen seiner beschissenen Stiefel zu geraten. Da ich das verdammte Ding nicht gleich abbekam, musste ich damit den Korridor entlanghumpeln.

Brüllend vor Lachen rief Gervaise mir hinterher: »Träum süß, Leckermaul!«

Ich riss mir den Stiefel vom Fuß und schleuderte ihn gegen seine Tür.

fünftes kapitel

Ich schlief sehr unruhig und schreckte alle naselang aus einem scheußlichen Albtraum auf, in dem mir eine affenartige Kreatur mit einer Riesensalami eins über den Schädel zog und danach versuchte, mir das Ding in den Mund zu zwängen und mich dazu zu bringen, es ganz runterzuschlucken. Um sechs Uhr früh gelang es mir endlich, dem Wurst schwingenden Phantom zu entkommen, weil ich aus dem Bett fiel und richtig aufwachte.

Nachdem ich mich ins Badezimmer geschleppt hatte, beschloss ich, das Haus zu verlassen, bevor die beiden Männer erwachten. Mir stand in keiner Weise der Sinn danach, Matt gegenüberzutreten, und vor einer Begegnung mit Gervaise hatte ich geradezu panische Angst.

Ich verbot mir jeden Gedanken an ihn, bis ich mich gewaschen, angezogen und eine Tasse Kaffee getrunken hatte. Doch selbst dieses wohltuende tägliche Ritual vermochte es nicht, die Lage, in der ich mich befand, weniger grässlich zu machen oder dem, was ich getan hatte, etwas von seiner Ungeheuerlichkeit zu nehmen.

Ich fühlte mich total gedemütigt. Wie hatte mir nur solch ein lächerlicher Irrtum unterlaufen können? Das Ganze war wie eine Szene aus dem Kasperletheater, bei der lediglich das Publikum gefehlt hatte, um zu rufen: »Pass auf, er liegt direkt unter dir!«

Von allen Schwänzen der Welt, die ich hätte in den Mund nehmen können, hatte ich ausgerechnet den des Mannes erwischt, den ich unbedingt loswerden wollte. Das war wohl kaum die beste Methode, um ihn zur Abreise zu bewegen. Ich klatschte mir mit der Hand gegen die Stirn. D*u blödes, blödes Ding!*

Doch es hatte keinen Sinn, mich selbst zu zerfleischen. Geschehen war geschehen. Das Einzige, worauf ich hoffen konnte, war, dass es mir gelingen würde, den Spott, mit dem Gervaise mich zweifellos überschütten würde, einzugrenzen. Um den Schaden gering zu halten, würde ich wie gedruckt lügen müssen.

Während ich noch überlegte, was ich zu ihm sagen sollte, riss mich plötzlich seine widerliche Stimme wie ein Pistolenschuss aus meinen Gedanken. »Guten Morgen ... Leckermaul.«

Als er in die Küche kam, brachte ich es nicht über mich, ihn anzusehen. »Du bist ja schon früh auf den Beinen«, stellte er fest. »Konntest du nicht schlafen?« Ich versuchte zu antworten, doch meine Zunge schien sich in Gummi verwandelt zu haben, sodass ich lediglich ein Geräusch hervorbrachte, das sich wie das Grunzen eines Taubstummen anhörte.

Er stellte sich extra so hin, dass er in mein Blickfeld geriet, und ich sah, dass er einen schwarzen Bademantel trug, unter dem er wahrscheinlich nichts weiter anhatte. Der Gürtel war lose gebunden, sodass ich fast erwartete, den Salamiknüppel, der mich in meinen Träumen heimgesucht hatte, aus den Falten des Mantels auftauchen und drohend wackeln zu sehen. Mit unnatürlicher Gelassenheit schenkte Gervaise sich einen Kaffee ein. »Merkwürdigerweise habe ich wie ein Baby geschlummert.« Der Ton seiner Stimme ließ darauf schließen, dass er irgendwo in den Tiefen seines schwarzen Barts grinste wie ein selbstzufriedener Buddha.

Ich bedachte ihn mit einem Blick, von dem ich hoffte, dass er benebelt wirkte, und fasste mich an den Kopf. »Bitte schrei nicht so, Gervaise«, jammerte ich. »Ich habe einen Kater, als ob mir jemand mit einer Kalaschnikow im Kopf rumballert.«

Zu meinem Verdruss lachte er glucksend. »Nicht schlecht, Selina, aber du musst dir trotzdem was Besseres einfallen lassen.«

Da ich ihn unbedingt davon überzeugen wollte, dass ich

sturzbetrunken gewesen war, malte ich das Ganze weiter aus. »Ehrlich!«, erwiderte ich. »Mein Schädel kommt mir vor wie ein Wäschetrockner, in dem mein Gehirn auf vollen Touren herumgeschleudert wird. Ich bin nämlich gestern Abend bei einem Dinner mit Tanz gewesen und habe mich voll laufen lassen.« *Hörte sich das plausibel an? Meiner Ansicht nach schon.*

»Ah ja.« Gervaise nickte. »Das ist also deine Ausrede, ja? Lass mich mal raten. Machst du alkoholbedingte Amnesie geltend oder ist es eher *Ich war so besoffen, dass ich nicht mehr wusste, was ich tu*?« Er nahm mir gegenüber Platz und sah mich mit bohrendem Blick an.

Der verfluchte grinsende Gibbon schien mir immer einen Schritt voraus zu sein! »Weder das eine noch das andere«, entgegnete ich von oben herab. »Ich kann mich durchaus daran erinnern, dass ich zu dir ins Bett geschlüpft bin, habe aber gemeint, woanders zu sein. Ich wusste, was ich tat, dachte aber, dass ich es mit jemand anderm tu.«

Er brauchte eine ganze Minute, um sich darüber schlüssig zu werden, ob das, was ich gesagt hatte, irgendeinen Sinn ergab. »Und mit wem glaubtest du zusammen zu sein?«, fragte er schließlich.

»Ich glaube nicht, dass dich das was angeht.«

Er runzelte die Stirn und rieb sich über das bärtige Kinn. »Seit wann geht es einen Mann nichts an, was im Schlaf mit seinem Schwanz passiert?«

»Dein verdammter Schwanz hatte überhaupt nichts in Matts Betts zu suchen!«, wetterte ich.

»Ah, du wusstest also, dass es Matts Bett war, ja?«

Oh, Scheiße hoch vier! »Nein … ja … was ich meine, ist …«, stammelte ich. »… also *jetzt* weiß ich es. Aber gestern Abend dachte ich, es sei das Bett meines Freunds.«

Er trommelte mit den Fingern auf die Tischplatte. »Seltsam«, sagte er.

Au verflucht, schon wieder benutzte er das Wort »seltsam«, so wie vor kurzem, als er den Lippenstiftfleck auf Matts Mund kommentiert hatte. »Was ist seltsam?«, fragte ich verständnislos.

»Dass dein Freund auch Matt heißt.« Ich starrte ihn verwirrt an. »Bleib ganz ruhig liegen, Matt«, zitierte er.

Ich merkte, dass ich knallrot wurde. »Ich war betrunken«, konterte ich lahm.

»Ich glaube, du hast mich für Matt gehalten«, stellte er voller Entschiedenheit fest, »und das wirft einige Fragen auf.«

»Wer gibt dir eigentlich das Recht, mich so zu verhören?«, zischte ich, mich aufs hohe Ross setzend.

Er trank einen Schluck Kaffee. »Miranda.«

Ich fiel von meinem hohen Ross und landete in einem Haufen dampfenden Dungs. »Na ja, mir ist ja klar, wie das Ganze nach außen hin wirken muss. Aber du verstehst das völlig falsch, Gervaise, ehrlich. Zugegeben, ich flirte ein bisschen mit Matt, aber das ist nichts Ernstes. Jedenfalls würde ich mit ihm nie und nimmer das machen, was ich letzte Nacht gemacht habe.«

»Ihm einen blasen?«, präzisierte er.

»Herrgott noch mal, ich weiß, was ich gemacht habe!«, rief ich, in die Offensive gehend, aus. »Warum hast du mich denn nicht daran gehindert? Warum hast du mich weitermachen lassen? Du musst doch gewusst haben, dass es ein Irrtum war.«

Er senkte den Blick. Abermals hatte ich den Verdacht, dass er sich hinter seiner pelzigen Bartmaske auf die Lippen biss, um nicht in Lachen auszubrechen. »Ich habe mich nur so verhalten, wie sich in der Situation jeder normale Mann verhalten hätte. Zuerst war ich ein bisschen schockiert, doch dann habe ich mich in mein Schicksal gefügt, mich zurückgelegt und an Frankreich gedacht.« Er lachte glucksend, sodass seine Zähne weiß aufblitzten. »Hör mal, Leckermaul, selbst wenn deine sinnlichen Lippen nicht an meinem Schwanz gewesen wären, hätte ich einen Körper wie deinen nicht aus dem Bett geschmissen. Ich bin schließlich weder verrückt noch schwul.«

Ich erschauderte und wedelte abwehrend mit den Händen. »Musst du denn immer wieder darauf zurückkommen? Und bitte, *bitte* nenn mich nicht Leckermaul.« Ich stand auf und ging zum Kühlschrank, um etwas zu essen herauszuholen. »Können wir das Ganze nicht einfach vergessen? Wie wär's denn, wenn ich dir ein schönes englisches Frühstück mache?«

Er sagte weder Ja noch Nein, sondern saß wortlos da und sah zu, wie ich das Frühstück vorbereitete. Doch selbst sein Schweigen kam mir wie Spott vor, sodass ich von Sekunde zu Sekunde nervöser wurde und immer ungeschickter herumhantierte. »Du hast mir immer noch nicht erzählt, was du in Matts Zimmer zu suchen hattest«, fuhr ich schließlich fort, um das lastende Schweigen zu brechen.

»Das ist nach wie vor *meine* Frage, die du immer noch nicht beantwortet hast«, erwiderte er.

Ich zuckte müde mit den Achseln. »Eine andere Antwort als die, die ich dir schon gegeben habe, habe ich nicht. Tut mir Leid, wenn sie dich nicht zufrieden stellt. Würde es dir etwas ausmachen, jetzt *meine* Frage zu beantworten?«

»Matt hat darauf bestanden, dass wir die Zimmer tauschen«, sagte er. »Er dachte, das Doppelbett könnte sich als praktisch erweisen, falls ich mal Damenbesuch habe. Drollig, nicht? Er muss gewusst haben, dass dieser Glücksfall bald eintritt.«

Ich wirbelte herum und starrte ihn an. »Aber du bleibst doch nur kurz hier. Wie kommt er denn darauf, dass du es nicht fertig bringst, ein paar Tage lang ohne Sex zu leben?«

Er verschränkte die Arme und erwiderte meinen Blick, indem er mich ebenfalls durchdringend ansah. »Tja, ich habe beschlossen zu bleiben, bis Miranda zurückkommt. Das habe ich Matt gestern mitgeteilt.«

Ich war entsetzt. »Aber das geht doch nicht!«

Er sah mich herausfordernd an. »Matt hat nichts dagegen. Warum solltest du etwas dagegen haben?«

Aus tausend Gründen. Ich nannte jedoch nur den offenkundigsten. »Weil unser Verhältnis zueinander bereits sehr gespannt ist. Glaubst du wirklich, wir können drei Wochen lang unter einem Dach leben?«

»Warum denn nicht? Solange wir in unsern eigenen Schlafzimmern bleiben«, erwiderte er grinsend. »Es sei denn, du hast vor, mir noch mal auf die Knochen zu springen.«

Ich ließ meinen Blick kritisch über seine massiven Schultern gleiten. »Willst du damit sagen, dass sich unter all dem Muskelfleisch auch Knochen verbergen? Wie möchtest du übrigens deine Eier? Gebraten, gekocht oder eimerweise?«

»Hart wie Stein«, antwortete er mit grimmiger Miene.

»Wundert mich nicht im Geringsten«, sagte ich.

Sein wachsamer Blick machte mich nach wie vor nervös, sodass ich froh war, etwas zu tun zu haben. Nach einer Weile fragte er: »Was hat eine Gurke mit einem englischen Frühstück zu tun?«

»Hä?« Ich besah mir die Esswaren, die ich aus dem Kühlschrank genommen hatte. Merkwürdigerweise lag in der Tat eine Gurke neben der Packung mit Schinken. »Ist mir völlig schleierhaft, warum ich die mit rausgeholt habe«, sagte ich.

»Tatsächlich?« Er zog eine Augenbraue hoch. »Ich könnte mir vorstellen, dass Sigmund Freud eine ziemlich gute Erklärung dafür hätte.«

Ich schnappte mir die Gurke und piekte ihm damit in die Brust. »Und ich könnte mir vorstellen, dass Sigmund Freud ein jämmerlicher alter Schlappschwanz war, der überall Phallusse gesehen hat, weil sein eigenes Wiener Würstchen so schlottrig war, dass es keine Möse hinter dem Ofen hervorgelockt hat. Soweit es mich betrifft, ist das lediglich eine Gurke – und *nicht* dein Schwanz.«

»Stimmt«, sagte er. »Weil mein Schwanz nämlich nicht grün ist. Aber das weißt du ja inzwischen, nicht wahr?« Er zwinkerte mir verschwörerisch zu.

Verlegen knallte ich den Topf mit den Eiern auf die Kochplatte. »Wenn es dir nichts ausmacht, würde ich lieber nicht über deinen Penis sprechen.«

»Okay«, stimmte er zu. »Ich höre auf, darüber zu sprechen, sofern du aufhörst, darüber nachzudenken.«

»Ich denke überhaupt nicht darüber nach!«, rief ich aus und nahm ein Nudelholz aus der Schublade des Küchenschranks.

Gervaise kratzte sich am Kopf. »Willst du einen Kuchen backen?«

»Wie?« Ich starrte den Gegenstand in meiner Hand an. Was zum Geier wollte ich denn mit einem Nudelholz? Rasch legte ich es in die Schublade zurück und machte mich daran, Würstchen zu braten. »Ihr Männer seid doch alle gleich. Ihr seid besessen von euren Schwänzen. Wenn ihr nicht gerade an ihnen herumfummelt, spielt ihr mit dem Gedanken, an ihnen herumzufummeln. Eine Frau hingegen ist nur dann am Schwanz eines Mannes interessiert, wenn er dem Mann gehört, für den sie sich interessiert.«

Doch Gervaise hörte mir gar nicht zu, sondern starrte wie gebannt auf das rohe Würstchen, mit dem ich während meines Vortrags herumgefuchtelt hatte. Als ich es ansah, kam mir zu Bewusstsein, dass es genau wie ein schlaffer Schwanz aussah. Verdammt noch mal! Musste denn alles in dieser beschissenen Küche an einen Schwengel erinnern?

Als Gervaise in Lachen ausbrach, wurde ich wütend. »Halt die Klappe!«, fuhr ich ihn an. »Weißt du, was ich getan hätte, wenn ich letzte Nacht gewusst hätte, dass du es bist?« Ich hob die Wurst zum Mund und biss ein Stück ab. Dann warf ich ihm einen gehässigen Blick zu, spuckte das Stück in die Spüle und stellte den Abfallschredder an.

Er hörte auf zu lachen und rieb sich bekümmert die Wange. »Weißt du … Ich glaube, auf Würstchen verzichte ich lieber.«

Ich wandte mich ab, um ein Kichern zu unterdrücken und mir außerdem die restlichen rohen Wurstteile aus dem Mund zu klauben. Ich hatte ihm zwar demonstriert, was ich von ihm hielt, aber es hatte scheußlich geschmeckt.

Das Frühstück war eine Katastrophe. Ich hatte es geschafft, alles anbrennen zu lassen, einschließlich der gekochten Eier. Während Gervaise in dem verkohlten Essen auf seinem Teller herumstocherte, murmelte er: »Andere Dinge kannst du wesentlich besser.«

Aufgebracht schnappte ich mir die Bratpfanne und holte damit nach seinem Kopf aus. Er duckte sich jedoch rechtzeitig, sodass die Pfanne über seinen Schädel hinwegzischte. Dann schnellte er hoch und riss mir die Pfanne aus der Hand. »*Merde*!«, schrie er. »Du dämliche Nuss! Ich komme gerade von der Front, wo ich dauernd Geschossen ausweichen musste! Und soll ich dir mal was verraten? Selbst dort war das Essen besser, und sogar die verdammten Feinde waren freundlicher als du.«

»Niemand hat dich gebeten, hierher zu kommen«, zischte ich. »Und wenn du so was wie ein Gentleman wärst, würdest du nicht ständig solche kindischen Anspielungen machen, sondern die Sache auf sich beruhen lassen. Ist dir denn nicht klar, wie peinlich das für mich ist?«

Er knallte sein Messer und seine Gabel hin. »Ich bin mir nicht sicher, was mich mehr ankotzt«, sagte er, »dein beschissenes Essen oder deine beschissene Einstellung. Du solltest dich bei mir für das, was du getan hast, entschuldigen. Das war eine gottverdammte sexuelle Belästigung, und bloß weil ich ein Mann bin, heißt das noch lange nicht, dass ich mich nicht verletzt gefühlt hätte.«

Seine Worte trafen mich wie ein Schlag. Er hatte Recht. Natürlich hatte er Recht. Genau genommen hatte ich ihn missbraucht. Trotzdem war es mir überhaupt nicht in den Sinn gekommen, mich zu entschuldigen. »Das Ganze tut mir schrecklich Leid«, sagte ich zerknirscht. »Wirklich. Das hätte ich gleich zu Anfang sagen sollen.«

Ich sah das Lachen in seinen Augen auffunkeln, kurz bevor es aus ihm herausbrach. Er schüttelte ungläubig den Kopf und prustete, sich vor Heiterkeit krümmend: »Ich hab dich doch nur aufgezogen, Leckermaul. Glaubst du wirklich, ich hätte es ernst gemeint? Hör mal, meine Süße, wenn dir danach ist, mir den Schwanz zu lutschen, dann nur zu. Du weißt ja, wo er ist.«

»Du Arschloch!«, kreischte ich und fegte mit der Hand über den Tisch, um ihm die Überreste seines Frühstücks auf den Schoß zu kippen.

Nachdem er sich die Bescherung angesehen hatte, schaute er mich mit spitzbübisch frecher Miene an. »Soll das bedeuten, dass ein Nachfolgefick nicht drin ist?«

»Oh!«, schnaubte ich, wütend auf mich selbst, weil ich am liebsten gelacht hätte. Ich stürmte aus der Küche, gerade als Matt hereinkam. »Warum so eilig?«, fragte er und vertrat mir den Weg.

»Ich komme zu spät zur Arbeit«, sagte ich gereizt.

»Aber es ist doch noch früh am Tage.«

Ich versuchte, mich an ihm vorbeizudrängeln. »Ich bin mit einem Kunden zum Frühstück verabredet.«

»Wenn du fünfzehn Minuten wartest, fahr ich dich hin«, bot er mir an.

»Nein, ist schon okay. Ich nehm den Bus.«

Er bohrte seine Finger in meinen Arm. »Ich fahr dich hin.«

Ich warf einen Blick auf Gervaise, der immer noch Essen von seinem Bademantel klaubte. »Danke«, sagte ich mit gepresster Stimme. Matts Vorschlag passte mir überhaupt nicht, doch angesichts des stahlharten Ausdrucks in seinen Augen hielt ich es für besser, einzuwilligen. Während ich im Wohnzimmer saß und auf ihn wartete, überlegte ich, ob der Schlag, den er mir letzte Nacht versetzt hatte, als Bestrafung oder als Vorgeschmack auf kommende Dinge gedacht gewesen war. Hatte er vielleicht einen sadistischen Zug? War Dominanz sein Ding? Was mich betraf, so hätte ich sexuell radikal umdenken müssen, um die Unterwürfige spielen zu können, doch der Reiz des Neuen war immerhin so groß, dass ich einem solchen Experiment nicht abgeneigt gewesen wäre, auch wenn ich mich nicht im Entferntesten für masochistisch hielt.

Sobald wir im Auto saßen, kam er zur Sache. »Wenn wir es wirklich durchziehen wollen, werden wir es auf meine Weise machen«, legte er fest.

Mein Herz setzte einen Moment aus. »Redest du von einer Affäre?«, fragte ich, weil ich sicher sein wollte, dass ich ihn richtig verstanden hatte.

Er sah mich mit einem unergründlichen Ausdruck in den Augen an. »Du hast mir deutlich zu verstehen gegeben, dass du das willst. Aber ich warne dich, Selina. Die Sache hat ihren Preis. Die Frage ist: Bist du bereit, ihn zu zahlen?«

»Wie meinst du das?«

»Ich werde meine Beziehung mit Miranda nur aufs Spiel setzen, wenn ich die Garantie habe, von dir mehr zu bekommen, als ich von ihr bekomme«, erklärte er kategorisch.

»Mehr was? Mehr Sex?«

Selbst im Profil sah sein attraktives Gesicht streng und unerbittlich aus. »Mehr Gehorsam.«

Das war es also. »Ich weiß nicht, ob ich dazu in der Lage bin«, gestand ich.

»Dann renn nicht mit nacktem Arsch rum und bleib mir von der Pelle.«

»Ob ich dazu in der Lage bin, weiß ich ebenfalls nicht«, sagte ich. »Ich komme nicht gegen meine Gefühle an, Matt. Ich begehre dich doch so sehr.«

»Ich weiß«, sagte er und legte mir die Hand aufs Knie. »Aber die Frage ist, wie sehr.«

Mit fast kindlichem Staunen betrachtete ich seine Hand. Ich wagte kaum zu glauben, dass es Matts Hand war, die mein Knie anfasste, und dass ich ausnahmsweise einmal nicht träumte. Was immer ich als Nächstes sagte, würde dazu führen, dass er seine Hand entweder dort ließ oder sie wegnahm. »Was erwartest du von mir?«, fragte ich leise.

»Nichts«, sagte er und ließ seine Hand höher gleiten. »Jedenfalls zu tun brauchst du nichts.«

Vor uns kroch der Verkehr mittlerweile nur noch dahin, doch da Matts Wagen Automatik hatte, brauchte er nur eine Hand zum Lenken, sodass er mir die andere unter den Rock schieben konnte. Da er auf die Fahrbahn und nicht auf seine Hand blickte, schien diese seltsam losgelöst von ihm zu sein. Obwohl ich sah, wie seine Knöchel sich unter dem Stoff auf und ab bewegten, kam es mir trotzdem so vor, als sei nicht seine Hand, sondern irgendein fremdes Wesen unter meinen Rock gekrochen.

Der Verkehr war zum Stillstand gekommen. »Matt«, sagte ich beunruhigt, »die Leute werden sehen, was du machst.«

»Genau das will ich ja«, entgegnete er. »Zieh deine Strumpfhosen und dein Höschen aus.«

»Aber es ist helllichter Tag, und wir stehen mitten im Stau«, protestierte ich.

»Ich weiß«, grunzte er heiser und grub seine Finger in meinen Schenkel. »Machst du nun, was ich dir sage, oder nicht?«

Plötzlich wusste ich, was er wollte. Es war in seinem lodernden Blick zu lesen, in seiner krächzenden Stimme zu hören, in seinem brutalen Griff zu spüren. Gehorsam zog ich meine Unterwäsche aus.

Er stieß einen tiefen Seufzer aus. »Braves Mädchen.«

Ein Stück vor uns sah ich ein Blaulicht aufblitzen. Ein Unfall hatte den Verkehr auf unserer Fahrspur zum Erliegen gebracht, und jetzt machten auch die Autos auf der Spur links neben uns Halt. Nachdem Matt die Handbremse angezogen hatte, drehte er sich mir zu und schob die rechte Hand zwischen meine Beine, während er mir mit der Linken den Rock bis zu den Hüften hochzerrte.

»Um Gottes willen, Matt«, murmelte ich nervös, als ein Minibus voller Arbeiter direkt neben uns hielt. Nach ihren wettergegerbten Gesichtern und dicken Jacken zu urteilen, waren es Bauarbeiter.

Ohne die Männer zu beachten, starrte Matt geradeaus durch die Windschutzscheibe und vergrub seine Finger in meinem krausen Schamhaar.

»Matt!«, bettelte ich von neuem und bedeckte mein Gesicht mit der Hand, als ich bemerkte, dass die Arbeiter mit lüsternen Blicken durch die Fenster ihres Wagens spähten und zu sehen versuchten, was er mit mir machte.

»Halt die Klappe!«, knurrte er und schlug meine Hand weg, als ich versuchte, mich zu bedecken.

Ich kam mir vor wie auf dem Präsentierteller. Die Arbeiter drängten sich am Fenster ihres Wagens zusammen, um einen Blick auf mein nacktes Geschlecht zu erhaschen. Ich hörte, wie sie riefen und pfiffen und mit den Händen gegen die Scheiben trommelten, um meine Aufmerksamkeit zu erregen.

Doch ich gönnte ihnen nicht einen einzigen Blick. Stattdessen beobachtete ich, wie Matt unzüchtig das dunkle Dreieck meines Schamhaars liebkoste und mit dem Mittelfinger meine weichen Schamlippen erkundete, wobei er es jedoch geflissentlich vermied, meine Klit zu berühren. Ich wurde immer geiler, bis mein Körper schließlich vor Lust zuckte. Mit einem Seufzer schloss ich die Augen und überließ mich bereitwillig seinen Berührungen.

Er drückte meine Beine auseinander und rieb mir mit der

Handfläche über den Venushügel. Ich reckte den Unterleib hoch und ließ meine Hüften kreisen, um den Druck seiner Hand zu erwidern.

»Sieh sie an«, stieß er hervor. »Sieh dir an, wie sie dich beobachten.«

Doch ich war inzwischen so erregt, dass mir die Zuschauer nichts mehr ausmachten. Ihr Voyeurismus trug eher zur Steigerung meiner Lust bei. »Die können mich mal«, keuchte ich, während Matts Finger zwischen meine Mösenlippen drangen und sich daranmachten, meine geschwollene Knospe zu bearbeiten.

»Ich hab gesagt, *sieh sie an*«, befahl er.

Ich öffnete die Augen. Als ich die grotesk gegen die beschlagenen Scheiben des Busses gedrückten Gesichter der Arbeiter erblickte, verspürte ich einen derart wollüstigen Kitzel, dass ich am ganzen Körper erbebte. Sie vergewaltigten mich mit den Augen, schändeten meine Möse mit ihren lüsternen, hungrigen Blicken.

»Lass sie noch mehr sehen«, drängte Matt und drückte meine Beine noch weiter auseinander.

Während Matt mich immer heftiger zwischen den Beinen rieb, wand ich mich ekstatisch hin und her, strich mir über die Brüste und drehte den Arbeitern mein lustvoll verzerrtes Gesicht zu. Indem ich sie aufgeilte, geilte ich auch mich selbst auf. Ich stellte mir vor, wie sie mich alle mit ihren Händen liebkosten, mich mit ihren heißen, gierigen Zungen beleckten, mit ihren harten, pulsierenden Schwänzen über mich herfielen, malte mir aus, unter ihren Körpern begraben zu sein wie eine Bienenkönigin unter Drohnen. Jeder wollte mich als Erster ficken, jeder kam dran – dicke Schwänze, kleine Schwänze, nicht enden wollende Schwänze. Abrupt schoss eine derartige Welle der Lust durch meinen Körper, dass ich in Zuckungen geriet, als habe sich der Autositz plötzlich in einen elektrisch aufgeladenen Stuhl verwandelt, der knisternde Stöße der Ekstase durch meine Adern jagte.

Sobald mein Höhepunkt vorüber war, war mir das Ganze jedoch furchtbar peinlich, und als aus dem Minibus johlendes Beifallsgeschrei herüberklang, wäre ich vor Scham am liebsten im Boden versunken. Ich machte Anstalten, mich wieder zu bedecken, wurde aber von Matt daran gehindert.

»Ach, bitte, Matt«, bettelte ich. »Jetzt haben sie genug gesehen.«

Er grinste hämisch. »Sie haben deinen Arsch noch nicht gesehen. Los, zeig den Dreckskerlen deinen nackten Hintern!«

»Nein, das mach ich nicht. Das ist kindisch.«

»O doch, das wirst du machen.« Er packte mich, zerrte mich auf seinen Schoß und fing an, mir hinten den Rock hochzuziehen. Ich wehrte mich wie wild. »Hör auf! Ich hab gesagt, dass ich das nicht will!«

In dem Moment fuhr der Minibus weiter und bog von der Straße ab. Mit enttäuschtem Grunzen ließ Matt mich los.

Ich sah noch, wie einige der Arbeiter sich die Nasen an der Rückscheibe des Busses platt drückten, dann waren sie zu meiner Erleichterung endlich verschwunden. »Du bist ja pervers«, sagte ich zu Matt. »Wie zum Teufel kommt es, dass jemand wie du mit jemand so Zugeknöpftem wie Miranda zusammen ist? Ich kann mir beim besten Willen nicht vorstellen, dass sie einer Busladung Bauarbeiter den nackten Hintern zeigen würde!«

Er schnaubte verächtlich. »Die ist so etepetete, dass sie noch nicht mal bereit ist, bei Licht zu ficken. Auf so was wie eben würde sie sich nie einlassen.« Er betätigte den Schalthebel und fuhr langsam weiter, da die Autos vor uns sich wieder in Bewegung gesetzt hatten. »Hat es dir gefallen?«, fragte er und sah mich von der Seite an, während ich wieder in meine Unterwäsche schlüpfte.

Ich wusste nicht, was ich sagen sollte. Das war meine erste Erfahrung mit Exhibitionismus gewesen. Ich hatte es zwar genossen, beobachtet zu werden, doch der Kitzel des Ganzen war durch meine Erniedrigung zustande gekommen. Ich fand, dass selbst ein heftiger Orgasmus es nicht wert war, sich erniedrigen zu lassen. Die ehrliche Antwort auf seine Frage wäre gewesen, dass ich wohl zu gehemmt war, um mir so etwas zur Gewohnheit zu machen. Doch ich wollte nicht, dass er mich für prüde hielt.

»Ich weiß nicht recht«, antwortete ich ausweichend. »So etwas habe ich einfach nicht erwartet.«

Seine Finger schlossen sich fester ums Lenkrad. »Nun, jetzt weißt du, was du zu erwarten hast. Also wie steht es mit unserem Deal? Sind wir uns einig?«

»So, wie du das sagst, hört es sich an wie ein geschäftliches Abkommen«, wandte ich ein.

»Na und?«, erwiderte er. »Schließlich wollen wir beide ja Nutzen aus der Sache ziehen.«

Ich starrte betrübt aus dem Fenster. Seine Einschätzung des Ganzen deprimierte mich und war weit von dem entfernt, was ich wollte. »Was du mir anbietest, bekomme ich bereits von Harry«, sagte ich enttäuscht.

Er zuckte gleichgültig die Achseln. »Dann hol es dir halt von Harry.«

Ich war verwirrt und hatte das Gefühl, dass er mich auf dem falschen Fuß erwischt hatte. Wollte er mich nun oder wollte er mich nicht? Seine Unverbindlichkeit schmeckte mir ganz und gar nicht, und es fiel mir nicht im Traum ein, mit mir experimentieren zu lassen, bis er mit sich selbst im Reinen war. »Ich glaube, darüber muss ich erst mal nachdenken«, sagte ich.

Eine Zeit lang sprach keiner von uns ein Wort, doch als er vor meinem Büro anhielt, fragte er: »Was gibt es denn da nachzudenken?«

In seiner Stimme schwang ein beunruhigter Ton mit. Fragte er sich vielleicht, ob er mir zu viele Grundregeln aufs Auge gedrückt hatte? Ich beschloss, seine Zweifel zu nähren. »Ehrlich gesagt, habe ich es satt, immer nur etwas zu sein, mit dem jemand fremdgeht, Matt. Ich will einen Mann, der bereit ist, mehr als nur seinen Schwanz in eine Beziehung einzubringen, und wenn du dich da nicht angesprochen fühlst, dann sollten wir vielleicht aufhören, bevor wir angefangen haben.« Ich stieg aus dem Wagen und stolzierte ins Gebäude, ohne mich ein einziges Mal umzusehen.

Doch ich war keineswegs so gelassen, wie ich zu sein schien. Deshalb machte ich mich sofort auf die Suche nach Holly, um ihre Meinung einzuholen. Harrys Büro war leer. Als ich mich jedoch dem meinen näherte, hörte ich von drinnen Hollys Stimme. »Na los, Harry, nun mach«, drängte sie ihn. »Du willst es doch.«

Ich öffnete die Tür, um Zeugin einer intimen Szene zu werden. Holly lehnte über meinem Schreibtisch, während ich von Harry nur die Hand sehen konnte, die auf ihrer Hüfte lag.

Ich knallte die Tür hinter mir zu. »Guten Morgen allerseits.«

Harry spähte hinter Hollys Schulter hervor. Er blickte so schuldbewusst drein, dass ich im ersten Moment dachte, die beiden hätten irgendetwas nicht ganz Koscheres miteinander getrieben. Doch dann hustete Harry eine große Rauchwolke aus. Holly richtete sich auf und zwinkerte mir verstohlen zu.

»Harry!«, schrie ich. »Ist es das, wofür ich es halte?«

Er betrachtete die Zigarette in seiner Hand, als verstehe er nicht, wo die plötzlich herkam. »Es war Vergewaltigung«, behauptete er. »Sie hat mir ihre steife brennende Kippe in den Mund gesteckt, und ehe ich mich's versah, spitzte ich die Lippen und rauchte.«

»Schäm dich, Holly«, schimpfte ich. »Willst du ihn vorzeitig ins Grab bringen?«

»Das wäre nur zu seinem Besten«, erwiderte sie, »denn mit dem Alter würde er nie fertig werden. Wie sollte er es denn je schaffen, eine Gehhilfe zu benutzen? Er kann ja noch nicht mal tanzen, ohne über seine eigenen Füße zu stolpern. Das weiß ich aus eigener Erfahrung.«

»Das Einzige, worüber ich gestolpert bin, waren deine verdammten Quadratlatschen«, protestierte Harry. »Klar bin ich auf die getreten, aber alle anderen auf der Tanzfläche auch.«

»Du verlogener Spastiker!«, wetterte Holly.

»Ehrlich!«, sagte er. »Das war, als ob man mit einem Clown tanzt.«

Ich lächelte, obwohl mir nicht nach Lächeln zumute war, denn ich hatte immer angenommen, ihre Affäre sei nichts als eine kurze sexuelle Beziehung gewesen, die sich im Sande verlaufen hatte. Dass Holly mit ihm getanzt hatte, machte mich eifersüchtig, weil er mit mir nie tanzen gewesen war.

Man muss meinem Gesicht angesehen haben, was ich dachte, denn Harry wechselte abrupt das Thema. »Wie ist gestern Abend alles gelaufen?«, fragte er mich.

»Ganz gut ... glaube ich«, sagte ich.

»Was heißt, du *glaubst*? Gab es irgendwelche Probleme?«

»Nun ja, die Späße waren ein bisschen rowdyhaft, im Großen und Ganzen aber harmlos«, entgegnete ich, »sieht man mal von dem Typ mit dem rotblonden Toupet ab, der mich dauernd begrapscht hat. Mit dem bin ich aber auch fertig geworden.«

»Und wie?«, wollte Holly wissen.

»Indem ich ihn in Brand gesteckt habe.«

»Hört sich gut an«, sagte sie.

»Ach du Scheiße«, stöhnte Harry und schlug die Hände vors Gesicht. »Der Typ mit dem falschen Dutt hat die ganze Sache organisiert. Wie hieß er noch mal ... Gary ...«

»Froschkopf«, ergänzte ich automatisch.

Harry drückte seine Zigarette aus. »Und du hast ihn in Brand gesteckt?«

Ich grinste verlegen. »Nur sein Haar, aber keine Bange, er hat es abgenommen.«

Harry kniff eines seiner Augen zu und starrte mich mit dem anderen an. »Ist dir klar, dass er mich verklagen wird?«

»Dann verklagen wir ihn eben auch«, erklärte ich. »Mal sehen, was das Gericht von einem Mann hält, der einer Frau sein Würstchen oben in den Strumpf steckt.«

Harry kratzte sich am Kopf. »Ich selbst weiß auch nicht recht, was ich davon halten soll.«

»Dein Telefon klingelt«, teilte ich ihm mit, als ich es durch die Tür hindurch läuten hörte.

»Das ist sicher Garys Rechtsanwalt«, prophezeite er mit niedergeschlagener Miene und schlurfte davon wie ein Sträfling, der eine Kette mit einer Eisenkugel hinter sich herzieht.

Ich bemerkte, wie Holly ihm mit schwärmerischem Blick nachsah. »Er ist einfach süß«, stellte sie fest.

»Zu süß«, entgegnete ich mit vielsagender Miene.

Das Lächeln verschwand aus ihrem Gesicht. »Du hast wieder mit ihm gebumst«, schlussfolgerte sie.

Ich nickte resigniert. »Frag mich nicht, wie es dazu gekommen ist. Sein Schwanz muss so was wie einen sechsten Sinn haben. Er ist immer zur richtigen Zeit an der richtigen Stelle.«

»Ich glaube, er hat seinen Schwengel zum Schnüffelhund ausgebildet«, vermutete sie.

»Es war meine eigene Schuld«, gab ich zu. »Ich habe mich ihm in dieser blöden Schuluniform präsentiert, und sein lüsterner Blick muss so scharf gewesen sein, dass er mir den Gummizug meines Höschens durchtrennt hat, denn bevor ich piep sagen konnte, ist es mir bis zu den Knöcheln runtergerutscht.«

»Wieso fahren Männer so auf Schuluniformen ab?«, überlegte Holly. »Sind das alles latente Pädophile? Würde mich nicht sonderlich überraschen, da die meisten von ihnen auf der Stufe eines Neandertalers stehen geblieben sind.«

»Das ist männerfeindliches Gerede«, entgegnete ich.

»Quatsch«, sagte sie. »Bloß weil ich sie als Spezies nicht besonders hoch einstufe, heißt das noch lange nicht, dass ich sie nicht nützlich finde, wenn es darum geht, Obstgläser aufzumachen oder so. Außerdem verdient es jedes Lebewesen mit einem dildoförmigen Anhängsel, das keine Batterien braucht, erhalten zu werden.«

»Das Problem bei diesen Anhängseln ist, dass sie ihre Identität nicht zu erkennen geben«, beklagte ich mich. »Erst letzte Nacht bin ich einem Betrüger aufgesessen.« Ihre Augen wurden immer größer, als ich von dem Kuckuck in Matts Nest erzählte. »... und wenn ich meinen Kopf nicht weggerissen hätte, wäre der Dreckskerl in meinem Mund gekommen«, schloss ich meinen Bericht wütend ab.

Holly fand das Ganze saukomisch. »Du hast einem Mann, den du loswerden willst, einen geblasen?«, rief sie aus. »Das ist ja echt bizarr, Selina. Der muss gedacht haben, er habe Geburtstag. Was zum Teufel machst du eigentlich, wenn du willst, dass ein Mann bleibt?«

Ich hielt mir die Ohren zu, um ihr Gelächter nicht hören zu müssen. »Bitte lass das«, bat ich. »Was glaubst du wohl, wie mir zumute war, als mir klar wurde, dass ich den Schwengel eines Mannes poliert hatte, der mehr Sauerkraut im Gesicht hat als Fagin?« Da sie nicht aufhörte zu lachen, versetzte ich ihr einen Puff. »Das ist überhaupt nicht lustig!«, stellte ich fest und ließ mich auf meinen Stuhl plumpsen.

Sie riss sich zusammen und versuchte ernst zu sein. »Und wie ist sein Schwanz so? Normal? Oder eher wie ein Kanonenrohr? Was ist denn?«, rief sie, als ich ihr einen wütenden Blick zuwarf. »Darf man denn nicht mal neugierig sein?«

Ich verdrehte verzweifelt die Augen. »Ich glaube kaum, dass

die Größe eines Schwengels eine Rolle spielt, wenn es der falsche Schwengel ist.«

»Für mich könnte es aber eine Rolle spielen«, sagte sie. »Weil ich nämlich gestern Abend Paul vor die Tür gesetzt habe, zusammen mit seinen Hausschuhen und seiner Sockenkollektion.«

»Ach, Holly«, seufzte ich, »das darf doch nicht wahr sein.«

Sie nickte selbstgefällig. »Gerade als er dabei war, mich zu lecken, beschloss er, meinen tropfenden Wasserhahn zu reparieren. Da war das Maß für mich voll. Ich meine, ist denn das zu fassen? Der Typ hat meinen Busch im Gesicht und denkt dabei ans Heimwerkern! Aber ich habe mich beherrscht und ihn den Hahn reparieren lassen. Hinterher hab ich ihn dann rausgeschmissen. Ich bin also wieder frei, deshalb sind alle Informationen über die Ausstattung eines noch zu habenden Mannes von größtem Interesse … Musstest du den Mund weit aufmachen oder was?«

»Herrgott noch mal, das verdammte Ding war so dick und lang wie ein Baguette«, gab ich widerwillig zu.

»Und hat er zu irgendeinem Zeitpunkt vom Klempnern gesprochen?«

Ich lachte. »Nein.«

»Dann möchte ich ihn unbedingt kennen lernen«, flötete sie.

Ich sah sie skeptisch an. »Das würde die Dinge noch komplizierter machen, Holly.«

»Noch komplizierter können sie ja wohl kaum werden«, konterte sie. »Meiner Meinung nach kommt die Sache zwischen dir und Matt nie voran, wenn Gervaise ständig im Haus rumlungert. Was du brauchst, ist ein Ablenkungsmanöver.«

Das war ein interessantes Argument. Wenn die Aufmerksamkeit von Gervaise in eine andere Richtung gelenkt wurde, ließ seine Wachsamkeit vielleicht nach. »Ich werde ihn dir am Samstag vorstellen«, beschloss ich. »Aber untersteh dich zu erwähnen, was ich letzte Nacht mit ihm gemacht habe. So was Peinliches ist mir nicht mehr passiert, seit ich bei der Buchpräsentation von *Grunzi reist nach Belgien* das Grunzeschweinchenkostüm tragen musste.«

Holly lachte schallend. »Ist mir noch gut in Erinnerung«, gluckste sie. »Ich habe nach wie vor Schuldgefühle, weil wir dich zu dieser Veranstaltung haben gehen lassen, ohne dir was von Grunzeschweinchens kleinem Problem zu sagen.«

»Das war wirklich mies von euch«, schimpfte ich. »Ich hab mich die ganze Zeit gewundert, warum alle so entsetzt dreinblickten. Da sein fetter Bauch so weit vorstand, konnte ich ja nicht sehen, dass Grunzeschweinchens Ringelschwänzchen versehentlich vorne angenäht worden war, sodass die Leute den Eindruck hatten, der dreckige kleine Eber präsentiere den Kinderchen seinen Korkenzieherschwengel. Wenn nicht die aufgebrachte Mutter mit der Nagelschere auf mich losgegangen wäre, während ich den Grunzeschweinchentanz aufführte, hätte ich es vielleicht nie bemerkt.«

Die hysterisch lachende Holly rannte zur Tür, wo sie mit Harry zusammenstieß. »Aus dem Weg«, quietschte sie, »sonst mach ich mir in die Hosen.«

Er starrte ihr hinterher, als sie zum Klo sauste. »Was ist denn in die gefahren?«

»Grunzeschweinchen«, murmelte ich mit tonloser Stimme.

Ein Grinsen breitete sich auf seinem Gesicht aus. »Wer hat denn den kleinen Perversling aus der Versenkung geholt?«

Ich wedelte abwehrend mit den Händen. »Stell bitte keine unnötigen Fragen.«

Er kam zu mir und setzte sich auf die Kante meines Schreibtischs. »Ich bin ganz froh, dass sie weg ist. Ich muss dir nämlich was sagen«, erklärte er.

Seine Stimme klang ernst. »Nun sag bloß nicht, dass tatsächlich Garys Anwalt am Telefon war«, erwiderte ich besorgt. »Tut mir wirklich Leid, dass gestern Abend mein Temperament mit mir durchgegangen ist.«

Er sah mich zärtlich an. »Es ist nicht zuletzt dein feuriges Temperament, was dich zu solch einer leidenschaftlichen Frau macht«, sagte er und beugte sich vor, um mir die Hand auf die Wange zu legen. »Im Vergleich mit dir ist Alison kalt wie ein Fisch. Und deshalb habe ich beschlossen, sie zu verlassen.«

Ich starrte ihn fassungslos an. »Was hast du?«

»Du hast richtig gehört«, sagte er nickend. »Ich werde sie verlassen. Ich will dich wiederhaben, Selina.«

sechstes kapitel

Geplant gewesen war ein Lunch, bei dem wir in Ruhe alles besprechen wollten, doch wie kaum anders zu erwarten hatte dann eins zum andern geführt. Das Ende vom Lied war, dass ich auf einem schlammigen Feld weit außerhalb der Stadt nackt in Harrys Landrover lag, den Kopf gegen das Armaturenbrett gepresst und den Hintern in Richtung Schiebedach gereckt. Harry hatte ein wunderschönes Fleckchen Erde ausgesucht, wovon ich jedoch nicht viel mitbekam, weil meine Augen fest geschlossen waren. Auch das Gezwitscher der Vögel nahm ich nicht wahr, weil es von meinem lustvollen Keuchen und den schmatzenden Geräuschen, die Harrys Finger in meiner nassen Möse machten, übertönt wurde.

Die Hamburger, die er in dem Drive-in-Restaurant gekauft hatte, lagen vergessen auf dem Rücksitz. Dort hatte er die Tüte hingeworfen, nachdem er sie mir aus der Hand gerissen hatte, um mich besitzergreifend zu küssen.

Sein Kuss hatte mich zwar überrascht, doch richtig angetörnt hatte mich die Art und Weise, in der er über mich hergefallen war, um mir das Höschen herunterzureißen und sich voller Gier über mein Geschlecht herzumachen. Derart wild hatte ich ihn noch nie erlebt, sodass ich, angestachelt von seiner Leidenschaft, im Handumdrehen erregt wurde. Unter hungrigen Küssen hatten wir uns gegenseitig ausgezogen und dann einen Moment lang unsere erhitzten Körper aneinander gepresst, um das sinnliche Gefühl unserer Nacktheit auszukosten.

Dann war Harry auf den Beifahrersitz gerutscht und hatte ihn nach hinten gekippt, um sich unter mir auszustrecken und sich an meinem nackten, vor seinem Gesicht auf und ab tanzenden

Arsch zu weiden, während er meine tropfnasse Spalte mit den Fingern bearbeitete.

»Ich könnte deinen süßen Hintern auffressen«, stöhnte er, indem er seine Lippen auf mein Gesäß presste und mit den Zähnen daran herumknabberte. »Komm, Baby, setz dich auf meinen Schwanz.«

Dazu war ich nur allzu bereit, doch war die Position, in der ich mich befand, nicht sonderlich günstig. Als ich mich auf ihm niederlassen wollte, glitt sein steifer Schwanz an meinen klatschnassen Mösenlippen ab. Ohne auf meine Bitte, ihn einzuführen, zu achten, drückte Harry mein Geschlecht mit den Daumen auseinander und rieb mit seinem Schwengel über meine vom Lusttau feuchten, extrem empfindlichen inneren Lippen. »O Gott, schieb ihn rein«, flehte ich ihn an. Doch die Verzweiflung in meiner Stimme kitzelte das Teufelchen in ihm wach. »Erst musst du mir sagen, wie sehr du mich begehrst«, forderte er heiser.

»Sehr, sehr«, wimmerte ich. »Spann mich nicht so auf die Folter, du Dreckskerl.«

Er ließ sein heißes Schwanzende über meine Klit gleiten. »Fällt dir nichts Besseres ein?«

»Verdammt noch mal«, keuchte ich, derweil er meiner geschwollenen Knospe zusetzte. »Ich will … ich will, dass du mich fickst.«

»Ich will, dass du mich *bitte* fickst«, verbesserte er und stupste sein Schwanzende in mich.

»Du … *oh, oh, oh* … ja … bitte … was auch immer«, murmelte ich hilflos.

»Bitte, bitte«, insistierte er und schob mir den dicksten Teil seiner Eichel in die Öffnung.

»A*ah … ooh* … bitte, bitte.«

»Und jetzt sag mir, wie toll ich bin.«

Doch inzwischen steckte sein Schwengel tief genug in mir

drin, sodass ich mich ganz auf ihm niederlassen und ihn zwischen meinen Scheidenwänden festklemmen konnte. Harry zog zischend den Atem ein und packte mich bei den Hüften. »O Baby, ist das schön!«

»Du bist so hart«, murmelte ich und ließ meine Möse um den tief in mir gefangenen, festen Schaft kreisen. Harry packte meine Brüste und kniff mir sanft in die Warzen, während ich mich schlangengleich hin und her drehte und mich wie eine Pole-Tänzerin um seinen Schwengel wand.

»Mein süßes Baby«, krächzte er, das Gesicht in meinem langen Haar vergrabend, um mir die Schulterblätter zu küssen, bis ich erschauderte und eine Gänsehaut bekam. Jetzt hatte er wieder alles unter Kontrolle und nahm sich wie gewöhnlich Zeit, liebkoste mich in aller Ausführlichkeit und kostete es aus, mein Fleisch zu spüren. Er ließ seine warmen Lippen über meinen Körper gleiten und fuhr mit den Fingern über meine prickelnde Haut. Dann fing er an, seinen Schwanz langsam rhythmisch hin und her zu bewegen. Schiebend und ziehend dirigierte er meine Hüften und steigerte nach und nach sein Tempo, bis seine Stöße schließlich so heftig wurden, dass ich auf seinem Schoß auf und ab hüpfte. Keuchend und ächzend machten wir weiter, immer schneller, immer fieberhafter, Stoß mit Gegenstoß erwidernd, bis wir aufschreiend gemeinsam zum Höhepunkt kamen.

Als alles vorüber war, nahm er mich fest in die Arme. »Verstehst du es jetzt?«, fragte er leise. »Deshalb gehören wir zusammen.«

Ich richtete mich auf, damit er auf den Fahrersitz zurückrutschen konnte. »Schade, dass du das nicht schon vor ein paar Jahren gesagt hast«, warf ich ihm vor.

»Ich musste Rücksicht auf das Baby nehmen«, erwiderte er und schleuderte sein volles Kondom aus dem Fenster.

»Und jetzt hast du ein Kleinkind.«

»Ich habe über Katy nachgedacht«, sagte er, »und bin zu dem Schluss gekommen, dass es nicht gut für sie ist, in einer lieblosen Umgebung aufzuwachsen, mit Eltern, die sich dauernd streiten.«

Ich wollte entgegnen, dass Katy ihn nach wie vor brauchte, fand aber, dass das kein passendes Gesprächsthema war, wenn man keine Kleidung anhatte. »Wir sollten uns wieder anziehen«, schlug ich vor.

Als wir wieder anständig aussahen, lehnte er sich zurück und seufzte. »Scheiße noch mal, jetzt könnte ich eine Zigarette vertragen.«

»Wir sollten zurückfahren«, mahnte ich. »Holly wird sich schon fragen, wo wir sind.«

»Aber wir haben doch noch gar nicht über uns gesprochen«, wandte er ein.

»Es gibt kein *uns*«, teilte ich ihm mit, »außer im geschäftlichen Sinne.«

Er schaute mich ungläubig an. »Nennst du das, was wir eben gemacht haben, *geschäftlich*?«

»Wir sind immer noch scharf aufeinander, das ist alles«, sagte ich. »Eines Tages wird sich das geben.«

»Willst du mich denn nicht wiederhaben?«, fragte er. »Als ich gesagt habe, ich würde Alison deinetwegen verlassen, war das mein voller Ernst.«

»Es gab mal eine Zeit, wo ich durch einen brennenden Reifen gesprungen wäre, um dich das sagen zu hören«, gestand ich. »Aber die Dinge haben sich geändert. Unter anderem deshalb, weil ich mich in einen anderen verliebt habe.«

»Oh.« Mein Geständnis überraschte ihn derart, dass ihm der Unterkiefer herunterklappte. »Ich wusste noch nicht mal, dass da was im Gange ist. Wer ist es denn?«

Ich beschloss, mich ihm anzuvertrauen. »Matt.«

»Mirandas Matt?« Als ich nickte, rieb er sich mit dem Daumen über die Nasenwurzel. »Beruht das auf Gegenseitigkeit?«

Ich zuckte die Achseln und blickte aus dem Fenster. »Das weiß ich noch nicht.«

Er tippte gegen den verblassenden Knutschfleck an meinem Hals. »Der stammt vermutlich von ihm. Schläfst du mit ihm?«

»Würde ich, wenn Gervaise nicht wäre«, erwiderte ich.

»Ah ja.« Er nickte verstehend mit dem Kopf. »Dann habe ich also Mirandas Bruder dafür zu danken, dass du heute so willig warst. Mir war nicht klar, dass du aus sexueller Frustration mit mir gefickt hast.«

Er sah so niedergeschlagen aus, dass ich liebevoll seinen Arm drückte. »Du weißt verdammt gut, dass das nicht stimmt. Ich bumse mit dir, weil ich nicht anders kann. Das ist so wie bei dir mit dem Rauchen. Ich habe zwar vor langer Zeit aufgehört, dich zu lieben, aber die Sucht ist immer noch da, und in schwachen Momenten gebe ich dem Verlangen nach. Aber eigentlich möchte ich das nicht. Du tust mir nämlich nicht gut, Harry.«

»Meinst du?« Er sah mich verschmitzt an. »Ich habe damals alles ganz schön vermasselt, nicht?«

»Du hattest deine Gründe.«

»Die in keiner Weise ausreichend waren«, gestand er. »Ich hätte Alison verlassen sollen, als du das von mir verlangt hast. Ich habe sie nie geliebt. Unsere Ehe war von Anfang an ein Trauerspiel.«

»Warum hast du sie denn dann geheiratet?« Das hatte ich nie begriffen.

»Spielt das eine Rolle?«

»Ja«, wurde mir plötzlich klar. »Immer wenn ich dich danach gefragt habe, bist du mir ausgewichen.«

»Vermutlich hielt ich es nicht für wichtig.«

»Ist es aber!«

Er stieß einen tiefen Seufzer aus. »Na okay. Ich habe sie wegen ihres Geldes geheiratet.«

»Das kauf ich dir nicht ab«, sagte ich. »Du bist zwar ein Scheißkerl, aber so mies bist du nicht. Sag mir die Wahrheit, Harry.«

Er lachte hohl. »Die wird dir nicht gefallen. Das Ganze ist zu absurd.«

»Erzähl es mir trotzdem.«

Er schlug die Hand vors Gesicht und bedeckte seine Augen. »Ich habe sie geheiratet, um über eine gescheiterte Beziehung hinwegzukommen.«

Ich stieß ein schockiertes Lachen aus. Das war das Letzte, was ich erwartet hätte.

»Ich hab dir doch gesagt, dass es absurd ist«, meinte er.

Das war es in der Tat. Zu heiraten, um über eine gescheiterte Beziehung hinwegzukommen, war etwas, das Menschen machten, denen jemand das Herz gebrochen hatte, während herzlose Dreckskerle wie Harry sich noch nicht mal in jemand verliebten!

»Eine gescheiterte Beziehung mit wem?«, fragte ich wie benommen. Als er keine Antwort gab, riss ich ihm die Hand vom Gesicht und sah ihm in die Augen. Und plötzlich fiel der Groschen. »Mit Holly?« Ich packte seine Schulter und schüttelte ihn. »Herrgott noch mal, nun rede doch. Mit Holly?«

»Ja, mit Holly«, antwortete er mit gepresster Stimme. »Na und?«

Na und? Sollte das ein Scherz sein? »Was zum Teufel ist passiert?«, fragte ich ihn.

Er drehte den Zündschlüssel um. »Darüber möchte ich nicht sprechen.«

»Hat sie dich so sehr verletzt?«

»Wir haben uns gegenseitig verletzt«, brummte er, legte den Rückwärtsgang ein und fuhr vom Feld. »Aber wir haben uns ausgesöhnt und sind wieder gute Freunde. Und ich möchte, dass das so bleibt. Rühr keine alten Geschichten auf, Selina. Das würde dir keiner von uns danken.«

»Aber etwas muss ich noch wissen, Harry ... Hast du sie geliebt?«

»Nun pass mal auf! Ich bin nicht mit dir hier rausgefahren, um über Holly zu reden«, erinnerte er mich. »Ich habe selbst eine Frage auf dem Herzen. Wenn diese Sache mit Matt sich als Fehlschlag erweist, siehst du dann eine Chance für dich und mich?«

Meine Gefühle fuhren Achterbahn mit mir. »Keine Ahnung«, antwortete ich. »Jedenfalls solltest du mich nicht einbeziehen, wenn du die Entscheidung triffst, ob du Alison verlässt oder nicht.«

»Diese Antwort macht es mir zwar schwerer, die kleine Katy zu verlassen«, sagte er, »ändert aber nichts an meiner Meinung über ihre Mutter. Ich bin fertig mit Alison. Zieh ruhig deine Sache mit Matt durch. Bin gespannt, ob er dich von deiner Sucht nach meinem Schwanz heilen kann – falls es nur darum geht.«

Unterwegs schwiegen wir beide, da jeder von uns mit seinen eigenen Gedanken beschäftigt war. Als wir ins Büro kamen, sah Holly uns misstrauisch an. »Was habt ihr zwei denn getrieben?«

»Nichts«, schnauzte Harry sie an. »Wo ist der Terminplan für nächste Woche?«

»Auf deinem Schreibtisch«, sagte sie und warf mir einen fragenden Blick zu. Ich winkte sie in mein Büro.

»Hat der eine Stinklaune«, grummelte sie, als wir uns setzten. »Was habt ihr denn zum Lunch gegessen? Essiggurken?«

»Wir haben uns ausführlich unterhalten«, teilte ich ihr mit. »Anscheinend ist er entschlossen, seine Frau zu verlassen.«

Hollys Hände flogen zu ihren Wangen. »Was?«

»Nun guck nicht so schockiert«, sagte ich. »Es ist ja nicht so, dass sie glücklich verheiratet sind.«

Trotzdem schien die Neuigkeit sie zu erschüttern. »Warum hat er mir denn nichts davon erzählt?«

»Sicher tut er das noch«, sagte ich betreten. »Mir hat er es eben als Erster erzählt.«

»Aber warum?«, gab sie aufgebracht zurück. »Ich kenne ihn doch viel länger als du. Ich kannte ihn schon, als er noch nicht verheiratet war.«

»Das heißt noch lange nicht, dass er dir gehört, Holly.«

»Stimmt.« Sie sank auf ihrem Stuhl zusammen. »Jemand wie Harry kann einem nicht gehören. Das wäre so, als versuche man, Luft in einen Käfig zu sperren.«

Ich sah sie scharf an. »Die Sache scheint dir ziemlich nahe zu gehen. Ich dachte, du hasst Alison.«

»Tu ich auch«, bestätigte sie. »Sie ist die widerwärtigste Frau, die ich je kennen gelernt habe.«

Ich nickte. Ich war der hochnäsigen Zicke ein paarmal begegnet und fand sie abscheulich. Ich hatte nie irgendwelche Skrupel gehabt, mit ihrem Mann zu bumsen. »Warum, glaubst du, hat er sie überhaupt geheiratet?«, fragte ich sie so beiläufig wie möglich.

»Weil er ein verdammter Narr ist.« Sie stand auf und tat so, als suche sie etwas im Aktenschrank.

Damit sie nicht merkte, dass ich versuchte, sie auszuhorchen, formulierte ich meinen nächsten Satz äußerst vorsichtig. »Er hat mir erzählt, dass sie sich ihn geschnappt hat, als er gerade eine gescheiterte Beziehung hinter sich hatte.«

Sie ging zum Fenster und starrte nach draußen. »Das beweist, dass er ein verdammter Narr ist. Nur ein Schwachkopf würde eine Kuh wie Alison heiraten, bloß um jemandem eins auszuwischen.«

»Von *auswischen* hat er nichts gesagt«, erwiderte ich. »Ich hatte den Eindruck, dass sie sich den armen Kerl geangelt hat, als er an gebrochenem Herzen litt.«

Sie lachte höhnisch. »Harry hat überhaupt kein Herz.«

Ich beschloss, sie zur Rede zu stellen. »Was hast du ihm angetan, Holly?«

»Scheiße!«, rief sie aus.

»Holly, sieh mich an.«

Als sie sich umdrehte, bemerkte ich, dass ihr Tränen in den Augen standen. »Wie viel hat er dir erzählt?«

»Nicht viel«, sagte ich. »Er wollte nicht darüber reden.«

»Das will ich auch nicht«, erklärte sie.

»Herrgott noch mal! Warum will denn keiner von euch darüber reden?«, empörte ich mich. »Ihr habt mich beide angeschwindelt, was eure Beziehung betrifft. Verdiene ich da nicht eine Erklärung? Ich dachte, wir drei seien Freunde.«

Sie setzte sich und sah mich flehentlich mit ihren sanften grauen Augen an. »Ich bitte dich als Freundin, nicht in der Vergangenheit herumzuwühlen«, sagte sie. »Lass die Sache auf sich beruhen.«

»Aber du verstehst nicht …« Meine Stimme verlor sich. Wie konnte ich ihr denn sagen, dass ich Bescheid wissen musste, weil Harry mich wiederhaben wollte? Möglicherweise liebte sie ihn insgeheim noch, sodass ich sie damit verletzt hätte. Das konnte ich nicht riskieren. »Er muss verrückt gewesen sein, als er Alison geheiratet hat«, sagte ich lachend, um Holly ein wenig aufzuheitern. »Die Frau ist so verklemmt, dass sie beim Gehen sogar die Waden gegeneinander presst.«

Holly grinste dankbar. »Das ist eine Frau, die durch einen Schlauch scheißt, mit ihrem Yin Fühlung aufnimmt und Kurse über Vaginalentspannung mitmacht. Wenn du mich fragst, war es vorprogrammiert, dass ihre Seetanggerichte und der Gestank ihrer Kräuterkissen Harry eines Tages zum Hals raushängen würden.«

Froh, sie aufgemuntert zu haben, brachte ich die Sprache auf Matt. Ich verschwieg ihr zwar, was er im Auto mit mir gemacht hatte, verriet ihr aber, was für Bedingungen er stellte. Als ich fertig war, bemerkte sie in verächtlichem Ton: »Wenn er auf Gehorsam aus ist, sollte er sich einen Hund anschaffen. Ich hoffe, du hast ihm Bescheid gestoßen.«

»So einfach ist das nicht«, sagte ich. »Er weiß, dass ich ihn will, und damit hat er alle Asse in der Hand.«

»Nicht alle«, widersprach sie und zeigte auf meinen Schritt. »Was ist mit dem Ass, das du in deiner Spalte hast? Wenn ich du wäre, würde ich ihn Männchen machen und darum betteln lassen. Ich finde, es ist immer besser, das Hecheln den Männern zu überlassen.«

»So einfach ist das wirklich nicht«, wiederholte ich. »Du kennst ihn eben nicht. Er ist überhaupt nicht der Typ, der Männchen macht. Außerdem bin ich mir noch nicht einmal sicher, wie scharf er tatsächlich auf mich ist.«

»Dann musst du seinen Appetit anregen«, riet sie mir. »Mach ihn eifersüchtig. Das funktioniert immer.«

»Wie kann ich ihn denn eifersüchtig machen?«, erwiderte ich bedrückt. »Zurzeit hab ich ja noch nicht mal einen Freund.«

»Dann erfinde einen«, sagte sie. »Die Kartei unserer Firma ist voll von Möchtegernschauspielern, die für ein paar Pfund zu allem bereit sind. Kauf dir einen Freund. Das ist wesentlich unkomplizierter, als wenn du versuchst, einen zu finden. Einem Schauspieler würdest du außerdem genau vorschreiben können, was er zu sagen und zu machen hat.«

»Eine interessante Idee«, sinnierte ich. »Ein Rivale könnte Matt aufrütteln. Und wenn Gervaise glaubt, dass ich tatsächlich einen Freund habe, lenkt ihn das vielleicht von der Spur ab und überzeugt ihn, dass das mit Matt nichts Ernstes ist. Aber einen meiner eigenen Leute könnte ich nicht nehmen. Es müsste jemand von Harrys Truppe sein.«

»Einige seiner Stripper sind doch Schauspieler, die gerade kein Engagement haben«, sagte Holly. Sie klatschte aufgeregt in die Hände. »Überlass das ruhig mir, Selina. Ich werde am Sonntag in meiner Wohnung eine kleine Party geben, nur du und ich und ein paar von den Jungs. Dann kannst du dir einen aussuchen. Das wird vielleicht ein Spaß!«

»Jedenfalls werde ich Unmengen von Wein mitbringen«, sagte ich. »Stocknüchtern könnte ich mich, glaube ich, nicht dazu durchringen.« Ich klopfte auf meine Armbanduhr. »Sieh mal, wie spät es ist! Und ich habe heute noch keinen Schlag getan. Schwirr ab, Holly, ich muss Aufträge an Land ziehen.«

»Ich würde dir ja gern helfen«, erwiderte sie, »aber Harry will, dass ich mich an die Steuererklärung mache. Falls du noch an der Strippe hängst, wenn ich gehe, wünsche ich dir jetzt schon viel Glück mit Luca Verdici morgen. Ich komm dann am Samstag bei dir vorbei – vorausgesetzt, dass du da noch am Leben bist und nicht irgendwo bei den Fischen liegst.« Sie quittierte meine finstere Miene mit einem Lachen. »War nur ein kleiner Scherz!«

Nachdem sie gegangen war, stürzte ich mich in die Arbeit. Ich war entschlossen, mindestens einen neuen Kunden zu gewinnen, bevor der Tag zu Ende war. Dabei verlor ich jegliches Zeitgefühl und bekam nur am Rande mit, dass erst Holly und anschließend Harry den Kopf zur Tür reinsteckten, um sich zu verabschieden.

Erst als ich Schritte auf mein Büro zukommen hörte, wurde mir bewusst, dass ich ganz allein im Gebäude war. Ich schaute hoch und erblickte eine unnatürlich große Männersilhouette auf der Milchglasscheibe meiner Tür. »Wer ist denn da?«, rief ich mit ängstlicher Stimme.

Im nächsten Moment flog die Tür auf. Mir rutschte das Herz in die Hose. Doch es war nur Matt, der sich einen Polizeihelm aufgesetzt hatte. »Hast du mir einen Schrecken eingejagt!«, keuchte ich. »Was machst du denn hier?«

Meine Nervosität schien ihn zu freuen, fast als wäre es seine Absicht gewesen, mir Angst einzujagen. »Ich will dich abholen. Das war Gervaises Idee. Er kocht heute Abend für uns. Ist das nicht nett von ihm?«

»Er kocht?« Irgendwie überraschte es mich, dass der ungeschlachtete Ochse sich überhaupt in einer Küche zurechtfand.

»Er ist doch Franzose. Die können alle kochen«, sagte Matt. »Ich habe unterwegs eine Flasche Wein besorgt.«

»Wo hast du denn den Helm her?«

Matt schob ihn in die Stirn. »Den habe ich auf Harrys Schreibtisch liegen sehen. Nehme an, er gehört einem seiner Stripper.«

»Irgendwie steht er dir«, sagte ich.

»Vielleicht sollte ich den Beruf wechseln«, überlegte er.

»Du willst Polizist werden?«

»Nein, Stripper. Was hältst du davon?«

Ich klopfte mir nachdenklich mit dem Finger gegens Kinn. »Schwer zu sagen. Ich habe ja noch nicht gesehen, wie du dich bewegst.«

Er drehte mir den Rücken zu und begann, »The Stripper« vor sich hin summend, mit den Hüften zu wackeln und zu kreisen. »Wie findest du das?«, fragte er. Ich war jedoch so gebannt von den Bewegungen seines kecken, sexy Arschs, dass ich nur ein beifälliges Murmeln herausbrachte.

Er kam auf mich zugetanzt und schnallte sich dabei den Gürtel auf. »Macht man es so?« Er riss den Gürtel aus den Schlaufen und ließ ihn wie eine Peitsche über meinen Schreibtisch knallen. Als ich begeistert nickte, machte er den Knopf seiner Hose auf und zog langsam den Reißverschluss nach unten. »Macht so was das Publikum bei diesen Damenabenden an?«

Ich leckte mir über die trockenen Lippen und starrte fasziniert auf seine Hand, die sich langsam in seine Unterhose schob. Es erregte mich ungemein, zuzusehen, wie er sich mit laszivem Gesichtsausdruck selbst liebkoste.

Als sein Schwanz hart war, holte er ihn heraus und strich mit der Hand darüber. Sein Schwengel sah so glatt und stramm aus, dass ich ihn am liebsten sofort angefasst hätte. Doch Matt wahrte Distanz, sodass ich mich damit begnügen musste zuzusehen, wie seine Hand seinen geschwollenen Schaft packte und er anfing zu masturbieren.

In seinen Augen lag ein fast bösartiger Ausdruck, als er sich um den Tisch herum bewegte, sich wollüstig rieb und immer erregter wurde. Die Brutalität, mit der er an seinem Schwengel riss und zog, verblüffte mich. Das musste ihm doch wehtun.

Doch er bearbeitete sich immer schneller und fester, bis er schließlich so in Ekstase geriet, dass er meine Anwesenheit völlig vergaß. Meine Möse krampfte sich vor Verlangen zusammen. Ich vermochte den Blick nicht von seinem Schwanz zu wenden und lechzte danach, ihn zu packen, ihn in mich reinzuschieben, sah jedoch, dass er kurz vorm Explodieren war. An der Spitze seines pulsierenden Schwengels hatten sich bereits Spermatropfen gebildet.

»Um Himmels willen, Matt!«, warnte ich. »Dir kommt's gleich!«

Gerade noch rechtzeitig riss er sich den Helm vom Kopf und spritzte stöhnend und zuckend darin ab, bis auch der letzte Tropfen heraus war. Frust und Ärger wallten in mir auf, weil er sich vor meinen Augen verausgabt hatte, ohne dass ich etwas davon gehabt hätte.

»Das hab ich schon lange mal machen wollen«, feixte er und spähte in den beschmadderten Helm. »Ich hasse die verdammte Polizei.« Er gab mir den Helm. »Mach das mal lieber sauber.«

»Das war ekelhaft«, schimpfte ich.

»Nicht wahr?«, erwiderte er selbstgefällig.

Ich drängte mich an ihm vorbei und ging, den Helm wie einen Nachttopf weit von mir haltend, zur Toilette, wo ich ihn mit Desinfektionsmittel ausspülte. Nachdem ich ihn tüchtig ausgeschrubbt hatte, brachte ich ihn in Harrys Büro zurück. Ich hoffte, dass der penetrante Kiefernnadelgeruch sich über Nacht verlieren würde.

Matt wartete im Korridor mit meinem Mantel auf mich und lächelte böse, als ich ihm den Mantel aus der Hand riss. »Tu doch nicht so, als hätte es dir nicht gefallen«, sagte er.

Ich sagte kein Wort, bis wir im Auto saßen. Dann stellte ich ihn zur Rede. »Warum hast du das gemacht? Was sollte das?«

»Warum habe ich was gemacht?«, erwiderte er und warf mir einen verschlagenen Blick zu.

»Na das eben.«

»Und was war das?«

»Du weißt genau, was ich meine«, stieß ich aufgebracht hervor.

»Sag es«, befahl er.

Obwohl ich spürte, dass er abermals versuchte, mich zu manipulieren, zwang mich irgendetwas, ihm zu gehorchen. »Du hast dir einen runtergeholt.«

Kaum hatte ich diese Worte ausgesprochen, als mein Geschlecht sich lustvoll zusammenzog. Was zum Teufel stellte er da mit mir an? War das irgendeine abgedrehte erotische Gehirnwäsche?

»Hast du über das, was ich heute Morgen gesagt habe, nachgedacht?«, fragte er mit leiser Stimme.

Ich versuchte, ihn mit seinen eigenen Waffen zu schlagen. »Und was war das?«, erwiderte ich.

Er schüttelte langsam den Kopf und schnalzte spöttisch mit der Zunge. »T, t, t ... das war leider die falsche Antwort.«

Ich geriet hoffnungslos ins Schwimmen, so als zappelte ich in einem trüben Sumpf entarteten sexuellen Verlangens herum, während Matt versuchte, mich mit dem Fuß unter Wasser zu drücken. Obwohl ich instinktiv Widerstand leistete, reizte mich irgendwo im tiefsten Innern die erregende, gefahrvolle Allianz, die er mir in Aussicht stellte.

Ich schloss die Augen und versuchte, mich aus dem Sumpf zu ziehen. Doch das Einzige, was ich vor meinem geistigen Auge sah, war das Bild Matts, der sich gerade einen runterholte. Da wurde mir plötzlich klar, dass diese obszöne Selbstbefleckung vorsätzlich geschehen war, mit der Absicht, mich zu erregen und zu erschrecken. Er experimentierte wieder mit mir.

»Ich warte immer noch auf eine Antwort«, drängte er.

»Und ich habe immer noch keine«, sagte ich.

»Soll ich das als *nein* verstehen?«

»Versteh es, wie du willst.« Ich war entschlossen, mich nicht einschüchtern zu lassen.

Meine Haltung schien ihn zu ärgern. Er trat aufs Gaspedal und ignorierte auf dem ganzen Weg nach Hause die Geschwindigkeitsbegrenzung.

Als wir ins Haus traten, drückte er mir die Flasche Wein, die er gekauft hatte, in die Hand und stapfte nach oben. Ich ging in die Küche.

Gervaise stand am Herd und rührte irgendetwas in einem Topf um, das nach Knoblauch roch. Nachdem wir uns freundlich begrüßt hatten, fragte ich ihn, was er da mache.

»Coq au vin«, antwortete er. »Was für ein Zufall«, fügte er mit einem Blick auf die Flasche in meiner Hand hinzu. »Du hast den Wein, und ich habe …«

»Den Piepmatz?«, ergänzte ich. »Also ehrlich, Gervaise, wenn du schon wieder mit diesen zotigen Anspielungen anfängst …«

Er zog auf typisch französische Weise einen Flunsch. »Ich wollte sagen, ich habe das Essen fertig.«

»Oh.« Ich wurde rot.

»Das sollte eine versöhnliche Geste sein, nachdem ich heute Morgen dein Frühstück schlecht gemacht habe.«

»Es war ja auch schlecht«, gab ich zu.

»Da will ich dir nicht widersprechen«, sagte er. »Gibst du mir bitte mal die Teller?«

Das Essen sah göttlich aus und schmeckte köstlich. Doch als ich dem Koch mein Kompliment aussprach, verdarb Gervaise alles, indem er grinsend erwiderte, es freue ihn, dass mir sein Piepmatz geschmeckt habe, und mich aufforderte, mich ein zweites Mal zu bedienen.

Glücklicherweise war Matt so sehr mit sich selbst beschäftigt, dass er meine Verlegenheit nicht bemerkte. Er hatte schweigend gegessen und ging nach der Mahlzeit sofort ins Bett, sodass Gervaise und ich allein zurückblieben und uns mit finsteren Blicken bedachten.

»Was ist denn mit Matt los?«, fragte er, als wir abwuschen.

Ich zog die Schultern hoch. »Kann ich dir auch nicht sagen, und wenn du mich von oben bis unten durchkitzelst.«

Er drehte den Kopf, um mich zu mustern. Von neuem fiel mir das lebhafte Blau seiner Augen auf. Er hatte ganz entschieden die schönsten Augen, die ich je bei einem Mann gesehen hatte. »Interessanter Vorschlag«, sagte er. »Was ich da wohl entdecken würde?«

Ich lächelte ihn ironisch an. »Was würdest du denn erwarten? Im Schritt offene Schlüpfer?«

»Das vielleicht nicht gerade«, erwiderte er, »aber sicher auch keinen Keuschheitsgürtel.« Wir lachten beide. »Weißt du, wenn du lächelst, bist du wirklich sehr hübsch«, bemerkte er.

»Das ist ein ziemlich zweischneidiges Kompliment«, wandte ich ein. »Viele Männer finden mich auch so attraktiv, ob ich nun lächle oder nicht.«

»Zweifellos«, sagte er, »aber vermutlich ist all diesen Männern nicht klar, dass du auch eine hässliche Seite hast. Was wahrscheinlich daran liegt, dass sie sich von deinen aquamarinblauen Augen und deiner prächtigen Haarmähne betören lassen. Wie nennt man die Farbe deines Haars noch mal?«

Ich hatte nicht die Absicht, ihm zu verraten, dass die kupferfarbene Tönung meines Haars aus der Tube kam. »Willst du mich verarschen oder was?«, gab ich zurück. »Nicht mal ein Franzose sollte es sich erlauben, eine Beleidigung in ein Kompliment zu kleiden. Was meinst du mit hässlich?«

Er gab mir einen tropfenden Teller zum Abtrocknen. »Dein Hass auf Miranda ist abscheulich. Was hast du gegen sie?«

»Du meinst, abgesehen davon, dass sie sehr schnell über den Tod meines Vaters hinweggekommen ist?«, fragte ich mürrisch.

Er runzelte die Stirn. »Da irrst du dich.«

»Was weißt *du* denn darüber?«

»Ich weiß, was sie mir erzählt hat«, sagte er. »Aber es geht auch noch um etwas anderes, nicht wahr?«

»Sie hat mir einen schlechten Rat gegeben«, verriet ich ihm, »der mich teuer zu stehen gekommen ist.«

»Jeder gibt von Zeit zu Zeit mal schlechte Ratschläge«, stellte er gleichmütig fest.

»Vorsätzlich?«

»Das musst du mir näher erklären.« Er zog den Stöpsel aus der Spüle, nahm mir einen halb abgetrockneten Teller aus der Hand und führte mich zu einem Stuhl. »Na los«, forderte er mich auf.

Ich seufzte tief. »Ich hatte ein Verhältnis mit einem Mann – mit einem verheirateten Mann, den ich leidenschaftlich liebte. Aber es war, wie so oft: Er war nicht bereit, seine Frau zu verlassen. Miranda schlug vor, nein, bestand darauf, dass ich ihm ein Ultimatum stellte, und ich war so blöd, auf sie zu hören.«

»Das hört sich aber nicht nach einem schlechten Rat an«, kommentierte er.

»Ich war damals noch ein Teenager«, fuhr ich fort. »Mein Vater war gestorben, und ich brauchte Rat und Anleitung. Ich habe ihr geglaubt, als sie sagte, es würde funktionieren. Hat es aber nicht. Einige Zeit später hörte ich sie zu Matt sagen, sie habe geahnt, dass dieser Mann unter Druck zusammenbrechen und die Affäre auf diese Weise zu Ende gehen würde.«

»Trotzdem scheint es mir kein schlechter Rat gewesen zu sein«, entgegnete er. »Wenn dieser Mann dich wirklich geliebt hätte, hätte er seine Frau verlassen, ohne dazu gezwungen zu werden. Vielleicht meinte Miranda, dass er dich nur hinhielt und deine jugendliche Unerfahrenheit ausnutzte.«

»Wenn sie sich nicht eingemischt hätte, wäre die Affäre weiter ihren Gang gegangen«, sagte ich mit saurer Miene. »Doch wie die Dinge liegen, habe ich immer noch eine Art Beziehung mit ihm und scheine nicht in der Lage zu sein, dieses Kapitel meines Lebens abzuschließen.«

»Das wirst du, wenn du den richtigen Mann findest«, stellte er voller Zuversicht fest.

Ich schüttelte traurig den Kopf. »Vielleicht war *er* ja der richtige Mann.«

Er tätschelte mir die Hand und legte anschließend die seine darauf. »Das glaube ich nicht.«

Ich ertappte mich dabei, wie ich auf seine kräftige, braun gebrannte Hand starrte. Sie war so groß, dass meine vergleichsweise winzig wirkte. Merkwürdigerweise spürte ich noch lange, nachdem er sie wieder weggenommen hatte, den sanften Druck seiner Hand auf der meinen.

siebtes kapitel

»Wo zum Teufel bleibt er denn?«, maulte Daisy. »Ich hab nicht den ganzen Tag Zeit.«

»Er muss jede Minute hier sein«, beruhigte ich sie. »Soll ich dir inzwischen noch 'ne Tasse Tee holen?«

Sie nickte kurz mit dem Kopf, dessen Haare blaugrau getönt waren. »Mach mal, Mädchen. Aber knauser diesmal nicht wieder so mit der Milch.«

Ich lächelte nachsichtig. Daisy war ausgesprochen exzentrisch und meckerte gern und viel, war aber gleichzeitig ein echter Schatz. Sie war weit über siebzig und hatte bis zu ihrer Rente als Schneiderin gearbeitet. Jetzt nähte sie für mich Kostüme, auf einer uralten Nähmaschine, die sie liebevoll als ihr »Pferd« bezeichnete.

Da ich sie bei Laune halten wollte, eilte ich in unsere winzige Küche, die eigentlich nur aus einem Spülbecken, einem Kühlschrank und einem Wasserkessel bestand. Als ich mit Daisys zweiter Tasse Tee ins Büro zurückkehrte, war Jack mittlerweile eingetroffen. Die beiden beäugten einander misstrauisch.

»Wer ist denn der Fatzke?«, erkundigte sich Daisy.

»Das ist Jack«, verkündete ich. »Für ihn ist das Kostüm bestimmt.«

»Für den?«, rief sie und musterte seine große hagere Gestalt mit ihren triefenden blauen Augen. »Das ist doch gar nicht der Typ, bei dem ich Maß genommen habe. Der ist ja die reinste Bohnenstange.«

»Also wirklich«, protestierte Jack, der im Gegensatz zu Daisy sehr gewählt sprach. »So groß bin ich nun auch wieder nicht.«

»Nun hör sich einer den an!«, gackerte Daisy. »Der redet ja wie'n waschechter Lord.«

Er ging höflich über ihre Bemerkung hinweg. »Du warst am Telefon nicht sonderlich präzise«, sagte er zu mir. »Was soll ich denn nun eigentlich darstellen?«

Ich musste all meinen Mut zusammennehmen, da er als dilettierender Shakespearedarsteller nach Höherem strebte und wie Mr. Micawber dazu neigte, zu viel zu erwarten. »Eine Erbse«, platzte es aus mir heraus.

»Wie bitte?«

»Um genau zu sein, eine Tiefkühlerbse der Firma Pingles«, erläuterte ich mit schwacher Stimme.

Seine dünnen Lippen zogen sich nach unten. »O Gott«, sagte er weinerlich. »Bin ich schon so tief gesunken?«

»Kopf hoch, mein Junge, es hätte noch schlimmer kommen können«, tröstete ihn Daisy.

»Inwiefern?«, entgegnete er.

Sie trank einen Schluck Tee. »Na, das ist immer noch besser, als 'ne Rübe darzustellen.«

Ich hielt seine Akte hoch, in der ich notiert hatte: *bereit, alles darzustellen mit Ausnahme von Spinnen*. »So lauteten deine Angaben«, erinnerte ich ihn.

»Ich weiß, ich weiß.« Er wedelte mit den Händen. »Versteh mich bitte nicht falsch. Ich hab ja nicht erwartet, Oberon oder Cäsar zu spielen, aber … eine E*rbse*? Du lieber Himmel!«

Allmählich brachte mich seine Reaktion ziemlich auf. »Willst du den Job nun oder nicht? Mach mir keine unnötigen Schwierigkeiten, Jack. Ich habe dich nur angerufen, weil mich jemand anders versetzt hat, der eine Rolle in einem Bühnenstück bekommen hat.«

»Der Glückspilz!«, schniefte er. »Ist das da mein Kostüm?« Er starrte betrübt auf die große grüne Kugel auf dem Fußboden, die wie ein überdimensionaler Kürbis aussah.

»Das gehört auch dazu«, sagte Daisy und reichte ihm ein erbsengrünes Trikot. »Wird aber nicht passen. Der andere Typ war gute vier Inch kleiner als du.«

»Der Stoff lässt sich bestimmt dehnen«, ermutigte ich ihn. »Geh mal zum Klo und probier es an, Jack.«

Als er verschwunden war, brummte Daisy verächtlich: »So ein eingebildeter Pinsel! Was glaubt der denn, wo er hier ist? In der Shaftsbury Avenue? Könnte wetten, dass der dämliche Kerl es sich anders überlegt und die Sache ablehnt.«

»Wird er nicht«, erwiderte ich. »Er braucht das Geld.« Doch als er nach fünfzehn Minuten immer noch nicht zurück war, war ich mir nicht mehr so sicher. Gerade als ich mich auf die Suche nach ihm machen wollte, ertönte über die Gegensprechanlage Harrys Stimme. »Selina, was zum Teufel geht denn hier vor sich? In meinem Büro torkelt 'ne Riesenerbse rum!«

»Das ist sicher Jack«, sagte ich. »Wie ist der denn in dein Büro geraten?«

»Er scheint sich verirrt zu haben«, lachte Harry. »Offenbar kann er nichts sehen. Komm lieber mal rüber.«

Daisy und ich sprangen auf und eilten in Harrys Büro. Der im Erbsenkostüm steckende Jack stand da und ruderte wie wild mit den Armen. »Die Augenschlitze sind zu weit unten«, beklagte er sich. »Ich kann überhaupt nichts sehen.«

»Mensch«, rief Daisy, »muss der einen langen Kopf haben!«

»Du hattest Recht«, sagte ich zu Daisy. »Das Kostüm ist zu klein.«

»Nein, Liebes, das Kostüm ist genau richtig. Er ist zu groß. Ach du Schande!«, schrie sie. »Sieh dir das mal an! Seine Eier stehen vor wie zwei Billardkugeln!«

Das Trikot war so eng, dass Jacks Hoden sich deutlich darunter abzeichneten. »Kannst du da was machen, Daisy?«, bat ich. »So kann ich ihn doch nicht losschicken.«

Sie schob ihren üppigen Busen zurecht und führte die aufgedunsene Erbse zu einem Stuhl. »Setz dich, Jungchen, und lass mich mal scharf nachdenken.«

»Hätte jemand was dagegen, wenn ich derweil meinen Text probe?«, erkundigte sich Jack. »Nächste Woche geben wir im Oldsbury Theatre nämlich das schottische Stück.«

Harry rieb sich die Stirn und brummte mit grimmiger Miene: »Erwartet ihr allen Ernstes von mir, dass ich hier sitze und mir anhöre, wie eine Erbse Shakespeare rezitiert?«

»Tut mir echt Leid«, entgegnete ich. »Wir machen so schnell wir können.«

In dem Moment kam einer von Harrys Strippern herein, ein gut aussehender junger Schwarzer, den ich im Laufe des Tages schon einmal in Harrys Büro bemerkt hatte. »Wieso kommst du zurück, Mark?«, fragte Harry. »Ich hab dir doch schon heute Vormittag dein Outfit gegeben.«

»Ich weiß«, erwiderte der junge Mann, indem er mir einen verstohlenen Blick zuwarf und mir kokett zulächelte. »Aber ich muss dir was sagen. Mein Helm ist ganz klebrig und stinkt nach Desinfektionsmittel.«

Mark griff in den Plastikbeutel, den er in der Hand hatte, und zog einen Polizeihelm heraus.

»Ich glaube, mein Telefon klingelt«, stammelte ich und stürzte nach draußen, bevor irgendjemandem auffiel, dass ich knallrot geworden war.

Ich wartete zehn Minuten, bis ich mich wieder zurückwagte. Mark war zwar gegangen, doch Harry stand mit verwirrtem Gesichtsausdruck da und kratzte sich am Kopf, während Daisy die Nase in den Polizeihelm gesteckt hatte und festzustellen versuchte, ob er nach Katzenpisse oder nach Kiefernnadeln roch. Die Erbse bekam von alldem nichts mit, sondern hielt Harrys Tacker mit ausgestrecktem Arm von sich und rezitierte: »Ist das ein Dolch, was ich vor mir erblicke, der Griff mir zugekehrt? Komm, lass dich packen …«

»Das ist aus *Hamlet*, nicht?«, warf Daisy ein. »Frage mich, ob er da den Narren spielt.«

»Genau genommen aus *Macbeth*«, korrigierte Harry sie.

»Herrgott noch mal!«, schrie die Erbse und sprang so abrupt auf, dass sie ins Trudeln geriet. »Seid ihr denn alle Banausen? Es bringt furchtbares Unglück, das schottische Stück beim Namen zu nennen!«

Daisy sah mich verständnislos an. »Was quatscht der denn da? Und warum trudelt er so durch die Gegend?«

»Das ist eine Art abergläubisches Ritual«, erklärte ich. »Das muss er machen, wenn jemand *Macbeth* sagt. Ooh, tut mir Leid, Jack«, entschuldigte ich mich, als die Erbse von neuem aufsprang und abermals ins Rotieren geriet.

Jack taumelte auf seinen Stuhl zurück und fasste sich an seinen großen grünen Kopf. »Mir ist ganz schwindlig«, jammerte er. »Könntet ihr euch bitte ein bisschen beeilen?«

Daisy forderte ihn auf, sich zu erheben, und kratzte sich nachdenklich am Kinn. »Das Einzige, was ich machen kann, ist zwei neue Augenschlitze in den Stoff schneiden und ihm ein Feigenblatt oder so was über seine Klunker nähen.«

Ich warf einen Blick auf die Armbanduhr. »Für die Änderungen bleibt dir noch eine Stunde Zeit«, sagte ich. Dann wies ich Jack an, sie zu begleiten und in ihrer Wohnung auf das Kostüm zu warten. »Du musst um drei bei Iceworld sein«, betonte ich.

»Muss ich auch irgendwas sagen?«, fragte er.

»Ach ja«, fiel mir ein. »Du sollst ihren Slogan so oft wie möglich wiederholen: *Pingles' Erbse, grün und rund, schmilzt wie Butter dir im Mund.* Kannst du dir das merken?«

»Denke schon«, seufzte er. »Ist ja nicht gerade ein langer Monolog.«

»Vielleicht sollte man lieber sagen *grün und lang*«, kicherte Daisy, auf Jacks knochige lange Beine anspielend. Ihr Lachen steckte erst mich, dann Harry an, und als die beleidigte Erbse versuchte, würdevoll von der Bühne abzugehen, stattdessen aber direkt gegen die Wand lief, verloren wir jede Beherrschung und brachen in hysterisches Gelächter aus. Schließlich erbarmte sich Daisy seiner und führte Jack an der Hand aus dem Raum.

»Ich liebe diesen Job«, stieß Harry hervor, während er sich die Augen trockenwischte. »Und es kommt noch doller! In zehn Minuten fahre ich zum Restaurant *Lotusblatt*, um mit Mr. Chin zu verhandeln. Er möchte einen bayerischen Abend veranstalten!«

Ich fing wieder an zu kichern. »Einen bayerischen Abend? In einem chinesischen Restaurant? Wieso denn das?«

»Ich weiß, hört sich an wie ein Witz«, gluckste Harry, »bloß dass es keine Pointe gibt. Mr. Chin meint es völlig ernst.«

»Na, dann viel Glück«, sagte ich. »Ich glaube nicht, dass ich dabei ernst bleiben könnte.«

»Ich würde dir allerdings raten, ernst zu bleiben, wenn heute Nachmittag Narbengesicht kommt«, warnte er mich.

»Wie kommst du denn darauf, dass Luca Verdici keinen Sinn für Humor hat?«, fragte ich.

»Du musst mal seinen Mund beobachten, wenn er lächelt«, sagte Harry. »Dabei verzieht er nur den einen Mundwinkel. Selbst wenn man ihm einen Witz erzählt, hat man das Gefühl, er wolle einen erstechen.«

»Das liegt bloß daran, dass du so schlecht Witze erzählen kannst«, entgegnete ich. »Und für den über den Pfarrer und den Pinguin heute Morgen verdienst du es auch, erstochen zu werden!«

»Ah ja? Und wer ist der Witzbold, der einen Schauspieler angeheuert hat, um eine Erbse zu spielen?«, gab er zurück. »Jedenfalls kannst du Luca von mir ausrichten, dass ich mich mit ihm in Verbindung setze, falls ich diese bayerische Sache an Land ziehe.«

Ich versprach es ihm, hatte aber Schuldgefühle dabei, weil

Harry noch nicht wusste, dass sein Kreditkonto bei Luca ebenso eingefroren war wie meins.

Lucas unfaires Verfahren, beide Geschäftsbereiche der Firma zu bestrafen, obwohl er wusste, dass sie separat geführt wurden, war das Erste, worüber ich mit ihm sprechen wollte, als er später an jenem Tag mein Büro betrat.

Ich hatte mich für das Treffen aufreizend zurechtgemacht und einen kurzen Rock sowie ein tief ausgeschnittenes Top angezogen, was Luca mit lüstern-beifälliger Miene quittierte, zu der auch das schiefe Lächeln gehörte, das Harry so treffend beschrieben hatte.

Luca hatte etwas an sich, das mir eine Gänsehaut verursachte, obwohl ich nicht zu sagen vermochte, warum er mich so abstieß. Trotz der Narbe auf seiner Wange war er mit seinen dunklen Augen, der olivfarbenen Haut und dem makellosen blauschwarzen Haar nämlich ausnehmend attraktiv, auch wenn er ein wenig kleiner als ich und für meinen Geschmack viel zu schlank war. Vielleicht war meine Abneigung einfach darauf zurückzuführen, dass er zu viel Haargel benutzte oder dass mir Männer nicht gefielen, deren Fingernägel schöner manikürt waren als meine.

»Du siehst hinreißend aus«, stellte er mit seinem ausgeprägten italienischen Akzent fest, der bezaubernd hätte wirken müssen, es aber nicht tat.

Trotzdem klimperte ich mit den Wimpern und machte ihm überschwängliche Komplimente zu seinem schicken italienischen Anzug, der wahrscheinlich mehr gekostet hatte, als ich ihm schuldete.

Er machte eine theatralische Geste. »Genug der Nettigkeiten«, sagte er. »Du weißt, warum ich hier bin. Hast du das Geld?«

Ich warf kokett das Haar zurück. »Wie ich dir schon am Telefon gesagt habe, brauche ich mehr Zeit.«

Seine dunkelbraunen Augen waren von einer zerfließenden

Weichheit, die in seltsamem Kontrast zur Härte seines Tons stand. »Du hast genug Zeit gehabt.«

Ich stand auf und ging zum Fenster, weil ich hoffte, der Anblick meiner Beine würde ihn milder stimmen. »Ich weiß ja, dass ich schlecht kalkuliert habe«, gab ich zu. »Aber *Maskenspiel* ist bisher immer ein guter Kunde gewesen, und ich bitte dich ja nur um Aufschub. Es ist doch nicht so, dass du das Geld brauchst, Luca.« Ich drehte mich um und sah ihn an. »Du bist schließlich ein reicher Mann.«

Er schnippte sich einen imaginären Fussel von der Hose. »Ich bin nicht reich geworden, indem ich meinen Schuldnern gegenüber nachgiebig war und anderen Leuten gestattet habe, mit meinem Geld zu arbeiten. Ich bin Geschäftsmann, Selina, kein Bankdirektor.«

Ich faltete flehend die Hände. »Ich kann ja verstehen, dass du mir gegenüber hart bist, aber es ist Unsinn, die ganze Firma nicht mehr zu beliefern. Harry schuldet dir nicht einen einzigen Penny.«

»Stimmt«, sagte er, »aber er ist dein Partner, und deshalb haftet er in meinen Augen ebenfalls für deine Schulden.« Er ließ seinen Blick über meine Beine wandern. »Doch ich werde ihn erst unter Druck setzen, wenn ich alle anderen Möglichkeiten ausgeschöpft habe.«

Die Vorstellung, dass Luca Harry »unter Druck setzen« könnte, jagte mir einen gewaltigen Schrecken ein. »Gib mir nur ein paar Wochen Zeit«, bat ich. »Du bekommst dein Geld, das verspreche ich dir. Ich zahl dir sogar Zinsen.«

Er schürzte die schmalen Lippen. »Jetzt verwechselst du mich mit einem Kredithai. Hast du es denn immer noch nicht kapiert, Selina? Es geht nicht ums Geld, sondern ums Prinzip. Als ich mich bereit erklärt habe, dich zu beliefern, habe ich die Regeln festgelegt: Bevor du irgendjemand anderen bezahlst, hast du Luca Verdici zu bezahlen.«

Ich sah ihn mit großen, flehenden Augen an. »Kannst du deine eigenen Regeln nicht brechen? Bei mir könntest du doch sicher eine Ausnahme machen, oder?«

»Ich mache nie Ausnahmen«, drohte er.

Ich setzte mich wieder und beugte mich zu ihm vor. »Tatsächlich nicht?«

Sein Blick wanderte in meinen Ausschnitt. »Ich will ganz offen zu dir sein, Selina. Es ist allgemein bekannt, dass Geduld nicht gerade meine Stärke ist, und obwohl ich dich sehr mag, habe ich nicht die Absicht, diesen Ruf zu zerstören.«

»Hört sich so an, als seist du bereits entschlossen, mich zu verklagen«, erwiderte ich.

Er kniff drohend die Augen zusammen. »Wenn ich meine Kunden wegen jedes Pfunds Fleisch, das sie mir schulden, verklagen wollte, würde ich bis zum Hals in Papierkram stecken. Es gibt wirkungsvollere Methoden, mit Schuldnern umzugehen.«

»Wie meinst du das?«, stieß ich nervös hervor.

»Genau so, wie du es verstanden hast.«

Seine versteckte Drohung im Mafiastil ließ mich innerlich erzittern. Nachdem er eine Pause gemacht hatte, um seinen Worten mehr Nachdruck zu verleihen, senkte er die Stimme und flüsterte: »Aber so weit braucht es nicht zu kommen. Es gibt noch einen anderen Weg, um diese Sache aus der Welt zu schaffen.«

»Nämlich?«, fragte ich zögernd.

Er strich sich das gegelte Haar glatt. »Ich könnte dich um einen kleinen Gefallen bitten.«

»Einen Gefallen?« Ich unterdrückte ein Lachen. »Du hörst dich an wie Don Corleone. Wen soll ich denn erschießen?«

Ohne auf meine spaßige Bemerkung einzugehen, stand er auf und trat hinter mich. »Du weißt, dass ich dich begehre«, flüsterte er mir ins Ohr. »Wahrscheinlich ist dir gar nicht klar, wie sehr es mich verletzt hat, als du nicht mit mir ausgehen wolltest.«

»Ich wollte dich nicht kränken«, sagte ich und gab mir alle Mühe, nicht zusammenzuzucken, als er mir die Hand auf die Schulter legte. »Ich dachte bloß, es sei besser, wenn unsere Beziehung rein geschäftlich bleibt.«

Seine Hand glitt über meinen Arm. »Da unterscheiden wir uns. Ich persönlich liebe es, Geschäftliches mit Vergnügen zu vermischen.«

Ich hielt seine Hand fest. »Was willst du von mir, Luca?«

»Ich hätte gedacht, das liegt auf der Hand.«

Ich sprang auf und drehte mich ihm zu. »Ich bin nicht zu kaufen, falls du an so was denkst.«

Unverfroren ließ er seinen Blick zu meinen Brüsten gleiten, sodass mir ihre Nacktheit unter dem dünnen Stoff meines Tops akut zu Bewusstsein kam. »Fünfhundert Pfund«, erklärte er.

»Wie bitte?«

Er machte eine wohlwollende Geste. »Das würde deine Schulden um eine beträchtliche Summe reduzieren. Außerdem würdest du dadurch eine zusätzliche Woche gewinnen, um den Rest des Geldes aufzutreiben.«

»Nimmst du allen Ernstes an, dass ich für fünfhundert Pfund mit dir schlafen würde?«, rief ich wütend aus.

Er legte den Kopf schräg, als versuche er, das Ausmaß meiner Empörung abzuschätzen. »Nein, das wohl nicht«, entgegnete er. »Für eine derart läppische Summe würde ich nicht mehr als einen Teil von dir erwarten.«

»Ich glaube, wir sollten dieses Gespräch lieber beenden, bevor ich dir eine runterhaue«, sagte ich.

Er hielt mir seine Wange hin. »Na los«, forderte er mich auf. »Aber bevor du zuschlägst, denk noch mal über das nach, was ich gesagt habe. Es wäre ein Ausweg für dich, Selina, so unangenehm es dir auch sein mag.«

Ich ließ die Hand, die ich erhoben hatte, sinken. So gerne ich ihm eine runtergehauen hätte, wir wussten beide, dass ich mir Stolz nicht leisten konnte. »Was meinst du mit einem Teil von mir?«, wollte ich wissen.

Seine seelenlosen dunklen Augen bohrten sich in die meinen. »Deine Brüste.«

»Meine …?« Ich blickte an mir herab.

»Brüste«, wiederholte er heiser. »Deine drallen, üppigen Titten, auf die du meine Aufmerksamkeit zu ziehen suchst, seit ich hier bin. Nun, *cara mia*, das ist dir durchaus gelungen.«

Ich merkte, wie meine Wangen erglühten. »Ich habe sie nicht zur Schau gestellt, um dich in Versuchung zu führen, sondern um dich abzulenken«, gab ich zu, »aber ich hatte nicht die Absicht …«

»Was du für eine Absicht hattest, ist mir egal«, unterbrach er mich. »Ich will deine Brüste liebkosen – jetzt sofort. Und ich bin bereit, dafür zu zahlen.«

Ich schluckte. »Nur dafür würdest du fünfhundert Pfund zahlen?«

»Nur dafür«, bestätigte er. »Fühlst du dich jetzt geschmeichelt? Das solltest du auch. Schließlich sind es keine jungfräulichen Brüste mehr. Wie viele Männer mögen sie schon angefasst haben? Zehn? Zwanzig? Das ergibt eine Menge schweißiger Hände und grapschender Finger.«

»Nicht *alle* von ihnen hatten schweißige Hände«, sagte ich sarkastisch. »Das kann doch nicht dein Ernst sein, Luca. Warum sollte ein erfolgreicher, gut aussehender Geschäftsmann mit Geld und Köpfchen für etwas bezahlen, das er umsonst bekommen kann? Du brauchst doch nur zu pfeifen!«

»Ich will aber nicht die Art Frauen, die kommen, wenn ich pfeife«, erwiderte er in scharfem Ton. »Ich will etwas, das ich nicht haben kann – dich. Glaubst du, ich wüsste nicht, dass du mich verachtest, Selina? Versuch gar nicht erst, es zu leugnen.

Ich sehe es an deinem Blick und deiner Körpersprache. Du lächelst zwar, wenn ich dich berühre, aber ich weiß, dass du dabei innerlich zusammenzuckst. Und das erregt mich. Ich will deinen Abscheu überwinden, dich streicheln und liebkosen, bis jede Zelle deines Körpers vor Lust schreit. Ich will, dass du mich auf Knien anflehst, dich zu ficken.« Seine Stimme brach und wurde heiser. »Als wir uns das erste Mal die Hände geschüttelt haben, hast du dir hinterher verstohlen die Hand am Rock abgewischt. Diese Geste hat mir verraten, was du von mir hältst und mich derart steif werden lassen, dass ich zur Toilette gehen musste, um mir einen runterzuholen. Und weißt du, was ich dann gemacht habe? Ich habe meinen Finger in mein Sperma getaucht und das Ganze auf deinen Rock geschmiert.« Er lachte. »Ich fand es amüsant, mir vorzustellen, wie du dir den Kopf darüber zerbrichst, wo der Fleck herkommt.«

Wie benommen von seinem Gefühlsausbruch vermochte ich lediglich zu murmeln: »Ich hatte keine Ahnung, dass du so empfindest.«

Er kicherte böse. »Warum, glaubst du wohl, habe ich dich diese Schulden machen lassen? Ich wusste immer, was du dachtest, wenn du mit mir geflirtet hast. Aber du hast nie geahnt, was ich dachte.« Er warf triumphierend den Kopf zurück. »Du dachtest, du würdest schon mit mir fertig werden, nicht wahr? Aber stattdessen bist du mir in die Falle gegangen.«

»Ich sitze nicht in der Falle«, erwiderte ich trotzig. »Ich werde mir das, was ich dir schulde, einfach borgen.«

Er schüttelte den Kopf. »Dafür ist es zu spät. Der Wolf steht mit weit aufgerissenem Rachen vor deiner Tür. Wenn du mir nicht gibst, was ich haben will, beiße ich zu.« Als er die Hand ausstreckte, schreckte ich zurück. »Sei doch vernünftig«, murmelte er und kam näher,

Ich wich immer weiter zurück, bis mir die Kante des Schreibtischs in die Schenkel schnitt. Er stemmte die Arme links und rechts von mir auf die Tischplatte, sodass ich mich nicht mehr rühren konnte. »Was hast du vor?«, flüsterte ich ängstlich.

Er gab keine Antwort, doch plötzlich sprang mir seine Hand wie eine Ratte an die Kehle. Ich schrie entsetzt auf, weil ich dachte, er wollte mich würgen. Stattdessen strich er jedoch mit den Fingern über mein Schlüsselbein.

»Deine Haut ist wie Samt«, murmelte er.

Mich fröstelte. Seine Berührung fühlte sich an, als sickere mir Schleim über die Haut.

»Wie findest du das?«, stieß er hervor. »Widerlich? Ekelhaft? Ist es scheußlich, gegen seinen Willen berührt zu werden?«

»Ja«, knurrte ich. »Du kotzt mich an, wenn du es ganz genau wissen willst.«

»Und du machst mich geil«, sagte er, seinen Schritt gegen mein Bein pressend, sodass ich seine geschwollene Männlichkeit spüren konnte. Seine Finger wanderten immer weiter nach unten. »Gleich werde ich dir meine Hand in den Ausschnitt stecken. Was hältst du davon?«

Ich holte tief Luft. »Warum machst du nicht einfach weiter?«

Er schob seine Finger ein kleines Stück weiter nach unten. »Ich hab's nicht sonderlich eilig. Erzähl mir mal, was du gerade denkst.«

»Ich denke über das Geld nach«, log ich. »Es ist genau, wie du gesagt hast. Mich haben schon viele schweißige Hände angefasst. Ich kann so tun, als machte ich das Ganze für einen wohltätigen Zweck.«

Er lachte höhnisch. »Das denkst du überhaupt nicht.«

»Sondern?«

»Du denkst, dass es dir gefallen könnte.«

Leider Gottes hatte er Recht. In meinen Brustwarzen kribbelte es, ihre Höfe hatten sich in Erwartung seiner verhassten Berührung zusammengezogen. Ich verfluchte meine empfindlichen Brüste, konnte aber nichts gegen ihre instinktive Reaktion tun, als seine Hand sich schließlich in meinen Ausschnitt schob.

»Siehst du?«, zischte Luca grinsend, derweil er eine meiner steifen Warzen rieb. »Du kannst gar nicht anders.«

Ich biss mir auf die Unterlippe, um nicht aufzukeuchen, als er mit geschickten Fingern meine Brüste knetete. Mein Atem ging immer schneller, mein Herzschlag beschleunigte sich, meine Klit fing an zu pulsieren.

»Das gefällt dir, nicht wahr?«, sagte er und drängte sich zwischen meine Beine, um sich an mir zu reiben. »Deine Brustwarzen sind so hart und heiß. Soll ich ihnen nicht mit der Zunge Abkühlung verschaffen? Du brauchst mich bloß darum zu bitten, dann mach ich's.«

Wenn er einfach weitergemacht hätte, hätte ich ihn sicher nicht daran gehindert, aber es fiel mir nicht im Traum ein, den Widerling auch noch darum zu bitten!

»Ich glaube, jetzt hast du bekommen, was dir für dein Geld zusteht«, fuhr ich ihn an und stieß ihn von mir.

Zu spät wurde ihm klar, dass er einen Fehler gemacht hatte. »Vermutlich bist du noch nicht ganz so weit, um mich auf Knien anzuflehen. Aber ich glaube, ich habe meinen Zweck erreicht. Dein Körper scheint mich durchaus zu mögen.«

»Wenn ich darauf achten würde, was mein Körper mag, würde ich meine ganze Zeit mit einem vibrierenden Plastikschwanz im Bett verbringen«, erwiderte ich trocken. »Und was meine hart gewordenen Brustwarzen angeht – die solltest du erst mal sehen, wenn's schneit! Du solltest Reaktion nicht mit Anziehung verwechseln, Luca. Ich finde dich nach wie vor abstoßend.«

Er nickte. »Sogar noch mehr, möchte ich hoffen«, mutmaßte er. »Wenn ich mir auf diese Weise deine abgrundtiefe Verachtung zugezogen habe, war die Sache jeden Penny wert. Ich bin nicht auf deine Liebe aus, Selina, sondern auf deinen Hass.«

Ich sah ihn forschend an. »Wieso das?«

»Weil Sex auf diese Weise viel erregender ist. Wenn eine Frau hasst, ist sie so leidenschaftlich wie sonst nie.«

»Du bist ja total verdreht«, entgegnete ich. »Ich will nichts mehr mit dir zu tun haben. Irgendwie werde ich mir das Geld für dich beschaffen, und dann hast du aus meinem Leben zu verschwinden.«

»Du hast Zeit bis nächsten Freitag«, sagte er. »Ich will alles auf einmal oder gar keins. Ratenzahlung ist nur auf eine Weise möglich, und worin die besteht, kannst du dir sicher denken.«

Ich nickte. »Und jetzt geh bitte«, forderte ich ihn auf und baute mich in der Nähe der Tür auf. Obwohl ich versuchte, würdevoll zu wirken, hatte er es geschafft, dass ich mir total billig vorkam.

Er trat vor mich und drückte mir das Kinn nach oben. »O ja«, säuselte er. »In deinen Augen steht der blanke Hass. Du kannst dir gar nicht vorstellen, wie sexy das ist.« Bevor ich ihn daran hindern konnte, presste er seine Lippen auf die meinen. »*Ciao*, Selina.«

Finster schaute ich ihm nach und fuhr mir mit der Hand über den Mund, um sie mir dann demonstrativ am Rock abzuwischen.

Während ich noch die Genugtuung genoss, die mir diese Geste bereitete, sagte plötzlich eine ironische Stimme: »Ist dir klar, dass du dir gerade den Rock mit Lippenstift beschmiert hast?«

»Was? Ach du Scheiße!« Ich war so verärgert, dass die aus Harrys Büro kommende Stimme mich noch nicht einmal erschreckte. Ich nahm an, es sei Harry, doch als ich zur Tür hineinspähte, entdeckte ich zu meinem Erstaunen Gervaise, der auf Harrys Drehstuhl saß und wie eine Hyäne grinste. Ich ging ins Zimmer und baute mich vor ihm auf. »Was machst du denn hier?«

»Ich habe auf dich gewartet«, antwortete er.

»Gewartet?«, wiederholte ich.

»Matt hat mir sein Auto geborgt, und da dachte ich, ich komm mal vorbei und seh mir deine Firma an. Als ich sah, dass du Besuch hast, bin ich hier reingegangen, um zu warten.« Er nickte in Richtung Tür. »War das der transsilvanische Halsfetischist?«

Ich verzog das Gesicht. »Wovon redest du eigentlich?«

Er zeigte mit dem Finger auf den verblassenden Knutschfleck. »Dein Freund, meine ich. Nosferatu.«

»Ach so, verstehe. Nein, das war Luca, ein Geschäftspartner«, erklärte ich.

Er reckte das Kinn vor. »Dann hast du eine drollige Art, Geschäfte zu machen. Schüttelst du dabei den Leuten immer mit deinen Titten die Hand?«

Ich schluckte. »Das hast du gesehen?«

»Irgendwie hatte ich den Eindruck, dass er dich befummelt«, sagte Gervaise, »aber man kann sich ja täuschen. Vielleicht ist dir auch nur sein Handy in den Ausschnitt gerutscht, und er hat versucht, es wieder zu finden.«

Ich grinste betreten. »Wir haben ... äh ...«

»Herumgealbert?«, schlug er zynisch vor. »So wie du es mit Matt gemacht hast? Ich glaube, so hast du es genannt. Sag mal, wie viele Männer stehen dir für deine Albereien eigentlich zur Verfügung?«

»Kümmer dich doch um deinen eigenen Dreck«, knurrte ich. »Ich bin dir keine Rechenschaft schuldig.«

Er breitete die Hände aus. »Hör mal, Leckermaul, es ist mir scheißegal, mit wem du fickst, solange der Betreffende nicht mit meiner Schwester liiert ist.« Er stand auf. »Willst du mich nicht ein bisschen herumführen? Wo bewahrt ihr denn die Kostüme auf?«

Ich zeigte auf den die ganze Wand einnehmenden Schrank, den Harry selbst zusammengezimmert hatte. »Größtenteils da drin.«

Er schlenderte hinüber und schob eine der Türen auf. »Wow!«, sagte er. »Ist ja eine beachtliche Sammlung.« Er griff in den Schrank und holte ein Pudeloutfit heraus. »Darin würdest du sicher ganz süß aussehen.«

»Diese Kostüme sind für Stripper«, erklärte ich.

Er sah mich verständnislos an. »Und was willst du damit sagen?«

Ich warf arrogant den Kopf zurück. »Damit will ich sagen, dass ich nicht strippe.«

Versonnen betrachtete er das Kostüm. »Schade.« Er wühlte weiter in den Sachen herum. Plötzlich entdeckte er etwas, das ihn in schallendes Gelächter ausbrechen ließ. »Ist ja nicht zu fassen!«, rief er aus. »Ihr habt ein Zucchinikostüm für eure Stripperinnen? Wer in drei Teufels Namen will denn bei einem Herrenabend eine Riesenzucchini auf dem Schoß haben?«

»Das gehört gar nicht da rein«, erklärte ich. »Das ist eines meiner Promotionkostüme. Außerdem ist das keine Zucchini, sondern eine …« Meine Stimme verlor sich. *Riesengurke* hätte sich noch lächerlicher angehört. »Ist ja egal, was es ist. Jedenfalls gehört es nicht in diesen Schrank, sondern in meinen Lagerraum.«

Seine Augen funkelten auf. »Du hast einen Raum für Riesengemüse? Den würde ich gern mal sehen.«

»Da gibt's nicht viel zu sehen«, sagte ich. »Sachen, die wir nicht mehr brauchen, verkaufen wir entweder an Kostümgeschäfte oder schlachten sie aus, um sie wieder zu verwerten.«

»Wie lässt sich denn eine Zucchini wieder verwerten?«, fragte er.

»Ah«, erwiderte ich verschmitzt. »Ich habe eine geniale Mitarbeiterin namens Daisy, die mit Nadel und Faden wahre Wunder vollbringt. Vermutlich würde sie dem Ding Tentakel annähen und es in einen Marsmenschen verwandeln.«

»Hmm«, murmelte er, »die Zucchini aus dem Weltraum! Verbreitete Angst und Schrecken auf der Erde, bis sie schließlich von einer Eliteeinheit vegetarischer Söldner gefangen genommen wurde, die sie vierundzwanzig Stunden lang auf kleiner Flamme rösteten und aßen.«

Ich kicherte. »Wenn das eine Idee für einen Roman sein soll, solltest du lieber beim Journalismus bleiben. Können wir jetzt gehen?«

Er grunzte verneinend. »Erst wenn ich einen Blick in deinen Lagerraum geworfen habe.«

Ich zuckte resigniert die Achseln. »Na schön, wenn du unbedingt willst.« Ich führte ihn in mein Büro und zeigte auf die Tür zum Lagerraum. »Da.«

»Kommst du nicht mit rein?« Er ließ frech die Augenbrauen auf und ab tanzen.

»Ich mach mich inzwischen fertig.«

Gerade als ich dabei war, mir den Mantel anzuziehen, sah ich Harry mit strahlendem Gesicht den Korridor entlangeilen. Er stürzte in mein Zimmer und riss mich an sich. »Ich hab den Auftrag«, verkündete er, mich auf meinen Schreibtisch drängend. »Was hältst du davon, das mit einem kleinen Fick zu feiern?« Bevor ich ihn daran hindern konnte, hatte er mir die Hände unter den Rock geschoben und bedeckte meinen Hals mit Küssen. »Lass das, Harry«, quietschte ich. »Hör auf …«

»Herumzualbern«, ergänzte Gervaise, der in dem Moment aus dem Lagerraum kam und mich mit vernichtendem Blick ansah.

»Hi!», sagte Harry lächelnd. »Du bist sicher Bonzo.«

achtes kapitel

Obwohl es noch hell genug war, um sein Gesicht zu sehen, verdeckte sein Bart seine Miene so wirkungsvoll, als hätte er eine Skimaske auf. Ich war mir sicher, dass er hinter seinem Gestrüpp finster dreinblickte und dass die Art und Weise, in der er mit den Fingern aufs Lenkrad trommelte, nichts anderes als Missbilligung ausdrückte.

Seit wir von der Firma losgefahren waren, herrschte eisiges Schweigen im Auto. Nachdem ich ganze zehn Minuten ungeduldig darauf gewartet hatte, dass er etwas – irgendetwas – sagte, damit ich die Möglichkeit hatte, mich zu verteidigen, war ich kurz vorm Explodieren. Warum äußerte er sich denn nicht? Was ging in seinem Kopf vor? Ich ließ ihm eine weitere Minute Zeit, dann nahm ich all meinen Mut zusammen und holte im Geiste mit einem riesigen Vorschlaghammer aus, um die Stille zu zerschmettern.

»Ich weiß, was du denkst, aber das ist mir scheißegal. Was mich nervt, sind deine stummen Vorwürfe. Also raus damit! Warum sagst du nicht einfach, dass ich ein Flittchen bin? Weißt du, was dein Problem ist, Gervaise? Du hast so lange im Nahen Osten gelebt, dass du vergessen hast, welche Freiheiten abendländische Frauen genießen. Dass ich mit Männern herumalbere, macht mich noch lange nicht zu einer Nutte. Aber das denkst du gerade, nicht wahr?«

»Überhaupt nicht«, entgegnete er.

»Ach?«, sagte ich erstaunt. »Was denkst du denn dann?«

Er sah mich scharf an. »Bonzo?«

»Meine Güte, ist das alles?«

»*Alles*?«, brüllte er. »Ausgerechnet Bonzo! Wie würdest du denn reagieren, wenn jemand dich so bezeichnen würde?«

»Ich würde einen Arzt aufsuchen, um mir eine Östrogenspritze verpassen zu lassen«, sagte ich. »Herrgott noch mal, es ist doch nur wegen des Barts.«

Er betrachtete sich kurz im Rückspiegel. »Was gibt es denn gegen meinen Bart einzuwenden? Nach Ansicht vieler Frauen sehe ich damit sehr sexy aus.«

»Irrtum«, widersprach ich, »du siehst damit aus wie …«

»Kein Grund, es zu wiederholen«, unterbrach er mich. »Ich bin auch so schon gekränkt genug.«

»Dann rasier dir das verdammte Ding doch ab«, schlug ich vor. »Bist du denn solch ein hässlicher Vogel, dass du Angst hast, dein Gesicht zu zeigen?«

»Um die Wahrheit zu sagen – ich bin unglaublich attraktiv«, prahlte er.

»Hat Quasimodo auch gesagt, als er einen Bart trug«, konterte ich.

»Ich geb nicht sonderlich viel auf deine Meinung«, teilte er mir mit. »Eine Frau, die sich von einem Mann befummeln lässt, dessen Kopf so von Öl trieft, dass man ein halbes Dutzend Hähnchen damit einpinseln könnte, hat einen ausgesprochen schlechten Geschmack. Wie kannst du denn scharf auf einen Mann sein, dessen Haar mehr Cholesterol enthält als ein Fass Margarine?«

»Ich bin nicht scharf auf Luca«, sagte ich. »Was du beobachtet hast, war nicht das, wonach es aussah.« Um weiteren Fragen aus dem Weg zu gehen, wechselte ich rasch das Thema. »Wie fandest du Harry?«

Er dachte einen Moment nach. »Nett«, sagte er schließlich. »Er ist derjenige, mit dem du die Affäre hattest, nicht wahr?«

»Woher weißt du denn das?«

»Das weiß ich, weil ich so klug und scharfsinnig bin«, sagte er. »Außerdem hat Miranda seinen Namen mal in einem Brief erwähnt.«

»Sie hat dir von meiner Affäre geschrieben?«, rief ich aus.

»Sie hat sich Sorgen um dich gemacht.«

»Dazu hatte sie kein Recht«, wetterte ich. »Du bist schließlich ein außen Stehender, verdammt noch mal.«

Seine Hände schlossen sich fest um das Lenkrad. »Ich bin ihr Bruder«, entgegnete er, »und ob du es nun glaubst oder nicht, es hat ihr damals große Kopfschmerzen bereitet, wie sie mit ihrer verwöhnten, egoistischen, nervigen halbwüchsigen Stieftochter fertig werden soll, nachdem das dusselige kleine Luder sich mit einem verheirateten Mann eingelassen hatte, der ...«, Er verstummte abrupt.

»Der *was*?«, hakte ich nach.

Er zögerte. »Sie würde nicht wollen, dass ich dir das erzähle ... aber ich glaube, du solltest es wissen. Sie wusste, dass er ein Schürzenjäger ist.«

»Das ist bloß eine altmodische Bezeichnung für jemand, der gern flirtet«, sagte ich.

»Vielleicht solltest du den Ausdruck mal im Wörterbuch nachschlagen«, riet er mir. »Das ist ein Mann, der hinter jedem Rock her ist, ein Mann, der es mit seinem Charme schaffen würde, eine Nonne ins Bett zu kriegen. Hört sich das nicht ganz nach Harry an? Ich verstehe durchaus, dass du dich in ihn verknallt hast. Ich mag ihn ja auch. Aber Miranda war offenbar nicht ganz so beeindruckt von ihm.«

»Wie meinst du das? Sie kannte ihn doch kaum.«

Er wandte den Blick von der Straße ab, um mich vielsagend anzusehen. »Das hat ihn nicht davon abgehalten, sie anzumachen.«

»Was?« Ich traute meinen Ohren nicht.

Er nickte grimmig. »Er hat's auch bei ihr versucht.«

»Wann?«, wollte ich wissen. »Das glaube ich einfach nicht.«

»Was hätte ich denn davon, dich anzulügen?«, fragte er. »Ich weiß nicht, wann oder wo es passiert ist. Wenn du das wirklich wissen willst, solltest du lieber Harry fragen. Ich kann mir nicht vorstellen, dass er es abstreiten würde. Warum sollte er? Sie hat ihm doch nichts bedeutet. Für ihn war sie nur eine weitere Frau, ein weiteres Stück Fleisch auf zwei Beinen.«

»Sie ist meine Stiefmutter«, jammerte ich. »Wie konnte er mir so etwas antun?«

Er stieß einen tiefen Seufzer aus. »Hast du es immer noch nicht kapiert? Sie hatte eine Möse, die er noch nicht gefickt hatte.«

Ich verstummte und dachte über das nach, was Holly gesagt hatte: *Harry hat überhaupt kein Herz.* Hatte er auch sie betrogen?

Gervaise riss mich aus meinen Gedanken. »Verstehst du jetzt, warum Miranda versucht hat, euch auseinander zu bringen?«

»Das hätte sie mir doch erzählen können«, murmelte ich.

»Wie denn das? Du warst verrückt nach ihm. Du hättest ihr nie geglaubt. Als sie dich dazu überredet hat, ihm dieses Ultimatum zu stellen, hat sie dir einen großen Gefallen getan. Das hat dir die Augen geöffnet und dir seine wahren Empfindungen gezeigt.«

»Nein.« Ich schüttelte den Kopf. »Es war falsch von ihr, sich einzumischen. Harry hat mich so geliebt, dass er seine Frau verlassen hätte, aber das konnte er nicht, weil sie schwanger war. Davon habe ich Miranda nichts erzählt, weil ich wusste, dass sie mich verachten würde.«

»Dann hast du es allein dir selbst zuzuschreiben«, schlussfolgerte er. »Du hättest wissen müssen, dass du zu viel von ihm verlangst. Du kannst deinen Egoismus nicht Miranda zur Last legen und so tun, als sei alles ihre Schuld. Sie hat nur versucht, eine gute Mutter zu sein.«

Seine Worte brachten mich in Rage. »Sie ist nicht meine Mutter. Meine Mutter ist gestorben, als ich drei Jahre alt war. Und du bist nicht mein Onkel. Also unterlass es gefälligst, deine Nase in meine Angelegenheiten zu stecken.«

»Du bösartiges kleines Biest!«, knurrte er. »Glaubst du allen Ernstes, ich werde ruhig zusehen, wie du deine giftigen Fangzähne in Matt schlägst? Wenn das, was ich heute gesehen habe, deine Vorstellung von *Herumalbern* ist, dann steckt der arme Kerl tiefer in der Bredouille, als ich dachte. Ich werde dich rund um die Uhr beobachten, und wenn du es wagst, ihn auch nur zu beschnuppern, schneide ich dir die Nase ab.«

Mir wurde klar, dass ich mir gerade selbst ein Bein gestellt hatte. Deshalb versuchte ich, ihn zu beschwichtigen. »Hör mal, Gervaise, der einzige Mann, für den ich mich interessiere, ist mein Freund. Du brauchst dir also keine Sorgen zu machen.«

»Ach ja, der geheimnisvolle Freund«, sagte er. »Wie heißt er eigentlich? Und wo steckt er überhaupt?«

»Ich hab dir doch gesagt, du sollst dich um deinen eigenen Dreck kümmern«, fuhr ich ihn an und versuchte, mit meinem Zorn die Tatsache zu überspielen, dass ich seine Frage nicht beantworten konnte. Deshalb erleichterte es mich ungemein, als das Auto vor unserm Haus Halt machte.

»Übrigens«, sagte ich, als wir auf die Haustür zugingen, »ich hoffe, du bist morgen Abend da. Meine Freundin Holly kommt nämlich vorbei. Sie möchte dich gern kennen lernen.«

Er schaute mich skeptisch an. »Warum möchte deine Freundin mich denn kennen lernen?«, erwiderte er. »Was Nettes dürftest du ihr doch kaum über mich erzählt haben.«

»Hab ich auch nicht«, bestätigte ich. »Es ist nur so, dass sie als Kind total für Bonzo geschwärmt hat. Sicher werdet ihr großartig miteinander auskommen.«

Ungeachtet dessen, was ich gesagt hatte, erwartete ich eigentlich nicht, dass es bei den beiden funken würde. Deshalb überraschte es mich, als mir Holly am Samstagabend schon eine halbe Stunde, nachdem ich sie einander vorgestellt hatte, *alles bestens* signalisierte. Sobald sie zu dem Schluss gekommen war, dass er ihr gefiel, flirtete sie hemmungslos mit ihm.

»Wie ich gehört habe, bist du gerade aus dem Nahen Osten zurück«, begann sie das Gespräch und streckte die Hand aus, um ihm den Bart zu zausen. »Ist das ein Souvenir? Oder hast du schon immer einen Bart gehabt?«

Lächelnd schenkte Gervaise ihr ein Glas Wein ein. »Du weißt doch, dass man sich den Landessitten anpassen soll. Den habe ich mir wachsen lassen, um mich unauffällig unter die Araber mischen zu können.«

»Ich hab noch nie einen Araber gesehen, der so groß und kräftig gewesen wäre wie du«, bemerkte sie. »Willst du ihn dir jetzt wieder abnehmen?«

Während er die Flasche meinem Glas näherte, warf er mir einen verdrossenen Blick zu. »Weiß ich noch nicht«, sagte er. Nachdem er mir eingeschenkt hatte, wandte er sich mit strahlendem Gesicht wieder Holly zu. »Was meinst du denn dazu?«

Sie klimperte mit den Wimpern. »Also ich an deiner Stelle würde da nichts überstürzen«, antwortete sie. »Ein Bart kann einer Frau eine Menge Spaß bereiten.« Ich konnte einfach nicht glauben, dass sie das gesagt hatte. Das war ungefähr so, als hätte sie ihm ihr Höschen zugeworfen!

Sein Grinsen wurde noch breiter. »Das musst du mir genauer erklären«, sagte er.

»Ich dachte insbesondere an eine Situation, wo ein Mann einen Bart hat und eine Frau … keinen, wenn du verstehst, was ich meine.«

Herrgott noch mal, Holly! Ihre Unverblümtheit ging mir gewaltig gegen den Strich, zumal ich Matt dabei ertappte, wie er mich ansah und sich nachdenklich über das Kinn strich. Ich warf ihm einen warnenden Blick zu. Das konnte er sich von vornherein abschminken. Ein Gorilla im Haus reichte vollauf.

Matt stand auf. »Schade, dass ich gerade jetzt, da das Gespräch so interessant wird, aufbrechen muss«, sagte er, »aber ich gehe jeden Samstagabend mit Alan von nebenan Bowling spielen. Vielleicht solltest du mitkommen, Selina, damit die beiden hier sich besser kennen lernen können.«

Sehnsüchtig betrachtete ich seinen Hintern, während er sich bückte, um seine Bowlingtasche aufzuheben, blickte jedoch schnell wieder weg, als ich bemerkte, dass Gervaise mich wie ein Schießhund beobachtete. »Viel Spaß«, murmelte ich, so unschuldig wie möglich tuend.

Nachdem Matt gegangen war, erzählte Gervaise uns ein paar heitere Erlebnisse, die er auf seinen Reisen gehabt hatte. Während ich sein lebendiges, ausdrucksvolles Gesicht beobachtete, wurde mir allmählich klar, was für ein Charisma er hatte und warum Holly so von ihm gefesselt zu sein schien. Er ließ seinen Charme sprühen und gestikulierte eifrig mit den Händen, um seinen Worten mehr Nachdruck zu verleihen. Um seine Stimme verführerischer klingen zu lassen, sprach er sogar mit stärkerem französischen Akzent als sonst. Außerdem flirtete er so wirkungsvoll mit den Augen, dass Holly sich erkundigte: »Wo hast du bloß diese wunderschönen blauen Augen her?«

»Miranda zufolge von meiner Großmutter«, erwiderte er.

»Ooh, sag das noch mal«, forderte sie ihn auf.

»Was?«

»Miranda«, seufzte sie. »Ich liebe es, wie du das R aussprichst. Wahrscheinlich könntest du einer Frau allein dadurch einen Orgasmus verschaffen, dass du das Wort Klitoris sagst.«

»Interessante Theorie«, erwiderte er und flüsterte ihr hinter vorgehaltener Hand etwas ins Ohr. Sie tat so, als überliefe sie ein erotischer Schauder.

»Ich wünschte, ich hätte einen Namen wie Rosemary.«

»Rosemary«, tat er ihr den Gefallen, indem er die beiden Rs über seine Zunge rollen ließ.

»Mmm.« Sie leckte sich die Lippen. »Als du Englisch gelernt hast, hat man dir da vielleicht auch beigebracht zu sagen *Rehe grasen gern auf grünem Rasen?*«

»Offen gestanden, habe ich mir damals eine ganze Menge solcher Zungenbrecher angeeignet«, erklärte er lächelnd.

Holly riss die Augen auf. »Oh, tatsächlich? Könntest du nicht noch was mit viel Rs drin sagen?«

»Wie wär's denn mit *närrisches Rumgesülze?*«, schlug ich ihr mit ätzender Stimme vor, da mir das ganze Geflirte allmählich auf den Geist ging.

Gervaise sah mich verdutzt an, doch Holly kicherte nur. »Ist schon okay«, sagte sie. »Es ist Selina peinlich, wenn ich ihrer Ansicht nach zu direkt bin. Eine der Sachen, die ich an ihr mag, ist, dass sie kein Blatt vor den Mund nimmt. Was meinst du, Gervaise? Bin ich zu direkt?«

Er ließ die Augenbrauen auf und ab tanzen und grinste. »Vielleicht ein wenig. Aber das ist mir lieber als Doppeldeutigkeit. Es ist schon schwer genug, zu erraten, was eine Frau will, die man kennt, ganz zu schweigen von einer, die man nicht kennt. Nimm zum Beispiel Selina. Sie lächelt wie ein Krokodil. Ich vermag einfach nicht zu sagen, ob sie mich küssen oder mir den Kopf abbeißen will.«

Ich fand die Vorstellung, ihn zu küssen, so abscheulich, dass ich das Gesicht verzog. »Ich bin gern bereit, dir vorzuführen, welche der beiden Möglichkeiten mir am meisten zusagt«, erwiderte ich und fletschte die Zähne.

»Nicht nötig«, kicherte er. »Dein angewiderter Gesichtsausdruck sagt alles.«

»Du kannst besser in den Gesichtern von Frauen lesen, als du denkst«, gab ich zurück.

Er wandte sich wieder Holly zu. »Wie ist ihr Freund denn so?«, erkundigte er sich. »Sie weigert sich, mir was von ihm zu erzählen.«

Ich sah Holly scharf an, die die Frage jedoch gekonnt abschmetterte. »Er ist toll, sieht gut aus und ist sehr sexy. Mehr gibt es dazu nicht zu sagen. Und wie steht es mit dir, Gervaise? Hast du zu Hause eine Freundin?« Ich applaudierte im Geiste diesem geschickten Ablenkungsmanöver.

»Ja. Ihr Name ist Veronique«, sagte er, »aber es ist lange her, seit ich sie gesehen habe.«

»Du scheinst es nicht sonderlich eilig zu haben, zu ihr zurückzukehren«, stellte ich fest.

Er machte ein saures Gesicht. »Nichts wäre mir lieber, als jetzt zu Hause zu sein und meine Freundin zu rammeln, das könnt ihr mir glauben. Doch das Schicksal geht seltsame Wege und schafft es immer wieder, einem das Leben zu vermiesen.«

Mir lag auf der Zunge zu sagen, dass das Schicksal mir ebenfalls das Leben vermiest hatte, denn wenn er nicht gewesen wäre, hätte ich jetzt Matt gerammelt. Glücklicherweise schaffte ich es jedoch, mich zusammenzureißen und diese Worte für mich zu behalten.

Holly tat taktvollerweise so, als wisse sie nicht, wovon er sprach. »Rammeln?«, hakte sie in enttäuschtem Ton nach. »Ich dachte, die Franzosen machen Liebe.«

Er füllte ihr Glas nach. »Du vergisst, dass ich halber Engländer bin. Liebe mache ich nur, wenn ich verliebt bin. Alles andere ist ein Fick.«

Sie blickte ihn kokett über den Rand ihres Glases hinweg an. »Verliebst du dich oft?«, fragte sie in hoffnungsvollem Ton.

»Nur wenn er in den Spiegel schaut«, warf ich ein. »Gervaise ist nämlich davon überzeugt, dass er unter seinem Bart attraktiv ist.«

Holly starrte mich an, als sei ich plötzlich erblindet. »Aber das ist er doch auch«, entgegnete sie.

Zwei Stunden später, als wir ungestört in ihrer Wohnung waren, wo ich die Nacht verbringen wollte, nahm ich sie wegen dieses Kommentars ins Kreuzverhör. »Warum hast du das gesagt?«

»Weil es stimmt«, erwiderte sie. »Ich finde, er sieht toll aus.«

»Aber er ist nichts weiter als ein Pelzknäuel mit Augen«, wandte ich ein. »Da haben ja manche Muppets mehr Sexappeal.«

»Glaub mir, Selina, er stellt sein Licht unter den Scheffel. Wenn du das nicht selbst erkennen kannst, musst du es mir einfach glauben. Hinter all den Haaren verbirgt sich ein ganzer Mann.«

»Du meinst, ein ganzer Affe«, insistierte ich. »Wenn ich bedenke, wie unterschiedlich unser Geschmack in puncto Männern ist, überrascht es mich, dass wir uns beide in Harry verknallt haben.«

»Oh, das ist einfach zu erklären«, sagte sie. »Harry ist eben unwiderstehlich.«

Ich rührte in dem Kaffee herum, den sie mir gegeben hatte, und murmelte, ohne aufzublicken: »Nicht in Mirandas Augen.«

Nachdem ich ihr berichtet hatte, was Gervaise erzählt hatte, reagierte sie erstaunlich gelassen. »Typisch Harry«, sagte sie in bitterem Ton.

»Hat er dich auch betrogen, Holly? Habt ihr euch deshalb getrennt?«

»Ob er mich betrogen hat?« Sie lachte. »Das kann man wohl sagen!«

»Willst du mir nicht alles erzählen?«

Zu meiner Überraschung fing sie an zu weinen. »Ich habe etwas Schreckliches gemacht«, schluchzte sie. »Ich wünschte, ich könnte es dir erzählen, aber es tut zu weh. Ich kann nicht darüber sprechen.«

»Dann lass es«, sagte ich und legte ihr den Arm um die Schultern. »Aber wenn ich dir einen Rat geben darf: Es hört erst auf wehzutun, wenn du darüber gesprochen hast. Warum versuchst du nicht, mit Harry zu reden?«

Sie presste sich einen Knöchel ihrer Hand gegen die zitternde Lippe. »Weil ich nicht weiß, was unter der Narbe ist. Wenn ich sie aufreiße, hasst er mich vielleicht wieder, und das könnte ich nicht ertragen.«

Ich brannte darauf, zu erfahren, was sie wohl so Schreckliches getan haben mochte. Da ich jedoch merkte, wie verstört sie war, drang ich nicht weiter in sie. Während sie sich die Tränen abwischte, überbrückte ich das betretene Schweigen, das eingetreten war, indem ich ihr eine anschauliche Schilderung meines Treffens mit Luca Verdici gab.

Sie hörte entsetzt zu und schalt mich, als ich fertig war. »Wie konntest du ihn das nur tun lassen, Selina?«

Ich sah sie überrascht an. »Von dir hätte ich am allerwenigsten erwartet, dass du mich kritisierst.«

»Wieso? Weil ich schon für Geld mit Männern geschlafen habe? Das habe ich gemacht, um weiterhin ein Dach über dem Kopf zu haben, als ich völlig pleite war. Und ich hatte nur Sex mit attraktiven Männern, mit denen ich ohnehin in die Kiste gegangen wäre. Das ändert zwar nichts daran, dass ich mich wie eine Nutte verhalten habe, aber wenigstens habe ich mich nicht unter Niveau verkauft. Ich schäme mich für dich, Selina. Luca Verdici ist der reinste Schleimklumpen.«

»Mir blieb eigentlich nichts anderes übrig«, sagte ich. »Er hat mir ein Angebot gemacht, das ich nicht ablehnen konnte.«

»Hat er dir gedroht?«

Ich nickte. »Offenbar hattest du Recht mit dem, was du über ihn gesagt hast.«

Holly zog die Beine an und schlang die Arme um die Knie. »Der Typ jagt mir eine Heidenangst ein. Aber zumindest ist es besser, sich die Titten befummeln zu lassen, als im Schlaf erdrosselt zu werden … oder?«

Ich dachte an die Ereignisse in meinem Büro zurück. »Zuerst war es grauenvoll ... aber dann ... ich weiß auch nicht, wie es kam ... hat der Dreckskerl mich angetörnt.«

»Das kann doch nicht dein Ernst sein!«, rief sie aus.

»Ich schwöre bei Gott, dass es so war. So was Bizarres ist mir noch nie passiert.«

»Das ist wie bei Matt«, stellte sie fest. »Offenbar wirkt es wie ein Aphrodisiakum auf dich, wenn die Kerle dich unter Druck setzen. Also jedenfalls dürfen wir nicht zulassen, dass der Widerling dir seine Hand auch noch ins Höschen steckt – nicht auszudenken, was da alles passieren könnte! Wir müssen ein paar Leuten aufs Dach steigen, um Geld reinzukriegen. Ich werde mich am Montag sofort an die Strippe hängen. Und wenn das alles nichts bringt, musst du eben doch versuchen, Matt anzupumpen.«

»Matt kann mir nicht helfen, der ist arbeitslos. Außerdem läuft ihr gemeinsames Sparkonto ohnehin auf Mirandas Namen«, teilte ich ihr mit.

»Und wie steht's mit Gervaise?«, schlug sie vor.

Ich zog ein »absolut nicht drin«-Gesicht. »Lieber lass ich mich von Luca ficken«, sagte ich.

Sie runzelte die Stirn. »Ich verstehe nicht, warum du so stur bist. Wenn er das mit Luca wüsste, würde er dir sicher helfen.«

»Ich will aber nicht, dass er das weiß«, fuhr ich sie an. »Ich will nicht, dass er seinen französischen Riechkolben in meine Angelegenheiten steckt.«

»Er hat keinen Riechkolben«, widersprach sie, »und was seine Augen angeht ...!«

»Ja, ich weiß«, gab ich in scharfem Ton zurück. »Seine Augen haben dir gefallen, sein Arsch hat dir gefallen, und alles andere auch. Wenn du es ihm schriftlich gegeben hättest, hättest du es kaum deutlicher zum Ausdruck bringen können.«

»Du solltest froh sein, dass ich ihn attraktiv finde«, sagte sie.

»Das macht mir meine Aufgabe, seine Aufmerksamkeit abzulenken, wesentlich leichter. Ich habe sogar vor, ihn beim Dinner Montagabend so abzulenken, dass er vielleicht gar nicht nach Hause kommt.«

»Ihr seid zum Dinner verabredet?«

Sie fuhr sich mit der Hand durch das fransige blonde Haar. »Du kennst mich doch. Ich fackele nicht lange. Damit ist Phase eins unserer Operation eingeleitet. Und morgen statten wir dich mit einem falschen Freund aus. Ich habe drei tolle Männer eingeladen, die gut aussehen und ausgesprochen sexy sind – ich habe Gervaise also eigentlich gar nicht angelogen. Für Geld machen die alles.«

»Alles?«, fragte ich.

Sie nickte fröhlich. »Wir werden eine *Menge* Spaß haben, darauf kannst du dich verlassen.«

neuntes kapitel

Am Sonntagabend um sieben, nachdem wir uns mit einer Flasche Wein und je drei doppelten Wodkas gestärkt hatten, waren Holly und ich so ungefähr zu allem bereit. Obwohl die Jungs jede Minute eintreffen mussten, war meine ganze Nervosität durch den Alkoholkonsum wie weggeblasen, und die Aussicht, drei junge Männer zur Verfügung zu haben, versetzte mich immer mehr in einen Zustand leichtsinniger Erregung.

Wir hatten den ganzen Tag damit verbracht, einander zurechtzumachen. »Du siehst fabelhaft aus«, sagte Holly, indem sie mir ein letztes Mal das über die Schultern fallende Haar ordnete. Sie hatte unendlich viel Zeit darauf verwandt, es à la Kleopatra zu kräuseln, und da auch meine Augen wie die einer Ägypterin geschminkt waren, kam ich mir ungemein schwül und exotisch vor. Ich hatte silberne Sandalen und ein hautenges schwarzes Kleid an. Darunter trug ich absolut nichts.

Um das Bild zu vervollständigen, musste ich mich auf Hollys Anweisung wie hingegossen auf ihr Sofa legen und meine langen Beine ausstrecken. Anschließend drückte sie mir einen Champagnerkelch in die Hand, der zwar nur Wodka enthielt, aber die Illusion, ich sei ein verwöhntes reiches Luder, perfekt machte. Als Holly endlich mit ihrem Arrangement zufrieden war, setzte sie sich, um mich zu begutachten.

»Fantastisch«, lobte sie. »Ich wünschte fast, ich wäre eine Lesbe.« Sie selbst trug ein sexy Dienstmädchenoutfit, das sie sich in der Firma ausgeborgt hatte.

Als es endlich an der Wohnungstür klingelte, flitzte sie nach draußen. Ich kicherte in mich hinein, als ich sie sagen hörte: »Guten Abend, meine Herren. Darf ich Ihnen die Jacken und die Hemden abnehmen?«

Als sie wieder auftauchte, winkte ich sie lässig herein, ohne dabei die königliche Pose aufzugeben, die sie mich hatte einnehmen lassen. »Ihre Gäste, gnädige Frau«, verkündete sie und wies mit ausgestrecktem Arm auf die drei Männer, die mit bloßem Oberkörper hinter ihr Aufstellung genommen hatten. »Darf ich vorstellen: Tick, Trick und Track.«

Abgesehen von ihren Köpfen hätten die drei Klone sein können. Sie waren ungefähr gleich groß, hatten athletische Oberkörper und schwellende Bizepse. Doch sie waren nicht von Natur aus kräftig gebaut wie etwa Gervaise, der wahrscheinlich schon als Fötus Muskeln gehabt hatte. Ihre Körper wirkten viel zu groß für ihre Statur. Das waren aufgepumpte Männer, die Stunde um Stunde im Fitnesscenter verbrachten, sich auf der Sonnenbank schmoren ließen und sich das Brusthaar mit Wachs entfernten, damit ihre Haut so glatt wie ein Babypopo war. Kurzum, es waren typische Stripper.

Als ich schließlich dazu kam, ihre Gesichter näher in Augenschein zu nehmen, stellte ich ohne große Überraschung fest, dass das Trio noch weitere Gemeinsamkeiten hatte. Jeder von ihnen sah gut aus, war makellos gepflegt und hatte Zähne wie aus einer Zahnpastareklame.

Während Holly sie mir namentlich vorstellte, sah ich ein strahlendes Lächeln in dreifacher Ausführung. Da war Kyle, der, wie Holly mir versicherte, trotz seiner extrem langen Wimpern und seines hübschen Jungengesichts nicht schwul war; dann George, der zwar eine helle Haut, aber karibische Gesichtszüge hatte; und schließlich Dane, der mit seinem gebleichten blonden Haar irgendwie skandinavisch wirkte, jedoch mit Birminghamer Akzent sprach. Ich war mir in keiner Weise schlüssig, welcher der drei den besten Begleiter für mich abgeben würde.

Nachdem Holly die Jungs aufgefordert hatte, Platz zu nehmen und etwas zu trinken, zog sie mich für ein Gespräch unter Frauen in die Küche.

»Na, welchen ziehst du vor? Tick, Trick oder Track?«, fragte sie.

Ich zuckte ratlos die Achseln. »Tja, sie sehen alle sehr nett aus«, sagte ich, »aber ich möchte bezweifeln, dass sie sonderlich viel Grips haben. Für einen One-Night-Stand wären die sicher ganz prima, aber normalerweise würde ich mich nicht mit Männern dieser Art abgeben.«

»Ich habe sie ja auch nicht wegen ihres Intelligenzquotienten ausgesucht«, erinnerte sie mich. »Das sind Möchtegernschauspieler mit leeren Brieftaschen, die gut aussehen und keine Fragen stellen. Du brauchst nur mit einem von ihnen ein paar Tage lang durch die Gegend zu ziehen. Bevor du dichs versiehst, liegt Matt vor dir auf den Knien, und Gervaise hast du auch nicht mehr auf dem Hals.«

Theoretisch hörte sich das zwar gut an, aber ich war in keiner Weise davon überzeugt, dass Gervaise den Plan nicht durchschauen würde. Er war einer der scharfsinnigsten Männer, die mir je begegnet waren.

Doch als ich meine Bedenken äußerte, zwinkerte Holly mir lediglich zu. »Mach dir keine Gedanken wegen Mr. Laserauge. Ich werde dafür sorgen, dass sein Augenmerk auf etwas wesentlich Interessanteres gerichtet ist. Wenn wir Glück haben, wird er noch nicht mal mitbekommen, ob dein Freund schwarz, weiß oder gepunktet ist.«

»Na, und was ist mit Matt? Meinst du wirklich, es gelingt mir, ihn handzahm zu machen, bloß indem ich seine Eifersucht errege?«

»Matt glaubt, du wärst bereit, über glühende Kohlen zu laufen, um ihm an die Wäsche gehen zu können«, antwortete sie in verächtlichem Ton. »Doch wenn er sieht, dass du noch andere Eisen im Feuer hast, wird er all seine Regeln über Bord werfen und dir nachlaufen. Ich habe bemerkt, wie er dich angesehen hat, als du mit Gervaise gesprochen hast. Selbst auf den ist er eifersüchtig.«

»Ich glaube nicht, dass es mir gefallen würde, wenn er mir plötzlich aus der Hand fräße«, sagte ich.

»Woher weißt du denn das?«, konterte sie. »Macht über einen Mann zu haben, ist total geil. Wenn du es noch nie ausprobiert hast, dann hast du heute Abend dazu Gelegenheit, meine Liebe.«

Ich sah sie neugierig an. »Wie meinst du das?«

Ihre großen grauen Augen funkelten schelmisch. »Hast du noch nie für einen Fick bezahlt?«

»Selbstverständlich nicht!«, rief ich aus.

Sie kicherte. »Nun guck nicht so schockiert. Das machen viele Frauen. Erinnerst du dich noch an das, was ich über Männer und ihre praktischen dildoförmigen Anhängsel gesagt habe, die keine Batterien brauchen?« Ich nickte. »Genau so musst du dir diese Jungs vorstellen«, fuhr sie fort. »Nicht als menschliche Wesen, sondern als Lieferanten des besten Sexspielzeugs, das es auf der Welt gibt. Komm«, forderte sie mich auf, »lass uns noch einen kleinen Schaufensterbummel machen, bevor du entscheidest, welches du kaufen möchtest.«

Die Männer hatten sich in unserer Abwesenheit bis auf die Unterhosen ausgezogen und machten auf dem Teppich einhändige Liegestütze. Der hübsche Kyle war der Erste, dem die Kräfte versagten, was die anderen veranlasste, ihn auszulachen und als Schwuchtel zu bezeichnen.

»Verausgabt euch nicht, Jungs«, riet Holly ihnen. »Kann sein, dass einer von euch seine Energie noch braucht.«

Dane blickte enttäuscht drein. »Nur einer? Ich habe eigentlich auf eine Orgie gehofft.«

Holly drohte ihm mit dem Finger. »Hör mal, mein Süßer, als du hier reingekommen bist, hättest du alle Hoffnung fahren lassen sollen. Du bist jetzt Selina ausgeliefert und wirst machen, was immer sie dir befiehlt.«

Allmählich begriff ich, worauf Holly hinauswollte. Kühn wies ich die drei Männer an, sich nebeneinander zu stellen und ihre Ärsche zu präsentieren.

»Und zieht eure Unterhosen aus«, kommandierte Holly. »Das ist schließlich kein Wettbewerb für Badeschönheiten.« Zu meiner Verblüffung gehorchten sie wie dressierte Pudel.

»Verflucht noch eins«, rief ich aus, während mein gieriger Blick über die gebräunten, knackigen Gesäßbacken wanderte. »Das ist so, als versuche man, sich aus einer Schachtel mit belgischem Konfekt was auszusuchen. Wie soll man sich denn für einen entscheiden, wenn alle so lecker aussehen?«

Kyle kicherte. »Hört sich an wie ein Zitat aus der Pornoversion von *Forrest Gump*.«

»Still!«, schnauzte Holly und gab ihm einen Klaps auf den Hintern.

»Hey, geh pfleglich mit der Ware um«, maulte er.

Ohne auf seine Bitte zu achten, marschierte ich an dem Trio entlang und kniff jedem von ihnen in den prallen Hintern, als überprüfte ich die Reife von Pfirsichen. Das war so schön, dass ich kehrtmachte und das Ganze gleich noch einmal durchexerzierte. Wenn Holly mir nicht die Hand festgehalten hätte, hätte ich wohl den ganzen Abend damit weitergemacht. »Das reicht«, sagte sie und schob mich aufs Sofa zurück. Während die Männer sich den verlängerten Rücken rieben, klatschte sie in die Hände, um sie zur Ordnung zu rufen.

»Arsch Nummer eins«, sagte sie. »Stell dir vor, du bist mit Selina aus, und eine Frau fängt an, dir Blicke zuzuwerfen. Wie verhältst du dich?«

»Kommt ganz darauf an, wo sie hinblickt«, erwiderte George. »Wenn sie auf meinen Schritt starrt, würde ich ihr die Nummer unserer Firma geben und ihr raten, einen Abend mit mir zu buchen.«

»Das ist zwar sehr geschäftstüchtig gedacht«, sagte ich, »damit würdest du aber die Katze aus dem Sack lassen. Arsch Nummer zwei, wir sind in einem teuren Restaurant im West End – welchen Wein würdest du zum Fisch bestellen?«

»Ich bin allergisch gegen Fisch«, entgegnete Dane, »und trinke nur Perrier.«

Keine sonderlich befriedigende Antwort. Ich machte weiter. »Arsch Nummer drei, was würdest du tun, wenn ein vierschrötiger, bärtiger Franzose dich beschuldigt, dass deine Beziehung zu mir nur gespielt ist?«

»Ich würde den haarigen Froschfresser auffordern, sich zu verpissen«, grunzte Kyle empört.

Holly und ich sahen uns an. »Das ist eine verdammt gute Antwort«, sagte ich.

George warf einen Blick über die Schulter. »Falls ihr mit der Persönlichkeitsüberprüfung fertig seid, könnten wir dann wohl zum Körperlichen kommen? Ich habe hier einen Liebespfeil, der sich langweilt.«

»Was du nicht sagst!«, erwiderte Holly und sprang auf. Sie schmiegte sich gegen seinen Hintern und ließ die Hand nach vorn gleiten. »Stimmt«, bestätigte sie. »Notier mal einen Extrapunkt für Nummer eins, Selina, weil er Eigeninitiative gezeigt hat.«

Als ich sah, wie sie George liebkoste, beschloss ich, alle drei Bewerber mit den Händen zu examinieren. »Legt mal die Hände auf den Kopf«, instruierte ich sie.

Als sie die Arme hoben, schlug Holly vor, dass sie sich umdrehen sollten, doch damit war ich nicht einverstanden. »Mir gefällt die Rückansicht eigentlich sehr gut«, sagte ich.

Holly zuckte die Achseln und trat von George weg. »Ich vergesse ständig, dass das deine Party ist. Vielleicht sollte ich mich lieber hinsetzen und einfach nur zusehen.«

Mit Kyle fing ich an. Ich ließ meine Finger über die Rückseite seiner Schenkel sowie über seine Flanken gleiten und staunte über die Festigkeit seines Fleischs. Dann wanderten meine

Hände über seinen Rücken, um anschließend seine gespannten Armmuskeln zu erkunden. »Sehr beeindruckend«, kommentierte ich, als ich zum Schluss meine Finger um seine Bizepse legte und zudrückte.

Es erregte mich, dass ich jeden Teil seines Körpers anfassen konnte, ohne befürchten zu müssen, selbst belästigt zu werden. Er stand reglos wie eine Statue da und ließ sich von mir betasten.

Dann wandte ich mich Dane zu. Bei ihm traute ich mich schon ein bisschen mehr. Ich schob ihm die Hand zwischen die Beine und streichelte ihm die Eier. Anschließend nahm ich seinen schweren Sack in die Hand, ließ meinen Kopf nach unten schnellen und fuhr mit der Zunge über die warme, runzlige Haut. Dane zog scharf die Luft ein, rührte sich aber nicht und ließ die Hände auf dem Kopf.

George hingegen gab wesentlich mehr Laute von sich und presste seinen Hintern gegen meinen Unterleib, als ich die Arme um ihn schlang, um seine kräftige Brust zu erkunden. Ich reizte ihn, indem ich ihm mit der Hand über den Bauch strich. Seine Erektion konnte ich zwar nicht sehen, dafür aber spüren, da mir sein zuckender Schwanz gegen den Handrücken klatschte. »Schnapp dir meinen Liebesstab, Baby, und lass uns ficken, bis wir anfangen zu jodeln«, schlug er vor.

Doch ich trat zurück, ohne seinen Schwanz anzufassen. »Jetzt könnt ihr die Hände wieder runternehmen, Jungs.«

Holly verschränkte die Arme und warf mir einen ungeduldigen Blick zu. »Hast du dich nun endlich entschieden?«

Ich machte eine hilflose Geste. »Sie unterscheiden sich ja in nichts voneinander.«

»Du siehst eben nicht an der richtigen Stelle nach!«, rief sie aus. »Lass sie sich doch mal umdrehen.«

»Du kannst einen Mann nicht nach der Größe seines Schwanzes beurteilen«, wandte ich ein.

»Wie bitte?«, stieß sie hervor. »Selina, du hast gerade einem Mann wie ein Hund die Eier abgeleckt. Ist es da nicht ein bisschen spät für Skrupel?«

Sie hatte natürlich Recht. Ich benahm mich ziemlich blöd. »Lass uns doch einfach abzählen«, schlug ich vor. »Eck, Speck, Dreck ...«

»Ich hab was gegen den Vers *das Negerlein muss weg*«, protestierte der gemischtrassige George. »Möchte mal wissen, welches kranke weiße Arschloch sich das ausgedacht hat!«

»Du bist doch selbst ein Weißer, du bigottes Muskelpaket«, warf Kyle ein. »Deine Haut ist noch nicht mal so dunkel wie meine Sonnenbräune.«

»Nun werd bloß nicht beleidigend, du Spinner«, warnte George ihn. »Mag ja sein, dass ich außen weiß bin, aber innerlich bin ich schwarz. Außerdem bin ich ein karibischer Liebesgott.«

»Menschenskinder«, jammerte Holly, »könntet ihr bitte alle von euerm hohen moralischen Ross runterkommen? Muss ich euch extra daran erinnern, warum wir hier sind? Jedenfalls nicht, um in die Hände zu klatschen und fromme Lieder zu singen.« Sie drehte sich mir zu. »Was ist denn nun eigentlich dein Problem?«

Ich beschloss, offen mit ihr zu reden. »Das ist, als ob sie einem in einem Restaurant ein paar lebendige Hummer bringen, von denen man sich einen aussuchen soll. Ich kann es einfach nicht ertragen, ihnen ins Gesicht zu sehen, wenn ich entscheide, wer für den Kochtopf bestimmt ist.«

»In dem Fall gibt es eine perfekte Lösung«, sagte sie. Sie griff in die Tasche ihrer weißen Rüschenschürze und holte drei silberne Päckchen heraus.

»Kondome?«, fragte ich. »Ist das deine Antwort auf alle Probleme des Lebens und des Universums?«

»Nicht ganz«, erwiderte sie und eilte in den Korridor, um

kurz darauf mit einem Kopftuch zurückzukommen. »Kondome und eine Augenbinde«, ergänzte sie. »Wenn man sie kombiniert, wird der Sinn des Lebens klar. Alles dreht sich darum, wen man wie vögelt.«

Da ich neugierig geworden war, ließ ich mir von ihr das Kopftuch vor die Augen binden. »Und was passiert jetzt?«

»Jetzt wird gewichst«, sagte sie. »Streck die Hände aus, damit dir zwei von den Jungs ein kleines Geschenk zustecken können. Um den anderen kümmer ich mich.«

Ich spreizte die Hände und wurde unverzüglich mit zwei weichen schlaffen Schwänzen bedacht. »Ihr habt Glück, dass ich beidhändig bin«, sagte ich, indem ich mit den Daumen über die schlappen Würstchen strich. Das in meiner linken Hand schwoll fast im gleichen Moment auf den doppelten Umfang an, während das in meiner Rechten sich Zeit ließ, dafür dann aber zweimal so dick wurde wie das andere. Als beide Schwengel hart genug waren, machte ich mich daran, sie sanft zu massieren.

Zuerst kam mir das Ganze vor wie eine besondere Form von Brusttraining, weil meine Brüste dabei auf und ab hüpften. Doch als die beiden Männer dann zu stöhnen begannen, freundete ich mich immer mehr mit meiner Aufgabe an. Die auf dem Sofa neben mir sitzende Holly wippte derart auf und ab, dass ich den Eindruck hatte, sie habe einen geradezu monströsen Schwanz in der Mache.

»Ihr dürft kein Wort sagen«, warnte sie die Männer, die immer lauter ächzten. »Der Sinn der Übung ist, dass diese Schwänze anonym bleiben. Wenn ihr steif genug seid, streift ein Kondom über.«

Den beiden Schwengeln, die ich festhielt, schien es zu widerstreben, die warmen, gemütlichen Höhlen meiner geballten Hände zu verlassen. »Lass sie los«, drängte Holly mich. »Sie sehen aus, als würden sie gleich abheben.« Sie hatte Recht. Als ich meine Finger von ihnen löste, schnellten die zwei Schwänze in die Höhe.

Geraschel drang an mein Ohr, dann hörte ich George sagen: »O Mann, das ist doch wohl ein Scherz.« Daraufhin brachen alle drei in Gelächter aus.

»Was geht denn da vor sich?«, wollte ich wissen.

»Momentchen noch«, sagte Holly zu mir. Dann wurde die Dunkelheit hinter der Augenbinde plötzlich pechschwarz. Sie hatte das Licht ausgemacht! Die Männer lachten schallend und tanzten, wie ich spürte, im Zimmer umher.

»Holly, was zum Teufel passiert denn da? Kann ich jetzt endlich das verdammte Kopftuch abnehmen?«

»Gleich«, kicherte sie. »Erst müssen sie sich aufstellen. Los jetzt, Jungs, und keinen Laut, damit ihr euch nicht verratet! Ich zähle bis drei, Selina, dann kannst du die Binde abmachen. Eins … zwei … drei!«

Ich riss mir das Tuch von den Augen. »O mein Gott!«, stieß ich prustend hervor. Der Raum war in völlige Dunkelheit getaucht. Das Einzige, was ich sehen konnte, waren drei fluoreszierende Schwänze, die in der undurchdringlichen Finsternis hin und her zuckten. Sie hatte allen drei Männern Kondome verpasst, die im Dunkeln leuchteten!

»Jetzt kannst du dir deinen Freund aussuchen«, teilte sie mir mit.

Nachdem ich mich von meinem Schock erholt hatte, sah ich mir die drei strahlenden Schwengel nacheinander an. Ich hatte keine Ahnung, welcher zu wem gehörte, erkannte aber die beiden, die ich in der Hand gehalten hatte, an ihrer Form wieder. Der dritte war so enorm, dass er von vornherein nicht für mich infrage kam.

»Vati Bär ist viel zu groß«, sagte ich, »und Mami Bär lässt den Kopf ein wenig hängen. Aber der in der Mitte ist *genau* richtig.«

»Gute Wahl«, sagte Holly. »Ich hab einen Dildo, der genauso geformt ist. Möchtest du ihn mal ausprobieren, Selina?«

»Du meinst, ohne zu wissen, wem er gehört?«

»Schau ihn dir an«, erwiderte sie. »Was siehst du?«

»Ich sehe einen Phallus, der sich als riesiges Glühwürmchen verkleidet hat«, antwortete ich.

»Guck noch mal hin. Das ist ein supermodernes Sexspielzeug mit eingebautem Stimmenerkennungschip. Es wird genau das machen, was du ihm befiehlst.«

Wenn man es so ausdrückte, lag die Sache schon anders. Jedenfalls fand ich die Vorstellung, mit solch einem exquisiten Produkt der modernen Technologie zu masturbieren, derart geil, dass sich meine Möse zusammenkrampfte. »Okay, ich mach's«, sagte ich.

Holly befahl mir, die Augen zu schließen, während sie die abgelehnten Kandidaten nach draußen führte. Nachdem die Tür sich hinter ihnen geschlossen hatte, war ich mit dem übrig gebliebenen leuchtenden Schwanz allein im Zimmer.

»Wer immer du auch bist, ich will nicht, dass du redest«, erklärte ich, »sondern genau das machst, was ich sage.« Der Schwanz nickte. »Ich will, dass du zu mir kommst und dich rittlings auf mich setzt.«

Während der Schwanz sich vorsichtig auf mich zubewegte, zog ich mir das Kleid bis zur Taille hoch und schleuderte meine Sandalen von den Füßen. Als dann tastende Hände meine Nacktheit entdeckten, hörte ich ein überraschtes Ächzen, gefolgt von lustvoll beschleunigtem Atmen.

Ich machte die Beine breit und ließ den schweren Körper so auf mir Platz nehmen, dass das leuchtende Anhängsel über meiner Spalte schwebte. Doch bevor ich danach greifen konnte, machten sich suchende Finger an meiner Möse zu schaffen. Ich schlug die Hand weg. »Ich will nicht, dass du mich berührst«, zischte ich. Gehorsam zog sich die Hand zurück. »So ist es schon besser«, sagte ich, den fluoreszierenden Schaft packend. »Und jetzt lass mich machen.«

Ich führte die Schwanzspitze zu meiner Klit und rieb mir damit so über die Knospe, dass der knorrige Schaft gleichzeitig meine inneren Lippen reizte. Ich fand es herrlich dekadent, einen heißen, lebendigen Schwanz als Sexspielzeug zu benutzen. Ein Schauder der Erregung überlief mich und brachte meinen Lustsaft zum Strömen. Ich badete den Dildoschwanz in meinen Säften und ließ ihn lustvoll über mein Geschlecht gleiten, um all meine empfindlichen Hautfalten einzuölen. Mittlerweile pulsierte meine Klit wie wild und verlangte danach, stimuliert zu werden. Deshalb massierte ich sie rasch mit dem geschwollenen Schwanzende, bis ich kurz vorm Höhepunkt stand. Keuchend packte ich den Schaft mit beiden Händen und schob mein Penisspielzeug in mich hinein.

Der Schwanz erwachte zum Leben und machte mich mit schnellen, rammenden Stößen fertig. Doch mitten im Orgasmus wurde mein Körper von kräftigen Händen nach unten gezogen und meine Knie bis zur Taille hochgedrückt. Ich zuckte zusammen, als hätte ich einen Elektroschock bekommen. Der Schwanz hatte meinen G-Punkt ausfindig gemacht, sodass Welle um Welle der Lust durch meinen Körper strömte, bis ich schließlich in einer Mischung aus Qual und Ekstase aufschrie. Ich vermochte es kaum noch zu ertragen und stieß einen dankbaren Seufzer aus, als mein unbekannter Liebhaber endlich ejakulierte.

»Jesus, Maria und Joseph«, wimmerte ich, mich an ihn klammernd. »Das war fantastisch. Wo hast du denn das gelernt?«

Sein Lachen gab seine Identität preis. »Sagen wir mal, das ist ein professioneller Trick«, erklärte Kyle.

Nachdem wir uns voneinander gelöst hatten, machte er das Licht an. »Na? Bekomme ich nun den Job oder nicht?«

»Du bekommst ihn«, sagte ich. »Aber eins möchte ich von

vornherein klarstellen: Was wir eben gemacht haben, war eine einmalige Sache, ein Experiment. Weiteren Sex gibt es nicht.«

»Vielleicht sollte ich lieber auch meine eigenen Bedingungen nennen«, erwiderte er. »Das eben war eine Gratisprobe. Und weiteren Sex wird es ganz sicher nicht geben, es sei denn, du bezahlst dafür. Der Service, den du gerade von mir bekommen hast, ist nicht gerade billig.«

»Klar. Okay«, murmelte ich verlegen.

Ich war ungemein erleichtert, als Holly den Kopf zur Tür hereinsteckte. »Alles erledigt?«, fragte sie. Da ich nickte, kam sie ins Zimmer. »Er hat dir den *Knaller* gemacht, nicht wahr? Ich hab gehört, wie du geschrien hast.«

»Das hättest du mir aber vorher sagen können«, monierte ich. »Ich dachte, ich werd nicht mehr. Verstehn die sich alle auf den Knaller?«

Sie zuckte die Achseln. »Ich wünschte, ich könnte es mir leisten, das herauszufinden.« Sie wandte sich an Kyle. »Du kannst jetzt gehen«, sagte sie. »Nimm die ganze Kleidung in mein Schlafzimmer am Ende des Korridors mit. Die anderen spielen gerade mit meinen Hanteln.«

Kurz nachdem die Jungs gegangen waren, rief ich mir ein Taxi und fuhr ebenfalls nach Hause. Matt saß allein im Wohnzimmer und sah fern.

»Wo ist denn der Yeti?«, fragte ich.

»Oben in seinem Zimmer«, erwiderte Matt. »Er hat heute einen Laptop erstanden und sich zurückgezogen, um etwas zu schreiben.«

»Was er wohl schreibt?«, sinnierte ich. »Vielleicht die *Memoiren eines Affenmenschen*? Oder *Die Gorillas sind unter uns*?«

»Ist mir völlig schnurz«, sagte Matt und klopfte auf die Armlehne seines Sessels. »Komm lieber her, und erzähl mir, was du heute Schönes gemacht hast.«

Ich ging zu ihm und hockte mich auf die Armlehne. »Ich bin

mit meinem Freund zusammen gewesen«, berichtete ich, ihm das Haar aus den Augen streichend.

Er runzelte die Stirn. »Was denn für ein Freund?«

»Er heißt Kyle«, sagte ich lässig. »Hab ich ihn etwa noch nie erwähnt?«

»Nein, hast du nicht«, antwortete er barsch. »Wie lange geht denn das schon?«

»Ein paar Wochen.«

Er presste die Lippen aufeinander. »Als du mich angemacht hast, warst du also schon mit diesem Typ zusammen, ja?«

Ich blickte zerstreut weg. »Das ist doch nur jemand, mit dem ich ab und an ein Date habe. Du bist doch nicht eifersüchtig, oder?«

Seine Hand schnellte hoch und zog meinen Kopf herum, damit ich ihn ansah. »Fickst du mit ihm?«

Ich zog einen Flunsch, als ärgerte ich mich über die Frage. »Kann schon sein.«

»Hast du heute Abend mit ihm gefickt?«

Ich strich mir mit einer nonchalanten Geste das Haar glatt. »Geht dich das irgendetwas an?«

»Glaube schon«, entgegnete er gepresst. »Wenn du mir was vorgemacht hast, Selina, wenn du mich an der Nase herumgeführt hast ... was ist denn das?«, fragte er plötzlich und griff nach dem Saum meines Kleids. »Sieht aus wie ein Spermafleck.«

Er starrte mich so wütend an, dass ich alarmiert aufstand. »Lass mein Kleid los, Matt«, sagte ich, doch er hielt es weiter fest.

»Was ist passiert? Hat er abgespritzt, bevor du dich ausgezogen hattest? Der muss ja ganz schön erregt gewesen sein. Was hast du denn gemacht, dass er so erregt war, hä? Hast du ihm einen geblasen?«

Ich versuchte, mich loszumachen, doch er packte noch mehr

von dem Stoff und riss und zerrte so daran, dass mir mein Kleid die Schenkel hochrutschte und meine Möse fast gänzlich entblößt war. Vergebens bemühte ich mich, mich zu bedecken. Doch es war bereits zu spät. Er hatte schon gesehen, dass ich keine Unterwäsche trug.

»Du unanständiges kleines Luder«, knurrte er und zog den restlichen Stoff weg, um meinen Busch vollends freizulegen. Er fuhr sich mit der Zunge über die Unterlippe und stieß ein Schnauben aus. »Hast du ihn das hier machen lassen?«, zischte er, indem er den Handballen gegen meinen Venushügel presste. »Na los, sag schon! Hat er das mit dir gemacht?«

Als ich in seine lodernden Augen blickte, überkam mich ein Hochgefühl. Seine Wildheit erregte mich so, dass ich nur noch keuchen und stöhnen konnte, als er meinen Arsch packte und mich fest gegen seine mahlende Hand drückte. Seine Zähne schnappten durch den Stoff meines Kleids hindurch nach meinen Brustwarzen. Seine Brutalität weckte das Tier in mir, und ich bohrte meine Nägel in seinen Arm.

Außer sich vor Leidenschaft, warf er sich wie ein Tiger auf mich und drängte mich, den Reißverschluss seiner Hose aufreißend, auf den Fußboden. Doch in dem Moment hörten wir oben eine Tür zufallen. »Gervaise«, stieß ich hervor.

Den hatten wir im Eifer des Gefechts ganz vergessen. Matt stöhnte auf und rollte sich von mir herunter. »Das ertrag ich nicht mehr lange.«

Ich kroch zu ihm und schob meine Hand in seine Hose. »Dann lass es uns doch einfach machen«, drängte ich ihn. »Gervaise kann uns doch völlig egal sein.«

Er schloss kurz die Augen und ließ sich von mir den geschwollenen Schwanz liebkosen. Doch dann versetzte er mir plötzlich und unerwartet mit dem Handrücken einen Schlag, der mich quer über den Fußboden schleuderte.

»Meinst du, ich würde Miranda wegen eines Fünfminutenficks aufgeben?«, knurrte er. »Ich hab dir doch schon gesagt, dass ich mehr von dir will.«

Ich betastete meine schmerzende Wange. »Du hast mich geschlagen, du brutaler Kerl!«

»Noch vor ein paar Minuten hattest du nichts gegen meine Brutalität einzuwenden«, sagte er. »Im Gegenteil, sie schien dir sehr zu gefallen.« Er machte seinen Reißverschluss zu und ließ sich auf den Sessel plumpsen.

Ich rappelte mich auf die Knie hoch und starrte ihn mit finsterer Miene an. »Du bist ein Vieh«, wütete ich, »ein gottverdammter Dreckskerl!« Im nächsten Moment sprang ich wie ein angeschossener Hase hoch, weil die Tür aufging und Gervaise hereingeschlendert kam.

»Herrgott noch mal, hast du mich vielleicht erschreckt«, meckerte ich, als ich meinen Schock überwunden hatte. »Ist es denn unbedingt nötig, wie ein Meuchelmörder im Haus herumzuschleichen?«

»Du hast doch meine Stiefel in den Müll geworfen und darauf bestanden, dass ich Slipper trage«, erinnerte er mich. »Wann bist du denn nach Hause gekommen? Ich hab dich gar nicht gehört.« Sein Laserblick richtete sich auf meine gerötete Wange und wanderte anschließend zu den Kratzern auf Matts Arm. »Hab ich was verpasst?«

zehntes kapitel

Während ich am Montagmorgen darauf wartete, dass Harry ins Büro kam, nahm ich meine Puderdose heraus und betrachtete mein Gesicht. Obwohl alle sichtbaren Spuren von Matts Schlag verschwunden waren, hoffte ich, in meinen Augen zu erkennen, was ich eigentlich empfand, das heißt, was sich hinter dem Gefühl lähmender Verwirrung verbarg. Denn Matts tätlicher Angriff hatte mich bis ins Innerste aufgewühlt und das Bild, das ich von ihm gehabt hatte, in seinen Grundfesten erschüttert.

Ich hatte gewusst, dass er launisch und unbeständig war, hatte seine Reaktion auf Provokationen jedoch völlig falsch eingeschätzt und seinen Zorn leichtfertig angestachelt. Doch ob ich ihn nun herausgefordert hatte oder nicht, für den Schlag, den er mir versetzt hatte, gab es keinerlei Rechtfertigung. Die Entdeckung seiner latenten Brutalität machte mir nach wie vor schwer zu schaffen.

Gewalttätige Männer hatten in meinen Augen stets noch weiter unten auf der Evolutionsskala rangiert als solche, die – wie Harry – untreu waren und ihre Partnerinnen hintergingen. Es kam mir unvorstellbar vor, dass jemand, der so auf Schicklichkeit hielt wie Miranda, mit solch einem Mann liiert sein konnte.

Doch wenn sie wusste, wie Matt in Wirklichkeit war, wieso hatte Harrys Anmache sie dann so aufgebracht? Konnte es sein, dass Matt diesen Charakterzug unterdrückt hatte, bis ich ihn durch mein provozierendes Verhalten an die Oberfläche geholt hatte, so wie ich Gervaise durch mein provozierendes Verhalten dazu gebracht hatte, Harrys Missetat genüsslich auszuplaudern?

Meine Gedanken wanderten zu Harry. Von neuem kochte meine Wut auf ihn hoch, nicht zuletzt deswegen, weil er Gervaise eine Waffe gegen mich in die Hand gegeben hatte. Deshalb bekam er, als er schließlich sein lächelndes Gesicht zur Tür hereinsteckte, eine volle Ladung Aggressivität ab.

»Guten Morgen, mein kleiner Honigtopf«, flötete er.

»Was ist denn so gut an diesem Morgen?«, raunzte ich. »Und nebenbei bemerkt, bin ich *nicht* dein verdammter Honigtopf!«

Eine Sekunde lang sah er mich bestürzt an, doch dann drehte er den Kopf und rief, als sei er aufs Höchste alarmiert, über die Schulter: »Selina, sei bloß vorsichtig! An deinem Schreibtisch sitzt ein Grislibär.«

»Halt die Klappe, mach die Tür zu, und setz dich«, befahl ich ihm wütend.

Er kratzte sich am Kopf. »Hey, Baby, ich bin's, Harry, den du so anknurrst. Soll ich rausgehen und noch mal reinkommen?«

»Platz!«, kommandierte ich und zeigte mit dem Finger auf einen Stuhl.

»Okay, okay, ich setz mich ja schon.« Er ließ sich nieder. »Wer hat dir denn heute Morgen Rasierklingen in den Kaffee getan? Gervaise?«

»Gervaise rasiert sich überhaupt nicht«, erinnerte ich ihn. »Nein, *du bist* es, auf den ich sauer bin. Am Wochenende hat mir nämlich ein Vögelchen was über dich zugezwitschert.«

Er rieb sich das Kinn. »Und was war das für ein Vögelchen? Ein Rotkehlchen? Oder eins mit großen grauen Augen und blonden Federn?«

»Wer es war, spielt keine Rolle«, entgegnete ich. »Holly war es jedenfalls nicht. Ich möchte nur wissen, ob das, was ich erfahren habe, stimmt.«

»Okay, dann lass mal hören«, sagte er.

»Stimmt es, dass du Miranda angemacht hast?«

Er zog die Nase kraus. »Baby, dein Vögelchen ist ein Dodo. Ich habe Miranda seit deinem einundzwanzigsten Geburtstag nicht mehr gesehen.«

Seine Antwort enttäuschte mich. »Ich habe eigentlich gehofft, dass du es abstreiten würdest.«

»Würde ich auch, wenn ich könnte«, gestand er, »aber Tatsache ist, dass ich mich nicht daran erinnern kann. Wenn dein Vögelchen es behauptet, stimmt es wahrscheinlich. Irgendwie klingt es ganz nach mir, findest du nicht?«

»Du *kannst dich nicht daran erinnern*? Was soll das denn heißen?«, schrie ich. »Wir reden hier über Miranda, nicht über irgendein Hintern schwenkendes Flittchen, das zufällig zu nahe an deinen juckenden Fingern vorbeigekommen ist. Verdammt noch mal, Harry, ich hab dich damals geliebt! Wie konntest du auch nur daran denken, meine Stiefmutter zu befummeln?«

»Das ist nicht fair«, protestierte er. »Ein bisschen mehr Finesse könntest du mir ruhig zutrauen. Das letzte Mal hab ich jemanden befummelt, als ich ein Teenager war. Ich finde, du bauschst die ganze Sache unnötig auf und machst aus einem Kniff in den Arsch eine heiße Affäre. Und ist Miranda nicht die Art Frau, die es schon als Anmache ansehen würde, wenn ich ihr Rauch ins Gesicht blase?« Er sah mich mit Unschuldsmiene an. »Ich weiß zwar nicht mehr, was ich gemacht habe, aber ich weiß, dass ich sie nicht gefickt habe.«

»Aber was, wenn sie dich nicht hätte abblitzen lassen?«, entgegnete ich. »Was, wenn sie nicht Nein gesagt hätte?«

»Dann hätte ich es vielleicht getan«, gab er zu. »Das hätte vermutlich davon abgehangen, wie betrunken ich war und ob du gerade deine Tage hattest.«

»Du gewissenloser Scheißkerl!«, schleuderte ich ihm ins Gesicht.

Er stand auf. »Klar bin ich ein Scheißkerl. Aber könnten wir das Gespräch vielleicht später fortsetzen? Ich muss dringend jemanden anrufen.«

»Von mir aus«, sagte ich. »Hau ruhig ab.« Während ich ihm hinterhersah, spürte ich, wie Tränen in mir aufstiegen. Jahrelang hatte ich geglaubt, dass er mich im tiefsten Innern wirklich geliebt hatte, doch diese Illusion hatte Gervaise mir genommen, indem er Harry als hemmungslosen Aufreißer entlarvt hatte, der sich so wenig aus mir gemacht hatte, dass noch nicht einmal meine Stiefmutter für ihn tabu gewesen war.

Meine Gedanken wandten sich Holly zu. Was für eine Abscheulichkeit hatte Harry begangen, die sie veranlasst hatte, es ihm auf eine derart grässliche Weise heimzuzahlen, dass sie nicht darüber sprechen konnte? Doch während mein Verstand ihn anklagte, verteidigte ihn mein Herz. Er war kein Monster, er war lediglich ein Mann, dessen Körper mehr Testosteron produzierte, als für ihn gut war.

Schließlich gelangte ich zu dem Urteil »nicht schuldig aufgrund übermäßigen Geschlechtstriebs«. Sobald Harry mit seinem Telefonat fertig war, ging ich in sein Büro, um ihm meinen Befund mitzuteilen.

»Ich vergebe dir«, erklärte ich. »Du kannst nichts dafür, dass du ein Scheißkerl bist. Das ist in deinen Genen vorprogrammiert. Wollen wir uns einen Kuss geben und uns wieder versöhnen?«

Lächelnd breitete er die Arme aus. »Ich hab noch eine bessere Idee. Lass uns Cunni und Fellatio spielen, um zu beweisen, dass es uns Ernst damit ist.«

»Achtet nicht weiter auf mich«, sagte Holly, die in dem Moment hereinschneite.

»Du kommst zu spät«, brummte Harry. »Außerdem habe ich ein Hühnchen mit dir zu rupfen.«

Sie verdrehte die Augen. »Soll ich dir mal sagen, wo du dir das Hühnchen hinstecken kannst?«

»Ich meine es ernst, du alte Schusseltante«, schimpfte er. »Hab ich dir letzten Monat nicht gesagt, du sollst Luca Verdici bezahlen?«

»Leck mich doch fett«, erwiderte sie. »Hab ich ja.«

»Und warum weigert er sich dann, meine Bestellung für die bayerischen Volkstanzkostüme anzunehmen? Ich habe heute Morgen mit irgendeiner blöden Schnepfe telefoniert, die der Ansicht zu sein scheint, das Konto sei eingefroren.«

»Vielleicht hat jemand den Scheck verlegt«, sagte Holly.

Harry nickte. »Nun, wenn das alles ist, nehme ich zurück, was ich gesagt habe, und erkenne dir wieder das Grundrecht zu, mir den Schwanz zu lutschen.«

Sie kräuselte verächtlich die Lippen. »Du bist ein Scheißkerl, Harry, und damit du es nur weißt: Deinen Schwanz würde ich noch nicht mal in den Mund nehmen, wenn er aus Toffee wäre.«

Er schüttelte betrübt den Kopf. »Und das sagt mir eine Frau, die sich meine Eier in die Backen zu schieben pflegte, um einen Hamster zu imitieren!«

»Ich meine mich zu erinnern, dass du selbst als Nagetier auch ziemlich überzeugend warst«, konterte sie.

»Tja, es ist eben nicht leicht, Frank Sinatra zu mimen, wenn man den Mund voller Schamhaare hat«, erwiderte er.

Holly sah mich hilflos an. »Was soll ich bloß mit ihm machen?«

»Du kannst seine Steuererklärung machen«, schlug Harry vor.

»Aber nicht heute Vormittag«, gab sie zurück. »Selina und ich müssen uns gleich an die Strippe hängen, um Jagd auf Schuldner zu machen. Solltest du also nebenan jemanden weinen und klagen hören, achte nicht darauf. Übrigens ... hat Selina dir schon von ihrem neuen Freund erzählt?«

»Du meinst Matt?«

»Nein, ich meine Kyle.«

»Kyle?« Seine Augenbrauen schossen in die Höhe. »Der hübsche Kyle?« Als ich nickte, sah er mich mit zusammengekniffenen Augen an. »Spielt der nicht in der anderen Liga?«

»Du meinst, er ist schwul?«

Er zuckte die Achseln. »Ob er schwul ist, weiß ich nicht. Jedenfalls lässt er gewaltig seine feminine Seite raushängen.«

»Wie kommst du denn darauf?«

Harry stand auf und ging zum Schrank hinüber. »Ich nehme an, ihr habt seine Nummer noch nicht gesehen.« Er schob die Tür auf, kramte im Schrank herum und holte das Pudelkostüm heraus.

Ich sperrte ungläubig den Mund auf. »Das ist sein Kostüm?«

Harry nickte. »Er nennt es Fiffi.«

Ich wirbelte herum und bedachte Holly mit einem vorwurfsvollen Blick. »Wusstest du davon?«

Sie kicherte. »Nein. Ehrlich nicht. Aber da wir beide wissen, dass Kyle auf Mösen steht, können wir, glaube ich, davon ausgehen, dass er nicht seine feminine Seite raushängen lässt, sondern eher seine hündische.«

»Hör gefälligst auf zu lachen«, wetterte ich. »Welche Schwachsinnige verkuppelt denn ihre beste Freundin mit Fiffi dem Pudel?«

»Dieselbe Schwachsinnige, die für dich mit Gervaise angebändelt hat«, erinnerte sie mich.

Harry kam mit verdutztem Gesichtsausdruck zum Schreibtisch zurückgeschlendert. »Habe ich das jetzt richtig mitbekommen?«, fragte er, erst Holly, dann mich ansehend. »Du gehst also mit dem Franzosen und du mit dem Pudel?«

Wir drückten ihn auf seinen Stuhl und versuchten, ihm unsern Plan zu erklären. »Verstehst du?«, sagte ich abschließend.

»Die ganze Sache soll mir dazu verhelfen, Matt Miranda auszuspannen.«

»Du bist doch ein raffiniertes Biest«, sagte Harry zu mir. »Du musst ja ganz schön scharf auf den Typ sein.«

Ich murmelte zustimmend, was aber nicht sonderlich überzeugend klang. Tatsache war, dass die jüngsten Ereignisse ernsthafte Zweifel in mir wachgerufen hatten. Das Einzige, dessen ich mir noch sicher war, war, dass die Sache mit Matt – wie auch immer sie verlaufen mochte – durchgezogen werden musste, bevor Miranda zurückkam.

Später in meinem Büro fragte Holly mich, warum ich so niedergeschlagen wirkte. Als ich ihr erzählte, dass Matt mich geschlagen hatte, ging ihr der Hut hoch.

»Er hat dich geschlagen?«, kreischte sie. »Das fiese, hundsgemeine, beschissene Arschloch! Worauf hast du dich da bloß eingelassen, Selina? Männer, die Frauen schlagen, sind die Eiterbeulen am Arsch der Menschheit.«

»Nun beruhige dich doch«, bat ich sie. »Er hat nur kurz die Beherrschung verloren, das ist alles. Ich glaube nicht, dass er mir wehtun wollte. Das war eine ganz spontane Sache.«

»Wenn du sein Verhalten auch noch entschuldigen willst, halte ich mir gleich die Ohren zu«, fuhr sie mich an. »Für Schläger habe ich nicht das Geringste übrig. Wenn ich was zu sagen hätte, müssten die in der tiefsten Hölle schmoren, direkt neben den Leuten, die sich an Kindern vergriffen haben.«

Da mir einfiel, dass sie eine schlimme Kindheit gehabt hatte, beschloss ich, das Thema zu wechseln. »Was soll ich denn nun wegen der Kostüme machen, die Harry braucht? Sicher wird er bald herausfinden, dass Luca ihm meinetwegen den Hahn zugedreht hat.«

»Was ist denn das für eine Bestellung?«, fragte Holly. »Von der weiß ich gar nichts.«

»Das sind Sachen für das Restaurant *Lotusblatt*. Die wollen ein halbes Dutzend bayerischer Volkstanzkostüme. So viele kann Daisy in einer Woche nicht zusammennähen.«

Holly war so an die Verrücktheiten unserer Firma gewöhnt, dass sie angesichts des bizarren Auftrags noch nicht einmal mit der Wimper zuckte. »Wie wär's denn mit den ungarischen Kostümen, die wir für die Promotion von Quickpot's Gourmetgulasch benutzt haben?«, schlug sie vor.

»Aber tragen Bayern nicht Lederhosen?«, fragte ich.

»Bauern sind Bauern«, behauptete sie. »Ich möchte bezweifeln, dass Mr. Chin den Unterschied kennt. Außerdem können wir die Kostüme ein bisschen von Daisy zurechtmachen lassen. Harry wird es sehr gefallen, dass sich dabei Geld sparen lässt. Soll ich nicht schnell mal nach nebenan springen und ihm die Sache vorschlagen, bevor er Luca telefonisch erreicht?«

Während sie weg war, machte ich mich daran, meine Schuldner anzurufen. Sehr weit kam ich dabei nicht. Als Holly wieder auftauchte, knallte ich gerade den Hörer auf die Gabel.

»Er ist absolut begeistert«, verkündete sie. »Heute Nachmittag bringe ich die Kostüme zu Daisy. Was ist denn los? Du siehst ja total bedripst aus.«

»Das war Stratton Publicity«, grummelte ich mit einem finsteren Blick aufs Telefon. »Die haben mich wieder mal auflaufen lassen.«

»Was hatten sie denn diesmal für eine Ausrede?«, fragte sie.

Ich lächelte ironisch. »Sie haben behauptet, jemand habe den Scheck verlegt.«

»Das haben sie schon vor drei Wochen gesagt«, empörte sie sich. »Jetzt habe ich aber endgültig genug von Peter Strattons fantasievollen Ausflüchten. Ich glaube, es ist höchste Zeit, dass wir uns eine Scheibe von Luca Verdici abschneiden und ein bisschen Druck ausüben.«

»Und was schwebt dir da vor?«, fragte ich argwöhnisch.

Sie grinste listig. »Wenn es etwas gibt, das Peter versteht, dann ist es das Wort Publicity. Ich glaube, ich weiß, womit man ihm drohen kann. Wenn er sein Image in der Öffentlichkeit gefährdet sieht, wird er schneller, als man *Regenbogenpresse* sagen kann, nach seiner Brieftasche greifen.«

Während sie mir ihren Plan darlegte, schlich sich nach und nach ein bestürzter Ausdruck in mein Gesicht. Ihre Idee war zwar durchaus originell, krankte aber daran, dass sie absolut hanebüchen war. Gleichwohl ertappte ich mich dabei, wie ich eifrig nickte und albern grinste, statt Einwände zu erheben, und zum Schluss stimmte ich ihrem Vorhaben trotz schwerster Bedenken zu. Vermutlich hatte meine Einwilligung etwas mit Luca Verdici zu tun, der wie ein Gespenst durch meine Gedanken geisterte – ein Gespenst, das mich unablässig an das Schicksal erinnerte, das mich erwartete, falls ich sein Geld nicht parat hatte.

Abschließend sagte Holly, dass es höchste Zeit sei, verzweifelte Maßnahmen zu ergreifen, eine Feststellung, die ich im Laufe des Tages bestätigt fand.

Nach unzähligen Telefonaten war es uns lediglich gelungen, zuverlässige Zusagen im Werte von nur vierhundert Pfund zu erhalten, was weit von den zweieinhalbtausend Pfund entfernt war, die ich Luca noch schuldete, nachdem ich ihm meine Brüste verkauft hatte.

Holly breitete die verbliebenen Rechnungen auf dem Schreibtisch aus. »Diese vier zahlen erst Ende des Monats; die Firma hier ist pleite, und bei diesen beiden lässt sich unsere Forderung nur vor Gericht durchsetzen. Das bestätigt, dass wir uns Stratton vornehmen müssen, Selina. Ich werde für Mittwoch einen Termin ausmachen. Doch selbst wenn wir damit durchkommen, fehlen dir immer noch tausend Pfund. Außerdem sind da noch unsere anderen Gläubiger.«

Ich stieß einen müden Seufzer aus. »Die werden wir alle auf Eis legen müssen.«

»Daisy hat so lange auf Eis gelegen, dass man eine Wasserstoffbombe brauchen würde, um sie aufzutauen. *Etwas* musst du ihr geben«, sagte Holly.

»Dann leier Harry ein bisschen Geld für diese ungarischen Kostüme aus den Rippen und gib ihr das«, wies ich sie an.

Den Rest des Tages verbrachte ich damit, verschiedene Kostümgeschäfte anzurufen und zu versuchen, eine Erbse, eine Zucchini und ein paar italienische Tomaten zu verkaufen. Gegen Ende des Nachmittags kam Harry, der auf der Suche nach Holly war, in mein Büro geschlendert.

»Sie bringt gerade die Kostüme zu Daisy«, sagte ich. »Hast du ihr Geld dafür gegeben?«

Er hielt einen Finger in die Höhe. »Einhundert.« Er setzte sich. Mir fiel auf, dass er niedergeschlagen wirkte.

»Hey, du siehst aus wie jemand, der gerade hundert Pfund auf ein dreibeiniges Pferd gesetzt hat«, bemerkte ich. »Was liegt dir denn auf dem Magen?«

Er rieb sich die Stirn. »Alison. Sie besteht darauf, dass ich meinen Geburtstag morgen feiere. Du weißt, wie sehr ich es hasse, jährlich daran erinnert zu werden, dass ich dem Tod um ein weiteres Stück näher bin.«

Ich nickte. »Deswegen wollten wir ja nach der Arbeit schön zusammen essen gehen, nur du, Holly und ich. Ich dachte, das hättest du Alison erzählt.«

»Hab ich auch«, bestätigte er, »und sie hatte nichts dagegen. Es passte ihr sogar sehr gut, da sie am Dienstag immer Bridge spielt. Doch jetzt will sie plötzlich mitkommen und eine richtige Geburtstagsfeier daraus machen.«

»Hast du eine Vermutung, wieso?«

Er machte ein besorgtes Gesicht. »Ich glaube, sie ahnt was.«

»Dass du vorhast, sie zu verlassen?«

Zerstreut suchte er in seinen Taschen nach Zigaretten, die nicht vorhanden waren. »Ich glaube, sie hat bemerkt, wie ich die kleine Katy in der letzten Zeit immer angesehen habe. Außerdem bin ich so unruhig, dass ich nicht mehr richtig schlafen kann.«

»Armer Harry«, bemitleidete ich ihn. »Wenn du dich derart elend fühlst, vielleicht ist es dann an der Zeit, dass du deine Karten auf den Tisch legst.«

»Es kommt vor allem darauf an, den richtigen Moment zu erwischen«, sagte er. »Aber erst mal müssen wir diesen Geburtstagsscheiß hinter uns bringen. Sei so lieb, und geh auf alles ein, was sie vorschlägt, wenn sie nachher vorbeikommt.« Er quälte sich ein Lächeln ab. »Dir steht wohl nicht zufällig der Sinn danach, zur Aufheiterung eines traurigen alten Manns ein bisschen Hand bei ihm anzulegen?«

»Falls die Antwort ja lautet, soll ich mich dann draußen anstellen, bis ich an der Reihe bin?«, erkundigte sich Gervaise, der in dem Moment hereinkam.

Harry begrüßte ihn mit einem Lächeln. »Du bist weder alt noch traurig genug, junger Bursche.«

»Harry hat morgen Geburtstag und kommt sich uralt vor«, erklärte ich. »Willst du Holly abholen?«

Er nickte. »Meine Instruktionen lauten, hierher zu kommen, ihr nach Hause zu folgen, wo sie ihr Auto abstellen will, und sie dann zum Essen auszuführen.«

»Hat sie da nicht was vergessen? Sollst du sie nicht auch besoffen machen, mit ihr in die Kiste gehen und sie bewusstlos vögeln?«, fragte Harry und duckte sich schnell, weil ich meinen Kugelschreiber nach ihm warf.

»Du hast Recht. Bei dir sollte zweifellos jemand Hand anlegen«, entgegnete Gervaise in gutmütigem Ton.

Harry warf den Kopf zurück und lachte. »Du bist in Ordnung, Bonzo. Meinen Segen hast du jedenfalls.«

»Mir war nicht klar, dass ich den brauche.«

Harry wurde ernst. »Holly ist was ganz Besonderes, und wir mögen sie sehr. Ich glaube, das solltest du wissen.« Das war das erste Mal, dass ich ihn liebevoll von Holly sprechen hörte. Für den Bruchteil einer Sekunde traten da Gefühle zutage, die wesentlich tiefer waren als alles, was er je für mich empfunden hatte.

Gervaise schaute suchend umher. »Wo ist sie denn eigentlich?«

»Sie ist kurz weg, muss aber gleich wieder da sein«, teilte ich ihm mit. »Oh, vielleicht ist sie das.« Ich hatte draußen im Korridor das Klacken hoher Absätze gehört. Doch es war nicht Holly, die in der Tür erschien, sondern Alison.

Sie schwebte auf einer Wolke von Joy-Parfüm herein. Trotzdem kam es mir so vor, als wäre die Luft plötzlich verpestet. Vor lauter Abscheu bekam ich eine Gänsehaut, als sie mich mit einem Blick musterte, als sei ich ein Stück Dreck, das der Müllmann vor ihrem Haus fallen lassen hatte.

Sie war dünn wie eine magersüchtige Heuschrecke und hatte platinblonde Haare, die wie ein länglicher Football-Helm frisiert waren. Ihr verkniffenes, dreieckiges Gesicht erinnerte mich an eine Gottesanbeterin. Und was Männer betraf, so machte sie diesem Insekt alle Ehre.

Sie steuerte auf Gervaise zu und musterte ihn von oben bis unten mit ihren wie Glasmurmeln wirkenden Augen. »Hallöchen, Darling. Du bist aber ein großer Junge«, murmelte sie mit rauchiger Stimme. »Darf ich dich mal näher begutachten?« Sie hob die Hand und machte sich zum Erstaunen von uns dreien daran, ihm das Hemd aufzuknöpfen. »Da hat aber jemand seinen Spinat immer schön aufgegessen!«, stellte sie fest. »Nette Muskeln und genau die richtige Menge Brusthaar. Aber der Bart muss weg, Darling.«

»Das sagen alle«, erwiderte er.

»Oh, höre ich da einen französischen Akzent?« Sie stieß ihr schreckliches Lachen aus, das sich anhörte, als pisse man in eine leere Konservendose. »Heuerst du jetzt Stripper vom Kontinent an, Harry?«

»Das ist kein Stripper«, informierte ich sie. »Das ist Hollys Date.«

»Oje!« Sie tat so, als sei sie bestürzt. »Tut mir echt Leid, Darling«, sagte sie zu Gervaise.

Er machte eine abwehrende Handbewegung. »Ich fühle mich geschmeichelt.«

»Schade eigentlich«, kicherte sie. »Mit einem Lendentuch würdest du sicher hinreißend aussehen. Was machst du denn dann beruflich, Darling?«

»Er ist Journalist«, brummte ich voller Ärger darüber, dass ihre Komplimente ihm wie Öl runterzugehen schienen.

»Ach, tatsächlich? Weißt du, ich habe oft gedacht, dass das zwielichtige Leben der Maskenspiel-Stripper eine ideale Geschichte für die Regenbogenpresse abgeben würde. Wäre das nicht was für dich?«

»Ein verlockender Vorschlag«, sagte er, »der aber ein wenig außerhalb meines Arbeitsbereichs liegt. Die Sachen, die ich schreibe, sind nicht annähernd so glamourös. Ich bin nämlich Kriegskorrespondent.«

Das ließ ihn in ihrer Achtung derart steigen, dass ihre Augen aufleuchteten. »Oh, das würde ich aber durchaus als glamourös bezeichnen«, widersprach sie.

»Interessierst du dich für auswärtige Angelegenheiten?«, fragte er.

»Aber natürlich.« Sie lächelte kokett. »Sagtest du nicht, du seist Franzose?«

»Das ist Alison«, unterbrach ich sie in eisigem Ton, »Harrys Frau.«

Seine weißen Zähne leuchteten wie ein Blitzlicht in der

Schwärze seines Barts auf. »Gervaise Morgan«, stellte er sich vor.

»Sehr erfreut, dich kennen zu lernen«, sagte sie, indem sie ihr Kaschmirtuch von den Schultern gleiten ließ. Darunter trug sie ebenfalls Kaschmir – einen weißen Pullover, der wie Schnee an ihren spitzen, an Eiswaffeltüten erinnernden Brüsten haftete. »Ich muss sagen, dass Hollys Geschmack in puncto Männern wesentlich besser geworden ist. Wie habt ihr euch denn kennen gelernt?«

»Durch Selina«, erwiderte er. »Ich bin Mirandas Halbbruder.«

»Ach, die liebe Miranda. Wie geht es ihr denn?«, säuselte Alison.

Gervaise zog die Schultern hoch. »Keine Ahnung. Sie ist nach Amerika geflogen, bevor ich angekommen bin.«

»Miranda hat Matt bei Selina gelassen?« Sie sah mich an, als sei ich ein Zehennagelschnipsel, den sie in ihrem Couscous gefunden hatte. »Ob das klug war?« Als sie meine gerunzelte Stirn bemerkte, lachte sie schrill. »Nur ein kleiner Scherz, meine Liebe.« Dann wandte sie sich wieder Gervaise zu. »Du musst unbedingt morgen Abend zu Harrys Geburtstagsparty kommen, Darling. Sicher kann Selina aus ihrem unerschöpflichen Fundus einen Mann mitbringen, dann wären wir drei Paare.«

»Ich bringe meinen Freund Kyle mit«, sagte ich mit gepresster Stimme. Gervaise sah mich mit hochgezogener Augenbraue an, und ich erwiderte seinen Blick mit einem Lächeln von kaum zu überbietender Selbstgefälligkeit.

»Ich hoffe, dein neuer Freund ist imstande, mehr als ein gelegentliches Grunzen zur Konversation beizutragen«, bemerkte Alison. »Ich meine mich zu erinnern, dass dein letzter ein geistiges Niveau hatte, das man normalerweise mit Vertretern, Autohändlern und Verkehrspolizisten assoziiert.«

»Kyle ist Künstler«, log ich.

»Ach, tatsächlich? Was denn für einer?«

»Lebenskünstler«, gluckste Harry.

»Ha, ha, ha«, schnaubte Alison. »Deine Witze sind so alt wie du selbst, mein Guter.«

Obwohl es mir in den Fingern juckte und ich ihr am liebsten den mageren Hals umgedreht hätte, riss ich mich zusammen. »Soll ich dann Holly sagen, dass sie einen Tisch für sechs reservieren lassen soll?«

»Wunderbar«, stimmte sie zu und schwebte zu Harry hinüber, um ihm einen flüchtigen Kuss auf die Wange zu geben. »Ich muss mich beeilen, Darling. Ich bin zur ganzheitlichen Kopfmassage angemeldet.« Auf dem Weg nach draußen drückte sie Gervaise den Arm. »Bis morgen, du schnuckeliger Mann.«

Kurz nachdem sie gegangen war, kam Holly zurück. Sie begrüßte Gervaise mit einem warmen Lächeln. »War das eben Alisons Auto?«, erkundigte sie sich.

»Du hast sie um ein Haar verpasst«, sagte ich.

Sie stieß einen dankbaren Seufzer aus. »Dem Himmel sei Dank, dass Daisy mir noch eine zweite Tasse Tee angeboten hat. Was wollte sie denn?« Als Harry es ihr erzählte, machte sie ein langes Gesicht. »So ein Mist. Lieber würde ich den Abend mit meinem Zahnarzt verbringen und eine Wurzelkanalbehandlung machen lassen.«

Harry hob hilflos die Hände. »War ja nicht meine Idee. Bedank dich dafür bei Gervaise. Sobald sie ihn gesehen hat, stand ihr Plan fest.«

Ich kicherte. »Sie hat ihn für einen Stripper gehalten.«

»Echt?«, gluckste Holly. »Und wofür hat Gervaise *sie* gehalten? Doch nicht etwa für ein menschliches Wesen?«

»Willst du damit sagen, dass meine Frau ein Monster ist?«, warf Harry ein.

»Das wäre nicht fair gegenüber Monstern«, entgegnete sie.

Dann musterte sie Gervaise von oben bis unten. »Sie hat dich also für einen Stripper gehalten, ja?«

Er lächelte. »Ich fand das recht schmeichelhaft.«

»Oh, zu geschmeichelt würde ich mich aber nicht fühlen«, warnte Holly und wies mit dem Kopf auf Harry. »Sieh dir mal an, was sie geheiratet hat. Die Frau hat überhaupt keinen Geschmack.«

»Hey, was soll denn das?«, beklagte sich Harry. »So kurz vor meinem Geburtstag darfst du mich nicht beleidigen.«

»In dem Fall sollten wir lieber gehen«, sagte sie zu Gervaise und hakte sich bei ihm unter, wobei sie mir verschmitzt zuzwinkerte. »Wenn ich du wäre, würde ich heute Abend nicht aufbleiben, um auf ihn zu warten. Wie sagt man doch so schön in der Antarktis? *Kann sein, dass er einige Zeit fortbleibt.*«

Ich bemerkte, wie Harry ihnen mit besorgter Miene nachsah. »Sie scheinen gut miteinander auszukommen«, stellte er fest. »Glaubst du, sie mag ihn?«

»Ich glaube, dass sie scharf auf ihn ist«, sagte ich. »Warum, ist mir allerdings schleierhaft. Ich hatte keine Ahnung, dass Holly auf Primaten steht.«

»Da täuschst du dich«, sagte Harry nachdenklich. »Dieser Typ hat statt eines Luftlochs ein Hirn im Kopf. Der ist ein ganz anderes Kaliber als die Schwachköpfe und Einfaltspinsel, mit denen sie normalerweise Dates hat.«

»Beunruhigt dich das?«, fragte ich.

Sein gleichgültiges Schulterzucken schien ein bisschen zu rasch zu erfolgen. »Warum sollte mich das kümmern?«

»Weil *wir sie sehr mögen*«, zitierte ich.

»Das heißt noch lange nicht, dass ich bereit bin, ihre Windeln zu wechseln.«

Zu gern hätte ich weitergebohrt, um mehr über seine Gefühle für Holly zu erfahren, aber ich merkte, dass er wegen Alison noch zu deprimiert war, um mitteilsam zu werden. Ich ging zu ihm und legte den Arm um ihn. »Hey, Kopf hoch«, redete ich ihm zu. »Du sollst ja nicht hingerichtet werden. Ist doch nur eine Geburtstagsparty.«

»Ich weiß ja, dass ich mich blöd benehme«, sagte er. »Es ist bloß so, dass sie sich eine beschissene Zeit ausgesucht hat, um das glückliche Ehepaar zu spielen.« Er riss seine grünen Augen auf und sah mich flehentlich an. »Möchtest du wirklich, dass ich ein bisschen heiterer werde?«

»Nicht, wenn das meine Hand und deinen Schwanz impliziert.«

Er schenkte mir sein unwiderstehlichstes Lächeln. »Ach, komm schon, Baby. Dauert doch nur ein paar Minuten. Außerdem habe ich morgen Geburtstag.«

Was sollte ich machen? Ich betete ihn viel zu sehr an, um ihm dieses vorzeitige Geschenk zu verweigern. Mit einem resignierten Seufzer ließ ich mich von ihm in den Lagerraum führen.

In aller Eile machte er seinen Reißverschluss auf und holte seinen anschwellenden Penis heraus. Dann nahm er meine Hand und legte sie um den immer dicker und steifer werdenden Schaft. Sofort nahm sein Gesicht einen verzückten Ausdruck an. Stöhnend packte er mich bei den Schultern, als hinge sein ganzes Leben von dem ab, was ich als Nächstes machte.

Ich liebte seinen Schwanz, liebte es, wie schnell er auf meine Berührungen reagierte, liebte seine Glätte, seine Härte, seine majestätische Größe. Meine Finger liebkosten ihn voller Ehrfurcht, als sei er ein sakraler Gegenstand. Ich kitzelte seine Eichel mit den Fingerspitzen und fuhr sanft mit den Fingernägeln über den Schaft. Ich nahm seinen schweren Sack in die Hand und streichelte ihn. Die ganze Zeit über beobachtete ich sein Gesicht, das sich ekstatisch verzerrte, und genoss es, sein wollüstiges Stöhnen sowie seinen keuchenden Atem zu hören.

Langsam und bedächtig fing ich an, meine Hand auf und ab gleiten zu lassen.

»O ja«, seufzte er, seine Hüften hin und her bewegend. »Du barmherziger Engel, du!«

Seine Erregung törnte auch mich an. Ich merkte, wie meine Möse sich vor Verlangen zusammenzog und Lustsaft absonderte.

Harry bemerkte meinen lüsternen Gesichtsausdruck und reagierte unverzüglich. Er schob mir die Hand zwischen die Schenkel und rieb mir durch mein Nylonhöschen hindurch die Spalte. Als meine Beine nachgaben, packte er meinen Arsch, um mich festzuhalten.

»O nein, Harry«, stöhnte ich, »nicht schon wieder.«

»Du willst es doch«, flüsterte er. »Warum willst du denn diesen heißen, pulsierenden Schwanz bloß in der Hand halten, wenn du ihn auch in dir haben kannst? Komm schon, Baby, zieh dir dein Höschen runter.«

Doch gerade als ich im Begriff war zu kapitulieren, hörte ich jemanden rufen: »Wo seid ihr denn alle?«

Alisons Stimme ergoss sich über uns wie ein Eimer eiskalten Wassers. Wir sagten beide »Scheiße« und ordneten hastig unsere Kleidung.

»Harry! Wo bist du?« Ihre Stimme kam immer näher.

Sobald Harry seinen Hosenknopf zugemacht hatte, drückte ich ihm einen Karton in die Hand, um die nach wie vor zu sehende Ausbuchtung in seiner Hose zu verdecken. »Wir sind hier drin, Alison!«, rief ich, während ich mir schnell etwas aus dem Karton schnappte.

Die Tür flog auf. Alisons Gesicht wirkte seltsam erstarrt, als wüsste sie nicht so recht, was für eine Miene sie machen sollte.

»Hast du etwas vergessen?«, fragte ich mit unschuldigem Gesichtsausdruck.

»Mein Schultertuch«, murmelte sie, indem sie erst Harry, dann mich, dann den Karton ansah. »Was macht ihr denn da?«

»Wir suchen nach ungarischen Kopfbedeckungen«, erklärte ich mit sachlich klingender Stimme, als gehöre derlei zur täglichen Routine.

Argwöhnisch beäugte Alison den Gegenstand in meiner Hand – ein Torerohut. »Gibt es jetzt auch in Ungarn Stierkämpfe?«

»Ich wünschte, es wäre so«, erwiderte Harry mit gespieltem Sarkasmus. »Von diesen Dingern haben wir nämlich schon drei gefunden.«

Von neuem starrte sie mit glasigem Blick alle Beweisstücke an, vermochte jedoch nichts zu entdecken, was nicht mit unserer Geschichte übereinstimmte. »Übrigens, als ich gerade in deinem Büro war, Darling, habe ich bemerkt, dass eine dringende E-Mail für dich angekommen ist.«

»Die muss ich mir gleich mal ansehen«, sagte Harry. Als er den Karton abstellte, wagte ich es nicht, auf seinen Schritt zu schauen, weil ich befürchtete, Alison könne meinen verstohlenen Blick bemerken.

Nachdem er gegangen war, folgte ich ihr aus dem Lagerraum ins Büro und nahm das Schultertuch in die Hand, das sie auf einem Stuhl liegen gelassen hatte. »Ein wunderschönes Stück«, sagte ich und reichte ihr das Tuch.

»Normalerweise gehe ich nicht so achtlos mit meinem Besitz um«, sagte sie. »Ich neige dazu, gut auf die Dinge aufzupassen, die mir gehören.« Sie drapierte sich das Tuch um die schmalen Schultern. »Weißt du, Darling, im ersten Moment habe ich eben angenommen, dass du und Harry … na, du kannst dir sicher denken, was ich angenommen habe.«

»Dass wir es im Lagerraum miteinander treiben?« Ich lachte abgehackt. »So was kommt nur in Pornomagazinen vor.«

»So etwas lese ich nicht«, entgegnete sie und nahm meinen

dolchförmigen Brieföffner vom Schreibtisch, um mit eisigem Lächeln hinzuzufügen: »Aber ich bin mir ziemlich sicher, was ich machen würde, falls ich – was Gott verhüten möge – Harry je mit einer anderen Frau erwischen sollte. Kannst du dir denken, was ich dann machen würde, Selina?« Sie richtete den Brieföffner auf mich.

Ich rang mir ein Grinsen ab. »Einen Brief öffnen?«

Alison gestattete sich noch nicht einmal den Anflug eines Lächelns. »Ich würde das Flittchen erstechen«, sagte sie.

elftes kapitel

Alisons Drohung veranlasste mich, zusammen mit Kyle am anderen Ende des Tisches, weit weg von Harry, Platz zu nehmen und mich ganz auf meinen angeblichen Freund zu konzentrieren. Kyle sah klasse aus, das musste man ihm lassen. Seine sportliche Hose und sein Ben-Sherman-Pullover passten genau zum Anlass. Sein dunkelbraunes Haar war wunderbar gepflegt, und sein hübsches Jungengesicht trug ihm von Männlein wie Weiblein bewundernde Blicke ein. Die Kehrseite des Ganzen war, dass er seine Rolle übertrieb und sich mir gegenüber viel zu liebevoll aufführte.

Alisons anfängliches, durch sein Aussehen bedingtes Interesse an ihm schwand rasch dahin, nachdem er einige ihrer Fragen mit einem unverbindlichen Grunzen abgeschmettert hatte. Als sie Gervaise daraufhin einen vielsagenden Blick zuwarf, versetzte mir das einen ziemlichen Dämpfer.

Holly sah an dem Abend besonders nett aus. Es schien ihr jedoch Unbehagen zu bereiten, neben Harry zu sitzen, der sich von ihr weglehnte. Sie selbst hatte ihm den Rücken zugekehrt, sodass die beiden wie Buchstützen wirkten. Ich hatte mitbekommen, wie die zwei sich im Laufe des Tages gestritten hatten, war aber überrascht, dass sie sich noch nicht wieder versöhnt hatten.

Alison, die sich in schicke lilafarbene Hosen und ein enges purpurnes Top geworfen hatte, studierte die Speisekarte. »Von Tofu haben die hier wohl noch nie was gehört«, beklagte sie sich.

»Mensch, das ist ein Steakhaus«, knurrte Harry.

»Ist Tofu nicht ein Kampfsport?«, erkundigte sich Kyle.

»Du meinst Kung Fu«, kicherte Holly. ·

»Und was ist Tofu?«

»Designerquark«, sagte sie.

»Genau genommen Bohnenquark«, bemerkte Alison von oben herab. Sie reichte Harry die Speisekarte. »Ich kann das ohne meine Brille nicht lesen. Was gibt es denn für Vegetarier?«

»Sie haben Kabeljau«, teilte ich ihr mit.

Alison sah mich an, als hätte ich vorgeschlagen, Seehundbaby zu bestellen. »O nein, das ist absolut nicht drin. Ich kann nichts essen, was Augen hat.«

»Nicht einmal Kartoffeln?«, fragte Holly kichernd.

»Ich begreife diese Vegetarier nicht«, murmelte Kyle. »Wenn Gott nicht gewollt hätte, dass wir Tiere essen, hätte er sie nicht aus Fleisch gemacht! Dann würden sie nach Kohl schmecken, und Kohl würde nach Schinken schmecken.«

»Wie wär's denn mit Tintenfischringen?«, schlug Gervaise vor. »Haben Tintenfische auch Augen?«

»Kein Fisch, kein Geflügel, kein Fleisch, noch nicht einmal diese geschmacklosen Bratlinge, die so tun, als wären sie aus Fleisch«, zählte Harry mit saurer Miene auf. »Diese Frau würde selbst eine Karotte ablehnen, wenn sie wie ein Penis geformt wäre.«

»Ah, aber würde sie auch einen Penis ablehnen, wenn er wie eine Karotte geformt wäre?«, erwiderte Kyle lachend.

Gervaise sah mich an. »Hat er einen persönlichen Grund für diese Frage?«

Ich kicherte. »Nein.«

Alison bestellte Gemüse, wir anderen Steaks. Kyle sorgte für einen peinlichen Auftritt, als er mir anbot, mir mein Steak zu schneiden. »Lass mich das für dich machen, meine Süße.«

»Das schaffe ich schon allein«, zischte ich und versetzte ihm unter dem Tisch einen Tritt.

»Oh, ist das nicht goldig?«, sagte Alison, indem sie Harry anstieß. »Warum bist du mir gegenüber nicht mehr so fürsorglich?«

»Weil ich dich hasse«, grunzte Harry, der schon einiges intus hatte, in sein Glas.

Alison verzog die Lippen zur grotesken Imitation eines Lächelns. »Das ist natürlich nur ein Scherz«, versicherte sie uns. »Er ist bloß miesepetrig, weil er nicht genug geschlafen hat. Ich weiß auch nicht, was mit ihm los ist. Letzte Nacht hat er sich wieder ständig von einer Seite auf die andere gewälzt.« Sie schob sich eine einzelne Erbse in den Mund und kaute sie, als handle es sich um ein Stück Steak.

»Probier doch mal mein Fleisch«, bot Kyle ihr mit doppeldeutigem Unterton an.

Angewidert betrachtete sie den Klumpen roten Fleischs, den er ihr auf der Gabel hinhielt. «Nein, danke.«

»Dann leck mich fett«, fluchte er im Flüsterton. Alison verspeiste eine weitere Erbse.

Die allgemeine Konversation löste sich in Zweiergespräche auf, sodass ich gezwungen war, mir Kyles endloses Geschwafel über sein Hobby – Mountainbiking – anzuhören, ein Thema, das er dadurch, dass ihm beim Sprechen jegliche Lebhaftigkeit abging, noch langweiliger zu machen verstand, als es ohnehin war. Mir wurde klar, wie bedeutungslos sein gutes Aussehen im Vergleich zu Harrys sprühendem Charme und der überbordenden magnetischen Persönlichkeit von Gervaise war.

Ständig wanderte mein Blick zu Holly und Gervaise hin, und ich spitzte die Ohren, um mitzubekommen, worüber sie sich unterhielten. Als Holly in schallendes Gelächter ausbrach, weil Gervaise irgendeine Bemerkung gemacht hatte, wurde ich neidisch auf sie und verlangte den Grund ihrer Heiterkeit zu erfahren.

»Es war einfach zu komisch«, prustete sie. Dann erzählte sie uns, dass ihr in dem italienischen Restaurant, in dem sie am vergangenen Abend gegessen hatten, ein Fleischklößchen auf den Boden gefallen war. Um Holly eine peinliche Situation zu ersparen, hatte Gervaise das Klößchen unter einen Nachbartisch gekickt, wo eine Frau es auf ihren Pfennigabsatz aufgespießt hatte, um später mit dem Klößchen am Absatz auf die Tanzfläche zu gehen.

»Während des Tanzes ist das Klößchen dann abgegangen, und ihr Partner ist drauf gelatscht«, gluckste Holly. »Wir haben uns bepisst vor Lachen.«

»Das ist äußerst unhygienisch«, monierte Alison.

»Wir haben uns ja nicht wirklich bepisst«, erläuterte Holly.

Alison verdrehte die Augen. »Ich habe gemeint, Essen auf dem Fußboden liegen zu lassen.« Sie sah Gervaise streng an. »Du hättest dieses Fleischklößchen nicht wegkicken sollen.«

»Stimmt«, nuschelte Harry. »Wenn dem armen kleinen Ding der Sinn danach stand, gekickt, aufgespießt und getreten zu werden, hättest du es zu mir bringen sollen. Ich hätte es in meinen Hodensack gesteckt.«

»Hör auf, solchen Unsinn zu reden, Harry!«, schimpfte Alison. »Du machst dich ja zum Affen.«

»Ich wünschte, ich *wäre* ein Affe«, seufzte er. »Wenn ihr Frauen uns nicht von den Bäumen gelockt hättet, würden wir uns immer noch sorglos und munter von Ast zu Ast schwingen.«

»Wenn du meinst, es sei *unsere* Idee gewesen, aufrecht zu gehen«, konterte ich, »solltest du bei Gelegenheit mal versuchen, ein Kind zur Welt zu bringen.«

»Natürlich war das die Idee einer Frau«, behauptete Gervaise. »Sie hat den Mann dazu gebracht, auf den Hinterbeinen zu gehen, damit er ihre Einkäufe tragen konnte.«

»Die gemeinen Biester«, stöhnte Kyle. »Wenn sie uns auf allen vieren gelassen hätten, könnten wir uns immer noch fröhlich den Schwanz lecken.«

»Meine Güte!«, jammerte Alison. »Ist es denn nötig, gleich so vulgär zu werden?« Dann wandte sie sich Gervaise zu und sagte in gestelztem Schulmädchenfranzösisch etwas zu ihm.

Als ich ihn in seiner Muttersprache antworten hörte, fiel mir auf, wie sexy seine Stimme war. Zum ersten Mal überlegte ich, wie er wohl ohne Bart aussehen mochte. Erst als er mir den Kopf zudrehte und mich durchdringend ansah, wurde mir klar, dass ich ihn die ganze Zeit über angestarrt hatte. Rasch tat ich so, als sei ich lediglich neugierig. »Dürfen wir erfahren, was das übersetzt heißt?«

»Alison hat nach Matt gefragt«, erklärte Gervaise. »Sie wollte wissen, ob ich ihn liebe.«

Alison kicherte. »Dieses heikle Verb *aimer*! Hör auf, mich aufzuziehen, Darling, du weißt genau, was ich gemeint habe.«

Er lächelte. »Aber natürlich.«

»*Je t'aime*«, verkündete Holly und packte Gervaise beim Arm.

»Verdammte Lügnerin«, murmelte Harry.

»Schon möglich«, stimmte sie zu, »aber mehr Französisch kann ich nicht.«

»*Voulez-vouz coucher avec moi?*«, erkundigte sich Kyle ganz allgemein.

»Nur, wenn ich die Frau sein darf«, kalauerte Harry.

Nachdem der Kellner den Tisch abgeräumt hatte, wurde ein Geburtstagskuchen mit einer Wunderkerze oben drauf gebracht. Harry sank förmlich auf seinem Stuhl zusammen, als wir alle »Happy Birthday« anstimmten.

»Wessen hirnrissige Idee war denn das?«, stöhnte er.

»Meine«, zwitscherte Alison. »Tut mir Leid, dass der Kuchen wie eine Lokomotive geformt ist, aber was anderes hatten sie im Supermarkt nicht mehr.« Sie gab ihm ein Geschenk. »Alles Gute zum Geburtstag, Darling.«

Harry machte die Schachtel auf. »Eine Kette zum Erdrosseln«, verkündete er.

Alison warf ihm einen finsteren Blick zu. »Das ist ein Armband mit deinem Namen drauf.«

Harry nahm das klotzige silberne Armband aus der Schachtel

und betrachtete es ohne eine Spur von Begeisterung. »Wissen denn nicht schon alle, wer ich bin?«

»Es hat auch eine Widmung«, sagte Alison.

Harry drehte das Ding um und starrte mit zusammengekniffenen Augen auf die Rückseite. »Made in Taiwan.«

Holly entriss ihm das Armband. »Für den lieben Harry von seiner Alison«, las sie vor. »Aber warum steht auf der Vorderseite *Harold*? Ich dachte, dein Taufname sei Harry?«

»Ja, sicher«, bestätigte Alison, »aber Harold klingt wesentlich vornehmer, findet ihr nicht?«

»Warum suchst du dir dann nicht einen vornehmen Fatzke namens Harold und gibst ihm das?«, schlug Harry vor, der von Minute zu Minute betrunkener wurde und dessen zunehmende Feindseligkeit gegenüber seiner Frau mich allmählich beunruhigte. In dieser Verfassung war er glatt imstande, vor den anderen von ihr die Scheidung zu verlangen. Ich mochte Alison zwar nicht, aber in aller Öffentlichkeit den Laufpass zu bekommen, verdiente sie dann doch nicht.

Möglicherweise spürte sie die Gefahr, die ihr drohte, denn sie stand abrupt auf. »Ich geh mir mal die Nase pudern.«

Harry sah ihr hohnlächelnd nach. »Ich wünschte, sie würde Schießpulver als Puder benutzen und sich dann das Rauchen angewöhnen«, brummte er. »Wenn sie nicht hier wäre, hätte ich schon längst von meinen beiden Mädchen einen Geburtstagsschmatz bekommen.« Er legte den Arm um Hollys Nacken und zog sie zu sich. »Gib mir einen Kuss, Baby.«

Holly wollte ihm einen Kuss auf die Wange hauchen, doch er drehte den Kopf, sodass ihre Lippen sich trafen. Für den Bruchteil einer Sekunde sah ich einen ungemein zärtlichen Ausdruck in Harrys Gesicht, während Holly zurückzuckte, als hätten seine Lippen sie verbrannt.

Kyle packte besitzergreifend meine Hand. »*Mein* Mädchen wirst du aber nicht küssen«, warnte er Harry, »das kannst du dir von vornherein abschminken.« *Sehr gut! Der Junge verdient einen Oscar.*

Ich bemerkte, wie Gervaise auf Kyles Hand sah, mit der dieser die meine festhielt. Ob Kyle es wohl geschafft hatte, Gervaise davon zu überzeugen, dass mir bei solch einem hingebungsvollen Freund nichts an Matt gelegen sein konnte? Ich fühlte mich selbstsicher genug, um ihn unverwandt anzusehen. Doch schon im nächsten Moment wünschte ich, es nicht getan zu haben, denn sein Blick bohrte sich in mich, als seien seine Augen ein doppelläufiges marsianisches Strahlengewehr. Ich sah, wie er seine rabenschwarzen Augenbrauen fragend in die Höhe zog, verstand aber nicht, was er damit ausdrücken wollte. Wollte er wissen, was ich wirklich für Kyle empfand? Ich war mir derart sicher, dass seine Gedanken in diese Richtung gingen, dass ich absolut schockiert war, als ich bemerkte, wie sein Blick mit unverhohlener Lüsternheit zu meinem Mund wanderte. *So* sah also seine unausgesprochene Frage aus! Ich hatte mich so gewaltig geirrt, als machte mein Hirn gerade Urlaub auf einem anderen Planeten.

Ich war fuchsteufelswild. Wie konnte er es wagen, mit mir zu flirten! Das Blut schoss mir in die Wangen, und ich warf ihm einen wütenden Blick zu. Doch er lächelte bloß, um anschließend wegzuschauen.

Holly zupfte ihn am Ärmel. »Hättest du was dagegen, wenn wir jetzt gingen?« Sie war ziemlich blass und schien ein bisschen unruhig zu sein. »Ich habe Kopfschmerzen.«

»Da kommen meine«, murmelte Harry, als Alison zum Tisch zurückkehrte.

»Oh, ihr wollt doch nicht etwa schon gehen?«, jammerte sie, als sie sah, wie Gervaise Holly hoch half.

»Holly fühlt sich nicht sonderlich wohl«, erklärte er. »Ich bringe sie nach Hause.«

»Aber der Abend ist doch noch jung«, protestierte Alison.

»Dann genießt ihn«, sagte er, seine Brieftasche hervorholend.

Alison wedelte mit den Händen. »Steck das sofort weg. Das geht auf meine Rechnung, Darling. Kann ich dich nicht überreden zu bleiben? Holly hätte doch sicher nichts dagegen, mit einem Taxi nach Hause zu fahren.«

Gervaise kniff die Augen zusammen. »Kommt überhaupt nicht infrage. Aber danke für den netten Abend.«

Nachdem sie sich verabschiedet hatten und gegangen waren, stieß Alison einen sehnsüchtigen Seufzer aus. »Was für ein Gentleman! Und so charmant! Warum gibt es solche Männer nicht auch in England?«

»Weil es hier nicht genügend Rohmaterial gibt, um solch einen Koloss zu erschaffen«, sagte ich.

»Ich habe sein Charisma gemeint.«

»Mir ist gar nicht aufgefallen, dass er welches hat.« Was nicht stimmte, denn jetzt, da er weg war, schien eine klaffende Lücke am Tisch entstanden zu sein. Es überraschte mich, wie intensiv ich seine Abwesenheit empfand.

»Mir ist schleierhaft, was er an Holly findet«, stellte Alison fest.

»Wie meinst du das?«, entgegnete ich.

»Du weißt schon, wie ich das meine, Darling. Er ist so ein toller Mann, während sie ... nun ja, während sie nur Stripperin ist.«

»Was hast du denn gegens Strippen einzuwenden?«, protestierte Kyle. »Oder gegen Holly? Die ist doch klasse!«

Alison schnaubte verächtlich. »Nun ja, wie man's nimmt.«

Aufgebracht verteidigte ich Holly. »Sie hat's überhaupt nicht nötig, als Stripperin zu arbeiten. Mit ihrem Verstand könnte sie so gut wie alles machen. Ich weiß gar nicht, was wir ohne sie im Büro anfangen würden. Ich wünschte bloß, wir könnten ihr mehr zahlen, damit sie nicht mehr zu strippen braucht.«

»Aber das ist doch der ideale Beruf für ein Mädchen wie sie«, höhnte Alison, »weil es ihre zweite Natur ist, sich auszuziehen.«

»Das reicht«, polterte Harry, »halt die Klappe!«

Doch Alison war nicht mehr zu bremsen. »Was hat ein Mädchen wie sie mit einem Pfadfinder gemeinsam? Beide sind allzeit bereit.« Sie kreischte vor Lachen, während wir anderen stumm blieben.

»Hältst du jetzt endlich die Klappe? Oder muss ich dir erst die leere Flasche hier in den Hals rammen?«, fuhr Harry sie an.

»Kein Grund, so aufgebracht zu sein, Darling«, entgegnete Alison. »Oder verehrst du sie etwa immer noch?«

Harry hob mit unsicherer Hand sein Glas und kippte seinen Drink runter. Dann wischte er sich mit dem Handrücken den Mund ab und stellte das Glas auf den Tisch. »Ich hätte sie heiraten sollen«, stellte er fest. »Ich liebe Mädchen, die sich nackt ausziehen und allzeit bereit sind. Was man von dir ja wohl nicht gerade behaupten kann, nicht wahr, Alison?«

»Harry, du weißt nicht mehr, was du sagst. Du bist betrunken.«

Er starrte sie hasserfüllt an. »Ob betrunken oder nüchtern, eins weiß ich jedenfalls genau, Alison: Ich will die Scheidung.«

Obwohl ich es hatte kommen sehen, hatte es mich schockiert, Harry seiner Frau mitteilen zu hören, dass es zwischen ihnen aus war. Ich empfand zwar ein leichtes Bedauern, dass er das nicht schon vor Jahren gemacht hatte, war ansonsten aber innerlich seltsam erstarrt, als Kyle mich nach Hause fuhr.

Als wir vor meinem Haus angekommen waren, bezahlte ich ihn für den Abend. »Das hast du gut gemacht«, lobte ich ihn.

Er sah mich hoffnungsvoll an. »Kann ich sonst noch was für dich tun?«

Ich schüttelte den Kopf. »Nein, danke.«

»Sehen wir uns am Samstag?«, fragte er.

»Samstag?«, wiederholte ich. »Wieso das?«

»Weil ich da in meiner neuen Wohnung eine Einzugsparty gebe. Holly kommt auch und bringt höchstwahrscheinlich Gervaise mit. Würde merkwürdig wirken, wenn du nicht da bist.«

Ich beschloss, offen zu ihm zu sein. »Ich kann mir deine Dienste nicht leisten, Kyle. Maskenspiel ist in finanziellen Schwierigkeiten, da brauche ich jeden Penny. Ich werde einfach sagen, ich sei krank oder so.«

Er musterte mich einen Moment lang, dann zuckte er die Achseln. »Komm trotzdem«, sagte er. »Wenn du mir mit dem Essen hilfst, schmuse ich ab und an ein bisschen mit dir, um den Schein zu wahren. Was hältst du davon?«

»Ich denk darüber nach«, sagte ich und stieg aus dem Auto. »Ich geb dir dann Bescheid.«

Als ich auf der Auffahrt Matts Auto sah, das Gervaise sich ausgeborgt hatte, nahm ich an, er habe Holly nach Hause gebracht und sei allein zurückgekommen. Sobald ich im Haus war und die Treppe hochstieg, vernahm ich jedoch eindeutig weibliche Geräusche – lustvolles Stöhnen und Wimmern –, die aus dem Schlafzimmer von Gervaise zu kommen schienen.

Seine Tür stand einen Spalt offen. Wie ein Einbrecher schlich ich mich auf Zehenspitzen näher und blieb stehen, um zu lauschen. Die verzückten Laute, die Holly von sich gab, fesselten mich wie Sirenengesang.

Obwohl ich wusste, dass ich ins Bett hätte gehen sollen, um mir die Ohren mit dem Kopfkissen zuzuhalten, bis sie fertig waren, zwang mich irgendetwas zu bleiben, wo ich war. Je länger ich mit angehaltenem Atem vor der Tür stand, desto stärker wurde der voyeuristische Drang, ins Zimmer zu schmulen und nachzusehen, was sie machten.

Ich redete mir ein, dass ich als Hollys Freundin auf jeden

Fall nachprüfen musste, ob sie irgendetwas brauchte – zum Beispiel ein Nachthemd oder Make-up-Entferner –, bevor ich zu Bett ging. Obwohl ich mir in keiner Weise sicher war, ob sie das als plausible Entschuldigung gelten lassen würde, holte ich tief Luft, verzog mein Gesicht zu einem freundlichen Lächeln und spähte zur Tür hinein.

Der Anblick, der sich mir im trüben Licht der Nachttischlampe darbot, ließ mich wie erstarrt innehalten. Gervaise stand nackt, mit dem Rücken zu mir, am Fußende des Betts. Von Holly konnte ich nur die Spitzen ihrer Zehen sehen, die über seine Schultern lugten, sowie einen ihrer Arme, mit dem sie wie wild ruderte.

Doch ich achtete kaum auf das, was er mit ihr machte, weil sein prachtvoller Körper mich völlig gefangen nahm. Er war geradezu herkulisch gebaut und strahlte eine Kraft und eine Männlichkeit aus, die absolut umwerfend waren. Das war kein künstliches Muskelpaket mit aufgeblasenen Bizepsen, sondern Mutter Naturs Vorstellung von männlicher Schönheit, die sich nicht erlangen ließ, indem man Stunde um Stunde im Fitnesscenter verbrachte. Gervaise war durch und durch echt. Mit ehrfürchtigem Blick weidete ich mich an seinen wunderbar breiten Schultern, den Muskeln, die wie bei einem Hengst seine Flanken zum Beben brachten, und den wie gemeißelt wirkenden Sehnen seiner kräftigen Beine. Von hinten betrachtet, stellte er eine Mischung aus Superman, Batman, Ben Hur, Spartakus und den Glorreichen Sieben dar.

Es bedurfte eines weiteren Aufschreis von Holly, um mich aus meiner Trance zu reißen und mich daran zu erinnern, dass Gervaise seinen Körper nicht für mich zur Schau stellte, geschweige denn darauf aus war, dass ich ihn ästhetisch würdigte. Er wusste ja noch nicht einmal, dass ich da war.

Ich kam mir wie eine Spannerin vor, schaffte es aber nicht, mich zurückzuziehen, sondern starrte wie gebannt auf die gleichmäßigen Bewegungen seiner Hüften. Je länger ich zusah, desto besser konnte ich mir vorstellen, wie es sich anfühlen musste, seinen Schwanz in sich zu haben, die langsamen, gleitenden Bewegungen zu spüren, auf die er von Zeit zu Zeit Kreisbewegungen folgen ließ, die in Hollys Unterleib die Wirkung von Minitornados haben mussten.

Je tiefer er in sie eindrang, desto ekstatischer wand Holly sich hin und her. Ich hörte das Klatschen ihres Fleischs und ihren hechelnden Atem, während Gervaise mit gespannten Gesäßmuskeln wieder und wieder zustieß. Seine Kraft schien unerschöpflich zu sein.

Ich merkte, wie meinen ganzen Körper, derweil ich Gervaise beobachtete, ein Schwächegefühl befiel. Ein Schauder der Lust kroch über meine Haut, meine Möse presste sich zusammen wie ein Schwamm, den jemand auswringt. Feuchtigkeit sickerte in mein Höschen, und ich musste mir in den Knöchel der Hand beißen, um ein Keuchen zu unterdrücken.

Immer schneller, immer kraftvoller stieß er zu, sodass Hollys Beine auf seiner Brust wie auf einem Trampolin auf und ab hopsten. Er packte ihre Fußgelenke, drehte den Kopf zur Seite und drückte die schlanken Säulen ihrer Beine noch weiter auseinander. Mit seinem biblischen Bart, den fest geschlossenen Augen und dem angestrengt-konzentrierten Ausdruck im Gesicht sah er aus wie Samson.

Nur zu gern wäre ich weiter ins Zimmer getreten, um alles besser sehen zu können, doch ich durfte es nicht riskieren, bemerkt zu werden. Deshalb griff ich auf meine Erinnerung zurück und versah seinen wie einen Presslufthammer auf und ab gehenden Unterleib im Geiste mit dem langen dicken Schwanz, an dem ich fast erstickt war. Den Blick fest auf seine zusammengepressten, gebräunten Gesäßbacken geheftet, stellte ich mir vor, wie es wäre, seinen Schwengel in mir zu spüren, seine enorme Größe und seine erbarmungslosen Stöße zu fühlen.

Im Geiste versetzte ich mich an Hollys Stelle, wiederholte lautlos ihre keuchenden Schreie, ahmte die Zuckungen ihres Körpers nach, warf den Kopf hin und her. Und als sie erstarrte, erstarrte ich ebenfalls. Als ihre Finger sich ins Bettlaken krallten, krallten die meinen sich in mein Kleid. Ich hatte an ihrem heftigen Orgasmus teil, beantwortete ihr befriedigtes Stöhnen mit einem lautlosen Seufzer.

Gervaise spreizte die Beine, sodass ich seinen hin und her schwingenden Sack sehen konnte, als er weiter seine kräftigen Stöße ausführte, die immer ruckartiger gerieten und von lautem Ächzen begleitet wurden. Dann warf er plötzlich den Kopf zurück, spannte alle Muskeln seines Körpers an und spritzte ab.

Völlig ausgelaugt, schlich ich davon. Die Glieder waren mir so schwer, dass ich mich förmlich in mein Zimmer schleppen musste. Ich ließ mich aufs Bett plumpsen, zu erschöpft, um mich auszuziehen, und schlief sofort ein.

Am Morgen wurde ich von Stimmen geweckt, die sich auf dem Treppenabsatz miteinander unterhielten. Ich kroch zum Fußende des Betts, um zu lauschen. Als ich den vollen, tiefen Klang von Gervaises Stimme vernahm, wurde mir ganz schlecht vor Scham.

»Ich hoffe, wir haben dich letzte Nacht nicht gestört.«

»Ich habe nichts gehört«, antwortete Matts Stimme. »Ich kann mich daran erinnern, dass ich mit einer Flasche Whisky zu Bett gegangen bin, aber an mehr nicht.«

»Auf dem Grund einer Flasche findest du schwerlich einen Job«, sagte Gervaise.

»Das brauch ich zur Entspannung«, erwiderte Matt. »Weißt du, was es heißt, in meinem Alter schon zum alten Eisen zu gehören?«

»Dass Miranda weg ist, ist wahrscheinlich auch nicht sonderlich hilfreich«, warf Hollys Stimme ein.

Irgendjemand gähnte. »Du siehst ziemlich geschlaucht aus«, sagte Matt (vermutlich zu Gervaise). »Wenn du willst, kann ich Holly nach Hause bringen. Ich brauch das Auto ohnehin, da ich zum Arbeitsamt muss.«

»Dann hab ich noch reichlich Zeit, um mich fürs Büro umzuziehen«, sagte Holly. Ich hörte, wie eine Hand auf nacktes Fleisch klatschte. »Leg dich wieder schlafen, Süßer. Ich ruf dich dann an.«

Gervaise murmelte etwas, dann erfolgte ein gedämpftes Geräusch, das sich anhörte wie ein Kuss.

Ein Blick auf den Wecker verriet mir, dass ich es mir erlauben konnte, noch eine halbe Stunde im Bett zu bleiben, um eine Begegnung mit Gervaise zu vermeiden. Ich wollte nicht, dass er das Schuldgefühl bemerkte, das mir zweifellos deutlich im Gesicht geschrieben stand.

Ich legte mich wieder hin und versuchte, nicht an das zu denken, was ich letzte Nacht gesehen hatte. Das Bild seines fabelhaften Körpers ließ mir jedoch keine Ruhe. Unwiderstehlich wurde mein Finger von dem insistierenden Pulsieren angezogen, das sich in meiner Möse bemerkbar machte. Ehe ich mich's versah, hatte ich mir die Hand unters Höschen geschoben und befriedigte mich selbst, indem ich mir vorstellte, wie sein drahtiger schwarzer Bart über meine Innenschenkel kratzte, über meine Spalte schabte und gegen meine empfindliche Klit scheuerte. Ich kam so rasch und so heftig, dass ich in mein Kopfkissen biss. *Scheiße!*

Das wurde langsam lächerlich. Erst spionierte ich ihm nach, und jetzt hatte ich Masturbationsfantasien über ihn. Ich rüttelte mich innerlich durch. *Du spinnst wohl!* Es geht um Bonzo, Guy den Gorilla, den verdammten Chewbacca, Herrgott noch mal!

Nachdem ich zu dem Schluss gekommen war, dass die absurden Neigungen meiner Libido absolut nichts mit dem zu tun hatten, was in meinem Kopf vor sich ging, fühlte ich mich ein wenig besser. Wenn schon jemand so Widerliches wie Luca Verdici mich geil machen konnte, warum dann nicht auch Gervaise? Immerhin hatte er schöne Augen und einen sagenhaften … *Jetzt reicht's aber*! Ich sprang aus dem Bett. Es war Zeit für eine kalte Dusche.

Rasch ging ich an Gervaises Tür vorbei, inständig hoffend, dass er sich total verausgabt hatte und noch ein paar Stunden wie ein Baby schlummern würde. Falls ich Glück hatte, war ich längst weg, wenn er aufwachte.

Im Badezimmer zog ich die Kleidung aus, die ich die ganze Nacht getragen hatte, und warf sie in den Wäschekorb. Dann duschte ich mich mit lauwarmem Wasser, weil jemand das ganze heiße Wasser verbraucht hatte. Erst als ich tropfnass aus der Dusche kam, bemerkte ich, dass alle Badetücher fehlten. Fluchend wickelte ich mich in das winzige Handtuch und öffnete die Tür, um zum Trockenschrank zu stürzen. Im selben Moment kreischte ich erschrocken auf, da Gervaise, der offenbar gerade hatte klopfen wollen, ins Bad stolperte. Ich prallte zurück, landete auf dem Klodeckel und schaffte es gerade noch, mein Handtuch festzuhalten, bevor ich im Freien stand.

»Guten Morgen, Leckermaul«, gluckste er. »Ich habe dich duschen hören und dachte, dass du das hier vielleicht brauchst.« Er hielt das Badetuch hoch, das er in der Hand hatte. »Die anderen haben Holly und ich benutzt.«

Da ich ihm nicht ins Gesicht zu sehen vermochte, starrte ich auf die dunklen Brusthaare, die zwischen den Revers seines Bademantels hervorlugten. »Das heiße Wasser habt ihr auch aufgebraucht«, brummte ich.

»Wir waren ziemlich schmutzig«, sagte er.

Ich erhob mich und griff nach dem Badetuch, das er jedoch schnell wegzog. »Wenn ich's recht bedenke«, erklärte er, »steht dir dieses knappe kleine Ding eigentlich recht gut.«

»Ich bin nicht in Stimmung für solche Spielchen«, fuhr ich

ihn an. »Rück gefälligst das verdammte Badetuch raus. Und es gibt überhaupt keinen Grund, dass du so selbstzufrieden dreinblickst.«

»Ich hatte schließlich eine sehr zufrieden stellende Nacht«, sagte er. »Aber das weißt du ja, nicht wahr?«

Ich schlang die Arme um mich. »Wie meinst du das?«

»Tu doch nicht so unschuldig.« Er packte mein Kinn und drückte es nach oben, sodass ich ihm in die Augen schauen musste, die mich todernst ansahen. »Ich habe letzte Nacht dein Spiegelbild im Spiegel der Frisierkommode gesehen. Mir war gar nicht klar, dass du voyeuristische Neigungen hast, Selina. Hat es dich angetörnt, uns zu beobachten?«

Ich schluckte schwer. »Das war bloße Neugier«, erwiderte ich. »Holly hat so viel Lärm gemacht, dass ich dachte, du bringst sie um.«

»Du hast aber ziemlich lange gebraucht, um herauszufinden, dass das nicht der Fall war«, stellte er fest.

Ich schlängelte mich auf die Tür zu, doch er trat zurück und versperrte mir den Weg. »Hör mal, es tut mir Leid, dass ich in deine Privatsphäre eingedrungen bin«, entschuldigte ich mich. »Könnte ich jetzt bitte das Badetuch haben?«

»Weißt du, ich finde das nicht fair«, sagte er und fuhr sich mit der Hand durch sein dichtes schwarzes Haar. »Du hast meinen Schwanz im Mund gehabt und hast mich splitternackt gesehen. Meinst du nicht, es sei an der Zeit, die Konten ein wenig auszugleichen?« Lässig hakte er den Finger in den oberen Rand meines Handtuchs.

»Geh mir aus dem Weg«, forderte ich und stieß ihm mit der Hand gegen die Brust. Obwohl ich eigentlich davon ausging, dass das so viel bringen würde, als versuche man, eine Eiche beiseite zu schieben, trat er zu meiner Überraschung einen Schritt zurück. Versuchsweise stieß ich ihn noch einmal. Diesmal taumelte er zurück, als hätte ihn ein Rammbock getroffen.

Er tat so, als falle er nach hinten, griff, wie um sich festzuhalten, nach meinem Handtuch und riss es mir vom Leib.

»Du Mistkerl!«, schrie ich, mich mit Armen und Händen bedeckend.

»Na los, schlag mich«, stachelte er mich an. »Ich würde gern mehr von deinen Brüsten sehen.«

Vor lauter Empörung fehlten mir die Worte. Ich preschte an ihm vorbei und rannte, die Hände über den Gesäßbacken, den Korridor hinunter.

»Hey, Leckermaul!«, rief er mir nach. »Einen hübschen Arsch hast du!«

zwölftes kapitel

Als ich mich angezogen und mir das Gesicht geschminkt hatte, hatte ich mich ein wenig beruhigt. Unter den gegebenen Umständen hätte Gervaise etwas wesentlich Schlimmeres anstellen können, als mich in Verlegenheit zu bringen. Zumindest meine Tugend war unversehrt geblieben, wenn auch nicht meine Würde. Er hatte mich ziemlich billig davonkommen lassen, wenn man bedachte, dass er sich nur ein paar Sekunden an meinem Körper geweidet hatte, während ich mehrere Minuten lang seinen nackten Körper beäugt und – was noch schlimmer war – sein sexuelles Können begutachtet hatte. Mir drängte sich der Gedanke auf, ob ihn das Wissen um meine Anwesenheit vielleicht zu noch größerer Leistung angespornt hatte. Möglicherweise hatte er es genossen, beobachtet zu werden, eine Vorstellung, die mich ungemein verdross.

Ich erinnerte mich an seine samsonartige Pose – hatte er das gemacht, um mich zu beeindrucken? Doch nachdem ich mehrere Minuten lang versucht hatte zu berechnen, wie der Winkel seines Kopfes und Mirandas Frisierkommodenspiegel räumlich zueinander in Beziehung gestanden hatten, gab ich es auf und ging einfach davon aus, dass das Ganze tatsächlich Pose gewesen war. Ich konnte ihm schwerlich einen Vorwurf daraus machen, dass er vor einem so empfänglichen Publikum wie mir mit seinem Körper geprotzt hatte.

Mein knurrender Magen schickte eine Botschaft an mein Gehirn: *Hör auf, über Gervaise nachzudenken, und gib mir gefälligst was zu essen!* Bisher war mir gar nicht bewusst gewesen, wie ausgehungert ich war.

Erneut huschte ich an seiner Schlafzimmertür vorbei, diesmal jedoch, ohne beunruhigt zu sein. Es war mir egal, ob er im

Zimmer war oder nicht, denn jetzt hatte er sich fast so schlimm benommen wie ich, sodass ich mich von jeder Schuld freigesprochen fühlte.

Trotzdem war ich erleichtert, als ich sah, dass er nicht unten war. In der Küche schnappte ich mir eine Kasserolle sowie eine Tüte mit Haferflocken und machte mich daran, Porridge zu kochen. Gerade als der Porridge eindickte, kam Gervaise in Jeans und einem T-Shirt mit der Aufschrift »Grrrr« hereingeschlendert.

»Oh, trägt man das diese Saison in Paris?«, kommentierte ich in sarkastischem Ton.

»Ich habe keine sauberen Sachen mehr«, erwiderte er und setzte sich. »Besteht vielleicht die Möglichkeit, dass du meine Wäsche wäschst?«

Was für eine Chuzpe! »Nach der miesen Nummer, die du vorhin abgezogen hast, wohl kaum«, schäumte ich.

Er sah mich scharf an. »Findest du nicht, dass du das verdient hattest?«

Mein Gehirn war so klumpig und verklebt wie der Porridge, sodass ich einfach nicht wusste, was ich sagen sollte. Er ließ mich jedoch nicht länger zappeln, sondern fragte, ob er etwas von meinem Frühstück abhaben könne. »Egal, was es ist. Ich bin nämlich am Verhungern«, sagte er. »Muss letzte Nacht eine Menge Kalorien verbraucht haben.«

Ich schaute betrübt in die Kasserolle, deren Inhalt aussah wie schlecht verrührter Tapetenkleister. »Du kannst alles haben«, bot ich ihm großzügig an. »Ich bin eigentlich nicht hungrig.«

Als ich eine Schüssel aus dem Schrank holte, spürte ich seinen Blick auf mir und hatte das unangenehme Gefühl, dass er gerade an meinen nackten Arsch dachte. Ich wirbelte herum, um ihn zur Rede zu stellen, doch er lenkte mich mit einer Frage ab.

»Wie ist es denn im Restaurant gelaufen, nachdem wir gegangen waren?«

»Du hast den Höhepunkt verpasst«, teilte ich ihm mit. »Harry hat Alison um die Scheidung gebeten.«

»Muss sagen, dass mich das nicht sonderlich überrascht«, erwiderte er. »Ich kenne die beiden zwar nicht, hatte aber den Eindruck, dass sie in einer wahren Ehehölle leben. Ich nehme an, dass dadurch für dich die Dinge noch komplizierter werden.«

»Hä?«, Ich versuchte gerade, den Porridge dazu zu überreden, den Löffel loszulassen.

»Harry ... Matt ... Kyle«, fuhr er fort. »Welchen willst du denn nun? Vielleicht alle drei gleichzeitig? Woher soll ich denn das wissen?«

Ich knallte die volle Schüssel vor ihm auf den Tisch. »Stimmt mit deinem Gedächtnis was nicht? Du hast meinen Freund doch gestern Abend kennen gelernt.«

Er sah mich durchdringend mit seinen blauen Augen an. »Ich habe einen Mann kennen gelernt, der noch nicht mal von weitem dein Typ ist«, sagte er. Als ich die Achseln zuckte, steckte er seinen Löffel in den Porridge und ließ ihn los. Der Löffel blieb aufrecht in der Schüssel stehen. »Was zum Geier ist denn das, Selina?«

»Wie sieht's denn aus?«

Er kratzte sich am Kopf. »Keine Ahnung. Vielleicht wie eine Gesichtspackung.«

»Hör mal, wenn du mäklig bist, brauchst du's ja nicht zu essen«, fuhr ich ihn an.

»Mäklig?«, wiederholte er ungläubig. »Offen gestanden, habe ich schon Sperma gesehen, das appetitlicher aussah.«

»Zweifellos dein eigenes«, gab ich zurück.

Er legte den Kopf schräg, um mich zu betrachten. »Entweder du kannst nicht kochen, oder du bist mit deinen Gedanken woanders. Weißt du, was ich glaube? Ich glaube, du denkst ständig an meinen Arsch.« Er ließ seine Augenbrauen auf und ab tanzen.

»Bild dir bloß keine Schwachheiten ein«, sagte ich von oben herab. »Offen gestanden, habe ich schon Rhinozerosse gesehen, die appetitlichere Ärsche hatten.«

Er schüttelte den Kopf. »Auf diese Weise kannst du mich nicht kränken. Wir Rhinozerosse haben eine verdammt dicke Haut.«

Schnell wandte ich mich ab, um ein Kichern zu unterdrücken. »Ich kann dir ja was anderes machen.« Ich öffnete den Kühlschrank und nahm ein Ei heraus. »Wie wär's damit?«

Er starrte das Ei an, als hätte ich eine Granate in der Hand. »Leg es lieber wieder hin, bevor es in deiner Hand explodiert«, warnte er mich.

Ich warf das Ei von einer Hand in die andere. »Willst du damit sagen, das ich noch nicht mal imstande bin, ein Ei zu kochen?«

»Ich will damit sagen, dass ich zu jung bin, um an Salmonellenvergiftung zu sterben.«

Das war eine Beleidigung zu viel. Ohne nachzudenken, klatschte ich ihm das Ei auf den Kopf. Genau in dem Moment kam Matt herein.

»Was geht denn hier vor sich?«, fragte er.

Gervaise, der sich die Eierschalen aus dem Haar klaubte, schielte zu ihm hinüber. »Fröhliches Eierwerfen, wie man sieht.« Dann schürzte er die Lippen, da ihm ein Teil des Eigelbs langsam die Nase herunterlief.

Matt sah mich fragend von der Seite an, doch ich lachte so sehr, dass ich kaum noch Luft bekam.

Gervaise stand auf. »Wenn du auf Frühstück aus bist, würde ich woanders essen gehen«, riet er Matt. »Das Essen ist mies, der Service noch schlechter als in einem türkischen Gefängnis.« Mit übertriebener Würde steuerte er auf die Küchentür zu. »Jetzt geh ich mir die Haare waschen.«

Lachend schaute ich ihm hinterher. In dem Moment wurde mir schlagartig bewusst, dass ich ihn mochte.

Matt lächelte. »Was hat er denn angestellt, um das zu verdienen?«

»Er hat meinen Porridge beleidigt«, sagte ich.

»Was? Das da?« Er nahm die Schüssel in die Hand und verzog das Gesicht, als er den klebrigen Inhalt inspizierte. »Ich sag's zwar nicht gern, aber so ganz Unrecht scheint er nicht zu haben.«

Ich riss ihm die Schüssel aus der Hand. »Bist du vielleicht auch scharf auf Eishampoo?«

»Du hast ja heute eine Stinklaune«, stellte er fest. »Konntest du letzte Nacht nicht schlafen, weil die beiden so laut gevögelt haben?«

Ich ging zur Spüle und bearbeitete die Porridgeschicht, die wie Leim am Boden der Kasserolle klebte, mit einem Topfkratzer. »Nein, aber sie haben das ganze heiße Wasser verbraucht.«

Eine Weile sah er zu, wie ich angestrengt im Topf herumrieb. »Wackelst du absichtlich so mit deinen Titten und deinem Arsch?«, fragte er schließlich. »Das wirkt ziemlich kess.«

Ein seltsames Kältegefühl überkam mich. »Nein, ich schrubbe eine Kasserolle«, erwiderte ich mit ausdrucksloser Stimme.

Er trat hinter mich und fuhr mir mit den Händen über die nackten Arme. Ich bekam eine Gänsehaut, aber nicht vor Erregung. Schockiert stellte ich fest, wie misstrauisch ich ihm gegenüber geworden war, seit er mich geschlagen hatte. »Holly hat mir erzählt, dass sie Gervaise am Samstagabend zu einer Party mitnimmt«, flüsterte er. »Dann werden wir ungestört sein.«

Ich hörte auf zu schrubben und starrte in das seifige Wasser.

»Matt, ich glaube, wir sollten das Ganze vergessen. Ich bin mir einfach nicht mehr sicher, was ich will.«

»Was redest du denn da?«, erwiderte er, indem er seine Arme um meine Taille schlang und seinen Unterleib gegen meinen Hintern presste. »Du kannst dir überhaupt nicht vorstellen, was ich alles mit dir vorhabe«, hauchte er mir ins Ohr. Eine seiner Hände glitt zu meinem Schritt, die andere wanderte zu meinen Brüsten.

»Das ist es ja eben«, krächzte ich. »Deine Andeutungen machen mir allmählich Angst. Du sagst dauernd, dass du mehr von mir willst, als du von Miranda bekommst, sagst aber nie, was.«

Die Hand oben kniff mir in die Brust, während die unten mir den Schritt rieb. »Ich werde dich gründlich durchficken«, säuselte er. »Ich werde schmutzige, unanständige Dinge mit dir machen, bis du laut schreist. Aber das alles wird dir sehr gefallen.«

Obwohl die Überredungskunst seiner Hände unbestreitbar groß war, behagte mir das, was er sagte, in keiner Weise. »Ich bin nicht so, wie du denkst, Matt. Du schätzt mich völlig falsch ein.«

»Das wird sich am Samstag rausstellen.«

Seine Finger gruben sich so fest in meine Brust, dass ich zusammenzuckte. »Aber ich … ich gehe doch selbst auf diese Party«, stammelte ich.

»Einen Dreck wirst du tun.« Er riss mich herum, stieß mir die Zunge zwischen die Zähne und küsste mich leidenschaftlich.

Als Gervaise hereinkam, küsste Matt mich immer noch. Seine Zunge steckte so weit in meinem Mund, dass ich nur unartikulierte Warnrufe ausstoßen konnte, die jedoch ebenso wirkungslos blieben wie die verzweifelten Schläge, mit denen ich Matts Rücken traktierte. Mir blieb nichts anderes übrig, als mit weit aufgerissenen Augen zuzusehen, wie Gervaise sich hinter

Matt aufbaute und ihn mit seiner Pranke bei der Schulter packte.

»Macht's Spaß?«, knurrte er, indem er Matt zurückriss und zur Seite schleuderte. Dann sah er uns beide mit finsterer Miene an. »So läuft das also, wenn ich euch beide allein lasse.«

»Verflucht noch mal, ich bin doch nicht aus Holz!«, schrie Matt. »Ständig versucht das kleine Luder, mich zu verführen. Sie lässt mich einfach nicht in Ruhe.«

Ich konnte nicht glauben, dass er so mies war. »Das stimmt nicht«, protestierte ich.

»Halt die Klappe«, brummte Gervaise. »Ich habe gesehen, wie du mit deinen engen Tops, deinen kurzen Röcken und diesem *fick mich*-Ausdruck in den Augen auf Männer wirkst. Mich selbst machst du ja auch ganz geil. Für Frauen wie dich gibt es bestimmte Bezeichnungen, und ich vermute, dass sie alle schon mal auf dich angewandt worden sind.«

Tränen der Wut stiegen in mir auf. »Das ist nicht fair, du verdammter Chauvinist.«

»Gib's ruhig zu, Selina«, sagte Matt. »Seit Miranda weg ist, bist du in einem fort dabei, mich sexuell zu provozieren. Sieh sie dir doch an, Gervaise – dieses Gesicht, diese Haare. Von oben bis unten eine einzige saftige, verbotene Frucht! Der Mann, die bei ihr nicht in Versuchung gerät, muss eine Schwuchtel sein. Ich habe sie lediglich geküsst – ehrlich!«

Gervaise starrte ihn mit geblähten Nasenflügeln finster an. »Wie Küssen hat das aber nicht ausgesehen. Eher wie eine Tonsillektomie.«

Matt schaute ihn ängstlich an. »Du darfst Miranda nichts davon erzählen. Das würde ihr das Herz brechen.«

»Machst du dir wirklich Gedanken um Miranda? Oder hast du Angst, Kost und Logis zu verlieren? Du hast dich nicht mit dem Kuchen begnügt, du wolltest auch noch die kleine Kirsche oben drauf. Das nenne ich gierig.«

»Hey, Moment mal«, wandte ich ein. »Ich bin niemandes kleine Kirsche!«

»Bist du immer noch hier?«, fuhr Gervaise mich an. »Verschwinde. Geh zur Arbeit. Das ist ein Gespräch unter Männern.«

»Falsch! Das ist ein Gespräch unter Affenmenschen!«, gab ich zurück. »Ihr habt eure wulstigen Köpfe zusammengesteckt und beschlossen, der mit den Titten die Schuld zu geben. Ihr könnt mich beide kreuzweise am Arsch lecken!« Mit erhobenem Kopf stürmte ich aus der Küche, schlich mich jedoch gleich wieder zurück, weil ich meine Handtasche vergessen hatte. Nachdem ich sie an mich genommen hatte, stürmte ich noch einmal aus dem Zimmer.

»Holly!«, rief ich. »Die Kacke ist am Dampfen!« Sie saß in Harrys Büro hinter dem Schreibtisch.

Als sie aufblickte, bemerkte ich einen besorgten Ausdruck in ihren Augen. »Harry ist nicht zur Arbeit gekommen. Ich mache mir Sorgen, Selina. Das ist völlig untypisch für ihn.«

Ich setzte mich. »Bei Harry ist die Kacke auch am Dampfen«, erklärte ich. »Nachdem ihr gestern Abend gegangen wart, hat er Alison um die Scheidung gebeten.«

Ich musste ihr Wort für Wort erzählen, was alles gesagt worden war. Während sie zuhörte, wechselte ihr Gesichtsausdruck so häufig wie die Bilder bei einer Diavorführung. »Ich kann es einfach nicht fassen, dass er das gemacht hat«, sagte sie schließlich. »Sie wird ihm jeden Penny abknöpfen. Er wird sein Zuhause und seine Tochter verlieren, vielleicht sogar die Firma.«

»Ich glaube nicht, dass sie ihm das wegnehmen kann, womit er sich seine Brötchen verdient«, entgegnete ich. »Wie sollte er ihr denn sonst Unterhalt zahlen?«

»Aber warum gerade jetzt?«, überlegte sie. »Wenn er sie schon immer verlassen wollte, warum hat er es dann nicht gemacht, als du ihn darum gebeten hast?«

Diese Frage hatte ich bereits geklärt. »Weil ich ihn darum gebeten habe und nicht du.«

Sie biss sich auf die Unterlippe. »Lassen wir das Thema. Was wolltest du mir denn erzählen, als du eben hereingekommen bist?«

Ich ließ die Schultern sinken und machte ein bedripstes Gesicht. »Gervaise hat Matt erwischt, wie er mich geküsst hat, und ist ausgerastet«, berichtete ich. »Matt hat das Unschuldslamm gespielt und behauptet, ich hätte mich ihm an den Hals geworfen?«

»Und? Hast du?«, fragte sie.

»Diesmal nicht«, erwiderte ich. »Tatsache ist, Holly, dass ich genug von ihm habe. Du hattest Recht, als du gesagt hast, ich spielte mit dem Feuer. Er hat ziemlich abgedrehte Vorstellungen und jagt mir allmählich Angst ein. Ich möchte einfach, dass die Dinge wieder so sind, wie sie waren.«

Sie zündete sich eine Zigarette an. »Hast du ihm das gesagt?«

»Ich hab's versucht«, betonte ich, »aber er hat mich mit einem Kuss zum Schweigen gebracht, der gar kein Kuss war, sondern eine Vergewaltigung meines Mundes. Wer weiß, was er noch alles gemacht hätte, wenn ...«

»Wenn Gervaise nicht dazugekommen wäre?«, ergänzte sie, Zigarettenrauch ausstoßend, meinen Satz. »Ich nehme an, dass er dadurch auf einmal gut bei dir angeschrieben ist. Jetzt wirst du ihn wohl nicht mehr aus dem Weg haben wollen.«

Ich schüttelte ungläubig den Kopf. »Kommt mir ziemlich verrückt vor nach all der Mühe, die wir uns gegeben haben. Aber du hast Recht. Jetzt muss er ganz entschieden *im* Weg sein, zumindest so lange, bis Matt alles kapiert hat. Tut mir Leid, wenn du dir jetzt vielleicht verarscht vorkommst. Du magst ihn wirklich, nicht wahr?«

Sie nickte. »Nicht nur das. Ich bin auch seit einer Ewigkeit nicht mehr so gut gebumst worden.«

Ich besaß den Anstand, den Blick zu senken. »Gib ihn nicht meinetwegen auf.«

Sie lachte. »Was gibt's denn da aufzugeben? Er ist ebenso wie ich nur auf sein Vergnügen aus. Am Samstag haben wir noch ein Date, aber danach mache ich Schluss.«

Mich überkam ein seltsames Gefühl der Erleichterung. Offenbar merkte man das meinem Gesicht an, da Holly mich neugierig musterte. »Du bist doch nicht etwa selbst scharf auf ihn, oder?«

»Gervaise?«, rief ich aus. »Das ist ja absurd! Du kennst doch meine Bartphobie.«

»Trotzdem«, murmelte sie. »Könnte ja sein, dass sich dein Yin und dein Yang in dieser Sache nicht völlig einig sind.«

»Quatsch«, sagte ich.

Holly ließ das Thema fallen und kam wieder auf Harry zurück. »Er hat sich einen schlechten Tag ausgesucht, um nicht ins Büro zu kommen, da wir beide heute Nachmittag nicht da sind.«

»Wir können das Büro nicht sich selbst überlassen«, sagte ich. »Dann muss unser Besuch bei Stratton eben ausfallen.« Insgeheim war ich froh, einen Vorwand zu haben, um den verrückten Plan nicht durchziehen zu müssen, den Holly sich ausgedacht hatte, um Geld aus Peter Stratton herauszuquetschen.

»Möchtest du dich denn von Luca Verdici ficken lassen?«, fragte sie mich freiheraus.

Erschaudernd schüttelte ich den Kopf. »Eher würde ich Alison die Möse polieren.«

»Dann ruf ich Jack an, okay?«

Ich verzog das Gesicht. »Hast du schon vergessen, was passiert ist, als Jack das letzte Mal das Büro gehütet hat? Er hat die Adressen verwechselt, sodass der Schwulenclub die Stripperin mit den großen Möpsen und der Rugbyclub die Rocky-Horror-Nummer bekommen hat. Die Schwulen waren stinksauer, während die Rugbyjungs glücklicherweise zu besoffen waren, um mitzubekommen, was sich oberhalb der Strapse befand. Deshalb hatten wir nur *eine* Beschwerde von denen.«

»Ist mir noch gut in Erinnerung«, erwiderte Holly lachend. »Und die bestand in der Bitte, in Zukunft eine Frau mit mehr Titten und weniger Schnurrbart zu schicken.«

Ich kicherte. »Wenn Jack wieder Mist baut, schick ich ihn in seinem Erbsenkostüm in einen dieser Clubs. Ich wünschte, du hättest ihn darin gesehen, Holly. Seitdem kann ich keinen Rosenkohl mehr sehen, ohne Lachkrämpfe zu kriegen.«

»Allein für seinen Mut, das Ding zu tragen, verdient er eine zweite Chance«, sagte sie. »Ich ruf ihn an.«

Ich nahm meine Post an mich und ging in mein Büro. Unter den Briefen waren zwei Schecks über insgesamt 140 Pfund sowie zwei Rechnungen über insgesamt 144 Pfund. Das war der enttäuschende Beginn eines Tages, an dem es ständig bergab ging und der seinen Tiefpunkt erreichte, als ein Kunde seinen Auftrag zurückzog. Um halb vier kam Holly mit einem Kleiderbündel in den Armen herein.

»Jack wird gleich hier sein«, sagte sie. »Inzwischen können wir uns schon mal fertig machen.«

Doch als ich sah, was sie angebracht hatte, klappte mir der Unterkiefer herunter. »Das kann doch nicht dein Ernst sein, Holly!«

»Aber sicher«, erwiderte sie und verteilte die Kleidung. »Du trittst als Madame Peitschenknall auf und ich als deine gefügige Sexsklavin.«

»Du hast gesagt, wir wollen uns als Callgirls verkleiden.«

Sie lächelte durchtrieben. »Dieses Outfit wird Stratton wesentlich mehr Angst einjagen als zwei ganz normale Nutten, das kannst du mir glauben.«

»So kommen wir ja noch nicht mal ins Gebäude rein«, wandte ich ein.

»Keine Bange«, versicherte sie mir. »Ich habe alles genau durchdacht. Zufällig weiß ich, dass Bopec Chemicals einer von Strattons größten Kunden ist. Ich habe Peters Sekretärin angerufen und mich als Mitarbeiterin der Publicity-Abteilung von Bopec ausgegeben. Ich habe ihr erzählt, wir hätten eine Idee für eine neue Werbekampagne, die wir Peter persönlich präsentieren wollen. Ich hab ausdrücklich gesagt, die Sache sei sehr ausgefallen. Wir brauchen also bloß cool zu bleiben und zu behaupten, wir kämen von Bopec.«

»Ich kann's kaum erwarten, Peters Gesicht zu sehen«, sagte ich, mich allmählich mit der Idee anfreundend. »Wenn er uns erblickt, scheißt er sich in die Hose.«

»Lass uns hoffen, dass er Geld scheißt«, gluckste Holly.

Mein Outfit war rundum skandalös und bestand aus einer vollständigen Domina-Kluft: schwarzes Lederkorsett, das vorne zugeschnürt wurde; bis zu den Schenkeln reichende, hochhackige Stiefel, an denen Strapse befestigt waren; enge Lederarmbänder, die meine Arme von den Gelenken bis zum Ellbogen bedeckten; ein mit Stacheln besetztes Hundehalsband und die Miniaturausgabe einer neunschwänzigen Katze, die mir an einer Kette von der Hüfte hing. Holly vervollständigte das Bild und steckte mir zunächst die Haare hoch, sodass ich wesentlich größer wirkte, als ich war. Dann schminkte sie mein Gesicht auf streng, indem sie die Wangenknochen mit Rouge, die Augen mit schwarzem Eyeliner und den Mund mit blutrotem Lippenstift hervorhob. Als ich in den Spiegel sah, erkannte ich mich selbst nicht wieder.

»Was hast du denn mit mir gemacht?«, jammerte ich.

»Hör auf zu klagen«, sagte sie, »und versuch zumindest, wie

Madame Peitschenknall zu klingen. Wie sehe ich aus?« Sie trug einen schwarzen Lederbikini sowie schwarze Schuhe mit Pfennigabsätzen und hatte Lederriemen um die Fuß- und Handgelenke. Um den Hals hatte sie eine straffe Kette, an der eine lange Leine befestigt war. »Ziemlich abgedreht«, sagte ich und nahm das Ende der Leine in die Hand »Zeit zum Gassi gehen, du läufige Hündin.« Ich zerrte sie an der Leine in den Korridor, den gerade Jack entlangkam.

»Gute Güte!«, rief er aus. »In was für eine Lasterhöhle bin ich denn hier geraten?«

Ich stolzierte auf ihn zu. »Auf die Knie vor deiner Herrin«, kommandierte ich.

Er duckte sich furchtsam. »Äh … soll ich vielleicht erst meinen Anorak ausziehen?«

Holly kicherte. »Geh und mach Telefondienst, Jack.«

»Ja, natürlich«, murmelte er, wobei er versuchte, nicht auf meine aus dem Korsett quellenden Brüste zu starren.

Ich folgte ihm in Harrys Büro. Als er sich hinsetzte, nahm ich die neunschwänzige Katze von der Kette und fuhr ihm mit den Lederriemen über den Kopf. »Dass mir keine Klagen kommen, Jack.«

Sein schmales Gesicht zuckte. »Ganz gewiss nicht, Miss King.«

»*Herrin*«, korrigierte ich ihn, indem ich die Peitsche gegen die kahle Stelle auf seinem Kopf schnellen ließ.

Er schluckte. »Mannomann, ist das aufregend.«

Holly reichte mir meinen Mantel. »Hör auf, ihn zu quälen, Selina. Wir müssen los.«

Trotzdem konnte ich es mir nicht verkneifen, ihn abschließend noch ein bisschen zu malträtieren. Ich stellte den Fuß auf den Schreibtisch und strich mir verführerisch über die lederumhüllte Wade. »Diese Stiefel sind schmutzig, Jack. Möchtest du sie vielleicht mit der Zunge sauber lecken?«

Er warf einen verstohlenen Blick auf mein schwarzes Satinhöschen und kaute sich auf der Unterlippe herum. »Ich weiß nicht so recht, was ich sagen soll.«

»Sag auf Wiedersehen«, schlug ich vor und gab ihm meine Schlüssel. »Vergiss nicht, nachher abzuschließen.«

»Ist dir klar, dass du ihm einen Steifen beschert hast?«, fragte Holly, als wir in ihr Auto stiegen. »Seine Kordhosen hatten eine gewaltige Ausbuchtung. Vermutlich ist er heimlicher Masochist.«

»Könnte mich direkt daran gewöhnen, die Domina zu spielen«, erwiderte ich. »Ich mochte es schon immer, Männer geil zu machen.«

Holly quittierte meine Naivität mit einem Stirnrunzeln. »Ich glaube, dabei geht es eher darum, ob du es magst, sie zum Schreien zu bringen und sie bis aufs Blut zu peitschen«, stellte sie fest.

Ich grinste in mich hinein. »Peter Stratton werde ich jedenfalls gern bluten lassen.«

Hollys Plan funktionierte wie am Schnürchen. Die Empfangsdame bei Stratton sah uns zwar befremdet an, rief aber in Peters Büro an, um mitzuteilen, dass die Leute von Bopec da seien. Peters Sekretärin Yolander kam uns abholen, eine winzige, an einen Jack-Russell-Terrier erinnernde Frau mit scharf geschnittenen Gesichtszügen und nüchtern-sachlichem Ausdruck in den Augen.

»Sind Sie sicher, dass Sie von Bopec kommen?«, bellte sie, als wir unsere Mäntel auszogen und sie ihr gaben. Mit missbilligender Miene starrte sie unsere Kostüme an.

»Mr. Stratton erwartet uns«, erwiderte ich, Hollys Leine in die Hand nehmend.

Obwohl sie skeptisch den Kopf schüttelte, öffnete Yolander die Tür zu Peters Büro. Ich stolzierte, Holly hinter mir herziehend, wie ein Model auf dem Laufsteg hinein. Peter war ein kleiner fetter Mann in den Vierzigern, dessen grau meliertes, schütteres Haar zu einem kurzen Pferdeschwanz zurückgebunden war. Seine Kleidung – ein reversloses Designersakko und ein Turtelneckpullover – wirkte viel zu jugendlich für sein Alter.

Er warf einen Blick auf uns und brach in schallendes Gelächter aus. »Das ist doch sicher ein kleiner Scherz von Mike, was?«

Holly stieß mich an. Ich klatschte mit der Peitsche auf die glänzende Platte seines riesigen Mahagonischreibtischs. »Da gibt es gar nichts zu lachen, Mr. Stratton.«

Er sah mich unsicher an. »Hat Mike Randell Sie denn nicht hergeschickt?«

»Mich hat überhaupt niemand hergeschickt«, sagte ich.

Er blickte verständnislos drein. »Da komm ich nicht ganz mit.«

Ich lehnte mich über den Tisch und sah ihn mit finsterer Miene an. »Tatsächlich nicht? Nun, es ist ganz einfach, Stratton. Ich bin hier, um Ihnen den Arsch zu versohlen.«

»Na klar.« Er lachte von neuem, was sich aber nicht sonderlich überzeugend anhörte. »Also, was soll denn nun dieser Gag? Seid ihr Nutten oder was?«

»Wir sind von der Firma Maskenspiel«, sagte Holly.

»Maskenspiel?« Er rieb sich die Wange. »Die kenne ich. Hey, nun sagen Sie bloß nicht, dass Randell die Sache wirklich ernst meint.«

»Mike Randell hat nichts mit uns zu tun«, erwiderte ich. »Wir vertreten die Firma Maskenspiel.«

Er starrte uns an. »Was zum Teufel läuft hier eigentlich ab? Wollen Sie damit sagen, dass Sie nicht von Bopec kommen?«

Ich zerrte an Hollys Leine. »Das haben wir bloß behauptet, um einen Termin zu bekommen«, gestand ich. »In Wirklichkeit sind wir hier, um Sie ein letztes Mal aufzufordern, Ihre überfälligen Schulden bei Maskenspiel zu bezahlen.«

»Was?« Seine runden Wangen fleckten sich rot. »Sie stehlen mir meine Zeit, um solch eine belanglose Summe einzutreiben? Für eine mickrige Firma, deren Umsatz kleiner ist als unser jährliches Budget für Büroklammern?« Er fixierte mich wütend. »Für wen zum Teufel halten Sie sich eigentlich?«

Ich starrte ihn zornig an. »Mein Name ist Selina King, und ich bin die Mitbesitzerin der mickrigen Firma, bei der Sie, Peter Stratton, Schulden in Höhe von 1236 Pfund haben.«

»Und 58 Pence«, ergänzte Holly.

Ich ließ meine Peitsche auf meine Handfläche klatschen. »Wenn nötig, werde ich das Geld aus Ihnen herausprügeln.«

»Wollen Sie mir etwa drohen?« Er sah mich erstaunt an. »Machen Sie sich nicht lächerlich. Verschwinden Sie von hier!«

»Nicht ohne mein Geld«, insistierte ich.

Er streckte die Hand nach der Gegensprechanlage aus. »Dann lasse ich Sie eben vom Sicherheitspersonal rausschmeißen.«

»Okay«, sagte Holly rasch, »wir haben nichts dagegen, draußen ein bisschen rumzuhängen, um die Aufmerksamkeit der Medien zu erregen. Die Kostüme sind sicher ein gefundenes Fressen für die Presse. Außerdem liebt alle Welt eine David-und-Goliath-Geschichte. Für Maskenspiel wird das eine prima Reklame sein. Aber auch für Stratton? Ich meine, eine PR-Agentur, die ihre eigene Publicity nicht in den Griff kriegt … Trotzdem bin ich mir sicher, dass Mike Randell von Bopec auch die komische Seite des Ganzen sehen wird. Jedenfalls hört er sich nach einem Mann an, der Sinn für Humor hat.«

Peters Hand schwebte reglos über der Gegensprechanlage, während er über Hollys Worte nachdachte. Dann sah er mich unverwandt an und drückte auf die Taste. »Yolander, ruf mal in der Buchhaltung an, und sag Mark, er soll einen Scheck über die Summe ausstellen, die wir Maskenspiel schulden. Er soll ihn unterschreiben und runter zum Empfang schicken.«

»Maskenspiel?«, erkundigte sie sich.

»Du hast doch gehört, was ich gesagt habe«, schnauzte er. »Ich will, dass das sofort erledigt wird.« Er ließ die Taste los, lehnte sich zurück und verschränkte die Arme. »Zufrieden?«

Ich lächelte übers ganze Gesicht. »Schön, dass Sie so vernünftig sind.«

»Was anderes blieb mir ja wohl kaum übrig.« Er sah mich mit widerwilligem Respekt an. »Jemandem, der bereit ist, so weit zu gehen, damit seine Firma solvent bleibt, kann ich meine Bewunderung nicht versagen. Aber ich warne Sie, Miss King. Versuchen Sie nicht noch einmal, mich zu übertölpeln.« Er zeigte auf die Tür. »Und jetzt raus hier.«

»Glaubst du, er sperrt den Scheck?«, fragte ich Holly, als wir zum Empfang hinuntergingen.

Sie schüttelte den Kopf. »So, wie ich Peter Stratton einschätze, nein. Ein solcher Schritt würde ihn wie einen Wichser aussehen lassen, und das würde nicht zu dem Image passen, auf das er Wert legt.«

Am Empfang erwartete uns wie versprochen der Scheck. »Das müssen wir feiern«, erklärte ich, als ich das kostbare Stück Papier in meiner Manteltasche verstaute.

»Das geht leider nicht«, sagte Holly. »Heute Abend trete ich beim vierzigsten Geburtstag eines Taxifahrers als Politesse auf.«

»Mist«, sagte ich enttäuscht. Ich war in Hochstimmung und wollte es unbedingt begießen, dass Madame Peitschenknall über den mächtigen Publicitymogul triumphiert hatte. Jetzt konnte Luca Verdici ruhig kommen! Ich würde ihn mit meiner neunschwänzigen Katze das Fürchten lehren.

Holly war nicht ganz so enthusiastisch wie ich. »Du hast immer noch nicht genug Geld, um all deine Schulden bei Luca bezahlen zu können«, erinnerte sie mich, als wir nach Hause fuhren.

»Zum Teufel mit Luca!«, rief ich. »Er wird sich eben mit dem begnügen müssen, was er bekommt.«

»Du bist trunken vor Macht«, sagte Holly, als sie vor meinem Haus auf die Bremse trat. »Nimm einen Drink, damit du wieder nüchtern wirst.«

»Wie der Zufall es so will«, teilte ich ihr mit, »ist im Küchenschrank eine ganze Flasche Wodka versteckt, auf der mein Name steht. Ich werde ein schönes heißes Bad nehmen und dazu ein Glas eiskalten russischen Kartoffelsaft trinken.«

Ich ging ins Haus, warf meinen Mantel auf einen Haken und steuerte schnurstracks auf den Wodka zu. Ich war eine Frau, die eine Mission zu erfüllen hatte. Ich würde mir von keinem Mann blöd kommen lassen und jedem, der sich mir in den Weg stellte, mit der Peitsche den Arsch versohlen.

Als ich in die Küche stürmte, stieß ich auf Gervaise, der hinter einem Bügelbrett stand und gerade in einen Apfel biss. Er blickte hoch, riss die Augen auf und verschluckte sich an seinem Apfel. Er sah so schockiert aus, als hätte ich ein Betäubungsgewehr auf ihn abgefeuert. Erst da fiel mir siedend heiß ein, dass ich immer noch mein Madame-Peitschenknall-Kostüm anhatte. Vor Verlegenheit wäre ich am liebsten im Boden versunken.

Hysterisches Gelächter sprudelte in mir hoch, doch ich schluckte es runter und zauberte einen Ausdruck in mein Gesicht, der zu meinem Aufzug passte. »Bügelnde Männer – das sehen wir gern«, stellte ich mit schneidender Stimme fest.

Obwohl er immer noch hustete und Apfelstückchen ausspuckte, gelang es ihm, zu krächzen: »Falls du Matt in diesem Aufzug suchst, der ist ausgegangen.«

Ich verstand ihn absichtlich falsch. »Matt ist in so einem Aufzug ausgegangen?«

Er machte ein finsteres Gesicht. »Wenn ich euch beide heute Morgen nicht dabei erwischt hätte, wie ihr euch gegenseitig die Zunge in den Hals gesteckt habt, würde ich jetzt darüber lachen.« Langsam wanderte sein Blick über meine schwarz belederten Beine und meine kessen Strapse, verharrte auf dem nackten Fleisch meiner Schenkel sowie meinem mit Satin bedeckten Schritt, um anschließend weiter nach oben zu gleiten und sich auf meine aus dem Korsett quellenden Brüste zu heften.

Gelassen ließ ich die Musterung über mich ergehen, fest entschlossen, ihm trotzig ins Gesicht zu sehen. Doch als unsere Blicke sich schließlich begegneten, lag in seinen Augen ein ganz anderer Ausdruck, als ich erwartet hatte. Statt Verachtung, statt Missbilligung drückte sich ein derart heftiges sexuelles Verlangen darin aus, dass mir ein Schauder über den Rücken lief.

»Kein Wunder, dass Matt nicht die Hände von dir lassen kann«, murmelte er heiser. »Setzt du ihm auf diese Weise zu?«

»Das ist nur ein Kostüm«, erwiderte ich, um mich zu verteidigen. »Das trage ich nicht zum Vergnügen. Ich komme nämlich gerade von der Arbeit.«

Er stieß ein hämisches Schnauben aus. »Wo du in legerer Kleidung rumspringst, ja? Ich glaube allmählich, dass Maskenspiel nur ein Aushängeschild ist. Das Einzige, was du in diesem Outfit promoten kannst, ist Sex.«

Als er hinter dem Bügelbrett hervorkam, wurde ich nervös. Meine Finger schlossen sich um den Griff meiner Peitsche. »Was hast du denn damit vor?«, fragte er. »Willst du mir damit die Hoden kitzeln?«

»Komm mir nicht zu nahe, Gervaise«, warnte ich ihn.

»Andernfalls was?«, lachte er. »Sag mal, Leckermaul, wie viel verlangst du denn fürs Arschversohlen?«

»Was unterstehst du dich!«, schrie ich und wich vor ihm zurück. »Wofür zum Teufel hältst du mich eigentlich?«

»Wenn du's genau wissen willst, für eine billige kleine Nutte«, erwiderte er. »Hab ich mich klar genug ausgedrückt?«

Ich holte mit meiner neunschwänzigen Katze aus und klatschte sie ihm ins Gesicht. »Hab ich mich auch klar ausgedrückt?«, schrie ich wütend.

»*Merde*!«, stieß er hervor und riss mir die Peitsche aus der Hand. Dann packte er mich um die Taille und drückte mich gegen den Kühlschrank. »Dir ist dein Kostüm zu Kopf gestiegen. Wenn du meinst, du könntest bei mir die Domina spielen, bist du extrem falsch gewickelt.«

Obwohl ich wusste, wie gefährlich das war, wollte ich ihm noch mehr wehtun. Ich packte seinen Bart und riss mit aller Kraft daran. »Eine kleine Züchtigung könntest du sicher gebrauchen, du arroganter Waldschrat.«

»Wenn hier jemand eine Züchtigung braucht, dann du«, knurrte er. Dann packte er die beiden oberen Ränder meines Korsetts und riss es mit einem einzigen kraftvollen Ruck auf. Als meine Brüste herausquollen, nahm er sie in die Hände und vergrub sein Gesicht in ihrem weichen Fleisch.

Die schockierende Rauheit seines Barts, der wie eine Nagelbürste über meine Haut scheuerte, benahm mir den Atem. Ich schrie auf und schlug mit den Fäusten auf ihn ein, doch er packte mich nur noch fester und fuhr fort, meine Brüste mit dem Bart zu bearbeiten.

Obwohl das Ganze als Bestrafung gedacht war, gewann sein Geschlechtstrieb schließlich die Oberhand. Plötzlich spürte ich, wie seine Lippen, die im Gegensatz zu seinen harten Bartborsten köstlich weich waren, sich um meine Brustwarze schlossen. Als seine feuchte Zunge über meine immer steifer werdende Warze leckte, loderte wilde Lust in mir auf.

Ich packte ihn bei den Haaren, um sein Gesicht noch fester an mich zu drücken, und presste meinen Körper gegen den seinen. Er missverstand meine Reaktion und hob den Kopf, um mich zu küssen. Meine Bartphobie veranlasste mich jedoch, zurückzuzucken und den Kopf wegzudrehen. Mit verächtlicher

Stimme stieß ich zwischen den Zähnen hervor: »Nimm gefälligst deinen stinkenden Bart aus meinem Gesicht.«

Das riss ihn abrupt aus seinem sexuellen Rausch. Sofort ließ er mich los, um erst auf Französisch, dann auf Englisch zu murmeln: »Entschuldige. Das hätte ich nicht tun sollen.«

Ich bedeckte meine Brüste und stieß ihn zur Seite. »Zweifellos wirst du jetzt sagen, dass das alles meine Schuld war«, wetterte ich.

»Non.« Er schüttelte den Kopf. »Diesmal war es meine Schuld.«

dreizehntes kapitel

Trotz dieses Schuldgeständnisses war ich überzeugt davon, dass Gervaise mich für das, was geschehen war, verantwortlich machte. Am nächsten Morgen war ich immer noch so sauer auf ihn, dass ich beschloss, meine Wut an ihm auszulassen. Als ich dann entdeckte, dass Matt, der betrunken nach Hause gekommen war, überall hingekotzt hatte, wurde ich noch um einiges gereizter.

Nachdem ich alles aufgewischt hatte, weichte ich die Lappen in Bleichlauge ein. In dem Moment kam Gervaise in die Küche und fragte mich, was ich da mache.

»Verpiss dich«, knurrte ich, ohne mich umzudrehen. »Mit dir rede ich nicht mehr.«

Ich hörte ihn seufzen. Dann sagte er: »Nun sei doch nicht böse mit mir, Leckermaul.« Er klang zerknirscht. »Tut mir wirklich Leid, was ich gestern Abend gesagt habe.«

»Was du gesagt hast, ist mir scheißegal«, wetterte ich. »Aber ich hab was dagegen, von diesem tollwütigen Stachelschwein in deinem Gesicht malträtiert zu werden.«

»Ich weiß auch nicht, was über mich gekommen ist«, sagte er. »Aus irgendeinem Grund hatte ich das verrückte Bedürfnis, dich zu misshandeln. Das muss an deinem abgedrehten Outfit gelegen haben.«

»Nun versuch bloß nicht, mir die Schuld in die Schuhe zu schieben«, zischte ich.

»Tu ich ja gar nicht. Es war meine Schuld, und ich habe gesagt, dass es mir Leid tut. Schau mich an, Selina, dann wirst du sehen, wie Leid es mir tut.«

Widerstrebend drehte ich mich um – und bekam den Schock meines Lebens! Er hatte sich seinen Bart abrasiert, jedes einzelne Härchen!

Wie benommen starrte ich ihn an. Er hob die Hand und strich sich damit über die glatte Wange. »Das verdammte Ding hat ja schon ein Eigenleben geführt und musste verschwinden«, erklärte er.

Ich war sprachlos. Ich konnte einfach nicht glauben, wie attraktiv er war beziehungsweise wie dämlich ich gewesen war, das nicht zu sehen. Ich hätte mir doch denken können, dass er einen kräftigen, maskulinen Unterkiefer und ein sexy Grübchen im Kinn hatte. Was sonst hätte denn zu diesen erstaunlichen blauen Augen gepasst? Und warum war mir noch nicht aufgefallen, was für einen sinnlichen Mund er hatte?

»Ist dir klar, dass du mich gerade angaffst?«, fragte er.

»Du ... du siehst so anders aus«, murmelte ich.

Sein Lächeln war absolut hinreißend. »Ich hab dir doch gesagt, dass ich attraktiv bin, oder?«

Das hatte er, aber ich hatte ihm nicht geglaubt. »Wenn du so viel von deinem Gesicht hältst, warum hast du es dann versteckt?«

»Weil es die falsche Art von Frauen angezogen hat, Frauen, die meinen, das Gesicht eines Mannes sei wichtiger als sein Verstand.« Ich begriff, dass er sich nichts auf sein Aussehen einbildete. Er wusste zwar, wie attraktiv er war, aber das schien überhaupt keine Rolle für ihn zu spielen.

Für mich hingegen spielte es eine große Rolle. Jetzt, da ich ihn ohne seine »Maske« sah, fühlte ich mich mit allen meinen Sinnen körperlich von ihm angezogen. Ich musste wegschauen, weil ich wusste, dass meine Pupillen sich erweitert und meine Haut sich mit Röte überzogen hatte. Ich durfte ihn nicht merken lassen, wie sehr er mir gefiel.

Ich befasste mich mit dem Säubern der Spüle. »Matt ist letzte Nacht in ziemlich schlimmer Verfassung nach Hause gekommen«, bemerkte ich. »Er muss echt hinüber gewesen sein.«

Ich spürte, wie Gervaises Blick sich in meinen Rücken bohrte. »Wenn er dir auch nur ein bisschen am Herzen liegen würde, würdest du ihn in Ruhe lassen.«

Ich ließ mich nicht ködern. »Ich weiß, dass es dir schwer fallen wird, mir zu glauben, aber gestern hab ich ihn in keiner Weise ermutigt.«

»Und warum hat er dann das Gegenteil behauptet?«

»Vermutlich, um sich selbst aus der Affäre zu ziehen.«

»Er hätte ja sagen können, sein Verstand habe kurzzeitig ausgesetzt.« Er lachte trocken. »Das könnte ich ihm weiß Gott nicht verübeln.«

»Damit hast du vielleicht gar nicht so Unrecht«, stimmte ich ihm zu. »Er benimmt sich in der Tat ziemlich irrational. Was er braucht, ist ein Job.«

»Nun, ich werde ihn heute mit nach London nehmen«, teilte Gervaise mir mit. »Ich habe da einen Onkel, dem ein paar Druckereien gehören. Und Miranda ist seine Lieblingsnichte«, fügte er in bedeutungsvollem Ton hinzu. »Ich nehme an, dass wir über Nacht in London bleiben.«

Das erleichterte mich. Ich wollte keine Minute länger als nötig mit diesem attraktiven Gesicht in ein und demselben Haus sein.

Als ich Holly später am Tag erzählte, was Gervaise gemacht hatte, blickte sie enttäuscht drein. »Dann hab ich mir ja meine Schamhaare ganz umsonst abrasiert«, beklagte sie sich.

»Was? Im Ernst?«, quietschte ich.

»War nur ein Scherz«, kicherte sie. »Allerdings muss ich zugeben, dass ich einige Fantasien hatte, in der dieser Bart und meine enthaarte Möse eine Rolle spielten.«

»Hört sich an wie ein Gespräch nach meinem Herzen«, erklärte Harry, der gerade hereingestromert kam. »Was dagegen, wenn ich mich zu euch geselle, Mädels? In meinem Büro wimmelt es von bayerischen Volkstänzern, und Daisy hat mir befohlen, mich *dünnzumachen*, weil ich offenbar *nur im Weg* bin.«

Zufällig hatten wir beide auf eine Gelegenheit gewartet, ihn wegen seiner Abwesenheit zur Rede zu stellen. »Wo warst du denn gestern?«, fragte Holly ohne Umschweife.

»Es geht ja wohl eher darum, wo ihr zwei wart«, konterte er, »und wessen dusslige Idee es war, diesen aufgeblasenen Trottel wieder das Büro hüten zu lassen.«

»Wir haben Schulden eingetrieben«, erwiderte ich. »Es wird dich vielleicht freuen zu hören, dass wir Peter Stratton dazu überreden konnten, zu bezahlen.«

Er nickte beeindruckt. »Gut gemacht. Wie habt ihr denn das geschafft?«

»Oh, das war ganz leicht«, sagte Holly. »Jede von uns hat eins seiner Eier gepackt, dann sind wir in unterschiedliche Richtungen gegangen.«

Harry verzog das Gesicht. »Wenn ich's mir recht überlege, möchte ich lieber nicht wissen, wie ihr es geschafft habt.«

»Jetzt kennst du also unsere Geschichte. Und wie lautet deine?«, bohrte Holly weiter.

Er ließ sich auf einen Stuhl plumpsen. »Morgens war ich total verkatert. Nachdem ich Unmengen von Aspirin eingepfiffen hatte, haben Alison und ich miteinander geredet. Nach einer Weile fing Alison an zu schreien. Dann rief ihre Mutter an und fing auch an zu kreischen. Da ist mir endgültig der Kragen geplatzt. Ich habe meine Kollektion modischer Unterhosen in einen Koffer geschmissen und mich verpisst. Fürs Erste penne ich bei einem Kumpel.«

»Dann bist du also am Ende des Weges angelangt«, sagte Holly.

»Am Ende eines Albtraums«, stöhnte er. »Holly, warum hast du mich bloß diesen Weg gehen lassen?«

»Versuch gefälligst nicht, mir für das, was du vermasselt hast, die Schuld in die Schuhe zu schieben«, erwiderte sie wütend.

»Ach, apropos *vermasselt*«, sagte er. »Es dürfte euch interessieren, dass der großartige Jack für morgen Abend eine Bestellung angenommen hat, und zwar für Rudolph das rotnasige Rentier.«

»Aber Rudi arbeitet doch gar nicht mehr für uns«, sagte Holly.

»Eben«, antwortete Harry. »Kann mir mal jemand verraten, wo ich mitten im Mai ein Geweih herkriegen soll?«

»Wenn ich das wüsste, wüsste ich auch, wem ich's wohin schieben würde«, schimpfte Daisy, die in dem Moment hereingewalzt kam. »Hallo, ihr Süßen«, begrüßte sie mich und Holly.

»Was ist denn jetzt wieder los, du alter Drachen?«, fragte Harry sie in gutmütigem Ton.

»Drei der Kostüme passen nicht«, meckerte sie. »Zwei von den Burschen sind zu fett, und einer ist 'n Zwerg.«

»Deswegen bist du ja hier«, erinnerte er sie. »Wir wussten, dass Änderungen nötig sein würden.«

»Ich kann aber keinen Diamanten aus 'nem Kieselstein schleifen«, grummelte sie.

»Natürlich kannst du das, Schätzchen«, redete er ihr gut zu, indem er sie nach draußen bugsierte, »weil du absolut spitze bist.«

Nachdem er gegangen war, sagte Holly: »Harry ist also wieder auf dem Singlemarkt. Wer hätte das gedacht?«

»Spielst du mit dem Gedanken, einkaufen zu gehen?«, fragte ich.

Sie verzog das Gesicht. »Ich kann mich beherrschen. Lass uns statt von Harry lieber von Gervaise reden. Wie gefällt er dir denn ohne Bart?«

»Eine Verbesserung ist das schon«, gab ich widerwillig zu.

Sie sah mich scharf an. »Oho! Entdecke ich da eine gewisse Begeisterung?«

Ich gab mir alle Mühe, gleichgültig zu klingen. »Wen kümmert's denn, ob er attraktiv ist? Schließlich ist er nach wie vor der alte Gervaise.«

»Auf einmal ist er also attraktiv, ja?«

Holly konnte man nicht hinters Licht führen. »Kann man wohl sagen«, gab ich zu. »Er hat sogar ein Grübchen am Kinn. Irgendwie hab ich das Gefühl, betrogen worden zu sein.«

Sie kratzte sich am Kopf. »Wie meinst du das?«

»Wie konnte er zulassen, dass ich so gemein zu ihm bin, obwohl er wusste, dass er so verflucht attraktiv ist?«, jammerte ich. »Herrgott noch mal, ich hab seinen Schwanz im Mund gehabt und ihn ausgespuckt!«

Holly lachte. »Das wird dich lehren, einen Mann nicht nach seiner Tarnung zu beurteilen, ob es nun Gesichtsbehaarung oder die Maske des Zorro ist.«

»Werd ich mir für meine nächste Begegnung mit einem vermummten Straßenräuber merken«, erwiderte ich. »Außerdem spielt es keine Rolle, was ich von Gervaise halte. Und was er von mir hält, will ich lieber verschweigen.« Ich tat das Thema mit einer nonchalanten Geste ab. »Zum Teufel mit ihm! Ich habe an wichtigere Dinge zu denken, nämlich an Geld, Geld und noch mal Geld. Wie viel kann ich Luca morgen geben?«

Holly rechnete es aus. »Ich muss deine Telefonrechnung bezahlen, da die schon damit drohen, dir den Anschluss zu sperren. Bleiben also höchstens fünfzehnhundert, sodass dir noch tausend fehlen. Wie weit vertraust du auf dein Glück?«

So selbstsicher wie in meinem Domina-Outfit fühlte ich mich ganz gewiss nicht mehr. Trotzdem setzte ich eine tapfere Miene auf. »Damit müsste ich mir die zusätzliche Zeit, die ich brauche, erkaufen können. Was sind denn schon tausend Pfund für Luca? Wahrscheinlich gibt er pro Woche allein für Haargel mehr aus.«

»Oder für Draht zum Erdrosseln«, murmelte Holly, Unheil verkündend. »Ich hoffe, du weißt, was du tust, Selina.«

»Mach dir keine Sorgen«, entgegnete ich. »Morgen ist Harry ja da, sodass ich nicht allein im Büro bin.«

Doch da irrte ich mich.

Am Freitag um eins verkündete Harry: »Ich muss zu meinem Rechtsanwalt.«

»Was denn? Jetzt?«, rief ich aus.

»Ja, jetzt«, bestätigte er, von meinem Ton verwirrt. »Hast du damit ein Problem?«

»Nein ... es ist nur ... kommst du wieder?«

»Glaube kaum«, sagte er. »Es gibt eine Menge zu besprechen.« Er musterte mein Gesicht. »Fehlt dir was, Selina? Du siehst ein bisschen blass aus.«

»Nein, nein, mir geht's bestens«, erwiderte ich teilnahmslos.

»Na prima. Dann sehen wir uns morgen Abend auf Kyles Party.«

»Du willst trotzdem kommen?«, fragte ich ihn überrascht. »Obwohl in deinem Leben alles drunter und drüber geht?«

»Soll das ein Scherz sein?«, gab er zurück. »Das ist meine erste Party als freier Mann. Die würde ich mir um nichts in der Welt entgehen lassen.«

Dann ließ er mich allein. In banger Erwartung verfolgte ich die Zeiger der Uhr. Um Viertel vor fünf war die Spannung unerträglich geworden. Luca war immer noch nicht aufgekreuzt. Immer wenn das Telefon klingelte, fuhr ich auf, jedes kleine Geräusch ließ mich zusammenzucken. Ich war mit den Nerven am Ende.

Als er schließlich hereinstolziert kam, telefonierte ich gerade.

Sofort nahm meine muntere Stimme einen gepressten Klang an. Mit hämmerndem Herzen beobachtete ich, wie er in meinem Büro umhertigerte und darauf wartete, dass ich Schluss machte. Ich klammerte mich an das Telefonat wie an einen Rettungsring, doch nach einer Weile war das Gespräch zu Ende. Als ich den Hörer auflegte, nahm Luca mir gegenüber Platz.

»Läuft das Geschäft gut?«, erkundigte er sich.

»Soso«, antwortete ich.

Seine dunkelbraunen Augen, gefühllos wie die eines Hais, musterten den weiten Pullover, den ich angezogen hatte, um meine Figur zu verbergen. Außerdem trug ich Jeans, die zwei Nummern zu groß für mich waren. Mein Gesicht war nicht geschminkt, mein Haar zu einem Pferdeschwanz zurückgebunden. »Dieser neue Look gefällt mir gut«, stellte er fest. »Du siehst aus wie fünfzehn oder sechzehn.«

»Lass die Schmeicheleien«, sagte ich. »Ich weiß, dass ich grässlich aussehe.«

Er verzog die schmalen Lippen zu einem schiefen Lächeln. »Du hast dir alle Mühe gegeben, unattraktiv auszusehen, aber Schönheit wie die deine bedarf keiner Extras. Du würdest auch noch in einem Sack sexy aussehen.«

»Studierst du diese abgedroschenen Bemerkungen eigentlich vorher ein?«, höhnte ich.

Er fuhr sich mit dem Fingernagel über die weiße Narbe auf seiner gebräunten Wange. »Würdest du es vorziehen, beleidigt zu werden?«

»Offen gestanden, würde ich es vorziehen, überhaupt nicht mit dir zu reden«, sagte ich und reichte ihm den Scheck, den ich ausgestellt hatte. »Warum nimmst du den hier nicht an dich und verschwindest wieder?«

Nachdem er einen Blick auf den Scheck geworfen hatte, zerknüllte er ihn. »Ich dachte, ich hätte mich letzte Woche klar und deutlich ausgedrückt. Ich will entweder alles oder gar nichts.«

»Aber es fehlen nur noch eintausend«, wandte ich ein. »Lass mir eine weitere Woche Zeit, dann habe ich das Geld.«

»Nein.«

»Bitte, Luca.«

»Nein«, stieß er zwischen den Zähnen hervor. Er hatte die Arme verschränkt und trommelte mit den sorgfältig manikürten Fingern seiner rechten Hand auf den Ärmel seines Sakkos. »Selbst wenn du mich anbetteln und auf allen vieren vor mir kriechen würdest – die Antwort wäre immer noch *nein*. Deine Zeit ist abgelaufen, Selina. Heute ist Zahltag.«

Ich schaute ihn nervös an. »Was willst du? Letzte Woche hast du dein Pfund Fleisch bekommen. Bist du heute auf mein Blut aus?«

»Vielleicht darauf, es zum Rasen zu bringen.«

»Vor Angst?«, erwiderte ich.

Er schüttelte langsam den Kopf. »Vor Lust.«

Ich stieß ein barsches Lachen aus. »Das wird dir nie gelingen.«

In seinen Augen loderte Leidenschaft auf. »Hast du schon vergessen, wie dein Körper auf mich reagiert hat? Wie deine Brüste angeschwollen, deine Brustwarzen hart wie Hagebutten geworden sind?«

»Das hab ich dir doch erklärt«, entgegnete ich. »So würden meine Brüste auch reagieren, wenn ein Hündchen sie beleckt.«

Er beugte sich zu mir, um mit leiser Stimme zu sagen: »Und wie wär's, wenn ein Hündchen deine Klit lecken würde?«

Ich schluckte schwer. »Wie bitte?«

Seine Zunge schlängelte sich aus seinem Mund und glitt über seine Lippen. »Ich denke, du weißt, wovon ich spreche. Denk mal einen Moment über meine Zunge und deine Möse nach.«

»Das kommt überhaupt nicht infrage!«, schrie ich.

»Meine agile Zunge und deine heiße kleine Möse.«

»Halt die Klappe! Du widerst mich an!« Trotzdem spürte ich, wie tief in mir Erregung aufstieg, so grotesk es auch war.

»Meine Zunge und deine Möse«, wiederholte er und leckte unzüchtig über den Rand des Lochs, das er mit Daumen und Zeigefinger gebildet hatte. Dann streckte er mir die Hand hin. »Gib mir deine Schlüssel.«

Ich starrte ihn verständnislos an. »Meine Schlüssel?«

»Wir wollen doch nicht gestört werden«, murmelte er. »Während du dich ausziehst, schließ ich die Tür ab.«

Da ich Zeit zum Nachdenken brauchte, holte ich meine Schlüssel heraus, die er mir mit hämischem Grinsen aus der Hand riss. Nachdem er gegangen war, versuchte ich mir einzureden, dass ich nicht zu machen brauchte, was er verlangte. Ich konnte es darauf ankommen lassen, es ablehnen, auf seine Erpressung einzugehen, und ihn auffordern zu verschwinden, hatte jedoch Angst vor dem, was er dann in seiner Unberechenbarkeit anstellen könnte.

Als er zurückkam und feststellte, dass ich immer noch vollständig bekleidet war, sah er mich verärgert an. »Ich dachte, ich hätte dir gesagt, dass du dich ausziehen sollst.«

Ich nahm all meinen Mut zusammen. »Und was, wenn ich es nicht tu? Wenn ich mich weigere zu machen, was du willst?«

»Das wäre unklug«, sagte er und trat neben mich, um meinen Pferdeschwanz zu packen. Dann riss er mich an den Haaren hoch und zwang mich, auf den Zehenspitzen zu stehen. Ich schrie auf. »Wäre doch schade, wenn das Büro von Maskenspiel über Nacht abbrennen würde«, sagte er und ließ mich los.

»Das glaube ich dir nicht«, wimmerte ich. »Du versuchst nur, mir Angst einzujagen.«

»Tatsächlich?« Zu meinem Entsetzen schnappte er sich ein paar Papiere von meinem Schreibtisch, holte ein goldenes

Feuerzeug aus der Tasche und zündete sie an. Er wartete, bis die Flamme fast seine Finger erreicht hatte. Erst dann ließ er das Ganze zu Boden fallen und trat das Feuer mit dem Fuß aus. »Stell meine Geduld nicht auf die Probe«, stieß er hervor. »Das haben schon andere versucht, und nur ein Teil von denen hat es überlebt. Tja, Selina, ich bin nun mal ein böser Bube.«

Ich vermochte nicht zu sagen, ob er seine Drohung ernst meinte oder nicht, doch in dem Moment spielte es eigentlich keine Rolle, ob er ein Gangster, ein Brandstifter oder ein durchgedrehter Walter Mitty-Typ war. Entscheidend war, dass er mir eine Heidenangst einflößte.

Es gab nur einen Weg, um ihn so schnell wie möglich für immer aus meinem Leben zu verbannen. »Na schön«, sagte ich. »Du hast gewonnen.«

»Bist ein vernünftiges Mädchen«, murmelte er und griff nach meinem Gürtel. »In Kürze wirst du dich fragen, warum du solch ein Theater gemacht hast.«

Wie benommen beobachtete ich seine langen, spitz zulaufenden Finger, die meine Gürtelschnalle aufmachten. Langsam zog er den Gürtel durch die Schlaufen, was sich anfühlte, als krieche mir eine Schlange um die Taille. Dann knöpfte er mir mit immer schneller gehendem Atem die Jeans auf und zog den Reißverschluss bis zu meinem Schritt auf. Ich erbebte am ganzen Körper, als seine Hände den Stoff beiseite schoben und mein Bauch sowie meine weißen Nylonschlüpfer zum Vorschein kamen.

Er stieß ein krächzendes Lachen aus. »Hast du absichtlich diese reizlosen Schlüpfer angezogen? Dachtest du vielleicht, sie würden mich abtörnen?«

Ich wich seinem spöttischen Blick aus und ärgerte mich, weil er richtig geraten hatte, denn ich hatte in der Tat mit Bedacht meine unansehnlichste Unterwäsche angezogen, sozusagen als letztes Bollwerk.

»Du wusstest, dass es so enden würde«, beschuldigte er mich. »Vielleicht wolltest du sogar, dass es so endet.«

Vor Empörung schoss mir das Blut in die Wangen. »Das würde ich noch nicht mal wollen, wenn du der einzige Mann auf der Welt wärst.«

»Mal sehen, ob das stimmt.« Er packte meinen Pullover, zog mich an sich und schob mir die Hand ins Höschen. Ich versuchte, mich seinem Finger zu entwinden, der immer weiter nach unten vordrang. »Halt still«, befahl er.

Da ich wusste, dass Widerstand die Tortur nur ausdehnen würde, machte ich mich steif, ballte meine Hände zu Fäusten und ließ mich von seinem Finger erkunden.

»Schau mich an«, flüsterte er. »Lass mich den Hass in deinen Augen sehen.« Als ich ihn finster anblickte, blies er mir seinen heißen Atem ins Gesicht. »Wie angewidert du aussiehst. Am liebsten würdest du kratzen und spucken und mir den Finger abbeißen, nicht wahr? Den Finger, mit dem ich dir die Klit kitzle. Spürst du, wie er deine kleine heiße Knospe reizt und quält? Magst du es, wenn ich langsam darüber streiche? Oder törnt es dich an, wenn ich so dagegen tupfe? Weißt du, was ich glaube? Ich glaube, das hier wird dir gefallen …«

Zu meinem Entsetzen fand ich sein Herumprobieren abscheulich stimulierend. Ich musste mir auf die Lippe beißen und meine Fingernägel in meine Handflächen bohren, um die instinktiven Reaktionen meines Körpers zu unterdrücken. Doch mein abgehackter Atem verriet mich. Immer tiefer drang er in meine Möse ein, um nach einem Beweis für meine Erregung zu suchen.

»Was hab ich dir gesagt?«, murmelte er schließlich triumphierend. Er zog die Hand zurück und zeigte mir den Lusttau auf seiner Fingerspitze.

»Das ist Pisse«, höhnte ich. »Ich habe dir auf den Finger gepinkelt, du Dreckskerl.«

»Bleib so wütend«, säuselte er, mir meine Jeans über den Hintern streifend. »Auf diese Weise wirst du alles viel mehr genießen.« Während er mir die Jeans über die Schenkel zog, liebkoste er mit seinen warmen Händen meine Haut. Ohne Widerstand zu leisten, stand ich reglos da, während er sich hinkniete, um mir die Schuhe und anschließend die Hose auszuziehen.

Als sein Blick sich auf meinen Schritt richtete, sah ich, wie seine Finger sich zusammenkrampften, als kämpfe er gegen den Drang an, mir einfach das Höschen runterzureißen und sein Gesicht in meinem Geschlecht zu vergraben. Ein erwartungsvolles Beben ging durch meinen Körper, derweil kleine Wellen der Lust durch meine Lenden schossen.

Doch statt mir das Höschen herunterzuziehen, schob er die Daumen unter den Stoff und drückte es nach oben, sodass der untere Teil in meine Spalte gepresst wurde. Dann massierte er durch den gespannten Stoff mein Geschlecht, bis es sich durch die Reibung immer mehr erhitzte. Als meine Möse glühend heiß geworden war, riss er mir das Höschen herunter, stieß mir die Zunge zwischen die Schenkel und beleckte mir die Knospe. Ich muss mindestens einen Fuß hoch in die Luft gesprungen sein.

Ein Prickeln und Kribbeln strömte durch meinen Körper. Zitternd packte ich ihn bei den Schultern und atmete zischend aus, als er meine Mösenlippen auseinander drückte und mich von neuem beleckte.

Die erregenden, schlängelnden Bewegungen seiner feuchten Zunge riefen einen wollüstigen Schauder nach dem anderen hervor, bis meine Klit es vor Verlangen schließlich nicht mehr aushielt. Fuchsteufelswild darüber, dass er mich so geil gemacht hatte, packte ich seine Haare und presste mich gegen sein Gesicht, drängte meine Spalte gegen seinen Mund, um ihn mit meinem strömenden Lustsaft zu überschwemmen.

»Du dreckiges Schwein«, stieß ich stöhnend hervor. »Leck

mir die Möse, du Mistkerl, bis du einen Zungenkrampf bekommst.«

Seine Finger gruben sich in meine Schenkel, seine glitschige Zunge drang tief in mich ein, glitt über mein pulsierendes Fleisch, leckte, schleckte und schlürfte. Meine Glieder wurden starr, mein Inneres glich einer gespannten Feder. Da er spürte, dass ich kurz vorm Orgasmus war, sog er heftig an meiner Klit. Mein Körper geriet in Zuckungen, als hätte man mir glühende Lava in die Adern injiziert, und wand sich ekstatisch hin und her.

Gerade als Luca sich wieder erhob, sackte ich in die Knie. Mein Kopf fiel nach vorn, und ein Gefühl der Übelkeit überkam mich.

Ich hörte ihn lachen. »Weißt du eigentlich, wie leicht es jetzt für mich wäre, dich zu ficken?«

»Das war nicht abgemacht«, krächzte ich und versuchte, die Leere in mir zu ignorieren, die danach verlangte, von einem Schwanz ausgefüllt zu werden.

Er zog mich hoch und presste seine deutlich sichtbare Erektion gegen meine immer noch zuckende Möse. »Kann schon sein«, stimmte er zu, »aber wie willst du mich denn daran hindern?«

Ich brachte kein Wort heraus. Meine überreizte Klit genoss die Härte seines Schwanzes, genoss es, wie der Stoff seiner Hosen gegen sie scheuerte.

»Na los«, drängte er mich, »mach mir den Reißverschluss auf.« Seine Hand schob sich unter meinen Pullover und knetete meine Brust. »Nun mach schon, Selina«, flüsterte er. »Hol meinen Schwanz raus und lass mich dich ficken.«

»Warum machst du das denn nicht selbst?«, zischte ich.

»Weil ich will, dass du es machst.«

Ich wurde zwischen Abscheu und Verlangen hin- und hergerissen. Ich wollte zwar unbedingt gefickt werden, aber auf keinen Fall von ihm! Ich konzentrierte mich auf sein hämisches Gesicht und rammte ihm dann das Knie in die Weichteile.

Ächzend taumelte er zurück und umklammerte seine Eier. Während er sich vor Schmerzen krümmte, zog ich mich rasch wieder an.

»Du kleines Miststück!«, knurrte er.

»Das hast du dir selbst zuzuschreiben, Luca.«

Mit schmerzverzerrtem Gesicht richtete er sich wieder auf. »Fast hatte ich dich so weit, dass du mich darum anbettelst. Beim nächsten Mal wird es klappen.«

Ich schüttelte heftig den Kopf. »O nein. Es wird kein nächstes Mal geben. Ich bin fertig mit dir. Ich habe meine Schulden voll und ganz bezahlt.«

Er sah mich mit eisiger Miene an. »Ich kann mich nicht erinnern, dass wir über irgendwelche Konditionen gesprochen hätten.«

»Aber du hast gesagt, wenn ...« Mir kam zu Bewusstsein, dass ich mich nicht erinnern konnte, was er gesagt hatte. »Verdammt noch mal, Luca, du weißt doch, was ich angenommen habe.«

»So?«, erwiderte er. »Nach meiner Rechnung schuldest du mir nach wie vor zweieinhalbtausend Pfund, die ich nächsten Mittwoch haben will. Du hast dir lediglich ein bisschen mehr Zeit erkauft. Nun mach nicht ein Gesicht, als hätte ich dir sonst was angetan. Auch wenn's dir schwer fällt, musst du zugeben, dass es dir gefallen hat.« Er nahm meine Schlüssel in die Hand und schwenkte sie rasselnd hin und her. »Du hast doch sicher nichts dagegen, wenn ich jetzt gehe, wie?«

vierzehntes kapitel

Wie eine zerzauste Katze, die vom Nachbarkater durchgewalkt worden ist, schlich ich mich ins Haus. Ich wollte sofort nach oben gehen, um zu duschen, doch Gervaise kam in die Eingangshalle und winkte mich ins Wohnzimmer.

Als ich mich auf die Couch plumpsen ließ, schüttelte er den Kopf. »Verblüffend«, stellte er fest. »Heute siehst du aus wie der kleine Wildfang von nebenan, der auf Bäume klettert und Fußball spielt. Ein ziemlicher Kontrast zu Madame Peitschenknall.«

Ich ignorierte seine Bemerkung. »Wann seid ihr denn zurückgekommen?«

Er senkte den Kopf und versuchte, meinen Blick zu erhaschen, doch ich brachte es einfach nicht über mich, ihn anzusehen. »Heute Nachmittag«, murmelte er.

»Aha.« Ich nickte. »Wo ist Matt?«

Er setzte sich in den Sessel. »Nebenan bei Alan. Sie gucken Rugby.«

Nach wie vor seinem Blick ausweichend, starrte ich auf den Teppich. »Wie war's in London?«; fragte ich.

Er brummte irgendwas auf Französisch und warf mir ein Kissen an den Kopf. »Hey!«, rief ich aus und schaute auf.

»Das ist schon besser«, erklärte er. »Es macht mich nervös, wenn jemand den Blickkontakt mit mir vermeidet.«

»Du bist eine misstrauische Natur«, grummelte ich und schnappte mir das Kissen, um es statt des Teppichs anzustarren. »Hat dich als Baby zufällig mal jemand in die Luft geworfen und dann fallen lassen?«

»Selina«, seufzte er, »was soll ich denn davon halten, dass du es nicht fertig bringst, mich anzusehen? Du bist doch nicht etwa immer noch sauer auf mich, oder?«

»Ich bin nicht nachtragend«, sagte ich. »Das halte ich für Energieverschwendung.« Widerstrebend hob ich den Kopf, um ihm ins Gesicht zu sehen, und fühlte mich sofort wieder sexuell von ihm angezogen. Auf einmal wünschte ich, dass er sich doch nicht den Bart abgenommen hätte. »Also, wie war's in London?«, wiederholte ich. »Konntest du Matt einen Job besorgen?«

Er erwiderte meinen Blick mit einem Ausdruck in den Augen, den ich nicht zu deuten vermochte. »Am Montagvormittag hat Matt in der Druckerei, die mein Onkel in Norfolk besitzt, ein Bewerbungsgespräch. Er fährt schon am Sonntag hoch, um rechtzeitig da zu sein. Ich würde sagen, dass er gute Chancen hat, den Job zu bekommen.« Plötzlich sah er sehr müde aus. Er schloss die Augen und rieb sich die Nasenwurzel. »Aber ich habe dich nicht reingerufen, um über Matt zu sprechen. Ich mache mir Sorgen um Miranda. Da läuft irgendwas Merkwürdiges ab.«

»Wie meinst du das?«, fragte ich.

»Findest du es nicht komisch, dass wir überhaupt nichts von ihr gehört haben?«

»Sie hat mir doch eine E-Mail ins Büro geschickt, um mitzuteilen, dass sie gut angekommen ist«, erinnerte ich ihn.

Er fuhr sich mit der Hand durchs Haar. »Aber sie hat nicht ein einziges Mal angerufen.«

Ich zuckte die Achseln. »Sie sagte, sie habe ein volles Programm, das ihr keine Zeit zum Anrufen lasse.«

»Trotzdem. Matt hat versucht, sie unter der Nummer im Carlton Hotel zu erreichen, die sie ihm gegeben hat, aber sie hat nicht zurückgerufen.«

Neugierig geworden, setzte ich mich hoch. »Vielleicht möchte sie nicht mit ihm sprechen. Bevor sie abgereist ist, hatten sie einen Streit. Hast du auch mal versucht, sie anzurufen?«

Er nickte. »Da hatte sie das Zimmer im Hotel bereits aufgegeben. Ohne eine neue Adresse zu hinterlassen.«

Ich breitete die Hände aus. »Ich verstehe immer noch nicht, was daran so merkwürdig sein soll. Sie möchte vermutlich für niemanden zu sprechen sein.«

»Auf den merkwürdigen Teil der Sache wollte ich gerade kommen«, sagte er. »Ich habe in ihrem Büro angerufen, um mich zu erkundigen, ob die noch eine andere Nummer haben, unter der sie zu erreichen ist. Hatten sie nicht.« Um der größeren Wirkung willen machte er eine Pause. »Sie hat nämlich vor über einem Monat gekündigt.«

»Was?«, rief ich aus. »Aber was ist denn mit John Lyons, dem Mann, mit dem sie nach Amerika geflogen ist? Das ist doch einer von deren Geschäftsführern.«

»Von dem hatte man dort noch nie gehört.«

»So?« Ich war schockiert. »Wer zum Teufel ist er denn dann?«

Er wiegte den Kopf hin und her. »Vielleicht ihr Liebhaber?«

»Typisch französisch«, fuhr ich ihn an. »Warum muss es bei euch immer gleich um *amour* gehen?«

»Hast du eine bessere Erklärung?«

Hatte ich nicht. »Weiß Matt das alles?«

Sein Gesicht wurde ernst. »Nein. Und offensichtlich will sie nicht, dass er jetzt schon etwas davon erfährt. Ich habe dir das nur erzählt, weil ich gehofft habe, du wüsstest vielleicht, ob sie eine Freundin hat, der sie alles anvertraut. Ich will ja nur wissen, ob bei ihr alles in Ordnung ist.«

Ich merkte, dass er aufrichtig besorgt war. »Sie hat zahlreiche Bekannte«, erwiderte ich, »aber keine enge Freundin, soviel ich weiß.«

Er strich sich über die Einkerbung in seinem Kinn. »Ich nehme an, sie hat nie viel davon gehalten, mit Frauen zusammenzuglucken«, sagte er.

»Nein, aber offenbar mit Männern«, entgegnete ich in gemeinem Ton. »Das ist doch paradox, findest du nicht? Du machst dir die ganze Zeit Gedanken darüber, ob Matt sie vielleicht betrügt, während sie diejenige zu sein scheint, die ihn hintergangen hat.«

»Das wissen wir noch nicht«, insistierte er. »Es könnte noch eine andere Erklärung geben.«

»Die du sicher vor allen anderen erfahren wirst, wenn ihr euch tatsächlich so nahe steht, wie du behauptest«, sagte ich. »Ich persönlich würde es ihr durchaus zutrauen, einen Schwanz durch den anderen zu ersetzen. Wäre nicht das erste Mal.«

»Warum bist du bloß immer so gehässig?«, fragte er. »Ich weiß ja, wie verletzt du warst, als Miranda Matt ins Haus brachte, aber wenn du die Briefe gelesen hättest, die sie mir nach dem Tod deines Vaters geschrieben hat, wüsstest du, wie untröstlich sie in Wirklichkeit war. Matt war lediglich jemand, der eine Lücke füllte, jemand, der ihren Schmerz linderte. Warum, glaubst du wohl, liegst du ihr immer noch am Herzen, du blödes Ding? Weil dein Gesicht sie an deinen Vater erinnert. Wusstest du denn nicht, dass er ihre große Liebe war?«

Seine Worte trieben mir die Tränen in die Augen. »Und warum konnte sie mir das nicht selbst sagen? Warum lässt sie zu, dass ich sie weiterhin hasse?«

»Weil sie sich schuldig fühlt«, antwortete er. »Sie macht sich immer noch für den tragischen Tod deines Vaters verantwortlich. Vielleicht glaubt sie, sie verdiene deinen Hass. Aber da irrt sie sich. Matt ist genau in dem Moment aufgetaucht, als sie jemanden brauchte. Das war kein herzloses Suchen nach Ersatz.«

»Angenommen, du hast Recht und sie hat einen anderen gefunden – was ist dann mit Matt?«, wollte ich wissen.

Er blickte mich streng an. »Wenn mein Verdacht sich bestätigt, ist er ein freier Mann. Dann kannst du ihn haben. Ich werde aus euerm Leben verschwinden, und von mir aus könnt ihr bis ans Ende eurer Tage glücklich und zufrieden zusammenleben.«

Schlagartig wurde mir bewusst, dass ich das auf keinen Fall wollte. Er durfte nicht weggehen. Nicht jetzt! »Aber ... ich will nicht, dass du gehst«, sagte ich leise. »Ich ... meine Meinung über dich hat sich geändert.«

Er zog seine hübschen schwarzen Augenbrauen hoch. »Was du meinst, ist, dass du dich jetzt von mir angezogen fühlst«, erwiderte er.

»Ein wenig«, gab ich zu und senkte den Blick.

»Oh, nicht nur ein wenig, würde ich vermuten«, sagte er. »Aber ich gehe davon aus, dass es sich um ein vorübergehendes Interesse handelt und dass du bald darüber hinwegkommen wirst.«

»Hältst du mich wirklich für derart unbeständig?«

»Ich will mal so sagen«, entgegnete er. »Du bist nicht der Typ Frau, der allzu viel Zeit darauf verschwendet, Boden zu beackern, von dem du weißt, dass er unfruchtbar ist.«

»Unfruchtbar?«, wiederholte ich. »Wer verarscht denn jetzt hier wen, Gervaise? Wenn du so gleichgültig wärst, würde ich es wissen.«

»Dann eben feindselig«, räumte er ein.

Dem konnte ich zustimmen. »Das ist etwas anderes. Feindselig ist ...«

»Geil?«, schlug er vor.

»... zutreffend«, sagte ich. »Aber ich weiß, was du meinst. Und es ist mir in der Tat lieber, wenn du statt gleichgültig feindselig bist.«

»Glaubst du nicht, ich könnte beides sein?«

»Auf gar keinen Fall.«

Wir sahen uns einen ausgedehnten Moment lang an. Wie ein Ozean schien der Teppich zwischen uns zu liegen, ein Ozean, den ich überquert hätte, wenn er auch nur ein einziges ermutigendes Wort von sich gegeben hätte. Doch das tat er nicht.

Und auch im weiteren Verlauf des Abends fiel zwischen uns kaum ein Wort. Wir aßen getrennt, sahen schweigend fern und gingen anschließend getrennt auf unsere Zimmer.

Am nächsten Tag gingen wir einander weiter geflissentlich aus dem Weg. Matt, dem sein bevorstehendes Bewerbungsgespräch Auftrieb gegeben hatte, schien nichts von der sexuellen Spannung mitzubekommen, die in der Luft lag. Zumindest im Moment hatte er offenbar jedes Interesse an mir verloren, was mich ungemein erleichterte. Gervaise erwähnte mit keinem Wort seinen Verdacht bezüglich Miranda, und ich hielt ebenfalls den Mund.

Um fünf verließ ich das Haus und fuhr mit einem Taxi zu Kyle, um ihm bei den Vorbereitungen für die Party zur Hand zu gehen. Er war zwar überrascht, dass ich so früh aufkreuzte, freute sich aber über meine Hilfe. Nachdem ich ein paar Stunden damit verbracht hatte, Pizza zu backen und Sandwiches zuzubereiten, belegte ich sein Badezimmer mit Beschlag.

Überaus sorgfältig machte ich mich zurecht. Ich frisierte mir das Haar in der Manier präraffaelitischer Frauengestalten, sodass es mir kraus vom Kopf wallte, lackierte mir die Finger- und die Fußnägel golden, damit sie zur Farbe des hautengen Kleides aus Jerseyseide passten, das an meinem Körper haftete, als wäre es mit einer Spraydose draufgesprüht worden. Meine Augenlider bestäubte ich mit Glimmer, meine Füße schmückten zierliche goldene Sandalen.

»Wow!«, rief Kyle aus, als ich endlich aus dem Bad kam. »Du siehst aus wie eine Göttin!«

Seine Reaktion freute mich. »Ich hab mich nur ein bisschen mit Farbe besprüht«, scherzte ich.

Als die Gäste nach und nach eintrudelten, ertappte ich mich dabei, dass ich zur Beruhigung meiner Nerven ein Glas nach dem anderen trank und mein Blick mit der Spannung eines Kindes, das auf den Weihnachtsmann wartet, von Gesicht zu Gesicht wanderte. Harry, der allein gekommen war, gab sich der Hoffnung hin, dass ich mich extra für ihn so zurechtgemacht hatte.

»So viel Mühe hättest du dir nicht zu geben brauchen«, sagte er. »Du würdest mir auch in einem Sack gefallen. Obwohl es natürlich Säcke gibt«, fügte er hinzu, indem er mir mit der Hand über den Hintern strich, »die besonders sexy sind. Und ein Höschen hast du auch nicht an, du kesses kleines Luder. Was hältst du davon, wenn wir kurz für einen Fick nach oben verschwinden?«

Diesmal hatte der lüsterne Ausdruck in seinen grünen Augen keine Wirkung auf mich. »Tut mir Leid, Harry, du wirst deine Freiheit auf andere Weise feiern müssen«, sagte ich.

Enttäuscht musterte er mich von oben bis unten. »Das ist also nicht für mich bestimmt?«

»Warum sollte es denn für jemanden bestimmt sein? Kann eine …« Abrupt verstummte ich, da ich Gervaise durch die Tür kommen sah. Mein Herz fing an zu wummern. Harry folgte der Richtung meines Blicks. »Schau mal einer an«, sagte er, »sieht ja so aus, als hätte sich Bonzo in einen unglaublich attraktiven Koloss verwandelt.«

Ich merkte, wie ich knallrot wurde, und schlängelte mich in eine Ecke voller Menschen, von wo aus ich alles beobachten konnte, ohne selbst gesehen zu werden.

Von meinem Platz aus war Gervaise leicht auszumachen, da er so groß, so kräftig gebaut, so unsäglich herzzerreißend attraktiv war in seinem modischen schwarzen Anzug und dem am Kragen offenen Seidenhemd, das genau zur Farbe seiner Augen passte. Ich bemerkte kaum, dass Holly neben ihm stand, bis dann Harry, der mir gefolgt war, feststellte: »Sie sieht wunderschön aus, nicht wahr? Die beiden geben ein fantastisches Paar ab, findest du nicht?«

Ich sah ihn von der Seite an. »Bist du etwa eifersüchtig?«

Er seufzte. »In Anbetracht der gemeinsamen Vergangenheit von Holly und mir wäre das verdammt töricht.«

»Beantworte gefälligst meine Frage, du Feigling«, forderte ich ihn auf.

Er sah mich finster an. »Ja, okay, ich bin eifersüchtig. Bist du jetzt zufrieden?«

»O mein Gott!«, rief ich aus. »Er ist also doch zu Gefühlen fähig! Und dabei dachte ich immer, man hätte dir gleich nach der Geburt das Herz herausgenommen und durch einen Eisklumpen ersetzt.«

»Das hat nichts mit meinem Herzen zu tun«, behauptete er, »sondern mit meinem Schwanz, der eine sentimentale Anwandlung hat.«

Ich sah ihn forschend an. »Und als du gesagt hast, du willst mich wiederhaben, womit hatte das was zu tun?«

Er zuckte ratlos die Achseln. »Vielleicht mit meiner Vorhaut, wer weiß? Was meinst *du* denn?«

»Ich meine, dass du nach einem triftigen Vorwand gesucht hast, um die kleine Katy im Stich zu lassen«, teilte ich ihm mit, »und wie der Zufall es so wollte, war ich gerade in greifbarer Nähe.«

Er nickte langsam. »Da könntest du Recht haben. Aber wenn das der Fall ist, warum habe ich dann nicht Holly genommen? Sie war ja auch in greifbarer Nähe.«

Ich blickte ihn mit weiser Miene an. »Denk mal darüber nach, Harry. Es wäre dir gar nicht möglich gewesen, sie auf diese Weise zu benutzen.«

Sein Blick wanderte zu Holly hinüber, die in ihren roten Satinhosen und dem knappen schwarzen Top einfach toll aussah.

Als sie ihn erblickte, leuchteten ihre Augen auf. »Stimmt«, murmelte Harry und hob grüßend die Hand.

Holly und ich winkten uns freundlich zu. Dann zupfte sie Gervaise am Ärmel, um ihn auf uns aufmerksam zu machen. Unverzüglich ließ er den Blick durch den Raum schweifen, um mich ausfindig zu machen. Er starrte mich an, ich starrte zurück und merkte, wie es sexuell zwischen uns knisterte. *Von wegen unfruchtbarer Boden!*

In der Mitte des Raums trafen wir vier aufeinander. »Gott, ist das hier voll«, sagte Holly.

Jetzt hatten Gervaise und ich die Gelegenheit, uns aus nächster Nähe zu betrachten. Sein Blick glitt über mein Haar, der meine über sein bartloses Kinn und die wie gemeißelt wirkende Unterkieferpartie. Dann schaute er auf meinen Mund und ich auf den seinen. Als unsere Blicke sich begegneten, stieß er mit heiserer Stimmer hervor: »Wo ist denn dein Freund?«

»Wer?«, entgegnete ich verwirrt.

»Der Gastgeber«, erinnerte er mich.

»Kyle«, ergänzte Holly.

»Ach, der ... äh ...« Ich hatte keinen Schimmer, wo er sich befand. »... der macht gerade die Runde.«

Jemand legte eine Platte mit Schmusemusik auf. Harry griff nach Hollys Hand. »Was hältst du davon, wenn meine zwei linken Füße und deine Quadratlatschen ein bisschen durchs Zimmer walzen?«, forderte er sie auf.

Sie versuchte, ihre Hand wegzuziehen. »Um an diesem Zehen zerquetschenden Ritual, das du Tanzen nennst, teilzunehmen, müsste ich schon betrunken sein.«

Er riss sie in seine Arme. »Press einfach deine Brustwarzen fest gegen meine Brust, dann vergisst du, dass du Zehen hast.«

Lachend sah ich den beiden nach, doch als ich bemerkte, dass sich um uns herum alle zu Paaren anordneten, blieb mir das Lachen im Halse stecken. Verlegen sah ich Gervaise an. »Wollen wir … uns was zu trinken holen?«

»Nein, wir werden tanzen«, beschloss er. Als er mir den Arm um die Taille legte, wäre ich vor lauter Nervosität fast zusammengezuckt. Es entsetzte mich geradezu, wie sehr ich mir durch den dünnen Stoff meines Kleids der Wärme und des Gewichts seiner Hand bewusst war.

Ich trat einen Schritt auf ihn zu und legte ihm die Hand auf die muskulöse Brust, um sie dann langsam zu seiner Schulter gleiten zu lassen. Er nahm meine andere Hand, und als unsere Handflächen sich berührten, spürte ich, wie ein Schwall von Elektrizität zwischen uns hin- und herwogte.

Möglicherweise spürte er das Prickeln und Kribbeln auch, denn er schien irgendwie aufgewühlt zu sein und vermied es, mich an sich zu drücken. »Was liegt dir denn auf der Seele?«, fragte ich, nachdem eine Zeit lang betretenes Schweigen geherrscht hatte. »Irgendetwas scheint dich zu beunruhigen. Bin ich es?«

»Du beunruhigst mich nicht« sagte er.

»Dann sieh mich an«, drängte ich ihn. Ich hatte geglaubt, seinen Blick aushalten zu können, doch da hatte ich mich getäuscht. Das strahlende Blau seiner Augen benahm mir den Atem. Ich schluckte, senkte den Blick und sah ihn durch meine Augenwimpern hindurch von unten an.

Er schüttelte den Kopf. »Hör auf, mit mir zu flirten.«

Ich zog einen Flunsch. »Ach, nun sei nicht so mufflig, Gervaise. Wir sind hier auf einer Party. Da flirtet jeder mit jedem. Worüber machst du dir denn Gedanken? Nun sag bloß nicht, der Same des Verlangens habe angefangen, in deinem feindseligen Boden aufzugehen. Beunruhigt dich *das*?«

Er verdrehte die Augen. »Ich hätte mir ja denken können, dass du meine Bemerkung zu einer Herausforderung ummünzt. Ich habe das nicht gesagt, um dich zu reizen.«

»Hast du aber«, erwiderte ich.

»Oh, verstehe«, sagte er, indem er mein Haar und meine Aufmachung mit einem umfassenden Blick bedachte. »Das ist alles für mich. Du verstehst dich wirklich darauf, alle Register zu ziehen.«

Ich legte den Kopf schräg. »Und? Hat's funktioniert?«

»Überhaupt nicht.«

Ich ließ meine Hand zu seinem Nacken gleiten. »Lügner.«

In seiner Wange zuckte ein Muskel. »Mich anzumachen, funktioniert ebenfalls nicht.«

»Bist du sicher?« Ich drängte mich an ihn, schmiegte mich gegen seine Wange und atmete seinen verführerischen maskulinen Duft ein. Während ich ihm mit den Fingern das Haar streichelte, presste ich mein Schambein gegen seinen Unterleib und flüsterte ihm ins Ohr: »Ich möchte mit dir ficken, *mon chéri*.« Doch als seine Hand zu meiner Hüfte wanderte und sein heißer Atem über meine Haut strich, wich ich abrupt zurück.

»Du bekommst gerade einen Steifen«, teilte ich ihm in kühlem Ton mit. »Meinst du immer noch, du seist gleichgültig?«

Unverfroren grinste er mich an. »Möglicherweise doch nicht. Vielleicht sollte ich mich in Zukunft lieber mit meinem Schwanz beraten. Allerdings bin ich mir nicht ganz sicher, ob du wirklich gepunktet hast. Einen Mann unter die Gürtellinie zu schlagen, ist ziemlich unfair.«

»Das Ziel war nicht, Punkte zu machen, sondern etwas zu beweisen«, klärte ich ihn auf.

»Das Einzige, was du bewiesen hast, ist, dass es zutrifft.«

»Dass was zutrifft?«

»Dass du mit mir ficken willst, *ma chérie*.«

»Darf ich mal stören?«, mischte sich Kyle in dem Moment ins Gespräch ein. »Ich habe den Eindruck, dass du ein bisschen zu sehr mit meiner Freundin turtelst, Kumpel.«

»Pardon«, sagte Gervaise und überließ mich Kyle.

Ich war stinksauer, gerade jetzt weggezerrt zu werden. »Was zum Teufel soll denn das?«, fuhr ich Kyle an.

Er runzelte verwirrt die Stirn. »Ich dachte, er sei derjenige, den du überzeugen willst?«

Da Gervaise uns beobachtete, schlang ich Kyle die Arme um den Nacken. »Ja, du hast Recht. Tut mir Leid. Ich sollte dir eigentlich dankbar sein.«

Kyles über meinen Körper wandernde Hände waren extrem überzeugend. »Nun werd mal nicht üppig«, warnte ich ihn und entfernte seine Hände von meinen Gesäßbacken.

»Ich habe vor fünf Minuten aufgehört zu schauspielern«, teilte er mir mit, wobei er mich auf die Schulter küsste. »Heute Abend bin ich echt scharf auf dich.«

Mir fehlten die Worte. »Oh … nun ja … das ist zwar sehr schmeichelhaft, aber …«

»Aber du bist auf den großen Burschen da aus, stimmt's?«

War das so deutlich zu merken?

Ich tat seine Schlussfolgerung ab, indem ich blasiert den Kopf zurückwarf. »Überhaupt nicht. Das Einzige, worauf ich im Moment aus bin, ist ein Drink.«

Wir gingen in die Küche, wo ich auf Holly stieß, die mit George plauderte. »Du erinnerst dich doch an Arsch Nummer eins, oder?«, kicherte sie.

Ich beugte mich zu ihr. »Das ist doch der, der zum Stabhochsprung keinen Stab braucht, nicht?« Sie nickte, ebenso wie George, der meine Worte gehört hatte. »Denkst du immer noch an meinen ebenholzfarbenen Liebespfeil, meine Süße?«

»Aus deinem Liebespfeil ist beim Waschen die Farbe rausgegangen, du Quatschkopf«, murmelte Kyle.

»Wo ist denn Gervaise?«, fragte ich Holly.

Sie zuckte die Achseln. »Als ich ihn das letzte Mal gesehen hab, hat er mit einem Mädchen getanzt, das Titten wie aufgeblasene Airbags hatte.«

»Saccharin-Helen«, sagten Kyle und George wie aus einem Munde.

»Sind die echt?«, wollte Holly wissen.

»Ungefähr so echt wie rote Bananen«, gluckste George. »Oh oh, nicht hinsehen, Feind im Anmarsch. Sie kommt gerade ins Zimmer.«

Als ich mich verstohlen umblickte, sah ich eine magere Brünette auf Absätzen hereinstaksen, die die Länge von Zeltpflöcken hatten. Sie sah aus, als hätte sie sich zwei Plumpuddings unter die Bluse geschoben. Mir war schleierhaft, warum Gervaise dieses Wesen zum Tanz aufgefordert hatte. »Die ist ja noch nicht mal hübsch«, brummelte ich.

»Wen interessiert denn das bei solch einem Vorbau?«, entgegnete George.

»Mich zum Beispiel«, sagte Kyle. »Groß ist nämlich nicht immer gleich gut.«

»Red doch keinen Stuss!«, rief George. »Je größer, desto besser – frag mal die Damen. Deswegen können wir Schwarzen es besser als ihr Bleichlinge.«

»Quatsch mit Soße«, schnaubte Kyle. »Das ist nichts als eine Legende, die von Schwarzen in die Welt gesetzt wurde.« Er sah Holly an. »Stimmt's?«

»Also wenn du mich fragst«, erwiderte sie, »ich glaube, dass die Franzosen die besten Liebhaber sind. Jedenfalls können sie am besten küssen.«

»Das ist auch so 'n Müll«, jammerte Kyle. »Bloß weil die Froschfresser den französischen Kuss erfunden haben, heißt das noch lange nicht, dass sie das Copyright dafür haben. Was meinst du denn?«, fragte er mich.

Ich breitete die Hände aus. »Kann ich nicht beurteilen«, sagte ich. »Ich habe noch nie einen Franzosen geküsst.«

»Wenn du es hättest, würdest du mir zustimmen, darauf könnte ich wetten«, stellte Holly fest.

Kyle sah sie mit zusammengekniffenen Augen an. »Um wie viel?«

»Um wie viel?«, wiederholte sie.

»Um wie viel willst du wetten?«, antwortete er, während er über meine Schulter spähte. »Ich setze einen Zehner darauf, dass Selina dir nicht zustimmen würde.«

Hollys Augen folgten der Richtung seines Blicks. »Verstehe, worauf du hinauswillst.«

Ich drehte den Kopf und entdeckte Gervaise, der gerade versuchte, sich von Saccharin-Helen loszumachen, die sich an seinen Arm klammerte. Mir wurde ganz flau im Magen.

Entsetzt hörte ich, wie Kyle Holly herausforderte. »Bist du bereit, dein Geld auf seinen Mund zu setzen?«

Zu meinem Kummer winkte sie Gervaise bereits heran. »Na klar«, bestätigte sie.

»Hey, Moment mal«, protestierte ich. »Ihr erwartet doch wohl nicht von mir, dass ich ihn küsse, wie?«

Holly nickte lächelnd. »So leicht hab ich mir noch keinen Zehner verdient. Sei keine Spielverderberin, Selina.«

Gervaise trat neben sie und legte ihr den Arm um die Taille. Wir sahen ihn alle an. »Was ist los?«, erkundigte er sich.

Ich merkte, wie meine Wangen immer röter wurden, derweil Holly die Sache mit der Wette erklärte. »Du wirst also deine Landsleute vertreten«, sagte sie abschließend. »Bist du Manns genug für die Aufgabe?«

Er blickte mir ins Gesicht und sagte einen ausgedehnten Moment lang gar nichts. Ich wusste, dass er überlegte, was peinlicher für mich sein würde – wenn er ablehnte oder wenn er zustimmte. »Okay, ich mach's«, murmelte er schließlich mit einer Stimme, in der Widerwillen und tapfere Entschlossenheit mitschwangen. Der verdammte Mistkerl!

Doch jetzt war ich am Zug. Alle schauten mich an. »Das ist doch blöde«, sagte ich. Gervaise grinste. »Kindisch.« Sein Grinsen wurde noch breiter. »Und beweist überhaupt nichts.« Jetzt grinste er rundum aasig.

»Ich dachte, du magst es, Dinge zu beweisen«, sagte er.

Mit rasendem Herzen sah ich ihm forschend in die Augen. Was er wohl dachte? Hoffte er, dass ich ablehnte und ihn von der Leine ließ? Der Ausdruck seines Gesichts war derart ungezwungen, dass ich völlig überrumpelt war, als er plötzlich die Augenbrauen hochzog, zwar nur ganz kurz, aber ich wusste trotzdem sofort, was es zu bedeuten hatte. Er forderte mich heraus, wollte wissen, ob ich den Mut hatte, ihn zu küssen.

Mir blieb nichts anderes übrig, als den Fehdehandschuh aufzunehmen. »Na schön, ich mach's«, erklärte ich.

Gervaise sah Kyle an. »Und du hast wirklich nichts dagegen?« Kyle schüttelte den Kopf und schob mich zu Gervaise.

Und plötzlich lag ich in seinen Armen. Eine große Hand legte sich auf mein Gesicht, eine andere drückte mich an ihn. Er fuhr mir mit dem Daumen über die Wange und strich mir eine Haarsträhne aus dem Gesicht. Dann verschleierte sich sein Blick, seine dichten schwarzen Wimpern senkten sich. Als seine Lippen die meinen berührten, stieg einen Moment lang Panik in mir auf. Doch schon im nächsten Augenblick ließ ich mich fallen.

Ich spürte nur noch seinen Mund, seine warmen festen Lippen, die so unglaublich sinnlich waren, dass mir ein Schauder nach dem anderen über den Rücken lief.

Er liebkoste meine Lippen, die immer nachgiebiger wurden, bis sie sich schließlich öffneten und ich seinen Kuss erwiderte. Ich konnte einfach nicht anders. Sein Mund war wie ein Magnet, der meine Lippen zwang, all seinen Bewegungen zu folgen. Als der Druck seiner Lippen stärker wurde, schoss ein Strom der Erregung durch meinen Körper.

Bei der ersten Berührung seiner Zunge wurden mir die Knie weich. Als er mir sanft mit der Zungenspitze über die Lippen fuhr, musste ich mich an ihn klammern, um nicht zu Boden zu sinken.

Wie aus weiter Ferne hörte ich Holly rufen: »Halt dich fest, Selina, jetzt kommt das Beste!«

Gervaise packte mich noch fester, wühlte mit den Fingern in meinem Haar und ließ seine Zunge in meinen Mund gleiten, um dort mit voller Leidenschaft loszulegen.

Ich war überwältigt von der Intensität seines Kusses, der einen wahren Tornado heißen sexuellen Verlangens in mir entfachte. Während unsere Zungen in der schwülen Höhle unserer Münder Liebe miteinander machten, nahm meine Lust immer mehr zu, bis ich ihn mit jeder Faser meines Körpers begehrte.

Raketen der Ekstase explodierten in meinem Kopf und in meinen Lenden. Ich vergaß mich völlig, ließ meine Hände durch sein Haar gleiten und presste mich an seinen Körper. Aufstöhnend murmelte er: »Sachte! Sachte!«, und ließ mich vorsichtig los.

Seiner Lippen beraubt, plumpste ich mit hartem Aufprall auf die Erde zurück. Im selben Moment kam mir zu Bewusstsein, dass alle in der Küche uns beobachteten. Verwundert starrte ich Gervaise an. Was hatte er mit mir gemacht? Welches Recht hatte ein Mann, so zu küssen? Verwirrt und über mich selbst verärgert, weil ich die Beherrschung verloren hatte, trat ich mit wackligen Beinen ein Stück zurück.

George reichte Gervaise einen Drink. »Hast du vielleicht schwarze Vorfahren, Bruder?«, fragte George. »Das war eine supergeile Demonstration.«

Kyle sah mich verdrossen an. »Die Wette hab ich wohl verloren.«

Da ich nicht schwindeln wollte, sagte ich: »Stimmt.«

»Ich hab's doch gesagt!«, krähte Holly und streckte die Hand aus, um ihre Zehnpfundnote in Empfang zu nehmen. Dann küsste sie Gervaise auf die Wange. »*Vive la France!*«

Ich kam zu dem Schluss, dass ich ebenfalls einen Drink brauchte, und zwar einen steifen. Deshalb ging ich zum Getränketisch hinüber und goss mir ein Weinglas mit Wodka voll, in den ich einen Spritzer Tonicwasser gab. Holly kam mir nach.

»Na, was meinst du?«, fragte sie. »Vierter Juli?«

»Vierzehnter. Erstürmung der Bastille«, murmelte ich. »Du hättest mich warnen sollen.«

»Hättest du ihn denn dann geküsst?«

»Wahrscheinlich nicht«, gab ich zu und nahm einen großen Schluck von meinem Drink.

»Jedenfalls kannst du nicht abstreiten, dass es dir gefallen hat«, sagte sie. »Deine Brustwarzen stehen vor wie Murmeln.«

»Gervaise lacht sich sicher tot«, stöhnte ich.

»Falls es ein Trost für dich ist – der hatte eine gewaltige Erektion«, erwiderte sie.

Ich lächelte. »Ich weiß. Hab ich gespürt. Trotzdem behauptet er, nicht an mir interessiert zu sein.«

Sie lachte. »Soll das ein Witz sein? Ziert er sich und tut so, als sei er schwer zu kriegen?«

»Oh, er tut nicht nur so«, sagte ich. »Er hat sich für tabu erklärt. Er hält mich nämlich für schlecht und verdorben.«

»Er wird sich schon anders besinnen«, meinte sie. »Ihr hattet halt einen schlechten Start, das ist alles.« Sie legte den Kopf schräg, um mich zu betrachten. »Wie könnte er dir denn widerstehen?«

»Ganz leicht«, erwiderte ich trübsinnig.

»Wie kommst du darauf?«

»Weil er gerade mit Saccharin-Helen ins Wohnzimmer zurückgegangen ist!« Ich sah sie verzweifelt an. »Siehst du jetzt, was du angerichtet hast? Ich bin so eifersüchtig, dass ich Gift und Galle spucken könnte.«

Sie sah mich scharf an. »Gute Güte, du bist ja total verknallt in ihn! Das könnte ernst werden.«

»Ehrlich gesagt, habe ich nicht den leisesten Schimmer, was in meinem Hirn vor sich geht«, stellte ich fest. »Da herrscht das reinste Chaos.« Dann erzählte ich ihr von Luca Verdici. »Wenn solch ein Widerling mich antörnen kann, muss doch irgendwas nicht mit mir stimmen.«

»Ach, nun komm, um in einer solchen Situation nicht erregt zu werden, müsstest du schon ziemlich frigide sein«, sagte sie. »Ich glaube, in Wirklichkeit sind Frauen gar nicht so anders als Männer. Sofern wir richtig stimuliert werden, schweben wir auf Wolke sieben, ganz egal, wer uns stimuliert. Ich habe schon tolle Orgasmen gehabt mit Männern, die ich nicht mochte. Ich glaube, das nennt man *sich selbst was Gutes gönnen*.«

»Vermutlich«, stimmte ich zu. »Trotzdem wünschte ich, ich könnte mir meine Libido herausoperieren lassen. Lieber würde ich auf meinen Geschlechtstrieb verzichten, als Luca die Genugtuung zu verschaffen, mich wieder keuchen und stöhnen zu hören. Weiß der Himmel, was er als Nächstes mit mir anstellt, wenn ich das Geld nicht bis Mittwoch habe.«

»Keine Bange, wir werden's schon beschaffen«, sagte sie. »Kopf hoch, du bist hier auf einer Party. Trink dein Glas aus, und vergiss deine Sorgen. Da drüben sehe ich Arsch Nummer zwei. Sobald du mit ihm rumknutschst, wirst du dich viel besser fühlen.«

Doch Dave nach Gervaise zu küssen, war so, als trinke man nach einem Glas Champagner Sprudel. Ich probierte es auch noch mit Kyle und George aus, doch Gervaise hatte für eine Übersättigung meines Gaumens gesorgt, sodass ich keinen Appetit mehr aufs Flirten hatte. Überall erblickte ich Gervaise – beim Plaudern, Tanzen, Flirten –, doch jedes Mal, wenn ich mich ihm näherte, verschwand er wie ein Irrlicht. Schließlich hatte ich es satt, ihm nachzulaufen, und lauerte ihm in der Eingangshalle auf.

»Du gehst mir demonstrativ aus dem Weg«, sagte ich. Als ich

hörte, wie ich das S vernuschelte, wünschte ich, mich anders ausgedrückt zu haben.

Ein Lächeln zuckte um seine Mundwinkel. »Das bildest du dir nur ein, Leckermaul.«

»Das Leckermaul bist du«, warf ich ihm vor. »Warum zum Teufel hast du mich geküsst?«

Er zog seine fabelhaften Schultern hoch. »Wegen einer Wette.«

Ohne mich aus der Fassung bringen zu lassen, fragte ich ihn kühn: »Hast du vor, das noch einmal zu machen?«

Er schüttelte den Kopf.

»Warum nicht?«

Er sah mich bedauernd an. »Weil ich weiß, was du bist – nämlich Gift.«

»Du schätzt mich völlig falsch ein«, sagte ich. »Ich bin nicht annähernd so schlecht, wie du annimmst.«

»Warum erzählst du das nicht jemandem, den‘s interessiert?«, entgegnete er in ätzendem Ton. Verletzt wandte ich mich ab, doch er hielt mich zurück. »Das war nicht so gemeint«, knurrte er und starrte ebenso wie ich seine Hand auf meinem Arm an. Sofort ließ er mich los, als hätte ich ihn bei dem Versuch ertappt, mir den Arm zu stehlen. »Das Komische dabei ist, dass ich dich irgendwie mag«, sagte er. »Aber mehr auch nicht.«

»Hast du dich schon mit deinem Schwanz darüber beraten?«, erkundigte ich mich.

Er lachte. »Es ist dir vielleicht neu, aber nicht bei uns *allen* sitzt der Verstand im Unterleib.«

»Vielleicht solltest du versuchen, ein wenig entspannter zu sein und der Natur ihren Lauf zu lassen«, schlug ich vor.

Er sah mich verschmitzt an. »Wie du zum Beispiel?«

Ich blickte sehnsüchtig auf seinen Mund. »Warum führen wir überhaupt dieses Gespräch? Wir sollten ficken.« Eigentlich hatte ich »küssen« sagen wollen, doch mein beschwipstes Gehirn hatte meine Zunge mit meinem Unterbewusstsein kurzgeschlossen.

Meine Unverblümtheit ließ ihn zusammenzucken. »Herrgott noch mal! Hältst du denn alle Männer für Spielzeug? Meinst du, du brauchst sie bloß aufzuziehen, und schon setzen sie sich in Bewegung? Nun, ich bin kein Spielzeug, Selina, und lasse auch nicht mit mir spielen. Da musst du dir schon einen anderen suchen.« Er schob mich beiseite und stapfte die Eingangshalle hinunter.

Verdammter Mist! Das hatte ich echt vermasselt! Wütend über mich selbst, marschierte ich nach oben, um mir das Gesicht mit kaltem Wasser abzuspülen und wieder nüchtern zu werden. Doch als ich den Treppenabsatz erreicht hatte, hörte ich aus einem der Schlafzimmer vertraute Stimmen. Neugierig blieb ich stehen.

»Holly, bitte!«

»Tu mir das nicht an, Harry.«

»Nur ein kleiner Kuss. Was ist denn schon dabei?«

Gespannt schmulte ich ins Zimmer. Harry hatte Holly bei den Handgelenken gepackt und drückte sie gegen den Kleiderschrank, während sein Mund nach ihren Lippen suchte. »Bitte, Baby«, bettelte er, ihre Wange, ihr Haar, ihren Hals küssend. »Nur einen kleinen Kuss. Dann lass ich dich sofort los, das schwöre ich.«

Obwohl sie einen gequälten Ausdruck im Gesicht hatte, bemerkte ich, dass ihr Widerstand dahinschmolz. Plötzlich gab sie nach und ließ sich von ihm küssen.

Das war ein seltsam magischer Moment, als mir klar wurde, dass ich dem unvermeidlichen Schluss einer Romanze beiwohnte. Das Ganze ging mir sehr zu Herzen. Versonnen lächelnd, zog ich mich zurück, damit ausgeblendet werden und der Abspann abrollen konnte.

Doch ich war noch keine fünf Schritte weiter, als ich Holly schreien hörte: »Lass mich los!« Sie klang so aufgebracht, dass ich unverzüglich kehrtmachte. Harry kam aus dem Schlafzimmer. Er machte einen aufgewühlten Eindruck. Ich packte ihn beim Arm. »Was ist los?«

Nachdem er sich als Arschloch bezeichnet hatte, entwand er sich meinem Griff und drängte sich an mir vorbei. Ich ging ins Schlafzimmer. Holly saß mit tränenüberströmtem Gesicht auf dem Bett. »Um Himmels willen!«, rief ich aus und stürzte auf sie zu, um sie in den Arm zu nehmen. »Was hat er dir denn angetan?«

Sie brachte kein Wort heraus und schüttelte nur den Kopf. Ich ließ sie eine Weile weinen, um dann noch einmal nachzuhaken. »Hat er versucht, dir an die Wäsche zu gehen?«

Sie stieß ein bitteres Lachen aus. »Natürlich. So ist er nun mal. Der arme Teufel kann gar nicht anders.«

»Aber wenn du weißt, wie er ist, warum bist du dann so verstört?«

Sie seufzte. »Weil ich so dumm war anzunehmen, dass er ausnahmsweise mal nicht an Sex denkt.«

Ich verstand, was sie meinte. In einer Romanze befummelt der Held die Heldin nicht am Ende. Doch Harry war kein herkömmlicher Held. »Ich weiß, dass er dich liebt«, sagte ich. »Warum gibst du ihm nicht eine zweite Chance?«

»Wir würden uns nur wieder wehtun«, wimmerte sie.

»Das Leben ist zu kurz, als dass man sich eine solche Halsstarrigkeit leisten könnte«, erklärte ich. »So schlimm kann es ja nicht gewesen sein, wenn ihr euch nach all dieser Zeit noch liebt. Du liebst ihn doch noch, oder?«

»Ja«, presste sie hervor. »Ja, ich liebe ihn. Aber du hast ihn auch geliebt – und was hat dir das gebracht?«

»Nichts«, gab ich zu. »Aber jetzt weiß ich, warum ich nicht zu seinem Herzen vordringen konnte. Das hatte er bereits dir geschenkt. Ich weiß zwar nicht, was du damit gemacht hast, Holly, aber zurückgegeben hast du es ihm ganz gewiss nicht.«

Sie stieß einen weiteren Seufzer aus. »Ich werde dir die ganze Geschichte erzählen. Dann kannst du selbst urteilen, ob ich zu hart zu ihm bin.« Sie holte tief Luft. »Wir waren leidenschaftlich ineinander verliebt. Dachte ich zumindest. Dann machte Harry, was Harry immer macht – und zwar mit meiner besten Freundin. Als ich sie zusammen im Bett erwischte, brach meine ganze Welt zusammen. Er sagte, das sei ohne Belang. Ohne Belang! Ist das nicht typisch Harry?

Ich versuchte, ihm zu vergeben, brachte es aber nicht fertig. Ich dürstete nach Rache. Deshalb fing ich an, mit einem Freund von ihm, Bill hieß er, zu schlafen. Und dann wurde ich schwanger. Harry hatte immer ein Kondom benutzt, nur unmittelbar nach meiner Periode nicht, doch Bill mochte die Dinger nicht, und wir waren mehrmals ein Risiko eingegangen. Deshalb nahm ich natürlich an, das Baby sei von ihm. Ich erzählte ihm nichts davon, weil unsere Affäre sich totgelaufen hatte und ich auf keinen Fall ein Souvenir dieser Art haben wollte! Aber als ich versuchte, ihm den Laufpass zu geben, wurde er unangenehm und erzählte Harry, dass er mit mir gebumst hatte. Harry ist total ausgerastet. Nach einer Weile beruhigte er sich jedoch wieder, und wir kamen überein, die Vergangenheit zu begraben und es noch einmal miteinander zu versuchen.

Dann ging ich in eine Klinik, um die Abtreibung machen zu lassen. Dort lernte ich eine junge Frau kennen, deren Name mir nicht mehr in Erinnerung ist. Jede von uns hat sich an der Schulter der anderen ausgeweint und ihre traurige kleine Geschichte zum Besten gegeben. Tja, die Welt ist wirklich klein, denn es stellte sich heraus, dass sie Harry Lambert kannte. Er war ein paarmal mit ihrer Schwester ausgegangen – die Alison hieß. Alles Übrige kannst du dir denken, na ja, fast. Das dicke Ende kommt nämlich noch. Als Alison aus dem Nähkästchen plauderte, war Harry total am Boden zerstört, weil ich ihm meine Schwangerschaft verheimlicht hatte, denn er wusste etwas, das ich nicht wusste. Er wusste, dass das Baby nur von ihm gewesen sein konnte. Er erzählte mir, dass Bill eine Vasektomie habe vornehmen lassen, darüber jedoch Stillschweigen bewahre, weil das allein stehende Frauen abtörne. Ich verstehe mich wirklich darauf, mir Dreckskerle auszusuchen, nicht?« Sie schluchzte auf. »Harry hat mir vorgeworfen, sein Kind umgebracht zu haben. Die Dinge, die er zu mir gesagt hat …« Sie schüttelte den Kopf. »Vermutlich hatte ich es nicht anders verdient. Aber wenn ich gewusst hätte, dass es Harrys Kind ist, hätte ich die Abtreibung nicht machen lassen. Das glaubst du mir doch, oder?«

Ich drückte ihre Hand. »Natürlich.«

»Tja, Harry hat es mir nicht geglaubt«, sagte sie, »sondern Alison geheiratet, um mir eins auszuwischen, sie geschwängert, um mir eins auszuwischen. Sogar eine Affäre mit meiner neuen besten Freundin hat er angefangen, direkt vor meiner Nase. Alles, um mir eins auszuwischen. Glaubst du immer noch, ich sollte ihm eine zweite Chance geben?«

»Was auch immer er getan hat, du liebst ihn noch«, erwiderte ich, »und dieser Tatsache kannst du dich nicht verschließen. Du liebst ihn, weil er sexy und witzig und charmant ist. Er wühlt dir das Blut auf und bringt dich zum Lachen wie kein anderer. Ich weiß nämlich, was es heißt, Harry zu lieben. Wer seine Stelle einnehmen wollte, müsste schon eine gewisse Größe haben.«

»Größe?«, entgegnete Holly. »Du meinst, es müsste jemand wie Gervaise sein?«

Ich hatte »Größe« zwar im übertragenen Sinne gemeint, nickte aber trotzdem. »Ja, jemand wie Gervaise.«

fünfzehntes kapitel

Ich hatte eine sehr unbequeme Nacht auf Kyles Couch verbracht, doch um Gervaises Gesicht zu sehen, als ich gegen Mittag zu Hause eintrudelte, nahm ich das steife Genick, das ich mir dabei eingefangen hatte, gern in Kauf. Ich wusste, dass er annehmen würde, ich hätte mit Kyle geschlafen, und genau das sollte er auch denken. Ich wollte ihn davon überzeugen, dass sein unglaublicher Kuss mir nichts bedeutet hatte.

Ich hatte mich umgezogen und trug wieder die Jeans vom Tag zuvor, sodass außer ein paar schlaffen Locken und meinen lackierten Nägeln nichts von meiner Kreation »goldene Göttin« übrig geblieben war.

Er saß in der Küche und aß Käsetoast. Nachdem er kurz aufgeschaut und mir einen griesgrämigen Blick zugeworfen hatte, wandte er sich wieder der Sonntagszeitung zu.

»Wie ich sehe, ist das Auto weg«, stellte ich fest. »Ist Matt schon nach Norfolk gefahren?«

»Ja«, grunzte er.

Ich machte mich daran, Zutaten für ein Sandwich zusammenzustellen. »Es fängt an zu regnen«, bemerkte ich.

Er gab keine Antwort.

»Steht was Interessantes in der Zeitung?«

»Nein.«

»Ich mache jetzt Kaffee. Möchtest du auch welchen?«

»Ja.«

»Zähl mir die sieben Weltwunder der Antike auf.«

Er runzelte die Stirn und blickte hoch. »Wie?«

»Ich versuche, Konversation zu machen«, sagte ich und klatschte mir Butter auf mein Brot. »Weißt du, was das ist? Du sagst etwas, ich sage etwas. Wie beim Tennis, nur dass man es mit Worten spielt.«

»Mir ist nicht nach Reden zumute«, entgegnete er.

»Verkatert?«, fragte ich und verwuschelte ihm im Vorbeigehen das vom Schlafen zerzauste Haar. Mit einem gereizten Grunzen schlug er meine Hand weg.

Ich machte mein Sandwich fertig und setzte mich zu ihm an den Tisch. Während ich aß und er schweigend weiterlas, musterte ich in aller Ruhe sein Gesicht. Er ertrug meinen forschenden Blick ganze fünf Minuten. Dann hob er die Hand, um sich die Stirn zu reiben. »Hast du vor, mich anzustarren, bis ich etwas sage?«

»In etwa«, gab ich zu. »Scheint auch schon funktioniert zu haben.«

Er seufzte resigniert und faltete die Zeitung zusammen. »Worüber möchtest du denn reden?«

»Über gestern Abend.«

Er reckte die Arme, sodass sich der Stoff seines eng anliegenden Polohemds über seiner breiten Brust spannte. »Gestern ist vorbei. Bist du sicher, dass es da was aufzuwärmen gibt?«

»Ich möchte lediglich auf etwas zurückkommen, das du sagtest«, erklärte ich. »Was genau hast du gemeint, als du sagtest, ich sei Gift?«

Er schnitt eine Grimasse. »Ich denke, du weißt schon, was ich damit gemeint habe.«

»Nein, weiß ich nicht. Ich bin ja keine Hellseherin.«

»Tatsächlich nicht?« Er rieb sich übers Kinn und lehnte sich zurück, um mich zu betrachten. »Was, glaubst du wohl, denke ich gerade?«

Sein Blick wanderte auf eine Weise über meinen Körper, dass meine Brustwarzen sich zusammenzogen. »Ich habe keine Lust zu raten«, sagte ich.

»Du brauchst nicht zu raten. Du *weißt*, was ich denke. Und weißt du auch, warum?«

Ich zuckte die Achseln. »Warum denkt ein Mann an Sex? Hast du dir die Titten auf Seite drei angesehen?«

Er ignorierte meine schnoddrige Bemerkung. »Ich denke an Sex, weil du willst, dass ich daran denke«, erwiderte er. »Deine Lippen, deine Augen, alles an dir ist eine unverhohlene Einladung. Ich glaube, ich bin noch nie einer Frau begegnet, die ihre sexuelle Anziehungskraft so skrupellos ausnutzt wie du. Du bist verführerisch wie eine Kobra. Du hypnotisierst dein Opfer, beißt, ohne nachzudenken, zu und infizierst es mit dem Gift namens Verlangen.«

»Frauen nutzen die männliche Schwäche aus«, verteidigte ich mich. »Ist es vielleicht unsere Schuld, dass die Natur uns so verlockend erschaffen hat? Dass man attraktiv für Männer ist, macht einen nicht zum sexuellen Raubtier.«

»Aber genau das bist du«, stellte er fest. »Und du verstehst dich sehr, sehr gut darauf.«

Darüber hatte ich noch nie nachgedacht, aber vermutlich hatte er Recht. »Fühlst du dich davon bedroht?«, fragte ich.

»Im Gegenteil. Es erregt mich.«

»Genug, um dein Urteilsvermögen zu beeinträchtigen?«

Er schüttelte den Kopf. »Nicht, wenn ich es vermeiden kann.«

Ich zupfte zerstreut an einem Knopf meines Hemds herum. »Die Sache bei Schlangen – besonders bei Kobras – ist die, dass sie schlau und verschlagen sind. Du könntest gebissen werden, wenn du es am wenigsten erwartest.«

Sein Blick heftete sich auf meine Finger. »Dann muss ich eben zusehen, dass ich meinen Verstand immer beisammenhabe.«

Unter dem Tisch schlüpfte ich aus meiner Sandale und rieb ihm mit dem Fuß übers Bein. »Die meisten Männer haben ihren Verstand in der Unterhose«, teilte ich ihm mit.

»Zweifellos«, sagte er.

»Und …« Mein Fuß wanderte zu seinem Hosenschlitz. »… was hast du in deiner?«

»Sehr gut«, murmelte er und sah zu, wie meine golden lackierten Zehen seinen Schritt liebkosten, »aber wir beide wissen, dass du es noch wesentlich besser kannst.«

Verwirrt ließ ich meinen Fuß sinken. »Soll das eine Aufforderung sein?«

Sein Lächeln war ausgesprochen zweideutig. »Klar, warum nicht?«

Ich versuchte, sein Lächeln nachzuahmen, doch dafür fehlte es mir an Selbstsicherheit. »Dir ist klar, dass ich dich nur necke, nicht wahr?«

Sein Lächeln wurde noch breiter. »Wenn ich *dich* necken würde, würde ich es dir nicht verraten.«

»Und? Tust du das?«, wollte ich wissen.

»Kann schon sein.«

»Das ist keine Neckerei. Du willst mich lediglich ärgern.«

Er lachte. »Was dich wirklich ärgert, ist, dass du nicht imstande bist, höher gegen die Wand zu pissen als ich.«

»Mir war nicht klar, dass hier ein Wettbewerb läuft«, sagte ich mürrisch.

Er sah mich verschmitzt an. »Ich verstehe es eher als Kampf der Willenskräfte.«

»Ich habe eine Idee«, schlug ich vor. »Warum schließen wir nicht einen Waffenstillstand? Ich würde gern versuchen, dich dazu zu bringen, dass du deine Meinung über mich änderst.«

Er zog eine Augenbraue hoch. »Wieso denn das?«

»Weil ich dich mag.«

»Das muss ja was völlig Neues für dich sein«, erwiderte er. »Normalerweise scheinst du die Männer, auf die du scharf bist, ja nicht zu mögen. Also, was schlägst du vor?«

»Einfach dass wir den Rest des Tages damit verbringen, uns besser kennen zu lernen.«

»Das geht nicht«, erklärte er mit einem Blick auf die Armbanduhr. »In einer halben Stunde kommt das Taxi, das ich bestellt habe.«

»Wo willst du denn hin?«, fragte ich eifersüchtig.

»Ich habe Holly versprochen, nach dem Lunch zu ihr zu kommen. Sie war gestern Abend in ziemlich schlimmer Verfassung, und ich habe ihr meine Schulter zum Ausweinen angeboten.«

Beunruhigt erinnerte ich mich an die Szene, die ich in Gervaises Schlafzimmer beobachtet hatte. »Wie lange bleibst du weg?«, fragte ich betrübt.

Er zuckte die Achseln. »Du kennst sie besser als ich. Wie lange braucht sie denn normalerweise, um jemandem ihr Herz auszuschütten?«

»Du wirst den ganzen Tag bei ihr sein«, prophezeite ich niedergeschlagen.

Lächelnd beugte er sich vor und fasste mich unters Kinn. »Kopf hoch, Leckermaul. Es ist ja nicht so, als wäre ich dir untreu.«

»Warum bringst du nicht von unterwegs Wein mit?«, schlug ich vor. »Ich könnte was vom Chinesen kommen lassen, sagen wir für sieben Uhr?«

Er stand auf und hob meine Hand mit einem schelmischen Funkeln in den Augen an seine Lippen. »In Ordnung. A *tout à l'heure, mon petit serpent.*« Bei der Berührung seines Munds stieg unverzüglich die Erinnerung an seinen Kuss in mir auf. Als er meine Hand umdrehte und verführerisch mit der Zunge über die Handfläche leckte, überlief mich ein wollüstiger Schauder.

Verwirrt sah ich ihn an. »Ich hab zwar nicht ganz verstanden, was du gesagt hast, aber was du gemacht hast, ist allgemein verständlich. Bedeutet es das, was ich annehme?«

»Wenn du annimmst, es bedeutet, dass ich dich begehre«, antwortete er leise, »hast du absolut Recht.«

Noch lange, nachdem er gegangen war, saß ich da, starrte meine Hand an und versuchte herauszufinden, was hinter seinem Geständnis stecken mochte. Überrascht hatte es mich in keiner Weise, und er musste gewusst haben, dass ich bereits Bescheid wusste. Warum hatte er dann gesagt, was er gesagt hatte? Hatte er sein Verlangen in Worte gekleidet, um damit fertig zu werden? Oder war das wieder einer seiner Winkelzüge, um mich durcheinander zu bringen?

Bei einem Schaumbad dachte ich weiter über das Problem nach. Nachdem ich fast eine Stunde im Wasser gelegen hatte, kam ich zu dem Schluss, dass er es gesagt hatte, um mich zu quälen, was ihm ja auch gelungen war.

Verärgert darüber, dass ich auf seinen Trick hereingefallen war, beschloss ich, den Spieß umzudrehen, indem ich dafür sorgte, dass er mich noch mehr begehrte als ich ihn. Nachdem ich aus der Wanne gestiegen war, rieb ich meinen ganzen Körper mit duftender Body Lotion ein und verbrachte eine Ewigkeit damit, mein Haar zu sanft fallenden Wellen zu fönen. Dann schminkte ich mir mein Gesicht so raffiniert, dass es aussah, als wäre es gar nicht geschminkt. Die Wahl meiner Kleidung erwies sich als wesentlich schwieriger. Ich probierte mehr als ein Dutzend Outfits an, die mich jedoch alle nicht überzeugten, bis ich mich schließlich für ein einfaches kirschrotes Top und einen bis zu den Waden reichenden schwarzen Rock mit verführerischem Seitenschlitz entschied. Ich zog halterlose Strümpfe an und wieder aus – zu plump. Es reichte, dass ich meine teuerste schwarze Spitzenunterwäsche trug. Doch um dem Ganzen einen kessen Touch hinzuzufügen, steckte ich meine Füße in flauschige rote Pantoletten.

Sobald ich unten war, bestellte ich das Essen. Nachdem ich den Tisch gedeckt hatte, räumte ich ihn wieder ab – zu förmlich. Ich stellte Kerzen hin, zündete sie an und blies sie wieder aus – zu romantisch. Zum Schluss entschied ich mich für gedämpftes Licht und stimmungsvolle Musik. Das chinesische Essen kam. Gerade als ich es auf den Couchtisch stellte, kehrte Gervaise zurück.

»Ich hab gedacht, wir setzen uns auf die Erde«, sagte ich und warf ein paar Kissen auf den Fußboden.

»Riecht gut«, murmelte er, indem er hinter mich trat und sein Gesicht in meinem Haar vergrub. »Und du auch.« Er schlang die Arme um mich und wiegte mich im Takt der Musik hin und her. »Ich liebe dieses Lied.«

Was zum Teufel sollte denn das, dass er mich so in den Armen hielt? »Das Essen wird kalt«, stieß ich mit schriller Stimme hervor und riss mich von ihm los.

Er holte eine Flasche Wein aus einem Tragebeutel, der ein halbes Dutzend Flaschen enthielt, und schenkte unsere Gläser voll, während ich den Rest des Essens auspackte. Als er sein Sakko auszog, nahm ich in – wie ich hoffte – lasziver Pose auf den Kissen Platz, was er damit quittierte, dass er seinen Blick langsam über mich wandern ließ und einige französische Worte murmelte.

»Was hast du gesagt?«

»Ich habe gesagt, dass ich am Verhungern bin«, antwortete er und kniete sich hin. Dann reichte er mir ein gefaltetes Stück Papier. »Ich möchte dir was geben, Selina.«

Verdutzt faltete ich das Papier auseinander. Es war ein Scheck über zweieinhalbtausend Pfund, ausgestellt auf Luca Verdici. Mit einem Ruck setzte ich mich auf. »Was zum Henker ist denn das?«

»Nur ein Darlehen. Nicht der Rede wert.«

»Holly hat dir von Luca erzählt?«

»Nur, dass du ihm Geld schuldest und dass er allmählich unangenehm wird.«

Ich war stinkwütend. »Sie hatte kein Recht, dich in meine Angelegenheiten hineinzuziehen.«

»Als deine Freundin hat sie durchaus das Recht zu versuchen, dir zu helfen«, sagte er. »Aber falls es dich beruhigt: Sie hat mir keinerlei Einzelheiten erzählt.«

»Du musst doch Fragen gestellt haben.«

Er sah mich missbilligend an. »Natürlich habe ich Fragen gestellt.«

»Und?«

»Sie hat sich geweigert, mir irgendetwas zu verraten. Ich hatte jedoch den deutlichen Eindruck, dass sie sich Sorgen um dich macht. Nimm das Geld, Selina. Zahl es mir zurück, sobald du dazu in der Lage bist.«

Verwundert starrte ich ihn an. »Aber warum machst du denn das?«

Er zuckte die Achseln. »Du gehörst schließlich zur Familie.«

»Wir sind noch nicht mal von weitem blutsverwandt«, erinnerte ich ihn.

»Trotzdem. Wenn Miranda hier wäre, würde sie dir auch helfen. Du musst mir erlauben, an ihrer Stelle zu handeln.«

»Ich weiß einfach nicht, was ich sagen soll«, murmelte ich wie benommen.

Er machte eine wegwerfende Handbewegung. »Sag *danke*, *Gervaise* und gib mir den Karton mit Chow Mein.«

»Danke«, sagte ich.

Seine großzügige Geste sowie der Umstand, dass ich sie akzeptierte, schufen eine freundschaftliche Atmosphäre. Zum ersten Mal fühlte ich mich in seiner Gegenwart entspannt. Während ich ihm zuhörte, entdeckte ich einen Mann, wie ich ihm noch nie begegnet war – einem klar denkenden, intelligenten Menschen mit faszinierenden Ansichten und Ideen. Unversehens war ich dabei, über Dinge zu diskutieren, über die ich früher noch nicht einmal nachgedacht hatte. Doch seine charismatische Persönlichkeit ließ es nicht zu, dass er allzu lange ernst blieb. Immer wieder funkelten seine Augen humorvoll auf, immer wieder machte er eine witzige Bemerkung, die mich zum Lachen brachte. Doch je mehr Wein floss, desto bizarrer wurde die Konversation, die schließlich in die Unartikuliertheit des Rauschs abdriftete.

Als ich noch einigermaßen klar denken konnte, stand ich auf, um die CD zu wechseln. Bei meiner Rückkehr zum Tisch sah ich, dass er unsere Gläser zum zigsten Mal nachgefüllt hatte und gerade einen Joint anzündete.

»Ist das eine gute Idee?«, nuschelte ich und machte eine Bauchlandung auf den Kissen.

»Im Vergleich wozu?«, entgegnete er gedankenverloren. »Zur Erfindung des Rads?«

»Nein, nein.« Ich wedelte mit den Händen. »Das ist doch albern.«

Er machte einen tiefen Zug. »Im Vergleich wozu dann?«

»Keine Ahnung. Zu etwas nicht so Wichtigem … zum Beispiel …« Da mir nichts einfiel, sagte ich das erste Wort, das mir in den Sinn kam. »Fischstäbchen.«

Er sah mich herablassend an. »Man wird nicht high, wenn man Fischstäbchen raucht. Jedenfalls nicht dass ich wüsste.« Er reichte mir den Joint, doch als ich den süßlichen Rauch inhalierte, musste ich husten.

»Anfängerin«, lästerte er.

Mit einiger Mühe konzentrierte ich meinen Blick auf die Tüte zwischen meinen Fingern. »Dieses Zeug … hat null … Wirkung auf mich«, erklärte ich und gab ihm den Joint zurück, nachdem ich noch einmal kurz daran gezogen hatte.

Er nickte so schwerfällig mit dem Kopf, als bestünde dieser aus Blei. »Hab ich ja auch gesagt.« Er machte einen weiteren Zug. »Aber er hat mir nicht geglaubt.«

»Wer?«

»Der Typ, zu dem ich es gesagt habe.«

Wir fingen beide an zu kichern und konnten einfach nicht mehr aufhören. »Ich glaube, ich bin besoffen«, prustete ich nach einer Weile.

»Ich offenbar auch«, sagte er, »weil ich nämlich anfange, dich zu mögen.«

Das freute mich so sehr, dass es geradezu Mitleid erregend war. »Was magst du denn an mir?«, fragte ich.

»Dein Gesicht.«

»Inwiefern?«

Er überlegte einen Moment. »Irgendwie mag ich es, wie es auf deinem Kopf sitzt.«

Absurderweise fühlte ich mich geschmeichelt. »Hältst du mich immer noch für eine Schange?«, bohrte ich weiter. Hatte ich eben *Schange* gesagt?

»Was ist denn eine Schange?«

»Na, du weißt doch … eine Schange eben.« *Was zum Geier war denn mit meiner Zunge los?*

Er lachte glucksend. »Was eine Schange ist, weiß ich nicht, aber ich bin mal von einer *Schlange* gebissen worden.«

»Ach, wirklich? Wo denn?«

Er verzog angestrengt das Gesicht und brachte mit großer Mühe hervor: »In Agh-fa-nis-tan.«

»Nein, ich meine … *wohin*?«

»In den Hintern«, antwortete er.

»Wow! Musstest du das … Gift aussaugen?«

Er sah mich spöttisch an. »Wie soll man sich denn am eigenen Hintern saugen?«

»Keine Ahnung«, erwiderte ich. Er gab mir den Joint, den ich mir mit zittriger Hand in den Mund steckte. »Rauch auf«, forderte er mich auf. Dann legte er sich hin und schloss die Augen.

Als ich den Stummel ausdrückte und dabei versehentlich ein Schälchen mit zu zähem kaltem Kleister gewordener Sauerscharfsoße umstieß, war mir ausgesprochen schwummrig zumute. »Mist«, stöhnte ich. Mühsam rappelte ich mich hoch, um in die Küche zu torkeln und einen Lappen zu holen. Als ich zurückkam, war Gervaise gerade dabei, die halb leeren Kartons in dem Beutel zu verstauen, in dem sie geliefert worden waren.

»Von diesen Resten könnte sich eine hungernde Familie eine Woche lang ernähren«, bemerkte er in ernstem Ton.

»Hauptsächlich sind das Wasserkastanien und Bambussprossen«, sagte ich, während ich mit matten Bewegungen die Soße aufwischte. »Um so was zu essen, müssten die Leute schon sehr hungrig sein. Ich kenne jedenfalls niemanden, der das Zeug freiwillig isst.«

»Glaub mir, Leckermaul, es gibt Menschen auf der Welt, die sogar die Kartons essen würden.«

»Wie schrecklich!«, sagte ich. »Was sind denn das für Menschen?«

Er kroch auf die Kissen zurück. »Sie leben an schlammigen Flüssen«, nuschelte er, »und um zu ihren Hütten zu gelangen, müssen sie meilenweit ohne Schuhe durch sengende Hitze gehen.«

»Was denn? Haben sie noch nicht mal Flipflops?«

Er schüttelte langsam den Kopf. »Wenn man Hunger leidet, sind selbst Flopflips eine Delikatesse.«

»Sie essen ihre eigenen Flopflops!«, rief ich aus. »Das ist ja furchtbar. Da müssen wir sofort was unternehmen.«

»Was denn zum Beispiel?«, fragte er. »Geld spenden? Du steckst doch bis zum Schals in Hulden, Selina.«

»Dann werde ich ihnen meine Schuhe schicken«, verkündete ich. Mit fahrigen Bewegungen zog ich mir die roten Pantoletten aus und klatschte sie auf den Couchtisch. »Da!

»Das ist sehr lieb von dir«, sagte er. »Die werden ihnen sicher gefallen.«

»Sei nicht so gönnerhaft«, knurrte ich. »Wenigstens gebe ich überhaupt etwas. Du würdest ja noch nicht mal einen Gummibonbon geben, wenn du eine Fabrik für Gummibonbons hättest.«

»Willst du damit sagen, dass ich ein Geizhals bin?«

»Ja, damit will ich sagen, dass du ein Heizgals bist.«

»Ich werd dir zeigen, wer hier ein Heizgals ist!« Wütend setzte er sich auf. »Ich werde deine schäbigen Schuhe mit meinen Slippern aus marokkanischem Leder übertrumpfen.« Er riss sich die Schuhe von den Füßen und knallte sie auf den Tisch. »Und ein Paar Socken geb ich auch noch dazu.« Er kippte zur Seite und fummelte an seinen Füßen herum. »Wer ist denn nun hier ein Heizgals?« Er knüllte seine Socken zusammen und schleuderte sie wie eine Granate auf den Tisch.

Verärgert darüber, dass er mich ausgestochen hatte, schlängelte ich mich aus meinen Strumpfhosen. »Gegen meine kotzspieligen Strumpfhosen können deine billigen Supermarktsocken abstinken.«

»Meinst du, ja?«, rief er, zerrte sich das Polohemd über den Kopf und warf es ebenfalls auf den Tisch. »Und was sagst du dazu?«

Und so machten wir, besoffen und vom Hasch bedröhnt, weiter, bis schließlich auch mein Höschen und seine Unterhose auf dem Tisch gelandet waren. Das Ausziehen hatte uns derart erschöpft, dass Gervaise der Kopf auf die Brust sank, während ich alles doppelt sah und sich das Zimmer um mich drehte.

Irgendwie schaffte ich es, aufs Sofa zu klettern. Obwohl ich merkte, dass ich fror, hatte mein Gehirn nicht registriert, dass ich nackt war, und unterließ es deshalb, eine Lösung vorzuschlagen. »Kalt isses«, murmelte ich in das Kissen, in das ich meinen Kopf vergraben hatte.

Offenbar döste ich dann kurz ein, weil mein nächster bewusster Gedanke war, dass ich mit etwas Warmem zugedeckt worden war, etwas, das so schwer wie eine Matratze war, aber irgendwie an mir haftete wie Frischhaltefolie. Stellenweise war es glatt, stellenweise pelzig und hatte einen eingebauten Warmluftventilator, der gegen meine Schulter blies. Auf die Idee, dass es sich um einen menschlichen Körper handeln könnte, kam mein benebeltes Gehirn erst, als mir eine heisere männliche Stimme ins Ohr drang und ich spürte, wie sich mir eine Hand unter den Bauch schob. Und selbst diese Erkenntnis alarmierte mich nicht im Geringsten, denn ich schlussfolgerte, dass das nur Gervaise sein konnte, der mich mit seinem Körper wärmte. *Wie lieb von ihm.*

Ich driftete in einen geilen Traum ab, in dem mir ein gesichtsloser Mann, den ich für Harry hielt, da er schwarze Lederhosen und einen Torerohut trug, Sauerscharfsoße auf die Gesäßbacken schmierte und sie mit der Zunge ableckte. Davon war ich bis zu einem gewissen Grad entsetzt, weil ich mit absoluter Gewissheit wusste, dass ich die Soße zu meinen Fischstäbchen brauchte. »Harry, meine Fischstäbchen«, murmelte ich.

Ohne auf mich zu achten, drückte er meine Schenkel auseinander und schob seine Finger zwischen meine Mösenlippen. Das war so schön, dass ich wusste, dass es etwas Unrechtes sein musste. »Harry«, stöhnte ich. Meine Stimme klang gedämpft, als käme sie aus weiter Ferne, und als ich endlich ein Auge aufbekam, konnte ich nicht das Geringste sehen. Mein Gesicht war in einem Kissen vergraben!

Plötzlich war ich wieder bei vollem Bewusstsein und merkte, dass sich etwas unglaublich Großes in meine Möse zwängte und ein schweres Gewicht auf meinem Rücken lastete. Zaghaft versuchte ich, den Eindringling abzuwehren, der sich jedoch immer weiter in den engen feuchten Tunnel meines Geschlechts schob. Dann fing er an, sich langsam und sanft hin und her zu bewegen.

Obwohl ich versuchte, wach zu bleiben, wiegte mich der träge gleichmäßige Rhythmus allmählich in den Schlaf, bis sich schließlich das Dunkel der Bewusstlosigkeit über mich legte.

sechzehntes kapitel

Als ich aufwachte, war mir äußerst seltsam zumute. Ich hatte das Gefühl, als sei mein Schädel mit Wackelpudding gefüllt, der jedes Mal, wenn ich den Kopf hob, hin und her schwabbelte, sodass mein getrübter Blick vollends aus dem Fokus geriet.

Dergestalt gezwungen, mich aufs Kopfkissen zurückzulegen, versuchte ich, die Fragmente meiner Erinnerung zusammenzusetzen. Ich hatte unzählige Fragen an den Wackelpudding, doch da ich befürchtete, er könne unter dem Stress eines Verhörs kollabieren, beschränkte ich mich auf jeweils eine. Erstens: Wann und wie bin ich ins Bett gelangt? Antwort: *Keine Ahnung.* Ein schlechter Start. Ich versuchte es mit einer anderen: Wie im Namen der Quantenphysik habe ich es geschafft, mich auszuziehen? *Woher zum Teufel soll ich denn das wissen?*, lautete die nichts sagende Antwort.

Jetzt hör mir mal zu, du erstarrte Geleemasse, rede gefälligst mit mir! Doch es hatte keinen Sinn. Der Wackelpudding konnte sich von dem Zeitpunkt an, da Gervaise einen Joint angezündet hatte, an nichts mehr erinnern.

Was war danach geschehen? Hatten wir miteinander geschlafen? Ich sondierte zwischen meinen Beinen, vermochte jedoch nichts Klebriges zu entdecken. Gleichwohl hatte ich innen ein seltsam wundes Gefühl, als hätte ich eine Marathonsexnummer hinter mir oder wäre gewaltsam gefickt worden. Letzteres schien in Anbetracht der Tatsache, wie sehr ich Gervaise begehrte, am unwahrscheinlichsten. Deshalb kam ich zu dem Schluss, dass ich vermutlich den besten Sex meines Lebens gehabt hatte, mich aber nicht an das Geringste erinnern konnte.

Ich war total wütend auf mich. Wie konnte ich nur so ein bedeutsames Ereignis vergessen? Von neuem suchte ich mein Gehirn ab, stieß jedoch auf dieselbe Leere wie zuvor. Der einzige Anhaltspunkt, den ich hatte, war der Zustand meiner Möse, und selbst das hatte keine Beweiskraft. Es konnte ja auch sein, dass ich mir meinen Dildo mit ins Bett genommen und mich mit mir selbst vergnügt hatte. Das Fehlen von Samenspuren verblüffte mich. Hatte er ein Kondom benutzt? Oder war er schlicht und einfach nicht gekommen? Keine dieser Prämissen gefiel mir. Die erste ließ darauf schließen, dass er das Ganze im Voraus geplant hatte, die zweite auf einen Mangel an Begeisterung.

Es gab nur eine Möglichkeit, es herauszufinden – ich musste aufstehen. Ganz, ganz vorsichtig, damit der Wackelpudding nicht in Bewegung geriet, stieg ich aus dem Bett und trug meinen Kopf wie eine Schüssel aus zerbrechlichem Porzellan ins Badezimmer. Als ich ihn schließlich losließ, erwartete ich fast, er würde mir vom Hals fallen. Erstaunlicherweise blieb er jedoch, wo er war, und irgendwie gelang es mir, mich zu waschen.

Die Treppe war schon ein kniffligeres Problem. Ich musste jede Stufe einzeln nehmen und mich dabei die ganze Zeit ans Geländer klammern. Als ich endlich die Eingangshalle erreicht hatte, schien der Fußboden unter mir zu schwanken wie das Deck eines Schiffs bei Sturm. Aus der Küche stieg mir der Geruch gebratenen Schinkens in die Nase. Mir drehte sich der Magen um.

Gervaise stand am Herd und schlug Eier in die Pfanne. Als er hörte, wie ich gegen den Kühlschrank taumelte, sah er mich von der Seite an. »Möchtest du auch welche?«

Ich verzog das Gesicht und schluckte. »Seh ich so aus, als ob ich welche möchte? Was ist das beste Mittel für einen Kater?«

»Sich am Abend zuvor voll laufen zu lassen«, kalauerte er.
»Setz dich. Ich hol dir Alka Seltzer.«

Mir war zu schlecht, um ihn auszufragen, während er aß. Deshalb ging ich mit meinem sprudligen Drink ins Wohnzimmer, in der Hoffnung, dort Hinweise zu finden, wie der Abend zu Ende gegangen war. Doch Gervaise hatte das Zimmer aufgeräumt und alle Spuren beseitigt.

Nach einer Weile gesellte er sich zu mir. »Du hast aufgeräumt«, sagte ich in vorwurfsvollem Ton zu ihm.

Er warf mir einen argwöhnischen Blick zu. »Wenn du möchtest, kann ich ja alles wieder in Unordnung bringen.«

»Gervaise …« *Wie sollte ich das Thema bloß anschneiden?* »Was ist letzte Nacht passiert?«

»Weißt du das nicht mehr?« Sein verschmitztes Lächeln machte mich wütend.

»Sonst würde ich dich ja wohl nicht danach fragen, nicht?«

Er runzelte die Stirn. »Kein Grund, so gereizt zu sein.«

»Erzähl mir einfach, was passiert ist«, drängte ich ihn. »Haben wir … na, du weißt schon …«

»Uns besser kennen gelernt?«, ergänzte er meinen Satz. Ich nickte. »Ja, das kann man wohl sagen«, bestätigte er. »Oder meintest du, ob wir uns im biblischen Sinne *erkannt* haben?«

»Herrgott noch mal, haben wir miteinander gefickt oder nicht?«, wetterte ich.

Meine Frustration amüsierte ihn. »Was spielt denn das für eine Rolle, wenn du dich nicht daran erinnern kannst?«

»Für *dich* mag es ja keine Rolle spielen«, schimpfte ich, »aber wenn ich mit jemandem ins Bett gegangen bin, möchte ich es verdammt noch mal wissen.«

»Genau genommen hat jeder von uns in seinem eigenen Bett geschlafen«, teilte er mir mit. »Der Fick fand auf der Couch statt.«

»O Scheiße«, stöhnte ich und ließ den Kopf in die Hände sinken. »Ich kann mich an nichts erinnern.«

»Darüber würde ich mir keine Gedanken machen«, sagte er. »Es wird ständig irgendwo gefickt. Darauf versteht sich die menschliche Rasse sehr gut. Heutzutage hat niemand mehr ein wachsames Auge auf das Sexualverhalten anderer, Selina.«

Seine Nonchalance brachte mich in Rage. »Woher weiß ich denn, dass du nicht einfach die Gelegenheit genutzt hast?«

Er zog die Augenbrauen hoch. »Wie denn das, wenn das Tor einladend offen steht? Wenn ich mich recht erinnere, warst du diejenige, die gestern mit meinen Eiern gefüßelt hat. Und du warst es auch, die gesagt hat *ich möchte mit dir ficken, mon chéri.*«

»Ich habe dich doch nur geneckt!«, rief ich aus.

»Zu welchem Zweck?«, konterte er.

Unfähig, seinen herausfordernden Blick auszuhalten, schaute ich weg. »Okay, ich hab dich angemacht. Vermutlich kann ich dir keinen Vorwurf daraus machen, wenn du dachtest, ich würde dir meinen Körper in Geschenkpapier offerieren. Aber du hättest zumindest den Anstand haben können, mit dem Auspacken zu warten, bis ich wieder bei Bewusstsein war.« Er gab keine Antwort. »Was mich total verblüfft«, fuhr ich fort, »ist, dass du noch gestern der Ansicht zu sein schienst, ich sei eine Art Männer fressende Schlange. Das ganze Gerede über Schlangen und Gift – war das nur Gesülze oder was?«

»Der Ansicht bin ich immer noch«, erwiderte er in kühlem Ton. »Aber versteh mich nicht falsch. Gefahr zieht mich an. Gleichzeitig habe ich jedoch gelernt, vorsichtig zu sein. Zum Beispiel würde ich nie mit einer Schlange ficken, wenn sie hellwach ist. Ich würde warten, bis sie schläft, und mich dann an sie heranschleichen.«

Meine Hände flogen zu meinen Wangen. »Du Feigling!«, schrie ich. »Du hast mich ausgenutzt.«

»Ich hatte eigentlich nicht den Eindruck, dass du was dagegen hattest«, erwiderte er.

»Behauptest *du*«, sagte ich verächtlich. »Wie kann man nur solch ein eigensüchtiger Dreckskerl sein?«

»Ich habe dich doch gewarnt, dass ich dich begehre«, sagte er.

Ich starrte ihn an. »Dieses Handbelecken war eine Warnung?«

»Wofür hast du es denn sonst gehalten?«

»Für eine Feststellung«, murmelte ich benommen.

Er legte den Kopf schräg. »Warum sollte ich mir denn die Mühe machen, etwas Offenkundiges festzustellen?«

Ich war zutiefst enttäuscht. »Ich dachte, es sei mir gelungen, mich dir ein bisschen verständlicher zu machen. Du hast sogar gesagt, dass du mich zu mögen beginnst. Dabei hast du dir die ganze Zeit nur überlegt, wie du mich bumsen kannst, ohne selbst ein Risiko einzugehen.«

»Die ganze Strategie war trotzdem höchst riskant«, sagte er. »Du hättest schließlich jederzeit aufwachen und deine Fänge in mich schlagen können. Deswegen habe ich dich, nebenbei bemerkt, auch in deinem Bett abgeladen.«

»Du Dreckskerl!«, schäumte ich.

»Du wiederholst dich.« Er machte eine wegwerfende Geste. »Können wir die Sache nicht einfach vergessen? Du wolltest mich zu deinen Bedingungen, ich habe dich zu meinen genommen. Ist das denn so schrecklich?«

Der Wackelpudding in meinem Kopf fand es schwer, seiner Argumentation zu folgen. »Aber in Anbetracht meines Zustands kann es dir nicht sonderlich viel Spaß gemacht haben, es sei denn, du stehst auf Nekrophilie.«

Er lachte. »*So* teilnahmslos warst du nun auch wieder nicht, Selina, das kannst du mir glauben. Leichen pflegen weder zu stöhnen noch sich vor Lust hin und her zu winden. Nicht dass ich mir das als Verdienst anrechne.«

»Warum nicht? Hast du noch einen Dritten hinzugezogen, der mich für dich einficken musste oder was?«

»Wenn es jemand zum Dreier gemacht hat, dann du«, sagte er.

»Wie bitte?«

»Du hast dauernd Harrys Namen gemurmelt.«

Mir war so, als hätte seine Stimme einen gereizten Unterton. »Das muss dich ganz schön in deinem Selbstgefühl getroffen haben«, vermutete ich.

»Ehrlich gesagt, war ich dafür viel zu besoffen«, erwiderte er.

Ohne es zu merken, hatte er mir einen Rettungsring zugeworfen, den ich mir sofort schnappte, um meinen Stolz zu retten. »Kein Wunder, dass ich gestöhnt und mich hin und her gewunden habe, wenn ich dachte, es sei Harry. Wie gut hast du seine Rolle denn gespielt? Hast du mir einen Superorgasmus verschafft?«

»Nicht, dass ich wüsste«, entgegnete er schroff.

Ich drehte das Messer noch mal in der Wunde um. »Dann kannst du seinen Stil nicht allzu gut nachgeahmt haben. Was hab ich denn sonst noch im Schlaf gesagt?«

Um seine Lippen zuckte ein unterdrücktes Grinsen. »Du hast was von Fischstäbchen gemurmelt. Ist das ein Fetisch von ihm?«

»Fischstäbchen?« *Verdammt noch mal, wie betrunken war ich eigentlich gewesen?*

Er warf einen Blick auf seine Armbanduhr. »Müsstest du nicht längst im Büro sein?«

»Ach du Scheiße!« Ich sprang auf. »Harry wird mir den Hals umdrehen.«

Doch Harry zog noch nicht mal die Augenbrauen hoch, als ich mit vierzig Minuten Verspätung ins Büro stürzte. Und als er dann auch noch mit teilnahmsloser Stimme einen Gruß murmelte und sich ein verkrampftes Lächeln abrang, wusste ich, dass etwas nicht stimmte.

Ich zog mir einen Stuhl heran und setzte mich. »Was ist los, Harry? Du machst ein Gesicht wie ein breit getretener Frosch.«

Er sah mich niedergeschlagen an. »Fällt dir nicht auf, dass hier was fehlt?«

»Wo ist Holly?«, fragte ich sofort.

»Sie hat gekündigt«, sagte er verdrossen, »endgültig.«

Ich wedelte mit den Händen. »Meine Güte, wenn ich für jedes Mal, bei dem sie alles hingeschmissen hat, ein Pfund bekommen hätte, könnte ich mir ein Paar Schuhe von Gucci und eine dazu passende Handtasche kaufen.«

»Diesmal ist es anders«, betonte er. »Ich habe mich am Samstagabend absolut mies benommen. Wenn ich einen orthopädischen Schuh zur Hand hätte, würde ich ihn anziehen und mir damit kräftig in den Arsch treten.«

»Um das zu sehen, würde ich sogar Eintritt bezahlen«, sagte ich. »Holly hat mir erzählt, was du gemacht hast. Herrgott noch mal, Harry, was ist denn bloß mit dir los? Hast du Tentakel statt Arme?«

»Ich wollte sie ja gar nicht befummeln. Es ist einfach so passiert.«

»Diese Teenie-Ausrede benutzt du wahrscheinlich schon, seit du mit Rasieren angefangen hast«, höhnte ich. »Wenn ich an eure gemeinsame Vergangenheit denke, überrascht es mich bloß, dass Holly dir nicht eins in die Fresse gehauen hat.«

Er nickte zerknirscht. »Ich wünschte, sie hätte! Mit einer geschwollenen Lippe und einem blau und grün getretenen Sack würde ich mich jetzt viel besser fühlen. Wie viel von unserer gemeinsamen Vergangenheit hat sie dir denn erzählt?«

»Alles«, sagte ich.

Er senkte den Blick. »Keine sonderlich schöne Geschichte, nicht wahr? Ich nehme an, sie hat gesagt, es sei alles meine Schuld gewesen und dass nichts von alldem passiert wäre, wenn ich sie nicht als Erster betrogen hätte. Und sie hat ja Recht. Ich habe diese ganze wunderbare Beziehung kaputtgemacht.«

Ich schüttelte den Kopf. »Sie hat nicht halb so hart über dich geurteilt, wie du über dich selbst urteilst, sondern einen Teil der Schuld auf sich genommen.«

Er stieß einen tiefen Seufzer aus. »Ich hätte die Dinge auf sich beruhen lassen sollen. Wir haben Jahre gebraucht, um die Vergangenheit zu begraben und unsere Freundschaft neu aufzubauen. Sie zu bitten, es noch einmal mit mir zu versuchen, muss ungefähr so verlockend gewesen sein, als hätte ihr jemand angeboten, ihr einen Tripper anzuhängen. Ich hätte wissen müssen, dass sie das in die Flucht schlagen würde.«

»Nur, weil sie Angst hat«, sagte ich. »Das heißt noch lange nicht, dass sie es nicht noch einmal versuchen möchte.«

Das munterte ihn ein wenig auf. »Wieso? Was hat sie denn gesagt?«

Ich zögerte. Sollte ich um Hollys Glück willen ihr Vertrauen verraten? Harry sah mich mit bohrendem Blick an. Ich bemerkte die Verzweiflung in seinem Gesicht, die aufflackernde Hoffnung, dass er doch nicht alles vermasselt hatte. »Sie liebt dich«, flüsterte ich.

Sein Gesicht fiel in sich zusammen, als hätte ich ihn geschlagen. »Hat sie das gesagt?«

Ich ballte die Fäuste. Am liebsten hätte ich auf ihn eingedroschen. »Du blöder Hund! Wusstest du das denn nicht?«

»Gehofft hab ich's ja«, murmelte er, »mir aber keine großen Chancen ausgerechnet. Ich verdiene das einfach nicht.«

»Natürlich tust du das«, erwiderte ich. »Ihr beide verdient es.

Aber du musst es sagen, Harry, musst das unaussprechliche Wort sagen, das du dein ganzes Leben lang vermieden hast. Du musst es erst dir und dann ihr gestehen.«

»Ich … liebe sie«, erklärte er.

»Willkommen in der Gemeinschaft der Menschen!«, rief ich. »Jetzt musst du es nur noch Holly sagen.«

»Aber wenn sie, wie du sagst, Angst hat, wird sie dann nicht vor mir davonlaufen?«

»Anzunehmen«, stimmte ich zu. »Dann musst du ihr eben nachlaufen, bis sie stehen bleibt oder ihr die Puste ausgeht.« Ich drehte meine Augen himmelwärts. »Was sitzt du denn hier noch rum? Zieh deine Reeboks an, und schnapp sie dir!«

Er stand auf, zog mich hoch und gab mir einen schmatzenden Kuss auf die Wange. Dann kniff er mich in den Hintern und grinste mich aasig an. »Nur um der alten Zeiten willen.«

»Nun hau endlich ab«, sagte ich und kicherte in mich hinein, als er zur Tür hinauseilte.

Ich war außerordentlich zufrieden mit mir, so als hätte ich die ganze Romanze eingefädelt und mit einer Bewegung meines Zauberstabs alles in Ordnung gebracht. Ich stellte mir vor, wie Harry vor Holly auf die Knie fiel, um ihr eine Liebeserklärung zu machen, und – vorausgesetzt, es kam ihm nicht in den Sinn, ihr unter den Rock zu fassen, während er vor ihr kniete – wie Holly in Freudentränen ausbrach.

Ich schwebte auf einer rosaroten Wolke in mein Büro, nur um dort rasch auf die Erde zurückgeholt zu werden. Eine Sandwichfirma rief an, die Promotion für ihre neue Produktpalette brauchte. Dafür wollten sie jemanden haben, der als Bagel verkleidet war.

Später am Tag hörte ich dann auch von Matt. Anscheinend war während seines Bewerbungsgesprächs ein Feuer ausgebrochen, sodass man die Sache hatte verschieben müssen. »Typisch«, meckerte er. »Endlich habe ich mal Aussicht auf einen anständigen Job, und dann setzt irgendein blöder Wichser das Gebäude in Brand.«

»Wurde jemand verletzt?«, fragte ich besorgt.

»Nein«, antwortete er, »das einzige Opfer war ein Karton mit Prospekten für Armaturenbretter – schwerlich ein Verlust für die Menschheit. Aber das heißt, dass ich hier noch eine Nacht festsitze.«

Diese Nachricht brachte meinen Puls zum Rasen, versprach sie mir doch eine weitere Nacht, die ich mit Gervaise allein war. In Anbetracht der skrupellosen Art, in der er sich völlig selbstsüchtig meines Körpers bedient hatte, hätte ich eigentlich wütend auf ihn sein müssen, doch immer wenn ich mir vorstellte, von ihm gevögelt zu werden, stieg unbändige Lust in mir auf. Genau genommen war ich eher über mich selbst als über ihn verärgert, weil ich die günstige Gelegenheit verpatzt hatte, seinen Körper kennen zu lernen und zu genießen, mich seinen sagenhaften Küssen und den Stößen seines Schwanzes hinzugeben. Es fuchste mich ungemein, dass ich so besoffen gewesen war, dass ich nur teilnahmslos hatte daliegen können, um zusammenhanglos von Fischstäbchen zu brabbeln und von einem Mann zu fantasieren, den ich nicht mehr wollte. Wie hatte ich nur solch eine erbärmliche Nummer hinlegen können? Kein Wunder, dass er nicht gekommen war!

Je mehr ich darüber nachdachte, desto entschlossener wurde ich, ihm zu demonstrieren, wie sexy ich war, damit er ja nicht auf den Gedanken kam, er habe, indem er mich einmal gefickt hatte, seine fleischliche Neugier gestillt und könne mich als apathische Geliebte abhaken, mit der er eine durch und durch vergessenswerte Nacht verbracht hatte.

Verflucht sollte er sein – ich musste mich beweisen. Wenn er mich für eine Schlange hielt, dann würde ich eben eine gottverdammte Schlange sein. Ich würde die Fänge schärfen, vor denen er sich so fürchtete, sie ihm tief ins Fleisch schlagen und ihm eine tödliche Dosis Lust verabreichen! Den Rest des Tages verbrachte ich damit, hinterhältige, schlangige Pläne für seine Verführung zu machen.

Ich war so mit meinem Schlachtplan beschäftigt, dass ich kaum zum Arbeiten kam. Allerdings dachte ich daran, Luca Verdici anzurufen. »Es wird dich freuen, zu hören, dass ich dein ganzes Geld zusammenhabe«, teilte ich ihm mit.

»Tatsächlich?«, erwiderte er. Sonderlich erfreut klang er nicht.

»Ich könnte dir den Scheck zuschicken«, schlug ich vor. »Dann bräuchtest du nicht extra herzukommen.«

»Zuschicken?«, erwiderte er in zynischem Ton. »Was meinst du wohl, wie oft ich das schon gehört habe? Nein, Selina, ich lass mich nicht verarschen. Du wirst ihn mir Mittwochabend nach Hause bringen. Ich gebe dir gleich meine Adresse.«

Da es keinen Zweck hatte, mit ihm zu streiten, ging ich auf seine Forderung ein.

Da die erste Phase meines Plans darin bestand, Gervaise in Sicherheit zu wiegen, indem ich nett zu ihm war, spazierte ich mit breitem, freundlichem Lächeln ins Wohnzimmer. Er war jedoch gar nicht da. Als ich ihn auch nicht in der Küche fand, sprang ich, ohne aufzuhören zu lächeln, die Treppe hoch und klopfte an seine Tür.

»Herein«, antwortete seine tiefe Stimme.

Er lag quer über dem Bett und tippte etwas auf seinem Laptop. Seine langen Beine steckten in engen schwarzen Jeans, sein schwarzes Hemd war aufgeknöpft und ließ seine gebräunte Brust sehen. Er sah so hinreißend aus, dass mir ganz stark danach war, meine Pläne über Bord und mich auf ihn zu werfen.

»Was willst du?«, fragte er brüsk.

»Hmm?« Mein Blick war von der dunklen Haarmatte auf seiner Brust gefesselt. Was ich wollte? Ich wollte meine Brust an seiner reiben, was denn sonst? Stattdessen sagte ich jedoch: »Ich hab mir gedacht, ich koch heute Abend was.«

Er schaute mich an, als hätte ich angeboten, mit einem Einrad über ein Drahtseil zu fahren. »Du willst kochen? Was schwebt dir denn da so vor? Baked Beans auf Toast?«

»Oh, ich glaube, ein bisschen mehr kann ich schon wagen«, sagte ich. »Übrigens sind wir heute Abend allein.«

Als ich ihm die Sache mit Matt erklärte, zog er die Augenbrauen zusammen. »Für mich brauchst du nicht zu kochen«, sagte er. »Ich will nachher nämlich mal bei Holly vorbeigehen.«

Ich schlenderte ins Zimmer und spähte über seine Schulter auf den Computerbildschirm. Er schrieb gerade auf Französisch einen Brief. »Sie hat Harry zu Besuch«, klärte ich ihn auf. »Ich glaube nicht, dass du da willkommen wärst.«

»Dann geh ich stattdessen vielleicht was trinken.«

Ich legte ihm die Hand auf die Schulter. »Versuchst du, meinen Kochkünsten aus dem Weg zu gehen – oder mir?«

Er drehte den Kopf, um auf meine Hand zu blicken und mich dann mit seinen Laseraugen durchdringend anzusehen. »Das letzte Nacht war eine einmalige Sache«, sagte er freiheraus. »Wenn du auf eine Wiederholungsnummer aus bist – ist nicht drin.«

Ich zog meine Hand weg. »Ich hab ja nur versucht, freundlich zu sein«, erwiderte ich.

Er lächelte sarkastisch. »Mir ist noch nie eine freundliche Kobra begegnet.«

»Hör doch endlich auf mit dem Schlangengequatsche!«, schimpfte ich. »Ist dir denn nicht klar, dass du nicht mir misstraust, sondern dir selbst, Gervaise? Wovor hast du Angst? Befürchtest du, du könntest den Boden unter den Füßen verlieren, wenn wir uns zu nahe kommen?«

»Du lenkst mich zu sehr ab«, sagte er, den Blick wieder auf den Bildschirm richtend. »Manchmal vergesse ich sogar, dass ich zu Hause eine Freundin habe.«

»Schreibst du gerade an die?« Er nickte. »Dann vergiss nicht, Holly zu erwähnen«, erinnerte ich ihn mit frostiger Stimme.

»Veronique würde das mit Holly verstehen«, erwiderte er. »Wir erwarten nämlich nicht voneinander, dass der andere nicht fremdgeht.«

»Würde sie das mit mir auch verstehen?«

Er lachte freudlos. »Nein, vermutlich nicht.«

Mein Herz geriet ins Flattern. »Warum nicht?«

Er zuckte die Achseln. »Weil *ich* es auch nicht verstehe.«

Doppeldeutiger hätte er sich kaum ausdrücken können, und um herausfinden, was er damit meinte, war ich versucht, an Ort und Stelle über ihn herzufallen. Doch eine innere Stimme warnte mich, dass er im Moment viel zu sehr auf der Hut war und mich wahrscheinlich zurückweisen würde. Ich riss mich also zusammen und spielte die Gleichgültige. »Mach doch, was du willst. Von mir aus kannst du dir den Ölzweig, den ich dir hingehalten habe, in den Arsch schieben.«

»Meine Güte«, seufzte er. »Dann koch halt was, wenn es unbedingt sein muss. Ich werde es auch essen, selbst wenn es mich umbringt.«

Zufrieden zog ich mich zurück. Obwohl Phase eins nicht ganz nach Plan verlaufen war, war ich entschlossen, Phase zwei reibungslos durchzuziehen. Ein romantisches Essen zu zweit würde ihn sicher empfänglicher für mich machen. Doch unglücklicherweise hatte ich es beim Schmieden meiner Pläne unterlassen, den Inhalt des Kühlschranks zu berücksichtigen. Was für eine Köstlichkeit ließ sich wohl aus einem Ei, einem Stück vergammelt aussehendem Käse und einem viertel Liter Milch zaubern? Im Gefrierfach fand ich ein Päckchen Fischstäbchen und einen Beutel mit gefrorenem Brokkoli. Ich spielte kurz mit dem Gedanken, panierten Kabeljau *avec calabrese au gratin* auf den Tisch zu bringen, beschloss dann aber, die Fischstäbchen als Vorspeise anzubieten und als Hauptgericht überbackenen Brokkoli zu machen.

Nachdem ich mühselig die ganze Panade von den Fischstäbchen gepolkt hatte, taute ich sie in der Mikrowelle auf und übergoss sie dann mit einer dicken Tomatensoße, die ich aus einer Dose Sardinen stibitzt hatte. Ich wusste zwar nicht genau, wie man überbackenen Brokkoli macht, war mir aber ziemlich sicher, dass man dazu Eier, Milch und Käse braucht. Deshalb rührte ich die Zutaten zusammen und goss die Mixtur über den gefrorenen Brokkoli, den ich in eine flache Schüssel getan hatte. Da ich nicht wusste, wie lange das Ganze brauchen würde, stand ich am Herd Wache. Nach einer Weile wurde die Käsesoße zu meiner Überraschung fest und ging auf wie ein Soufflee. Die Sache sah recht eindrucksvoll aus – bis ich die Backofentür aufmachte, um einen genaueren Blick darauf zu werfen. Sofort sank alles in sich zusammen, als hätte jemand mit einer Nadel in einen Ballon gepikt. Ich war mir zwar nicht sicher, was da entstanden war, aber immerhin hatte es eine schöne braune Kruste und sah essbar aus.

Als ich den Esstisch gedeckt und eine Kerze angezündet hatte, rief ich Gervaise nach unten und servierte, während er den Wein eingoss, den ersten Gang.

Er stocherte mit der Gabel darin herum. »Was ist das?«, fragte er skeptisch.

»Kabeljau in Fisch-Tomatensoße«, verkündete ich.

Er hob den Teller zur Nase und schnupperte. »Bist du sicher? Riecht eher nach Sardinen.«

»Kann sein, dass ich etwas Sardinenessenz für die Soße benutzt habe«, gab ich verschämt zu.

Ein Lächeln zuckte um seine Mundwinkel. »Dann kann ich das nicht essen, so Leid mir's tut. Es sieht zwar wunderbar aus, aber ich hasse den Geschmack von Sardinen.« Er schob seinen Teller von sich. »Isst du denn nichts davon?«

»Ich mag Sardinen auch nicht«, gestand ich. »Es stand halt so im Rezept.«

»Und was war das für ein Kochbuch?«, gluckste er. »Hundertundein Gericht mit Sardinen?«

Ich liebte es, wie seine Augen funkelten, wenn er lachte. »Ich hol mal den Hauptgang«, sagte ich nervös.

In der Küche merkte ich, dass mein Herz in Erwartung von Phase drei wie wild hämmerte und dass mir die Hände zitterten, als ich das Produkt meiner Kochkunst in zwei Teile zerlegte und Worcestersoße darüberträufelte.

»Soll das ein Witz sein?«, fragte er, als ich den Teller vor ihn hinstellte.

»Das ist ein Brokkolisoufflee«, legte ich in hoffnungsvollem Ton dar.

Er verzog das Gesicht. »Das soll ein Soufflee sein? Sieht eher wie ein Badeschwamm aus.«

»Na ja, so mögen wir es halt in England«, sülzte ich.

»Mögt ihr es auch, wenn der Brokkoli steinhart ist?«, entgegnete er, während er mit dem Messer einen Strunk durchsägte.«

»Nun«, behauptete ich, tapfer kauend, »die … Knackigkeit soll dazu … beitragen, dass die Geschmeidigkeit des … Quatsch mit Soße!« Ich knallte mein Besteck hin. »Das schmeckt einfach beschissen, stimmt's?«

Er nickte lachend. »Darf ich einen Vorschlag machen? Du holst die Baked Beans, während ich Toast mache.«

Phase zwei war zwar aus dem Ruder gelaufen, doch selbst wenn ich Pappe mit Soße serviert hätte, wäre das noch keine Katastrophe gewesen. Das Wichtigste war das romantische Kerzenlichtambiente, das ich kreiert hatte. Während ich dasaß, Wein trank und Beans auf meine Gabel spießte, derweil im Hintergrund die sanfte Musik von John Coltrane erklang, war ich im Großen und Ganzen recht zufrieden mit dem bisherigen Verlauf der Dinge.

Gervaise hatte sich entspannt und ging allmählich auf meine Flirtversuche ein. »Du kannst ganz toll Toast machen«, lobte ich ihn.

»Und du kannst ganz toll Beans warm machen«, gab er zurück, indem er genussvoll seine Fingerspitzen küsste. »Auch wenn die Mikrowelle auf *Auftauen* eingestellt war.«

»Ich wünschte, ich könnte *dich* auf *Auftauen* einstellen«, murmelte ich sehnsüchtig.

Er kniff die Augen zusammen und sah mich argwöhnisch an. »Was ich nicht verstehe, ist, warum Miranda dir nie das Kochen beigebracht hat«, bemerkte er.

»Oh, versucht hat sie's, aber ich konnte mich nie richtig dafür begeistern«, sagte ich. »Es gab andere Dinge, die mich viel mehr interessiert haben.«

»Zum Beispiel Matt?«, vermutete er.

»Zum Beispiel Musik«, erwiderte ich. »Ich hab mal Tanzunterricht genommen. Mein Lehrer sagte, ich hätte ein natürliches Gespür für Rhythmus.«

»Ja, das ist mir auf der Party schon aufgefallen«, stimmte er zu. »Du bewegst dich wie eine Profitänzerin.«

Ich beugte mich vor. »Es kommt einzig und allein auf die Hüften an, auf die rhythmischen Bewegungen des Beckens, findest du nicht?«

Sein Blick wanderte zu meinem Mund. »Reden wir jetzt noch vom Tanzen?«

Ich fuhr mir mit der Zunge über die Lippen. »Keine Ahnung. Tun wir das? Was meinst du?«, säuselte ich mit rauchiger Stimme.

Er sah mich streng an. »Na toll, Selina. Du hast es wieder mal geschafft, dass ich an Sex denke.«

Ich spielte die Unschuldige. »Männer denken alle paar Sekunden an Sex«, erinnerte ich ihn. »Du kannst mir ja wohl kaum die Vorlieben deiner Spezies zur Last legen.«

»Es sind die Frauen, die dafür sorgen, dass wir dauernd daran denken«, entgegnete er. »Nimm zum Beispiel dich. Seit ich mich hingesetzt habe, bietest du mir an, mit mir zu ficken.«

»Kann mich nicht erinnern, was in der Art gesagt zu haben«, gab ich zurück.

»Nicht mit Worten«, räumte er ein. »Aber wäre es nicht ehrlicher, wenn du es unverblümt sagen würdest? Du erinnerst dich doch noch, wie es geht: *Ich möchte mit dir ficken, mon chéri, nur dass ich es diesmal verdammt ernst meine.*«

»Na gut, ich möchte mit dir ficken«, gab ich zu.

»Aber ich nicht mit dir«, erwiderte er voller Entschiedenheit. »Eher würde ich meinen Schwanz in eine Türritze stecken. Habe ich mich deutlich genug ausgedrückt?«

»Wie du meinst«, sagte ich und zog unbekümmert die Schultern hoch. »Du hast einen Schwanz und ich nicht. Wenn du es vorziehst, ihn nicht zu benutzen, dann ist das wohl deine Sache.« Ich lehnte mich zurück und schüttelte meine langen Haare.

»Wunderbar«, seufzte er. »Du verstehst es unglaublich gut, deine Vorzüge zur Schau zu stellen – Haare und Titten zugleich.«

»Aber du willst ja nichts kaufen«, sagte ich verdrossen. »Was für einen Sinn hat denn da ein Schaufensterbummel?«

»Es schadet ja nichts, ein bisschen zu spekulieren«, sagte er.

»Worüber?«

»Über die Frage, ob ich deinen Schmollmund küssen könnte, ohne eine Erektion zu bekommen.«

»Das brächtest du nicht fertig«, erwiderte ich verächtlich.

»Warum nicht?«

»Weil du Franzose bist.«

»Ich bin halber Engländer«, erinnerte er mich.

»Vielleicht in deinem Kopf, aber deine untere Hälfte ist ganz entschieden Franzose.«

Er stand auf. »Ich habe das ungute Gefühl, dass du Recht haben könntest.« Er drückte mein Kinn nach oben und berührte meine Lippen aufreizend mit den seinen. »Aber ich habe nicht die Absicht, die Probe aufs Exempel zu machen.« Er nahm die Teller vom Tisch. »Warum entspannst du dich nicht ein bisschen? Ich räume inzwischen ab.«

Ich klimperte mit meinen langen Wimpern. »Kann ich dir nicht irgendwie … behilflich sein?«, fragte ich mit einem Blick auf seinen Schritt.

Der Ausdruck seiner Augen verriet mir, dass ihm blitzartig einfiel, wie mein Mund seinen Schwanz geleckt hatte. Doch er blinzelte die Erinnerung weg und verzog die Lippen zu einem starren Lächeln. »Nein, danke, *Leckermaul*. Ich komme schon allein zurecht.«

Obwohl er anscheinend entschlossen war, nicht nachzugeben, wusste ich, dass sein Widerstand allmählich dahinschmolz. Wenn ich Glück hatte, würde Phase drei seinen letzten Abwehrkräften den Garaus machen. Erregung stieg in mir auf, als ich nach oben schlich, um den abschließenden Teil meines Plans auszuführen.

Da ich nicht viel Zeit hatte, zog ich mich in aller Eile aus und verstreute dabei meine Kleidung überall im Zimmer. Nachdem ich mein Haar kräftig durchgebürstet und Lippenstift sowie Parfüm erneuert hatte, nahm ich ein Negligee aus meinem Schrank und schlüpfte hinein.

Genau genommen war es nicht viel mehr als ein Spinnengewebe, ein dünnes schwarzes Etwas, das nur so tat, als bedeckte es meine Nacktheit. Es hob meine Figur gut hervor und haftete so an meinen wohl geformten Brüsten und runden Hüften, dass ihre Üppigkeit betont wurde. Das dunkle Dreieck meines

Schamhaars schimmerte durch den dünnen Stoff und zeigte wie ein Pfeil auf mein Geschlecht.

Meine Augen leuchteten erwartungsvoll und changierten ständig zwischen Aquamarinblau und Türkis hin und her. Meine Lippen waren leicht geschwollen, meine Wangen gerötet, was meinem Gesicht etwas ausgesprochen Sinnliches verlieh.

Nachdem ich mir noch einmal das Haar zurechtgeschüttelt hatte, damit es mir über die Schultern wallte, holte ich tief Luft und zitierte wie eine Hexe all meine Verführungskräfte herbei. Mehr konnte ich nicht tun. Was immer als Nächstes geschehen mochte, lag in den Händen des Schicksals.

siebzehntes kapitel

Das Schicksal wollte es, dass wir uns in der Eingangshalle begegneten. Gerade als ich von der letzten Stufe trat, kam Gervaise aus der Küche. Abrupt blieben wir beide stehen.

»*Mon Dieu!*«, rief er aus, klatschte sich die Hand gegen die Stirn und wandte sich halb ab. Seine Hand glitt über sein Gesicht und machte bei seinem Mund Halt. »Selina«, krächzte er hinter vorgehaltener Hand, »was zum Teufel soll denn das?«

Während ich in meinem durchsichtigen Nachtgewand auf ihn zuschwebte, fuhr er sich mit zittrigen Händen durchs Haar und verschlang mich förmlich mit Blicken. »Gervaise«, flüsterte ich, meine Brüste umspannend. »Ich halt's nicht mehr aus. Ich begehre dich so sehr.«

Ich sah, wie er auf seiner Unterlippe herumkaute, als ich mir mit den Daumen die immer steifer werdenden Brustwarzen liebkoste. Ich sah, wie sein Schwanz sich rührte und seine Brust sich hob, als er tief durchatmete. Ich sah das Feuer der Lust in seinen Augen auflodern. »Gott, bist du schön«, ächzte er.

Sobald ich direkt vor ihm stand, streckte er die Hand aus, schaute mich unverwandt an und strich mir über das seidige Haar, um anschließend seine Finger über meine schwellenden Brüste und meine Hüfte wandern zu lassen. Dann riss er mich plötzlich in seine Arme, packte mein Gesicht und presste aggressiv seine Lippen auf die meinen.

Völlig überwältigt, ließ ich es widerstandslos zu, dass er mich gegen die Wand drückte und den immer härter werdenden Keil seiner Männlichkeit gegen mein Geschlecht stieß. Einige Sekunden lang ließ er seiner Leidenschaft die Zügel schießen und fiel schnaubend mit Mund und Händen wie wild über mich her. Wie eine Stoffpuppe hing ich in seinen Armen und vermochte nichts anderes zu tun, als zu keuchen, zu stöhnen und mich an ihn zu klammern.

Nach diesem Unterwerfungsritual zog er mich bebend an seine Brust und suchte von neuem nach meinem Mund. Seine Lippen waren fest und sanft, sein Kuss so durch und durch sexy, dass meine Knie weich wurden. Als ich spürte, mit welcher Zärtlichkeit er mich berührte, stieß ich einen tiefen Seufzer aus, denn mir wurde klar, dass er endgültig kapituliert hatte.

Er gestattete mir, ihm das Gesicht zu küssen, mit den Fingern durch sein Haar zu streichen und seinen prächtigen Körper zu liebkosen. Wie eine Schlange durfte ich mich um ihn winden. Dann gingen wir plötzlich dazu über, uns zu küssen, als hinge unser Leben davon ab. Zunge fickte Zunge, Körper presste sich an Körper, Hände zerrten an Kleidung.

Als meine klatschnasse Möse mit seinem pulsierenden Schwanz in Berührung kam, loderte unser Verlangen in einem Feuerball auf. Keiner von uns ertrug es, dass der andere seine glühend heißen Genitalien anfasste, keiner von uns vermochte auch nur noch einen Moment zu warten. Wir waren hoffnungslos, hilflos unserer Lust ausgeliefert.

Es blieb keine Zeit, sich hinzulegen oder eine bequemere Stellung einzunehmen. Es musste sofort geschehen, an Ort und Stelle, gleich an der Wand. Ich brauchte ihm nicht den Weg zu zeigen, er brauchte ihn nicht zu suchen. Mit einem einzigen kräftigen Stoß drang er in mich ein.

Unbändige Freude, unbändige Erleichterung durchströmte mich. Wir stöhnten beide auf und erschauderten wollüstig. »Okay?«, fragte er heiser. Völlig außer Atem nickte ich eifrig.

Sein Gesicht in meinem Haar vergrabend und französische Worte wispernd, schob er die Hand unter meinen Schenkel und hob mein Bein an. Dann begann er, die Hüften hin und her zu bewegen. *O mein Gott! Wow!*

Ich kam so rasch und unerwartet, dass ich fast zu Boden sank. Mit zusammengebissenen Zähnen kämpfte er dagegen an, dass die Zuckungen meiner Scheide ihn ebenfalls zum Höhepunkt brachten. »Verdammt noch mal«, hörte ich ihn sagen. »Konntest du nicht noch ein bisschen warten?«

»Das ging nicht«, stieß ich euphorisch hervor. »Ich habe die unglaublichsten Empfindungen. Mensch, ob das vielleicht Liebe ist?«

»Nein«, knurrte er, »das ist Sex. Würdest du jetzt endlich die Klappe halten und mich weitermachen lassen?«

»Sieh zu, dass du mich einholst«, drängte ich ihn und biss ihn in den Hals, während meine Scheidenmuskeln seinen Schaft zusammendrückten.

Doch er ließ sich nicht hetzen, sondern verfiel in einen gemächlichen Rhythmus, zügelte die Bewegung seiner kräftigen Hüften und setzte deren Energie nur nach und nach frei. Mit höchster Könnerschaft bespielte er mich, bis unsere Körper sich wie einer bewegten, unsere Herzen im gleichen Takt schlugen, unser Atem ein erotisches Duett keuchte.

Noch nie hatte ich körperlich derart mit einem Mann harmoniert. Das Gefühl seines in mir hin und her gleitenden Schwanzes war von fast unerträglicher Köstlichkeit. Sobald meine Scheidenmuskeln anfingen sich zusammenzuziehen, als ballten sie sich zu einer Faust, ließ er der ganzen Kraft seiner Hüften freien Lauf und stieß wild ächzend zu, mit einer Wucht, die mir den Atem benahm.

Aufkeuchend packte ich seinen Hintern, während sein Schwanz wie eine Dampframme hin und her ging, immer schneller, immer heftiger, bis ich schließlich nicht mehr an mich halten konnte und einen ekstatischen Schrei nach dem anderen ausstieß. Dann löste sich plötzlich die Spannung in mir in ein Beben und Zittern auf, das meinen ganzen Körper erfasste. Im Rausch meines Orgasmus nahm ich nur verschwommen wahr, dass Gervaise laut aufstöhnte und seinen Samen in mich ergoss.

Mit hämmernden Herzen lehnten wir eine Zeit lang zusammengesunken an der Wand, ohne dass einer von uns etwas zu sagen vermochte. Doch schließlich löste er sich von mir und machte den Reißverschluss seiner Hose zu. Ich bemerkte, dass er die Stirn runzelte.

»Gervaise?«, fragte ich leise. »Stimmt etwas nicht?«

»Das hier ... das hier stimmt nicht«, wetterte er und starrte mich wütend an. Dann schlug er abrupt direkt neben meinem Kopf mit der Hand gegen die Wand. »Der Teufel soll dich holen!«, schrie er. Dann stapfte er die Eingangshalle hinunter, riss sein Sakko vom Haken und warf es mir zu.

»Zieh dir um Himmels willen was über.«

»Was ist denn auf einmal in dich gefahren?«, rief ich aus. Das Sakko war viel zu groß für mich, und trotz seiner Verärgerung war ihm anzumerken, dass mein Aufzug ihn amüsierte.

Er griff sich an den Hals. »Du hast mich gebissen«, schimpfte er. »Das hab ich ja vorausgesagt, nicht wahr?«

Erst dachte ich, er meine das metaphorisch, doch dann zeigte er mir die Zahnabdrücke in seiner Haut. *War ich das gewesen? Verflucht noch mal!*

»Kein Grund, sich so aufzuregen«, sagte ich. »Ich hab's ja nicht mit Absicht gemacht.«

»O doch«, beschuldigte er mich. »Seit ich mir den Bart abgenommen habe, versuchst du, deine Fänge in mich zu schlagen. Du verstehst einfach nicht, was *nein* bedeutet, nicht wahr?«

»Jetzt ist es doch wohl ein bisschen spät für solches Gejammere«, wandte ich ein. »Es lässt sich ja nicht gerade behaupten, dass du dich gegen mich gewehrt hättest, Gervaise.« Ich folgte ihm ins Wohnzimmer. »Ich kann deine Reaktion überhaupt nicht verstehen. Ich fand's fantastisch.«

»Ich hab ja auch nicht gesagt, dass es mir keinen Spaß gemacht hat«, entgegnete er und setzte sich. Gleich darauf erhob er sich wieder und marschierte in die Küche. Ich folgte ihm wie ein Hündchen und beobachtete jede seiner Bewegungen, als er zum Kühlschrank ging und sich ein Glas Milch eingoss.

»Na, dann lass uns nach oben gehen und es noch einmal machen«, schlug ich vor.

»Was?«, rief er aus und verschluckte sich an seiner Milch.

»Aber diesmal lass uns richtig Liebe machen«, fuhr ich fort.

»Liebe machen?«, wiederholte er zynisch. »Du weißt doch gar nicht, was Liebe ist. Das Einzige, was du kannst, ist Ficken.«

»Das ist nicht wahr!«, widersprach ich. »Ich habe Harry leidenschaftlich geliebt.«

»Du hast es geliebt, mit Harry zu ficken«, korrigierte er mich. »Deshalb konntest du nicht von ihm lassen. Du willst weder Kyle noch Matt oder mich. Du hast lediglich nach einem Ersatz gesucht. Du warst sogar bereit, die Beziehung meiner Schwester kaputtzumachen, nur um auszuprobieren, wie Matt in der Kiste ist. Als ich dir dabei in den Weg kam, hast du dir vorgenommen, es stattdessen mal mit mir zu versuchen. Was dir ja auch gelungen ist. Gratuliere! Wie habe ich denn abgeschnitten? Nein, sag's mir lieber nicht. Ist mir nämlich scheißegal.« Er stürmte abermals davon. Diesmal folgte ich ihm jedoch nicht, sondern blieb sitzen und starrte ins Leere.

Stimmte das? Hatte ich mir all die Jahre etwas vorgemacht? War ich wirklich außerstande, einen Mann mehr als nur körperlich zu lieben?

Endlich verstand ich, warum Gervaise mir Widerstand geleistet hatte. Ihm hatte die Idee nicht behagt, Glied einer Kette von Versuchsliebhabern zu sein, ausprobiert und für zu leicht befunden zu werden. Und im Moment war er wütend auf sich selbst, weil er sich von mir hatte verführen und testen lassen.

Was er nicht wusste, war, wie gut er den Test bestanden hatte. In welchem Maße sein Können als Liebhaber Harry übertrumpft hatte. Wie sehr es mich danach verlangte, ihn von neuem zu spüren, von neuem von ihm berührt zu werden. Er war alles, was ich wollte. Und wenn *das* nicht Liebe war, was dann?

Als ich die Haustür zuknallen hörte, schüttelte ich trübsinnig den Kopf. Es würde nicht leicht werden, ihm klar zu machen, was ich empfand.

Am Morgen wachte ich auf dem Sofa auf, wo ich die ganze Nacht auf ihn gewartet hatte. Doch er war nicht nach Hause gekommen. Er hatte mich sitzen lassen, sodass ich gezwungen war, der schmerzlichen Wahrheit ins Gesicht zu sehen, dass er mich verachtete und das, was er getan hatte, bitter bereute. Deprimiert, wie ich war, wusch und zog ich mich lethargisch an und schleppte mich anschließend zur Arbeit.

Doch als ich in Harrys Büro trat, vergaß ich augenblicklich all meine Sorgen, als ich sah, wie er und Holly sich liebevoll umarmten und einander zärtlich küssten. Es machte mich glücklich zu wissen, dass es noch Romantik auf der Welt gab, und Hollys strahlendes Gesicht zu sehen. »Hältst du mich jetzt für verrückt?«, fragte sie mich.

»Nein, aber ich glaube, dass du masochistisch veranlagt bist«, erwiderte ich.

»Sie sagt, sie habe nie aufgehört, meinen Schwanz zu lieben«, stellte Harry fest. »Was meinst du dazu?«

»Es ist ein schöner Schwanz«, erklärte ich. »In der Hinsicht hätte sie wesentlich schlechter wegkommen können. Was den Rest von dir angeht, bin ich mir allerdings nicht so sicher.«

Holly grinste. Sie sah total glücklich aus. »Ich mache wahrscheinlich den größten Fehler meines Lebens, aber was soll's? Man lebt schließlich nur einmal.«

»Von jetzt an bin ich strikt monogam«, verkündete Harry und drückte sie an sich. »Und wenn ich den Rest meines Lebens dazu brauchen sollte – eines Tages werde ich dich schon davon überzeugen, dass du keinen Fehler gemacht hast.«

Ich tat so, als müsste ich würgen. »Gleich kommt mir der Kaffee hoch.«

Holly nickte. »Mir auch«, sagte sie und tätschelte ihm die Hand. »Sentimentalität passt nicht zu dir, Darling. Es gefällt mir besser, wenn du ein Scheißkerl bist.«

»Ach, steigt mir doch beide in den Frack«, brummelte er fröhlich.

Später in meinem Büro fragte Holly mich, was zwischen Gervaise und mir vorgefallen sei. »Er hat letzte Nacht auf meiner Couch geschlafen«, informierte sie mich.

»Obwohl Harry da war? Hatte der denn nichts dagegen?«

»Ach, du kennst doch Harry. Er hat sogar einen Dreier vorgeschlagen.« Sie lachte. »Aber Spaß beiseite, er mag Gervaise. Sie kommen echt gut miteinander aus.«

»Hat Gervaise von mir gesprochen?«, fragte ich zaghaft.

»Nicht direkt«, antwortete sie. »Ich hatte jedoch den Eindruck, dass ihr euch wegen irgendwas gestritten habt. Jedenfalls schien er es überhaupt nicht eilig zu haben, nach Hause zu gehen. Ich habe ihm angeboten zu bleiben, so lange er will.«

»Na großartig«, murmelte ich niedergeschlagen.

»War das falsch von mir?« Sie blickte bestürzt drein.

Ich winkte ab. »Nein, natürlich nicht. Er ist nur so, dass ich ihm ein paar Dinge sagen wollte.«

»Soll ich ihm das ausrichten?«

Ich schüttelte den Kopf. »Wenn er über das, was passiert ist, noch sauer ist, halte ich es für unwahrscheinlich, dass er mir zuhören würde.«

»Und was ist passiert?«, hakte sie nach.

»Dreimal darfst du raten.«

»Du hattest Sex mit ihm«, schlussfolgerte sie. »Aber warum sollte er deswegen sauer sein?«

»Ich weiß nicht recht, wie du das aufnehmen wirst«, sagte ich, »aber er glaubt, ich hätte nur mit ihm gebumst, um herauszufinden, wie er im Vergleich zu Harry ist.«

Sie verzog das Gesicht. »Stimmt das?«

»Wenn ich ganz ehrlich bin, muss ich wohl zugeben, dass ich in der Tat nach jemandem wie Harry gesucht habe«, räumte ich ein, »aber das war, bevor ich mich in Gervaise verknallt habe. Ach, Holly, ich glaube, ich liebe ihn. Ich weiß bloß nicht, wie ich ihm das sagen soll, und wenn ich es täte, würde er mir vermutlich nicht glauben. Er meint, ich sei nicht imstande zu lieben. Er meint, ich sei nur auf Sex aus.«

»Was du widerlegt hast, indem du mit ihm gevögelt hast?« Sie schüttelte missbilligend den Kopf. »Ist dir denn gar nicht in den Sinn gekommen, einfach mal mit ihm auszugehen?«

Ich blickte reumütig drein. »Daran hab ich überhaupt nicht gedacht.«

Sie seufzte. »Dann hat er vielleicht nicht so ganz Unrecht. Wenn du das nächste Mal mit ihm sprichst, dann sieh zu, dass du dich auf deine Hände setzt und ihm ins Gesicht schaust statt auf seinen Hosenschlitz.«

Hollys Rat hatte Hand und Fuß. Statt Gervaise meinen Körper aufzudrängen, hätte ich zunächst versuchen sollen, seine Freundschaft zu gewinnen. Ich hätte ihn erst bezaubern und danach dann ins Bett locken sollen. Mir ging auf, dass bei jeder Beziehung, die ich bisher mit einem Mann gehabt hatte, das Körperliche im Mittelpunkt gestanden hatte. Offenbar war ich in der Tat das sexuelle Raubtier, das Gervaise beschrieben hatte. Letzten Endes war ich eine weibliche Version Harrys gewesen.

Möglicherweise war es bereits zu spät, Gervaise dazu zu bringen, dass er seine Meinung über mich änderte, aber wenn ich ihm sagte, was ich empfand, konnte ich ihm vielleicht trotz allem begreiflich machen, dass ich nicht ganz so herzlos war, wie es den Anschein hatte. Wenn Harry es geschafft hatte, Holly davon zu überzeugen, dass er fähig war zu lieben, dann musste ich doch wohl auch eine Chance haben, Gervaise zu überzeugen.

Aus diesem Grund verbrachte ich den größten Teil des Tages damit, mir zu überlegen, was ich zu ihm sagen würde. Als ich nach Hause kam, war er jedoch immer noch nicht da. Ohne ihn kam mir das Haus kalt und leer vor.

Während ich von Zimmer zu Zimmer wanderte, fielen mir allerlei kleine Dinge von ihm ein: seine Art zu lächeln; seine langen Beine, die so viel Platz einnahmen; sein Körper, der einen ganzen Sessel ausfüllte. Die hinreißende Weise, in der er beim Sprechen die Augenbrauen auf und ab tanzen ließ, und die lebhafte Intelligenz seiner funkelnden blauen Augen.

Ich sehnte mich danach, dass er nach Hause kam, doch je mehr Stunden vergingen, desto unruhiger wurde ich. Was wollte er eigentlich beweisen? Wie sollte ich seine lange Abwesenheit verstehen? Wollte er nicht wieder mit mir allein sein, weil er sich selbst nicht traute?

Als ich endlich einen Schlüssel in der Haustür hörte, raste ich in die Eingangshalle, bereit, mich ihm auf Gedeih und Verderb auszuliefern. Doch als ich sah, dass es Matt war, verschwand das Lächeln schlagartig von meinen Lippen.

»Ach, du bist zurück«, stieß ich hervor und versuchte, meine Enttäuschung zu verbergen. »Wie ist denn alles gelaufen?«

Er strich sich das blonde Haar aus der Stirn und hielt eine Flasche Scotch hoch. »Komm und trink ein Glas mit mir«, befahl er, indem er sich an mir vorbei ins Wohnzimmer drängte.

»Gibt es denn was zu feiern?«, fragte ich.

Er warf sich auf die Couch, schraubte die Flasche auf und trank einen großen Schluck Whisky. »Eigentlich nicht.«

»Du meinst, du hast den Job nicht bekommen?«

»Nein«, knurrte er. »Wo ist denn dieses französische Arschloch?«

»Keine Ahnung. Er ist … äh … weg«, antwortete ich verlegen. »Was war denn, Matt? Ist das Bewerbungsgespräch schief gelaufen?«

Er nahm einen weiteren Schluck aus der Flasche. »Ja, kann man wohl sagen. Ich hab irgendwie die Beherrschung verloren.« Er riss wütend die Augen auf. »Das Ganze war reine Zeitverschwendung. Die haben gesagt, die Sachen in meiner Präsentationsmappe seien vorsintflutlich, weil nichts davon mit dem Computer gemacht ist.«

»Hast du ihnen denn nicht gesagt, dass du bereit bist, das zu lernen?«

Er lachte verächtlich. »Oh, sie haben mir sogar angeboten, mich auszubilden. Aber als sie mir dann mitgeteilt haben, was ich verdienen würde, bin ich ausgerastet. Ich bin schließlich kein grüner Junge mehr, der direkt von der Kunsthochschule kommt und dem sie einen Hungerlohn zahlen können!«

»Aber das wäre doch sicher nur während deiner Ausbildung, oder?«, fragte ich.

»Ist mir scheißegal!«, schimpfte er. »Ich habe in meinem Beruf hart gearbeitet und habe Anspruch auf ein anständiges Gehalt. Ich bin nicht bereit, mich auch nur einen Penny unter Wert zu verkaufen.«

»Aber verstehst du denn nicht, dass du für die nicht allzu viel wert bist, es sei denn, du eignest dir die erforderlichen Fertigkeiten an?«, entgegnete ich. »Das war eine Chance für dich, Matt.«

»Das war Zeitverschwendung«, grummelte er, »ein beschissen fruchtloses Unterfangen. Ich sollte diesem französischen Dreckskerl in den Arsch treten, weil er das Ganze eingefädelt hat.«

»Gervaise hat nur versucht, dir zu helfen«, brauste ich auf. »Aber jetzt hast du ihn durch dein Verhalten blamiert.«

Matt hob ruckartig den Kopf und sah mich scharf an. »Du hörst dich an, als hättest du deine Meinung über ihn geändert«, warf er mir vor. »Habe ich hier vielleicht was verpasst?« Was auch immer er meinem Gesichtsausdruck entnahm, es machte ihn wütend. »Zwischen dir und Gervaise ist was im Gange. Diesen Verdacht hatte ich schon, bevor ich losgefahren bin. Diese verstohlenen Blicke, die ihr euch dauernd zuwerft! Außerdem habe ich gehört, wie er dich nennt – *Leckermaul*. Worauf bezieht sich denn das? Was hast du denn mit deinem Mund bei ihm gemacht?«

»Hör auf!«, rief ich. »Das ist doch nur ein Scherz.«

»Und mich nach Norfolk zu schicken – war das auch ein Scherz?« Er sprang auf und packte mich beim Arm. »Wollte er mich aus dem Weg haben, damit er dich bumsen kann? Hast du die Beine breit gemacht, sobald ich weg war?«

Seine Finger bohrten sich in meinen Arm, bis ich vor Schmerz das Gesicht verzog. »Das ist doch lächerlich, Matt. Wenn ich mit ihm ficken wollte, würde ich es einfach tun. Dazu brauch ich niemandes Erlaubnis, am allerwenigsten deine.«

Er fasste mich grob beim Kinn und schob sein Gesicht nahe an das meine heran. »Und? Hast du? Hast du mit ihm gefickt? Na sag schon, du geiles kleines Luder. Was hat er mit dir gemacht? Hat er dich von hinten genommen?«

Ich befreite mein Kinn aus seinem Griff. »Ich glaube, du verwechselst mich mit Miranda. Ich bin dir keine Rechenschaft schuldig. Ich bin die Stieftochter deiner Freundin, falls du das vergessen haben solltest.«

»Ihre verdorbene Stieftochter«, sagte er und drehte sich zum Tisch zurück, um einen weiteren Zug aus der Flasche zu nehmen. »Sie war kaum aus dem Haus, da hast du dich an mich rangemacht. Hast du auch nur einen einzigen Gedanken an sie verschwendet, als du mit meinem Schwanz gespielt hast oder ich deine Möse befingert habe? Natürlich nicht! Du wolltest mich für dich haben. Miranda war dir scheißegal.«

»Ich habe einen blöden Fehler gemacht«, gab ich zu. »Du hast Recht, ich wollte dich, aber aus den falschen Gründen. Ich habe nach etwas gesucht, etwas, das in meinem Leben fehlte, obwohl ich nicht wusste, was es war. Das weiß ich erst … seit kurzem. Aber zumindest sind wir nicht zu weit gegangen. Lass uns einfach vergessen, was geschehen ist. Ich will, dass zwischen uns wieder alles so wie früher ist, Matt.« Dann ließ ich ihn mit seiner Flasche allein und ging nach oben ins Bett.

Einige Zeit später wurde ich aus einem tiefen, traumlosen Schlummer gerissen, weil ich ein Kältegefühl auf der Haut spürte. Da ich annahm, ich hätte mich frei gestrampelt, tastete ich verschlafen nach meiner Bettdecke. Als ich sie nicht finden konnte, machte ich widerwillig die Augen auf und stellte überrascht fest, dass das Licht an war. Verwirrt blinzelte ich umher, bis ich auf einmal Matt sah, der am Fuß meines Bettes stand und sich meine Decke geschnappt hatte.

»Matt!«, rief ich und bedeckte meine nackten Brüste. Außer einem knappen Höschen hatte ich nichts an. »Was zum Teufel machst du denn da?«

»Ich guck nur 'n bisschen«, nuschelte er, ließ die Bettdecke los und kam zum Rand des Betts getorkelt.

»Du bist ja stinkbesoffen«, zischte ich. »Verschwinde sofort aus meinem Zimmer!«

Er ließ sich aufs Bett plumpsen und beugte sich über mich. »Lass uns ficken. Ich will ficken.« Sein Atem stank nach Whisky, in seinen Augen lag ein irrer Ausdruck, und er hatte die Zähne gebleckt.

Ich wich vor ihm zurück. »Geh weg, Matt, bitte. Du machst mir Angst.«

Er zupfte an meinen Händen. »Warum bedeckst du dich denn?« Als ich ihn abwehrte, lachte er böse. »Ah, kapiere. Du willst es auf die harte Tour haben.« Er packte mich bei den Handgelenken, drückte meine Arme auseinander und kletterte auf mich.

»Nein, Matt, nein!«, kreischte ich und drehte den Kopf weg, als sein sabbernder Mund versuchte, sich über meine Lippen herzumachen.

Als ich nach ihm biss, grunzte er wollüstig. »Na los, kratz mich, beiß mich, schlag mich, du boshaftes kleines Miststück.« Dann packte er meine Brust, knetete sie wie Lehm und sog und kaute an der Brustwarze.

»Au! Du tust mir weh!«, schrie ich und zog ihn mit meiner freien Hand an den Haaren, um seinen Kopf von meiner Brust zu bekommen. Er schüttelte meine Hand ab, um dann seine stoppelige Wange gegen mein Gesicht zu pressen und mir aggressiv ins Ohr zu raunen: »Ist dir das hart genug, Baby?« Dann schob er seine Hand unter mein Höschen, bohrte seine Finger in meinen Venushügel und drehte brutal sein Handgelenk. Vor Schmerz schossen mir die Tränen in die Augen. Eiskalte Panik stieg in mir auf. Verzweifelt wand ich mich hin und her, schlug und trat nach ihm. Doch mein Widerstand schien ihn nur noch mehr anzustacheln. Mit hämischem Kichern hielt er meine Hand fest und drückte sie unter mich.

Ich versuchte zu schreien, doch sein Gewicht lastete so schwer auf meinen Rippen, dass ich kaum Luft zu holen vermochte. Matt deutete meine gedämpften Schreie als lustvolles

Stöhnen und gab die schmutzigsten Dinge von sich, während er an seinem Hosenschlitz herumfummelte. »Ich werde in deiner Fotze kommen. Ich werde dir auf die Titten spucken und dich zwingen, mir das Arschloch zu lecken.«

Er zwang meine Beine auseinander, hatte jedoch in seinem rasenden Verlangen, in mich einzudringen, vergessen, dass ich immer noch mein Höschen anhatte, sodass er seinen Schwanz in den Stoff rammte. »Was zum Geier ...?«, wetterte er und stieß immer wieder ebenso heftig wie vergeblich zu. Sein benebeltes Hirn schien außerstande, seinen Irrtum zu begreifen.

Ich machte mir seine Verwirrung zunutze, um meine Taktik zu wechseln. »O Matt«, stöhnte ich wollüstig. »Ich begehre dich ja so sehr. Geh mal hoch, damit ich mein Höschen ausziehen kann.« Mein Plan war, ihm das Knie in die Eier zu rammen, sobald er sich erhob, doch so weit kam es gar nicht, weil nämlich in dem Moment eine wütende Stimme brüllte: »Was zum Henker geht denn hier vor?«

»Gervaise!«, rief ich freudig aus. Mit übermenschlicher Kraft stemmte ich Matt hoch und schleuderte ihn wie eine aufblasbare männliche Sexpuppe durchs Zimmer. Er knallte gegen den Kleiderschrank, wo er in sich zusammensank, als habe man die Luft aus ihm rausgelassen. Sich mit den Armen schützend, wimmerte er: »Nicht schlagen, bitte nicht schlagen. Es ist alles ihre Schuld. Sie hat mich in ihr Bett gelockt. Du hast ja gehört, was sie gesagt hat. Angebettelt hat sie mich, dass ich's ihr besorge.«

Wie ein Bär ragte Gervaise vor ihm auf und sah den zusammengekauerten Jammerlappen mit finsterer Miene an. »Wie wenig musst du dir doch aus Miranda machen, wenn du noch nicht mal die Willenskraft aufbringst, ihrer Schlampe von Stieftochter zu widerstehen. Geh mir aus den Augen, du erbärmliches Stück Scheiße, bevor ich dir den Arsch eintrete.«

Während Matt aus dem Zimmer schlich, schnappte ich mir

meine Bettdecke und zog sie bis zum Kinn hoch. »Was bin ich froh, dass du nach Hause gekommen bist«, sprudelte ich voller Dankbarkeit hervor.

Er schien mir jedoch gar nicht zuzuhören, sondern starrte mich nur mit einem Ausdruck tiefster Verachtung an. »Du lässt wirklich nichts anbrennen, was?«, murmelte er.

»Du bist völlig auf dem Holzweg«, protestierte ich. »Ich habe ihn nicht in mein Bett eingeladen. Er hat versucht, mich zu vergewaltigen.«

»Spar dir die Mühe, dich rauszureden«, höhnte er. »Oder sehe ich vielleicht aus wie ein Blödmann? Du scheinst vergessen zu haben, dass ich deine Verführungskünste schon am eigenen Leibe zu spüren bekommen habe. Matt hatte nicht die geringste Chance, ebenso wenig wie ich.«

»Aber du musst mir glauben!«, jammerte ich. »Es war nicht so, wie du denkst. Matt ist mit einer Stinklaune nach Hause gekommen, weil er den Job nicht bekommen hat. Nachdem er sich eine Flasche Whisky hinter die Binde gegossen hatte, hat er versucht, sich mir aufzudrängen.«

»Ich habe gehört, was du zu ihm gesagt hast«, schleuderte er mir ins Gesicht. »Du sagst zu einem Mann, dass du ihn willst, und dann bezichtigst du ihn der Vergewaltigung? So was würde nur eine bösartige Hexe oder ein völlig durchgedrehtes Miststück machen.«

Ich starrte ihn ungläubig an. »Und dafür hältst du mich?«

Er nickte langsam. »Ja.«

»Verstehe.« Ich streckte die Hand aus und langte nach meiner neben dem Bett liegenden Handtasche. »In dem Fall«, sagte ich, die Tasche öffnend, »will ich auch dein lausiges Geld nicht haben.« Ich holte seinen Scheck heraus und hielt ihn ihm mit zitternder Hand hin.

»Sei doch nicht so blöde«, fuhr er mich an. »Wie willst du denn sonst deine Schulden bezahlen?«

»Oh, da wird mir sicher was einfallen«, erwiderte ich. »Na los, nimm ihn! Ich brauche dein Geld nicht. Und auf dein Missfallen kann ich auch verzichten.«

»Ich will ihn aber nicht«, erklärte er.

»Ich auch nicht!« Ich zerriss den Scheck und warf die Fetzen wie Konfetti in die Luft. »Und jetzt verschwinde aus meinem Schlafzimmer, du Schwein!«

achtzehntes kapitel

»Was hast du gemacht?«, rief Holly.

»Ich habe den Scheck zerrissen«, wiederholte ich schuldbewusst.

Sie warf verzweifelt die Hände hoch. »Bist du denn verrückt geworden?«

»Nun sieh mich doch nicht so an«, bat ich sie. »Wenn du gehört hättest, was er letzte Nacht zu mir gesagt hat, hättest du dasselbe gemacht. Er hat so getan, als sei ich ein Bazillus.«

Sie musterte mich kritisch. »In Anbetracht der kompromittierenden Situation, in der er dich vorgefunden hat, überrascht mich das nicht sonderlich.«

»Ich hab dir doch erzählt, was passiert ist«, erwiderte ich mürrisch.

»Aber bedenk doch, wie das Ganze gewirkt haben muss«, gab sie zurück. »Versuch dir die Szene mal aus Gervaises Sicht vorzustellen: Du liegst mit Matt im Bett, sagst, wie sehr du ihn begehrst und bietest an, dein Höschen auszuziehen.«

Meine Schultern sackten nach unten, und ich seufzte. »Dass er auch ausgerechnet in dem Moment reinkommen musste! Wenn er doch bloß ein bisschen früher aufgetaucht wäre, als ich mich erbittert gegen Matt gewehrt habe!«

»Soll ich ihn anrufen und ihm erklären, was wirklich passiert ist?«, bot sie mir an. »Verdammt noch mal, Selina, du kannst nicht ohne diesen Scheck zu Luca gehen! Gar nicht auszudenken, was der alles mit dir anstellen würde.«

»Vielleicht gefällt mir das ja«, sagte ich stur. »Wär schließlich nicht das erste Mal.«

Sie sah mich finster an. »Soll das ein Witz sein?«

»Nein, überhaupt nicht«, entgegnete ich. »Gervaise ist der Ansicht, dass ich nur auf Sex aus bin, und vielleicht hat er ja Recht. Wer weiß, vielleicht hätte ich den Sex mit Matt sogar genossen, wenn Gervaise nicht dazwischengekommen wäre. Bei meinem Geschlechtstrieb weiß man nie – der macht, was ihm passt.«

»Lass mich mit Gervaise reden«, drängte sie mich von neuem. »Dich so an deinen Stolz zu klammern, wird dich deine Selbstachtung kosten. Siehst du das denn nicht ein?«

»Du bist auch schon in der Klemme gewesen und hast dich deines Körpers bedient, um dich daraus zu befreien«, gab ich in scharfem Ton zurück. »Aber ich könnte wetten, dass du nie von jemand, der dich verachtet hat, ein Almosen angenommen hast.«

»Vielleicht weil ich nie in solch einer verzweifelten Lage war«, sagte sie. »Eins steht jedenfalls fest: Ich an deiner Stelle würde mich nicht an Luca verkaufen. Das ist so, als gäbest du deine Seele auf.«

Ich warf einen Blick auf meine Armbanduhr. Es war fast fünf. »Deswegen habe ich dir ja erst jetzt davon erzählt. Ich wusste, dass du meinen Entschluss nicht billigen würdest, und wollte nicht, dass du den ganzen Tag versuchst, mir die Sache auszureden. In fünf Minuten kommt ein Taxi, um mich zu Luca zu bringen. Morgen ist alles vorüber, ohne dass ich jemandem zu Dank verpflichtet bin.«

»Lass mich mit Harry reden«, bat sie. »Es muss doch irgendetwas geben, das er tun kann.«

»Harry hat schon genug am Hals. Wenn Alison herausfindet, dass er wieder mit dir zusammen ist, wird sie dafür sorgen, dass er zum Schluss ohne einen Penny dasteht.« Ich lachte. »Kann sein, dass du auf den Strich gehen musst, um ihn zu unterstützen. Hast du darüber schon mal nachgedacht?«

»Es wäre wahrscheinlich lukrativer, wenn ich ihn anschaffen schicken würde«, scherzte sie. »Unter seinem Businessanzug verbirgt sich nämlich der reinste Gigolo.« Sie wurde wieder ernst. »Selina, du kannst doch nicht wirklich die Absicht haben, die Sache durchzuziehen. Luca Verdici ist ein …«

Sie wurde von einem Mann mittleren Alters unterbrochen, der in dem Moment an der Tür erschien. »Hat hier jemand ein Taxi zum Elderberry Close Nummer fünf bestellt?«, erkundigte er sich.

Ich nickte. »Ja, ich.«

»Nun warte doch mal«, bettelte Holly. »Die Sache behagt mir ganz und gar nicht.«

»Habe ich auch nicht erwartet«, erwiderte ich, während ich dem Taxifahrer nach draußen folgte. »Aber mach dir keine Sorgen. Mir wird schon nichts passieren.«

»Nicht im Geringsten behagt die mir!«, rief sie mir hinterher.

Mir war ebenfalls nicht sonderlich behaglich zumute, als das Taxi mich vor einem riesigen Haus aus rotem Backstein absetzte, das in einer Sackgasse stand, in der sich nur noch zwei andere Gebäude befanden. Es sah streng und imposant aus, und die zu dem überdachten Portal führende Auffahrt schien eine halbe Meile lang zu sein.

Die Tür wurde von einem stämmigen, ungeschlachten Mann geöffnet, der wie ein Catcher aussah. Sein Gesicht wirkte grotesk flach, als hätte es ihm irgendwann mal jemand mit einem Bügeleisen eingedrückt. Wie ich später erfuhr, war sein Name Bulldog Baxter. Er war in der Tat ein ehemaliger Boxer, den man wegen seines unbeherrschten Temperaments und seiner Neigung, dem Schiedsrichter eins auf die Nase zu geben, gezwungen hatte, sich aus dem Ring zurückzuziehen.

Als Butler war er nicht sonderlich überzeugend. »Was wollen Sie?«, fragte er barsch.

Ich ließ mich jedoch nicht einschüchtern. »Mr. Verdici erwartet mich. Mein Name ist Selina King.« Der Zerberus nickte, als hätte ich ein magisches Losungswort von mir gegeben, und ließ mich ins Haus.

Er führte mich in ein minimalistisch eingerichtetes Wohnzimmer mit kahlen weißen Wänden und gefirnissten Dielen. Die spärlichen Möbel waren schwarz, der einzige Zierrat bestand in zwei großen, an den Wänden hängenden Gemälden, auf denen schwarze Kreise zu sehen waren. Irgendwie erinnerten sie mich an schwarze Löcher.

Ich setzte mich auf das schwarze Ledersofa, und nach ein oder zwei Minuten kam Luca herein. »Du siehst aus, als wolltest du mir eine Versicherung verkaufen«, sagte er mit einem kritischen Blick auf meinen smarten, geschäftsmäßigen Hosenanzug. Seine Augen erinnerten mich ebenfalls an schwarze Löcher.

»*Absicherung* scheinst du jedenfalls zur Genüge zu haben«, bemerkte ich. »Der Mann, der mich reingelassen hat ... ist das dein Leibwächter?«

Er deutete ein Nicken an. »Er passt auf mich auf.«

»Ist es nötig, dass jemand auf dich aufpasst?«

Er nahm in einem der Sessel Platz und machte eine nonchalante Handbewegung. »Wir alle haben Feinde. Kann ich dir etwas zu trinken anbieten?«

Ich schüttelte den Kopf. »Nein, danke.«

Er erzählte mir Näheres über Bulldog. »Ich hab ihn nach einem illegalen Kampf mit bloßen Fäusten halb tot aufgesammelt«, erklärte er. »Seitdem wohnt er bei mir.«

»Komisch, irgendwie kann ich mir dich so gar nicht als Menschenfreund vorstellen«, sagte ich.

»Bin ich auch nicht«, antwortete er. »Ich habe Bulldog nur angeheuert, weil ich einen Mann brauchte, nachdem sein Vorgänger wegen schwerer Körperverletzung zu zehn Jahren verurteilt worden war. Von Mildtätigkeit kann bei mir nicht die Rede sein, fürchte ich.«

»Schade«, erwiderte ich betrübt. »Ich hatte eigentlich gehofft, dass du vielleicht doch ein Herz hast statt eines ... schwarzen Lochs.«

Er lächelte schief. »Und warum hast du diese Hoffnung gehegt?«

Ich holte tief Luft. »Weil ich dein Geld doch nicht habe.«

Er legte die Fingerspitzen aneinander. »Verstehe.« Erst nach einer langen Pause sagte er wieder etwas. »Damit stellst du mich vor ein Dilemma«, sagte er. »Was schlägst du zu seiner Lösung vor?«

»Ich weiß nicht«, antwortete ich niedergeschlagen. »Ich nehme an, du könntest deine menschliche Bulldoge auf mich hetzen, damit sie mir die Eingeweide herausreißt und sie dir auf einem Tablett serviert.«

»Stimmt«, pflichtete er mir bei. »Das könnte dir vielleicht sogar lieber sein als einige der Alternativen, die mir vorschweben.«

Mich fröstelte innerlich. »Zum Beispiel?«

Er erhob sich und machte den Deckel eines würfelförmigen Möbelstücks aus Ebenholz auf. »Ich glaube, das sollten wir bei einem Drink besprechen. Du musst dich ein bisschen entspannen. Brandy, würde ich vorschlagen.« Er holte zwei Kognakschwenker aus Kristall heraus und goss einen doppelstöckigen Brandy in beide. Ich gab mir alle Mühe, nicht vor ihm zurückzuschaudern, als er sich neben mich aufs Sofa setzte und mir mein Glas reichte. Obwohl mir der Schnaps in der Kehle brannte, kippte ich ihn runter wie Wasser. Er legte mir die Hand auf den Arm, um mich davon abzuhalten. »Auf diese Weise entgeht dir ja der ganze Geschmack«, ermahnte er mich.

Ohne auf ihn zu achten, leerte ich mein Glas. »Ich hasse Brandy«, erklärte ich, »aber wenn ich ihn schnell genug runterschlucke, schmecke ich glücklicherweise nicht viel davon.« Ich drückte ihm mein leeres Glas in die Hand.

Er stellte es hin. »Mag ja sein, dass du den Geschmack nicht magst«, sagte er, »aber die berauschende Wirkung wirst du zweifellos zu schätzen wissen. Wir wissen ja beide, dass du die

Fähigkeit besitzt, die Dinge, die du verachtest, zu genießen.«
Er schob mir die Hand zwischen die Schenkel.

»Was willst du von mir?«, flüsterte ich mit gepresster Stimme.

Während er lässig einen Schluck Brandy trank, bohrte er seine Finger in meinen Schritt und kratzte durch den Stoff meiner Hose hindurch an meiner Klit. Ich machte keinerlei Anstalten, ihn daran zu hindern, weil ich das Ganze schnell hinter mich bringen wollte.

Wenn Gervaise Recht hatte und ich nur auf Sex aus war, sollte mich nichts daran hindern, erregt zu werden, besonders wenn ich mir vorstellte, es sei Gervaise, der mich anfasste.

»Mach die Augen auf!«, schnauzte Luca und knallte sein Glas hin. »Glaubst du, ich lasse zu, dass du dich in eine Fantasie flüchtest?«

»Dagegen kannst du überhaupt nichts machen«, widersprach ich. »Du kannst zwar meinen Körper ficken, aber nicht mein Gehirn kontrollieren. Kapierst du das denn nicht, Luca? Das schaffst du bei mir einfach nicht.«

Er nahm seine Hand weg. »Dann werde ich mir die Mühe sparen. Zumal ich eine eigene Fantasie habe, in der du halb willig, halb widerstrebend eine Rolle spielst, sodass es für mich aufs Gleiche hinauskommt. Möchtest du, dass ich dir davon erzähle?«

»Habe ich eine andere Wahl?«

»Vielleicht interessiert es dich, zu hören, was ich mit dir vorhabe«, sagte er. Er stützte den Ellbogen auf die gepolsterte Armlehne des Sofas und schmiegte den Kopf in die Hand. Seine Stimme wurde sanft wie ein Schnurren. »Ich stelle mir vor, dass ich dich auf dem Fußboden ficke. Du bist nackt wie ein Baby, und deine weichen weißen Schenkel klatschen gegen meine Flanken, weil ich dich so heftig ficke. Du bäumst dich hoch und wirfst wild die Arme hin und her. Du verabscheust dich selbst, weil du nicht genug von mir bekommen kannst. Deine Augen sind voller Hass. Du spuckst und schlägst nach mir und kratzt mich, liebst aber die Stöße meines Schwanzes. Deine Säfte fließen in Strömen.

Dann kommt Bulldog herein. Er starrt deinen nackten Körper an. Wie einem hungrigen Schwein läuft ihm der Sabber aus dem Mund. Er bittet mich, ihn mitmachen zu lassen. Er fällt auf die Knie und bettelt mich wie ein Hund an. Du bist entsetzt und versuchst zu fliehen. Doch ich hebe die Hand und winke ihn heran.

Er zieht sich aus, holt seinen riesigen Schwanz hervor, der hässlich und fett ist und knorrig wie der Ast einer Eiche. Die Augen fallen dir fast aus dem Kopf, als er sich mit dem Rücken zu mir rittlings auf dein Gesicht setzt. Ich ficke dich weiter, während er seinen haarigen Arsch an deinen Brüsten reibt und dir Inch für Inch seinen Schwengel in den Mund schiebt. Du verschlingst ihn, bis dir seine dicken Eier gegen das Kinn klatschen. Dann fängt sein Körper an zu zittern, ein Zeichen, dass er gleich kommt. *In ihr Gesicht!*, schreie ich. *In ihr Gesicht!* Gehorsam reckt er sich hoch, und durch den Bogen seiner Beine sehe ich, wie sein weißer Schmadder dir ins Gesicht spritzt.

Ich merke, dass ich ebenfalls gleich komme, und ziehe meinen Schwanz aus deiner Möse, um auf deinen Körper und seinen Arsch abzuspritzen. Wie findest du meine Fantasie?«

Mir war ganz schlecht. »Beschissen«, krächzte ich. »Du bist einfach widerlich.«

Er lachte böse. »Was hast du denn erwartet, Selina? Ein bisschen Oralsex? Ein, zwei Stunden gebumst zu werden? Du musst doch zumindest geahnt haben, dass ich für mein Geld mehr verlangen würde.«

»Nein.« Ich schüttelte heftig den Kopf. »Was du beschrieben hast, würde ich nicht für eine Million Pfund machen.«

Seine Augen waren hart wie Granit. »So, wie ich die Sache

sehe, bleibt dir eigentlich nichts anderes übrig, denn heute ist Zahltag.«

Ich versuchte aufzuspringen, doch er packte mich bei der Kehle und drückte mich aufs Sofa zurück. »Sei doch nicht so dumm«, knurrte er. »Ist meine Fantasie denn schlimmer, als jeden Tag in den Spiegel zu gucken und von deinem eigenen Spiegelbild entsetzt zu sein? Es wäre schade, dieses schöne Gesicht mit Säure zu verunstalten.«

Ich hatte schreckliche Angst. »Bitte, Luca«, stammelte ich. »Ich werde meinen Anteil an der Firma verkaufen. Ich zahle dir zweimal so viel, wie ich dir schulde.«

»Du hast deine letzte Chance verspielt«, sagte er. »Deine Zeit ist abgelaufen.«

»Nicht ganz, Kumpel.«

Im ersten Moment dachte ich, ich hätte mir nur eingebildet, Gervaises Stimme zu hören, doch als Luca herumfuhr und ich mich von ihm befreite, sah ich, wie Gervaise sich ins Zimmer kämpfte, obwohl Bulldog ihn von hinten umklammert hatte.

»Tut mir Leid, Boss, er ist einfach so reingeplatzt«, keuchte Bulldog. »Ich konnte ihn nicht aufhalten. Er sagt, er sei *ihretwegen* hier.«

»Lass ihn los«, befahl Luca ruhig.

Sobald Bulldog seinen Griff gelockert hatte, schüttelte Gervaise ihn ab. Am liebsten hätte ich mich in seine schützenden Arme geworfen, doch Luca hielt mich mit eisernem Griff am Handgelenk fest. »Wer zum Teufel sind Sie?«, fragte er den Franzosen.

»Ich bin Selinas Onkel.«

Während Luca noch diese Information verdaute, durchquerte Gervaise das Zimmer und hielt ihm einen Scheck unter die Nase. »Hier ist das Geld, das sie Ihnen schuldet.«

»Sie kommen zu spät«, erwiderte Luca.

»Hören Sie irgendwelche Uhren Mitternacht schlagen?«,

fragte Gervaise. »Hat irgendjemand einen gläsernen Pantoffel verloren? Nein? Na prima, dann muss es ja noch Mittwoch sein.«

»Woher weiß ich denn, dass dieser Scheck nicht platzt?«, stieß Luca hervor.

Gervaise sah ihn finster an. »Und woher weiß ich, dass Ihr Kopf nicht platzt? Das lässt sich vermutlich nur rausfinden, indem ich ihn gegen die Wand knalle. Lassen Sie meine Nichte los, Sie Arschloch. Ich hab was dagegen, dass meine Familienangehörigen misshandelt werden, besonders wenn das vor meinen Augen passiert. Das müssten Sie als Italiener doch gut verstehen.«

Luca ließ mich los. »Das Mädchen kann gehen, aber wir beide müssen uns noch ein bisschen unterhalten.«

Gervaise nickte furchtlos. »Passt mir bestens.« Er packte mich bei der Hand und zog mich hoch. »Draußen steht ein Taxi. Steig ein und warte auf mich.«

»Ich lasse dich nicht allein hier zurück«, protestierte ich. »Der Mann ist ein Psychopath.«

»Na und?«, entgegnete er. »Die meisten meiner Kumpel bei der SAS sind Psychopathen. Keine Bange, Selina, das dauert nicht lange.« Er wandte sich an Luca. »Warum bringt Ihr Mann sie nicht einfach raus?«

Luca nickte Bulldog zu, der vortrat und seine Wurstfinger um meinen Arm schraubte. »Sachte!«, knurrte Gervaise, als Bulldog mich wegzerrte.

Ich wurde beim Hosenboden gepackt und aus dem Haus geschmissen. Als ich mich von der Auffahrt hochrappelte, hörte ich, wie die Haustür hinter mir zuschlug, mit einem Knall, der etwas unangenehm Endgültiges hatte. Der Taxifahrer stieg aus dem Wagen und kam zu mir geeilt. »Alles in Ordnung?«

»Bitte«, flehte ich ihn an. »Sie müssen mir helfen. Mein … Freund ist in Schwierigkeiten.«

»Ihr Freund hat mir aufgetragen, Sie ins Taxi zu verfrachten, falls Sie allein rauskommen«, teilte er mir mit. »Also los, junge Frau, dann wollen wir mal.«

Ich blieb stehen. »Vielleicht wird er da drinnen gerade zusammengeschlagen. Sie können sich überhaupt nicht vorstellen, was das für Leute sind.«

»Hörn Sie mal, Schätzchen, das interessiert mich einen Dreck«, sagte der Fahrer. »Ich bin schließlich kein Bulle. Wenn Sie nicht sofort einsteigen, fahr ich los.«

»O Gott!«, jammerte ich. »Was soll ich bloß machen?«

»Einsteigen«, erwiderte er. Als er bemerkte, wie verstört ich war, redete er mir gut zu. »Der kann schon auf sich selbst aufpassen, so kräftig wie er gebaut ist. Aber vielleicht muss er sich nachher schnell davonmachen. Also steigen Sie ein, ich werf schon mal den Motor an. Mehr kann ich nicht für Sie tun, Schätzchen. Ich habe Frau und Kinder.« Widerstrebend ließ ich mich von ihm zum Auto führen.

Es war die reinste Qual, darauf zu warten, dass die Haustür aufging. Je mehr Zeit verstrich, desto größer wurde meine Angst.

Was sie ihm wohl antaten? Bitte, lieber Gott, lass nicht zu, dass sie ihm sein schönes Gesicht verunstalten!

Als Gervaise endlich aus dem Haus getaumelt kam, die Hand gegen die Wange gepresst, befürchtete ich das Schlimmste. Ich stieß die Wagentür auf, um nach draußen zu springen, doch er scheuchte mich mit einer Geste zurück. Trotzdem schien er es nicht eilig zu haben, in den Wagen zu kommen.

»Alles okay, Kumpel?«, fragte der Fahrer.

Gervaise nickte. »Alles bestens. Jetzt können Sie uns nach Hause fahren.«

Sobald er im Taxi saß, schlang ich, von Gefühlen überwältigt, die Arme um ihn. Tränen der Erleichterung strömten aus meinen Augen, während ich mich fest an ihn klammerte. »O Gervaise, ich hatte ja solche Angst um dich. Was ist denn da drinnen passiert?«

»Er hat seine Bulldogge auf mich gehetzt«, antwortete er in dem lässigen Ton, der so typisch für ihn war.

Ich zerrte seine Hand von seiner Wange. »Du blutest ja.«

»Das ist nichts weiter«, sagte er. »Er hat mich nur mit seinem Ring geritzt, als er versucht hat, mir einen Schwinger zu versetzen.«

»Aber ein paar Schläge muss er doch gelandet haben. Er ist schließlich Boxer«, stellte ich fest.

»Bloß einen in den Magen«, gab er zu. »Sein linker Haken ist nicht von schlechten Eltern. Mir ist ganz schön die Luft weggeblieben. Fast schade, dass ich einen solchen Arm brechen musste.«

»Du hast ihm den Arm gebrochen?«, rief ich aus.

Er verdrehte die Augen. »Was sollte ich denn sonst tun? Er hat doch damit auf mich eingeschlagen.«

Er war einfach unmöglich, und ich liebte ihn nur noch mehr, weil er das Ganze so herunterspielte. »Und was ist mit Luca?«

Er zuckte die Achseln. »Luca ist ein erbärmlicher kleiner Feigling. An dem hab ich mir noch nicht mal die Finger dreckig gemacht. Ich glaube nicht, dass er dich noch einmal belästigen wird.«

Fast schüchtern legte ich meine kleine Hand auf seine Pranke. »Ich kann immer noch nicht glauben, dass du nur mit einem Kratzer da rausgekommen bist. Bist du wirklich bei der SAS?«

Er sah mich verschmitzt an. »Was soll ich denn bei der SAS? Ich bin schließlich Franzose, du Dussel.«

»Natürlich«, stimmte ich mit einem Seufzer zu. »Nur ein Ausländer würde ein Wort wie *Dussel* benutzen.«

»Aber man arbeitet nicht jahrelang in nächster Nachbarschaft von Sondereinheiten, ohne dabei ein oder zwei Dinge zu lernen«, erklärte er. »Ich habe wirklich viele Freunde bei der SAS.« Er zog seine Hand unter meiner weg. »Ich bin kein Held, Selina. Ich verstehe mich lediglich darauf, fies zu kämpfen.«

»Warum bist du mir nachgekommen?«, fragte ich. »Und woher hattest du überhaupt Lucas Adresse?«

Er schaute aus dem Fenster. »Holly hat mich angerufen und mir alles erzählt«, sagte er. »Sie dachte, man müsse dich vor einem Schicksal bewahren, das schlimmer als der Tod ist. Hatte sie da Recht?«

»Sie hatte«, gestand ich. »Ich habe Luca unterschätzt. Er ist nicht nur ein Schleimklumpen, sondern ein bösartiger Dreckskerl.«

Er drehte den Kopf und starrte mich mit seinen blauen Augen an. »Trotzdem warst du bereit, mit ihm zu schlafen.«

»Ich hatte keine andere Wahl.«

»Doch, die hattest du.«

Wir verfielen in Schweigen. Sein Vorwurf lastete auf mir wie ein schweres Gewicht. Er musste mich für den letzten Dreck halten, wenn ich auch nur in Erwägung zog, mit einem Mann wie Luca ins Bett zu gehen.

Krank vor Scham rannte ich ins Haus, sobald das Taxi Halt machte. Eigentlich hatte ich in mein Zimmer fliehen wollen, doch als ich am Wohnzimmer vorbeikam, bemerkte ich eine zerbrochene Lampe auf dem Fußboden sowie weitere Anzeichen einer Rauferei. Ich ging hinein, um mir das Ganze näher anzusehen.

Als Gervaise hereinkam, erkundigte ich mich: »Wo ist Matt?«

Er wischte sich mit der Hand übers Gesicht. »Weg. Ich hab ihn rausgeworfen.«

»Du hast ihn rausgeworfen?«

Er breitete die Hände aus und grinste betreten. »Ein ereignisreicher Tag, was?«

»Hat er gestanden, was er mir antun wollte?«, fragte ich.

Er schüttelte den Kopf. »Deshalb hab ich ihn nicht rausgeschmissen. Setz dich, Selina, ich muss dir was erzählen.«

Verwirrt ließ ich mich in einen Sessel plumpsen. »Worum geht's denn?«

Er langte in die Innentasche seines Sakkos und holte einen Luftpostbrief heraus. »Von Miranda«, sagte er. »Heute habe ich ihn endlich bekommen, nachdem er mir immer wieder nachgeschickt wurde. Jetzt weiß ich Bescheid. Dieser Typ, mit dem sie nach Amerika geflogen ist – das ist nicht ihr Liebhaber, sondern nur ein Freund. Sie ist nicht mit einem anderen Mann durchgebrannt, sie ist vor Matt davongerannt. Weil er sie so brutal behandelt und sie zu allerlei gezwungen hat …« Er machte eine Pause und sah mich vorwurfsvoll an. »Ist dir denn nie etwas aufgefallen? Warst du völlig blind?«

Schockiert schlug ich die Hand vor den Mund. »Ich hatte keine Ahnung, das schwöre ich«, stieß ich hervor.

»Du hast überhaupt nichts bemerkt?«, fragte er ungläubig.

»Nein … ich …« Abrupt verstummte ich, da mir die blauen Flecken einfielen. »O Gott!«

»Was denn?«, hakte er nach.

»Ich hab mal gesehen, dass sie blaue Flecken am Arm hatte. Als ich sie danach fragte, hat sie es mit einem Lachen abgetan und behauptet, sie habe sich gestoßen.«

»Und du hast ihr geglaubt?«

»Ich hatte keinen Grund, es nicht zu tun«, entgegnete ich. »Matt hat nie irgendwelche Anzeichen von Brutalität erkennen lassen. Er schien immer so liebevoll und fürsorglich zu ihr zu sein. Warum, glaubst du wohl, habe ich ihm nachgestellt? Ich hielt ihn für perfekt und wollte ihn für mich selbst. Ich hasste Miranda und war davon überzeugt, dass sie ihn nicht verdiente. Glaub mir, Gervaise, wenn ich gewusst hätte, was für eine Art Mann er ist …«

»Wärst du wahrscheinlich trotzdem mit ihm in die Kiste gegangen«, schlussfolgerte er. »Bei Luca wusstest du ja schließlich auch, was für eine Art Mann er ist, nicht wahr?«

»So viel besser als ich ist deine kostbare Schwester auch nicht«, sagte ich. »Sie hat mich mit einem Mann allein gelassen, von dem sie wusste, dass er ein Vieh ist. Kaum das Verhalten einer liebevollen Stiefmutter, nicht wahr?«

Er faltete den Brief auseinander. »Selina ist eine starke Frau«, las er vor, »wenn Matt versucht, sich an ihr zu vergreifen, wird sie sich zu wehren wissen. Ich wünschte, ich wäre so. Aber das ist nicht der Fall. Ich war zu schwach, um nach dem Tod ihres Vaters ohne einen Mann zu leben oder allein für sie zu sorgen. Ich dachte, Matt biete uns die Sicherheit, die wir brauchten, doch stattdessen bin ich aufgrund meiner Schwäche an einen Schläger geraten, dem ich mich nur durch die Flucht zu entziehen vermag. Ich habe einfach nicht die Kraft, ihm Paroli zu bieten, und inzwischen habe ich solche Angst vor ihm, lieber Bruder, dass ich dich um Hilfe bitten muss.« Er steckte den Brief in seine Sakkotasche zurück. »Sie wusste nicht, wie sie mit mir Kontakt aufnehmen konnte, war sich aber sicher, dass der Brief mich irgendwann erreichen würde. Bis sie von mir hört, rührt sie sich nicht vom Fleck. Ich soll sie anrufen, sobald sie ohne Bedenken nach Hause kommen kann.«

»Was hat Matt denn gesagt, als du ihn mit dem Brief konfrontiert hast?«, fragte ich.

»Er hat natürlich ihr die Schuld gegeben, hat behauptet, sie habe ihn verspottet, nachdem er seinen Job verloren hatte.«

»Das ist nicht wahr!«, rief ich aus.

»Er schien der Ansicht zu sein, dass sie ab und zu mal einen Klaps brauchte, um nicht aufmüpfig zu werden.«

»Das ist ja abscheulich«, wetterte ich. »Wie hast du denn darauf reagiert?«

»Ich habe genickt«, erwiderte er.

»Du hast genickt?«, schrie ich.

»Ja«, bestätigte er. »Unglücklicherweise ist mir dabei sein Kopf in die Quere gekommen.«

»Du meinst, du hast ihm einen Kopfstoß gegeben?«, prustete ich.

Er zuckte die Achseln. »Ich wollte ihm halt auf diese Weise klar machen, dass ich nicht mit ihm übereinstimme.«

Ich schüttelte ungläubig den Kopf. »Sag mal, Gervaise, was machst du eigentlich, wenn du nicht gerade Schurken vermöbelst? Ich hatte ja keine Ahnung, dass du solch ein Schläger bist.«

Er schnitt eine Grimasse. »Ich auch nicht. Vermutlich solltest du besser ein wachsames Auge auf mich haben für den Fall, dass ich grün anlaufe und anfange, mir die Kleider vom Leibe zu reißen.«

»Mach ruhig«, forderte ich ihn sehnsüchtig auf.

Er zog eine Augenbraue hoch. »Soll ich jetzt grün anlaufen oder mir die Kleider vom Leibe reißen?«

»Dreimal darfst du raten«, murmelte ich. Ich begehrte ihn so sehr, dass es fast wehtat. Er war mein Held, mein Champion, mein Herkules, den ich mit den Händen verehren und mit dem Herzen anbeten würde.

Er stieß einen tiefen Seufzer aus und ließ sich in den anderen Sessel plumpsen. »Denkst du je an was anderes als Sex? Ich dachte immer, dass sei Aufgabe des Mannes.«

»Nun, wenn das der Fall ist, erledigst du deine Aufgabe nicht besonders gut«, entgegnete ich.

Er lächelte. »O doch. Ich mach's nur ein bisschen diskreter.«

»Willst du damit sagen, dass ich zu direkt bin?«

Er blickte mir unverwandt in die Augen. »Du hast eine bestimmte Art, einen Mann anzusehen, dass er das Gefühl hat, du würdest ihm den Schwanz lecken. In gewisser Hinsicht bist du also wesentlich direkter als eine Nutte in Hotpants.«

Hätte ich ihn doch bloß nicht gefragt! Ich ging zum Schrank

und zog die Schublade auf, in der das Verbandszeug lag. »Ich werde mal deine Wunde verarzten«, sagte ich und riss ein Päckchen mit antiseptischem Mull auf.

»Das ist nichts weiter«, grummelte er und scheuchte mich mit einer Handbewegung weg.

»Sei nicht kindisch«, schimpfte ich und betupfte die Wunde.

»Du hast Recht. Es ist wirklich nur ein Kratzer. Hätte aber wesentlich schlimmer sein können.« Ich kniete mich vor ihn und legte den Kopf auf die Armlehne seines Sessels. »Ich möchte dir für das, was du getan hast, danken.« Er verwuschelte mir das Haar. »Nicht der Rede wert.« Dann gähnte er, sank müde nach hinten und schloss die Augen.

Ich ließ ihn dösen, damit ich in aller Ruhe seine attraktiven Gesichtszüge studieren konnte. Obwohl ich sein Gesicht am liebsten mit Küssen bedeckt hätte, begnügte ich mich damit, es mit den Augen zu liebkosen. In mich hineinlächelnd, betrachtete ich seine Bartstoppeln, die von ferne an den Vollbart erinnerten, den er mal gehabt hatte. Plötzlich kam mir ein Gedanke. Aufgeregt rüttelte ich ihn am Arm. »Gervaise, ich muss dir was sagen.«

Er schreckte aus dem Schlaf. »Was? Wie? Was ist los?«

»Ich weiß, wie ich mich dir beweisen kann.«

Er machte ein langes Gesicht. »Ach du Scheiße«, stöhnte er. »Sag bloß nicht, du willst schon wieder kochen.«

»Ich will, dass du dir wieder einen Bart stehen lässt«, sagte ich munter.

Er zog die Nase kraus. »Jetzt sofort?«

»Ich meine es ernst«, sagte ich. »Mir ist nämlich klar geworden, dass ich dich sogar dann lieben würde, wenn du dir wieder einen Bart wachsen lassen und ihn dir purpurn oder grün färben würdest.«

»Blau würde mir besser gefallen«, grunzte er.

»Na dann eben blau.« Ich griff nach seiner Hand. »Verstehst

du denn nicht, was das bedeutet? Lust allein würde mich nicht von meiner Bartphobie heilen, nicht wahr? Ich *muss* also in dich verliebt sein.«

»Dann entlieb dich mal schnell wieder«, sagte er, »weil ich nämlich morgen früh abreise.«

»Was?« Ich war wie vom Donner gerührt. »Warum denn?«

Sein Gesicht nahm einen gleichgültigen Ausdruck an. »Jetzt, da ich weiß, dass es zwischen Matt und Miranda aus ist, habe ich keinen Grund mehr zu bleiben.« Er schob meine Hand weg. »Es ist Zeit, dass ich nach Hause fahre.«

Meine Lippen bebten so sehr, dass ich kaum sprechen konnte. »Zurück nach Frankreich? Zurück zu *ihr*?«

Er nickte langsam. »Tut mir Leid, *ma petite*.«

»Aber du liebst diese Veronique doch gar nicht«, murmelte ich mit zittriger Stimme. »Warum läufst du denn vor mir davon? Hältst du mich immer noch für Gift?«

»Herrgott noch mal!«, explodierte er. »Natürlich bist du Gift. Du ziehst die Männer auf wie Spielzeugautos, du lässt bei jeder Gelegenheit dein Höschen fallen und du kochst wie ein verrückter Wissenschaftler, der versucht, eine neue Art Gummi zu erfinden. Wenn ich hier bliebe, würdest du in mein Bett gekrochen kommen und dich wie ein Parasit in meinem Kopf einnisten. Ich will nicht, dass du mir unter die Haut gehst, Selina, davon würde ich nur Ausschlag bekommen!« Er ließ den Kopf gegen die Rückenlehne des Sessels sinken. »Ich will dich nicht.«

Er log. Plötzlich wusste ich, dass er log. Ich merkte es an seinen hängenden Schultern und seinem kampfesmüden Verhalten. Mein Darling Gervaise war so gut wie besiegt. Ich hatte seine Verteidigungsanlagen durchbrochen, und er wehrte sich mit seinen letzten Kräften. »Ich geh jetzt ins Bett«, sagte er und rappelte sich aus dem Sessel hoch.

»Aber es ist noch früh am Tage«, protestierte ich. »Bitte bleib doch hier, und unterhalt dich mit mir.«

»Ich bin ziemlich hinüber«, seufzte er. »Es war ein anstrengender Tag, und morgen will ich früh aufbrechen.«

Ich ließ ihn gehen. Ich ließ ihn in dem Glauben, er hätte es überstanden. Ich würde ihm die Möglichkeit geben, sich auszuruhen, bevor ich zum Sturm auf seine letzte Bastion ansetzte. Trotzdem würde ich nicht die Siegerin sein, denn er hatte mich, obwohl ihm das nicht klar war, gründlicher besiegt, als er je begreifen würde.

Als ich nach oben ging, war es noch hell. Auf Zehenspitzen schlich ich an seinem Zimmer vorbei, aus dem kein Laut zu hören war. Es überraschte mich, wie nervös ich mich fühlte. Meine Hände zitterten, als ich mich auszog und dabei versuchte, nicht zu weit vorauszudenken, weil ich mir wie eine blutige Anfängerin vorkam. Zwar hatte ich schon oft den Körper eines Mannes verführt, aber noch nie sein Herz und seinen Geist. Und obwohl ich schon unzählige Male meinem sexuellen Vergnügen nachgejagt war, war ich noch nie auf die Suche nach Glück gegangen.

Mit einem prickelnden Déjà-vu-Gefühl öffnete ich die Tür zu seinem Schlafzimmer und schlüpfte lautlos hinein. Die Vorhänge waren halb zugezogen, sodass ein Teil des Abendlichts ins Zimmer fiel. Gervaise lag mit dem Rücken zu mir reglos unter der Bettdecke und atmete flach und gleichmäßig.

Ich zog die Decke zurück und seufzte innerlich auf, als ich die prächtige Landschaft seines breiten, in schmale Hüften auslaufenden Rückens gewahrte. Was es da noch alles zu entdecken und zu erkunden gab! Allein bei seinem Anblick erzitterte ich vor Lust, und es zuckte mir in den Fingern, ihm durch das rabenschwarze Haar zu fahren, das sich dunkel vom Kopfkissen abhob.

Langsam wie eine Schlange glitt ich ins Bett und schmiegte mich an ihn. Er zuckte zusammen und atmete scharf ein. Dann wurde sein Körper starr und fest wie Stahl.

»Damit wären wir zum Ausgangspunkt zurückgekehrt«, murmelte er heiser, »denn alles hat damit angefangen, dass du dich zu mir ins Bett geschlichen hast. Ich nehme an, diesmal weißt du aber, dass ich es bin, wie?«

»O ja«, flüsterte ich, die gespannten Muskeln seines Rückens küssend. »Ich weiß, dass du es bist.«

Er drehte sich um und sah mich an. »Bist du sicher? Ich möchte nicht, dass dir noch einmal ein Fehler unterläuft.«

»Ach, sei doch still«, stöhnte ich, packte seinen Kopf und presste meine Lippen auf die seinen. Meine heißen, hungrigen Küsse und die geilen, schlängelnden Bewegungen meines Körpers waren einfach zu viel für ihn.

»Verflucht noch mal!«, rief er und fiel über mich her, um meinen Kuss zu erwidern.

Während unsere Zungen langsam und gemächlich Liebe miteinander machten, schienen sich die Knochen in meinem Körper in Gelee zu verwandeln, während mein Hirn von einem rauschhaften Schwindelgefühl befallen wurde. Ich war bereit, aufs Luftholen zu verzichten, damit er nie aufhören würde, mich zu küssen. Unsere Hände gerieten völlig außer Kontrolle, als wollten sie jeden Körperteil des anderen gleichzeitig anfassen. Doch auf einmal machte er sich von mir los. »Hey, Moment mal«, sagte er.

»Was ist denn?«, fragte ich mit unsicherem Lächeln.

»Was läuft hier eigentlich ab? Versuchst du mich zu verführen wie damals, als du mich für Matt gehalten hast?«

»So ist es«, gab ich zu.

»Ich meine mich zu erinnern, dass du dich da einer ziemlich wirkungsvollen Methode bedient hast.«

»Ehrlich gesagt, war ich gerade im Begriff, sie wieder anzuwenden«, teilte ich ihm mit, »weil ich mir einfach keine bessere vorstellen kann, um dir zu zeigen, wie sehr ich dich liebe.«

»Verstehe.« Er legte sich zurück und betrachtete mich einen

Moment lang mit seinen blauen Augen. Dann breitete sich langsam ein sexy Lächeln auf seinem Gesicht aus. »In dem Fall«, sagte er und schob meinen Kopf in Richtung seines Schwanzes, »solltest du dich wohl besser an die Arbeit machen … *Leckermaul.*«

Erotik

Bücher voll hemmungsloser Leidenschaft,
frivoler Fantasien und prickelnder Erotik.

Eine Auswahl:

Garten der Lust
3-453-19989-8

Paradies der Freude
3-453-21122-7

*Erdbeeren und
Champagner*
3-453-18956-6

Lori Foster
Tage der Versuchung
3-453-86968-0

Lori Foster
Spiel des Verlangens
3-453-87352-1

Tango um Mitternacht
3-453-86997-4

Im Labyrinth der Lust
3-453-87798-5

Joan Elizabeth Lloyd
Haus der Verführung
3-453-87819-1

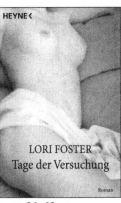

3-453-86968-0

HEYNE ‹